Le bonheur à l'italienne

*

Idylle à Monte Verde

*

Un été à Belles Fleurs

LUCY GORDON

Le bonheur à l'italienne

Traduction française de
ANATH RIVELINE

HARLEQUIN

Titre original :
MARRIED UNDER THE ITALIAN SUN

Ce roman a déjà été publié en 2013

Réalisation graphique couverture : L. SLAWIG (HarperCollins France)

HARPERCOLLINS FRANCE
83-85, boulevard Vincent-Auriol, 75646 PARIS CEDEX 13
Service Lectrices — Tél. : 01 45 82 47 47 - www.harlequin.fr
ISBN 978-2-2804-6179-5

Composé et édité par HarperCollins France.
Imprimé en juin 2022 par CPI Black Print (Barcelone)
en utilisant 100% d'électricité renouvelable.
Dépôt légal : juillet 2022.

FSC www.fsc.org MIXTE Papier issu de sources responsables FSC® C159065

Pour limiter l'empreinte environnementale de ses livres, HarperCollins France s'engage à n'utiliser que du papier fabriqué à partir de bois provenant de forêts gérées durablement et de manière responsable.

1

— Bonjour à tous et à toutes ! Nous revoici ensemble pour votre émission favorite, *Une star dans mon équipe*, où les stars font équipe avec vous pour vous aider à remporter des cadeaux extraordinaires !

Assise dans les coulisses à côté de Nina, son assistante, Angel rongeait son frein. En fait, elle aurait souhaité en avoir déjà fini avec ce jeu ridicule. Comme elle en avait terminé avec son mariage, qui n'attendait plus qu'un enterrement aussi décent que possible…

Mais le présentateur était lancé sur son rythme de croisière.

— A ma droite, M. et Mme Barker et leur coéquipier célèbre…

Il cita le nom d'un acteur d'une série télé pour adolescents, lequel débarqua sur le plateau, un sourire de cinéma aux lèvres. Obéissants, les spectateurs l'acclamèrent comme on leur affichait de le faire.

Elle soupira malgré elle. Quelle introduction interminable !

— Tu es resplendissante, lui souffla Nina avec un clin d'œil encourageant.

Cela, elle le savait déjà. Son rôle l'exigeait. Elle était toujours tirée à quatre épingles. Une abondante chevelure blonde, des yeux bleu sombre, une silhouette filiforme soulignée par une robe dorée coupée sur mesure, une pluie de bijoux tous plus clinquants les uns que les autres…

— Et maintenant, celle que vous attendez avec impatience…

« Quand faut y aller… », songea-t-elle, s'efforçant d'afficher une bonne humeur de circonstance.

— Celle qui défraye les chroniques…

Surtout depuis que son mari avait placardé son visage sur toutes les couvertures de magazines pour essayer d'obtenir un divorce économique ! Peu importe, il fallait sourire.

Un dernier regard dans la glace pour vérifier que tout était en place. Un sourire juste assez large pour paraître crédible. Et en avant pour sa dernière apparition devant les caméras.

— La voilà, la merveilleuse, la splendide, *Angel* !

Elle avait l'impression de marcher dans le couloir de la mort. Elle n'en était pas à sa première expérience des projecteurs, mais au moment d'avancer sur le plateau, elle se sentit perdre pied.

Elle qui croyait en avoir terminé avec ces malaises… Un sentiment de panique l'envahit. « Seigneur, pas maintenant, je vous en supplie ! »

Heureusement, elle réussit à reprendre le contrôle de la situation et s'avança vers le présentateur sur ses talons de vingt centimètres, les mains ouvertes, tout sourires.

Ses partenaires, M. et Mme Strobes, elle les avait rencontrés dans les coulisses avant le début de l'émission. Ça avait représenté pour elle le début de l'épreuve.

— Nous sommes désolés pour votre divorce, avait compati Mme Strobes. La façon dont il vous a balayée de sa vie, c'est terrible !

— Il s'agit d'un consentement mutuel, avait-elle menti.

Mais qui irait la croire, à voir la façon dont Joe s'exhibait avec sa nouvelle compagne à toutes les réceptions mondaines et dans tous les endroits branchés ?

Le public fut en liesse dès qu'il l'aperçut, et elle dessina un sourire radieux sur son visage, saluant tout le monde d'un geste ample.

Elle entendait d'ici leurs commentaires : « Une belle petite potiche sexy… Un beau brin de fille. » C'est ce que son mari avait voulu qu'elle soit. Pour lui, elle avait servi de belle petite potiche sexy pendant huit ans… Une éternité !

L'émission commença.

Les questions étaient bêtes à en pleurer, mais elle s'attela à la tâche, se triturant les méninges pour trouver les réponses les plus fantaisistes, gloussant de sa propre ignorance. Ils voulaient une « blonde », elle leur offrait une « blonde » !

De l'autre côté, l'acteur du feuilleton pour ados avait l'air vraiment stupide et perdu. Son équipe à elle ne fut pas longue à prendre le large. Le coup de grâce fut donné quand le présentateur posa une énième question ridicule.

— Qui a peint la chapelle Sixtine ? a) Mickey Mouse, b) Michel Ange, c) Mark Antony…

Elle se mordit la lèvre pour feindre l'embarras le plus total et gloussa de nouveau comme la gourde qu'elle était censée représenter.

— Oh là là ! Je ne sais pas. Je n'ai jamais étudié la musique…

Eclat de rire général.

— Pourriez-vous répéter la question, s'il vous plaît ?

Le présentateur s'exécuta sous son regard toujours aussi perplexe.

— Je tombe toujours sur les questions les plus difficiles ! se plaignit-elle. J'y vais au hasard… Michel Ange ?

— C'est la bonne réponse. L'équipe d'Angel remporte la partie !

Pluie d'applaudissements. M. et Mme Strobes la prirent dans leurs bras.

Elle soupira de soulagement à l'approche de la fin. Terminé ! Elle pouvait enfin se sauver. Nina l'attendait dans la voiture, pour qu'elle puisse s'enfuir en évitant les regards des curieux.

Nina l'accompagnait depuis huit ans. Elle était devenue tout pour elle : sa secrétaire, sa femme de ménage, son chauffeur, sa coursière, et surtout une amie solide et fidèle. Un peu plus jeune qu'elle, elle se montrait toujours disponible, drôle et rassurante.

Sur le chemin de retour, Angel laissa échapper un profond soupir.

— Au moins, c'est terminé, lui fit remarquer Nina. Avec un peu de chance, tu n'auras plus jamais à reparaître dans ce type de divertissements.

— Non, pas en partant habiter en Italie. Amalfi, me voilà !

— J'aurais tant aimé t'accompagner…

— Et moi donc ! Tu vas me manquer. Mais je n'aurai pas besoin de secrétaire là-bas, même si j'avais les moyens d'en payer une… Je compte vivre une vie très calme.

— Joe m'a appelée aujourd'hui. Il m'a demandé de retourner travailler pour lui. Il a dit que cette chère Merry avait besoin de moi. Je te jure, « Merry » ! Elle s'appelle Meredith, nom d'un chien !

— Et moi Angela, mais je l'ai laissé me rebaptiser pour les besoins de son image.

— Je lui ai dit que j'avais un autre poste en vue. Comme si j'allais accepter de retravailler pour lui ! Cet idiot vulgaire, qui croit être quelqu'un d'important simplement parce qu'il est riche !

— Attention à la façon dont tu parles de mon ex-mari.

— Tu n'es pas d'accord avec moi ?

— Absolument pas. « Idiot vulgaire », c'est bien trop indulgent pour lui !

— Qu'est-ce que tu penses alors de « grossier détritus humain » ?

— C'est mieux, approuva-t-elle dans un petit rire.

— Tu en es bien débarrassée ! Et même s'il ne t'a pas

dédommagée comme tu l'aurais mérité, tu as quand même obtenu un palace en Italie.

— La villa Tazzini n'est pas un palace, Nina. Si c'était le cas, « Merry » en aurait voulu. Il l'avait achetée pour elle, pour lui faire la surprise. Mais quand elle l'a vue et qu'elle a constaté que ça n'avait rien d'un palace, juste une grande maison, elle n'y a trouvé aucun intérêt.

— Selon les rumeurs, cela aurait coûté un million…

— Un palace en aurait coûté cinq.

— Il paraît qu'elle a déchiré toutes les photos qu'il lui a montrées.

— C'est Freddy qui te l'a dit ? demanda Angel.

L'assistant de Joe avait depuis longtemps pris son parti, comme tous ceux qui avaient travaillé pour leur couple.

— En effet. Apparemment, les mots qu'elle a employés auraient fait rougir le plus rustre des ouvriers.

— Et Joe la laisse lui parler ainsi ?

— Elle a vingt ans et tous les attributs nécessaires. Il n'est que trop fier de se pavaner à ses côtés, ce gros lard de quarante-neuf ans…

— Cinquante-deux, en fait. Mais c'est un secret. Même moi, je ne l'ai découvert que par accident. Bref, du moment qu'il peut se vanter de sortir avec une créature comme elle, peu importe sans doute comment elle lui parle. En tout cas, il m'a refourgué l'endroit en me disant : « Tiens, ton cadeau de divorce. Tu n'auras rien de plus, c'est à prendre ou à laisser. »

— C'est tout ce que tu reçois ?

— Il m'accorde aussi une petite somme d'argent, mais il faudra que je fasse très attention. Ça couvrira mes dépenses jusqu'à la récolte des citrons. Une grande partie de la propriété est constituée d'une plantation de citronniers, cela me permettra de subvenir à mes besoins et à ceux de Sam.

— Et dire que tu aurais été en droit de te battre pour

obtenir ce qui te revient ! Avec tous ses millions, il s'en sort plutôt bien, le salopard.

— Je sais, mais ça voulait dire procès sur procès, et ça aurait pu traîner pendant des années. Je ne suis pas de taille à me battre contre son armée d'avocats. Je n'en pouvais plus, alors j'ai accepté son offre. Et après tout, j'ai toujours adoré l'Italie !

Autrefois, elle avait envisagé d'étudier l'histoire de l'art à l'université. Avant d'aller en Italie pour ses recherches, elle avait même appris l'italien. Mais elle avait dû faire une croix sur son rêve quand son grand-père paternel, qui l'avait recueillie à la mort de ses parents, était tombé malade et avait eu besoin d'elle.

Quelle ironie ! Finalement, elle y allait, en Italie. Mais pas dans des villes d'art comme Rome ou Florence. Sa nouvelle maison se situait sur la côte amalfitaine, là où les falaises plongent à pic dans la mer. Peu importe, pourvu qu'elle puisse encore s'occuper de son cher grand-père !

A la mort de ses parents, elle avait huit ans et ils étaient des étrangers l'un pour l'autre : ils ne s'étaient pas vus depuis ses trois ans.

— Bonjour, Angela, je suis Sam, avait-il dit simplement, refusant de lui parler dans le langage abêtissant qu'adoptaient certains adultes.

Et depuis, il avait toujours été Sam.

Ils avaient vécu dans une quasi-misère. Leur vie avait été un combat de tous les jours, mais ils s'aimaient plus que tout au monde. Et quand la santé du vieil homme avait commencé à décliner, elle avait pris soin de lui fidèlement. A une époque, elle avait fréquenté un certain Gavin Alford dont le physique avantageux l'avait impressionnée. Mais quand ce dernier avait exprimé clairement le désir d'éloigner Sam de leur vie, elle avait rompu sans un remords, sans un regard en arrière.

Espérant gagner un peu d'argent, elle avait participé

à un jeu télévisé. C'est ainsi qu'elle avait rencontré Joe Clannan, un des producteurs de l'émission, un célèbre millionnaire. Joe voulait une épouse jeune et séduisante à afficher. Quand il l'avait demandée en mariage, elle avait accepté pour le bien de Sam.

Mais son prénom ne lui plaisait pas. Il le trouvait trop provincial. « Angel » convenait mieux à la jeune potiche qu'il s'apprêtait à exhiber.

Il l'avait emmenée à toutes les premières de cinéma, à toutes les ouvertures de restaurants branchés. Elle apparaissait toujours dans les plus belles robes de couturiers, couverte de bijoux luxueux. Il clamait ainsi à la face du monde : « Moi, je peux me payer une femme que tous les hommes m'envient. »

Elle avait joué le jeu, trop contente que Sam mène une vie confortable, entouré de deux infirmiers. Souvent il ne la reconnaissait même pas, mais il se sentait en sécurité et c'était l'essentiel.

Elle était devenue une starlette d'une grande popularité qui apparaissait régulièrement dans les émissions télévisées, battant des cils et gloussant pour la plus grande fierté de son mari.

Mais quand elle était tombée enceinte, Joe avait montré son vrai visage. Il avait déjà deux grands fils d'un mariage précédent et ne voulait à aucun prix qu'elle perde sa taille. Il lui avait même dit qu'elle n'avait aucun besoin de garder cet enfant.

Comme cela l'avait mise dans tous ses états, il n'avait pas insisté. Malheureusement, le destin avait tranché. Deux jours après cette dispute, elle avait perdu le bébé. Dans les semaines de dépression qui avaient suivi, elle était devenue, selon les termes de Joe, « un véritable éteignoir ». Il lui avait vite trouvé une remplaçante, une fille de vingt ans. Il gagnait largement au change, selon lui : maintenant qu'Angel atteignait vingt-huit ans, elle passait pour une vieille à ses yeux.

Au fond d'elle, elle avait toujours su que sous sa façade de charmeur, Joe Clannan était quelqu'un de profondément désagréable et repoussant. Mais à ce point, elle n'en revenait pas. Pendant le divorce, il s'était montré d'une cruauté sans nom. Il les avait mis à la porte, elle et Sam, en leur donnant aussi peu d'argent que possible.

Elle se fichait bien de l'argent. S'il n'y avait eu son grand-père, elle se serait même considérée comme débarrassée. Mais après la splendide maison victorienne où elle avait logé au cœur du quartier le plus riche de Londres — « rien n'est trop beau pour mon Angel ! » — elle se retrouvait à louer une petite maison en banlieue, juste assez grande pour elle, Sam et les deux infirmiers. Elle avait signé un bail très court et se préparait déjà à déménager pour la villa Tazzini.

En rentrant, elle s'arrêta un moment dans la chambre de Sam.

— Je pars très tôt demain matin, lui rappela-t-elle avant de le quitter.

— Pourquoi t'en vas-tu ? demanda-t-il, interloqué, en levant sur elle ces yeux qu'elle aimait tant, pleins de chaleur et d'affection.

— Je te l'ai déjà expliqué. Je vais en Italie m'installer dans cette maison où nous allons habiter. Tu sais, la maison que j'ai obtenue après mon divorce d'avec Joe.

— Qui est Joe ?

— Tu te souviens bien de Joe… mon ex-mari.

— Et Gavin, qu'est-il devenu ? demanda Sam.

— Nous nous sommes disputés… Peu importe. Nous allons avoir une nouvelle maison en Italie. Regarde, je t'en ai donné des photos. Tu viendras m'y rejoindre aussi vite que possible.

Il la fixa avec un regard perdu.

— Pourquoi t'en vas-tu ?

Accoudé à la fenêtre de son minuscule studio, Vittorio Tazzini vit son ami Bruno approcher de l'immeuble du fond de la rue.

Enfin !

Dès que celui-ci frappa, il accourut à la porte et l'entraîna à l'intérieur.

— Tu l'as ? demanda-t-il, impatient.

— Vittorio, mon ami, je ne suis toujours pas très sûr que ce soit bien raisonnable. C'est devenu une obsession chez toi, ça ne va plus du tout.

— Une obsession ? Comment pourrait-il en être autrement ? Je me suis fait avoir deux fois. Et une des deux fois par quelqu'un que je prenais pour mon ami, jusqu'à ce qu'il me vole tout mon argent et qu'il disparaisse dans la nature. J'ai été obligé de vendre ma maison pour payer ses dettes, nom de Dieu ! *Ses* dettes, Bruno, pour lesquelles il m'avait convaincu de me porter garant ! Et l'autre, ce Joseph Clannan, qui a profité de ma situation désespérée pour me faire baisser le prix… J'ai vendu pour rien, parce que j'avais absolument besoin de l'argent.

Il balaya d'un œil méprisant le meublé miteux qu'il louait.

— Si au moins j'avais pu vendre à un prix décent, j'aurais gardé un quelconque espoir pour l'avenir. Je ne serais pas dans la misère, et je ne vivrais pas ici !

Bruno Muti s'efforça de ne pas montrer la peine qu'il ressentait pour son ami. A trente-deux ans, ils se connaissaient depuis l'école et étaient comme deux frères.

En silence, il regarda Vittorio se déplacer dans l'espace restreint de son studio après l'avoir vu dans la splendeur de sa villa. Il avait l'air d'un animal en cage. A ce rythme, tôt ou tard, il risquait de perdre la raison.

On ne pouvait qualifier Vittorio Tazzini de bel homme. Sa mâchoire trop carrée, ses joues trop creuses, ses yeux trop sombres lui donnaient un aspect féroce. Son nez semblait cassé à force d'être tordu. Sa bouche large et sévère témoignait d'une nature indomptée, capable d'aimer et de haïr avec la même intensité. Il n'oubliait jamais ni ses ennemis ni ses amours.

Même lui, son meilleur ami, avait un peu peur de lui et prenait en pitié quiconque aurait la bêtise de se mettre en travers de sa route.

— Oublie cet homme un instant, supplia-t-il.

— Comment ça ? demanda Vittorio, enragé. Il m'a pratiquement volé ma villa. Et tu sais pourquoi ? Pour impressionner une femme ! Pour lui offrir un cadeau sans que cela lui coûte rien.

— Comment peux-tu affirmer une chose pareille ?

— Quand je lui faisais visiter la propriété, il répétait sans arrêt : « Ma petite chérie sera enchantée. C'est tout à fait ce qu'elle désire. » Tout ça pour une femme ! Maintenant, je veux la voir, me faire une idée de ce qu'elle est. Alors, cette cassette qu'on t'a envoyée ? Tu l'as, oui ou non ?

— Oui, répondit Bruno à contrecœur en sortant l'objet de sa sacoche. C'est l'enregistrement de l'émission télévisée *Une star dans mon équipe*. C'est passé la semaine dernière en Angleterre. Mais vraiment, je préférerais te convaincre de laisser tomber. Je comprends que tu détestes le type, mais elle, qu'a-t-elle à faire là-dedans ?

— Parce que tu crois qu'elle est différente ? Tu crois qu'on peut les dissocier ? Tu crois que je ne sais pas quel genre de femme elle est ? Une petite conversation sur l'oreiller, et hop, elle a tout ce qu'elle veut. On les connaît, celles-là. Allez, donne-moi ça.

Vittorio arracha pratiquement la cassette des mains de son ami et la glissa dans le vieux magnétoscope sous la télévision. Avant de s'asseoir auprès de Bruno dans le canapé, il remplit deux verres de vin.

— La voilà, la merveilleuse, la splendide, *Angel* !

Vittorio contempla sans rien dire la ravissante créature aux longs cheveux blonds, au maquillage éblouissant et à la petite moue boudeuse qui saluait son public.

Elle en faisait des tonnes, songea-t-il en détaillant la robe moulante des plus sexy et les bijoux resplendissants. Le genre de femme qui avait l'habitude d'être servie. Mais même lui, il sentait un petit frisson lui parcourir le dos, et cela eut pour effet de l'énerver encore plus.

— Quelle putain ! siffla-t-il entre ses dents.

— Tu exagères…

— Tu es aveugle ou quoi ? Une alliance ne change pas ce qu'elle est vraiment.

— Elle ne la porte sans doute déjà plus. Ils divorcent.

— Alors Clannan voulait ma maison comme allocation de divorce ? C'est supposé devoir me consoler ?

A ce moment, Angel poussa son célèbre petit gloussement, qui partit dans les aigus, de plus en plus strident. Elle posa les doigts contre sa bouche, feignant d'être gênée, regardant de tous les côtés.

Quand, sous ses doigts, le verre se brisa en mille morceaux, Vittorio s'en aperçut à peine. Il fixait toujours la belle jeune femme provocante, qui riait comme si elle ne se souciait pas le moins du monde de qui que ce soit.

Quelle performance ! enrageait-il. Totalement faux, mais tout à fait au point pour faire craquer n'importe quel homme.

Bruno non plus ne quittait pas l'écran des yeux.

— Tu as peut-être raison à son sujet, gronda-t-il. Elle a tous les attributs pour envoûter un homme.

Le parcours du combattant commença à la gare de Naples. C'eût été plus simple d'appeler quelqu'un de la villa pour qu'on vienne la chercher, mais se débrouiller seule semblait à Angel une bonne façon de débuter sa nouvelle vie. Et surtout, elle se réjouissait à l'idée d'arriver à l'improviste et de voir la propriété dans son état habituel.

Elle le regretta vite. L'indépendance valait quand on avait juste quelques bagages. Mais avec toute une vie dans les bras, quel cauchemar pour porter, récupérer, s'enfourner dans un taxi, se hisser dans le train et le bus ! En montant dans le dernier taxi en direction de la villa, elle se sentait exténuée.

Mais les premières vues de la côte amalfitaine lui firent oublier sa fatigue. Elle en avait entendu parler et avait vu des photos, mais rien n'aurait pu la préparer à ce ravissement pour les yeux : la magistrale falaise se jetant sur des mètres et des mètres dans la mer.

— C'est vraiment haut ! s'exclama-t-elle en admirant le paysage. Et ces petits villages accrochés sur les flancs, comment ne tombent-ils pas à l'eau ?

— Ils sont sous la protection d'un puissant héros, répondit le chauffeur de taxi. La légende dit qu'Hercule était amoureux d'une jolie nymphe nommée Amalfi. Quand elle est morte, il l'a enterrée ici, puis il a placé de grandes falaises autour pour protéger son sommeil. Les pêcheurs ont protesté qu'ils allaient mourir maintenant que la mer leur était inaccessible. Hercule leur a alors construit des villages sur les falaises, et depuis il les surveille pour toujours…

Angel se plut à croire à la légende. Comment sinon comprendre que toutes ces maisons résistent aux lois de la gravitation ?

— La villa Tazzini est là-haut ?

— Oui, au sommet, mais les plantations de citronniers recouvrent tout le flanc de la falaise de ce côté-là, pour recevoir le plus de soleil possible.

— Les citrons sont bons ?

— Les meilleurs ! Les fabricants de *limoncello* se livrent un combat acharné pour acheter les citrons de Tazzini.

— Qu'est-ce que le *limoncello* ?

— Une liqueur à base de citrons. Un nectar du paradis, ajouta le chauffeur.

Un marché tout prêt, se dit-elle, soulagée.

— Regardez, ils sont là, indiqua soudain le chauffeur dans un virage. Et ça, ce sont des fleurs de citronnier.

Elle s'exclama, sous le charme du tapis blanc qui ornait la falaise. Comme si quelqu'un avait renversé un panier de pétales blancs vers le bas de la falaise. Ils resplendissaient dans le soleil italien.

Dans les derniers mètres vers la villa, elle sortit un miroir de son sac à main pour s'inspecter. Elle s'était promis de bientôt renoncer à cette habitude et de se soucier moins de son apparence. Mais comment ne pas essayer de faire une bonne première impression ? Ainsi elle se sentirait plus d'attaque.

Ils approchèrent d'une grande grille en fer forgé. Le chauffeur descendit de voiture pour l'ouvrir puis enfila l'allée. Enfin, ils découvrirent la villa.

Elle ne put réprimer un sourire d'admiration.

Comme elle l'avait expliqué à Nina, il ne s'agissait pas d'un palace, mais d'une très grande bâtisse en pierre apparente aux lignes impressionnantes. Elle comptait deux étages, avec au niveau du premier étage un balcon couvert qui courait sur toute la façade. En dessous, les décorations ne manquaient pas. De petites statues jaillissaient des murs, dominées par des animaux sculptés dans la pierre.

Trois énormes marches conduisaient à la porte d'entrée, laissée entrebâillée.

Elle se dirigea directement vers la porte, suivie du chauffeur qui portait ses valises, et regarda autour d'elle.

L'immense hall, malgré sa taille, avait quelque chose d'intime. Après la chaleur du dehors, la fraîcheur de la maison plongée dans la pénombre et protégée par ses épais murs de pierre était délicieuse. Des tomettes parfaitement conservées pavaient le sol, menant vers des portes voûtées qui semblaient l'inviter. Incroyablement, elle se sentait accueillie.

Quelle idée ! Comment imaginer qu'elle arrivait enfin chez elle ? Pur sentimentalisme. Si seulement ça avait pu être vrai !

Mais elle ne put se défaire tout à fait de cette impression, et une vague de bonheur l'envahit.

Elle paya le chauffeur, refusant sa proposition de l'aider à porter ses affaires plus loin. Elle voulait être seule pour profiter de ses premiers instants dans cet endroit fascinant.

Depuis le couloir, un escalier en pierre avec une rambarde en fer forgé semblait l'appeler plus avant.

Comme dans un rêve, elle commença à le gravir lentement. A mi-chemin, elle s'arrêta pour repousser le volet d'une fenêtre et se rendit compte que la villa se situait tout au bord de la falaise, directement sur la mer. De là, on voyait l'eau se déployer dans toute sa majesté, incroyablement bleue, luisant sous le soleil. Elle resta un moment immobile, respirant l'air de la mer, se berçant du fracas des vagues qui rompait seul le silence.

Quand avait-elle entendu le silence pour la dernière fois ? Quand, dans sa vie tourmentée, avait-elle connu une telle paix, un plaisir si tranquille ? Si elle n'était pas venue ici, aurait-elle seulement pu survivre ?

Elle reprit son ascension. Elle arriva à un vaste palier qui débouchait sur un couloir avec des portes de chaque côté. Une en particulier attira son attention : la seule porte double.

La chambre principale, celle qui serait la sienne.

Pressée de la visiter, elle poussa grand les deux portes.

Elle fut d'abord aveuglée par l'obscurité, car les volets des trois fenêtres étaient clos. Puis elle commença à distinguer des formes : un homme se tenait debout à l'une des fenêtres et regardait par l'entrebâillement d'un volet.

Un homme grand et mince. Comme ses yeux s'habituaient à la pénombre, elle aperçut qu'il portait un vieux jean et une chemise bleu clair. Des sandales usées complétaient sa tenue. Sûrement le jardinier, se dit-elle. Mais que faisait-il ici ?

— Bonjour ?

L'homme se tourna rapidement.

— Qui êtes-vous ? demandèrent-ils en chœur.

Angel sourit en pensant que son indignation n'avait rien de logique.

— Je suis désolée, c'est ma faute. Je n'ai prévenu personne de mon arrivée.

L'homme ouvrit les volets pour laisser entrer la lumière dans la pièce. Un rayon de soleil l'aveugla alors qu'elle se dirigeait vers lui. Elle le vit se raidir, mais il ne parla pas.

— Je suis la nouvelle propriétaire, expliqua-t-elle.

— La *signora* Clannan.

Elle avait repris son nom de jeune fille mais ne crut pas utile d'apporter cette rectification.

— Tout à fait. Apparemment, vous m'attendiez.

— Oh, çà oui ! Nous savions que vous alliez venir, mais pas exactement quand. On dirait que vous avez préféré garder cette information pour vous pour nous surprendre. Très fin ! Vous auriez pu découvrir de ces secrets enfouis…

Elle le voyait mieux à présent et se dit qu'elle n'avait jamais rencontré d'homme à l'air si dur. Tout en lui respirait la défiance, de sa grande silhouette anguleuse à son visage en passant par la façon dont il croisait les bras devant son torse, indiquant au monde de garder ses distances.

S'il avait été muni d'une épée, il n'aurait pas été moins accueillant.

— Je n'essayais pas de surprendre qui que ce soit, se défendit-elle avec calme. J'ai pris la décision de venir sur un coup de tête.

— Et vous n'auriez pas pu au moins passer un coup de fil de l'aéroport pour permettre à Berta de se préparer pour vous recevoir ? C'est notre gouvernante. Vous n'en trouverez pas de plus dévouée. Elle mérite un peu d'égards !

Une pointe de remords s'empara d'Angel, mais le choc de se voir ainsi faire la leçon balaya ses scrupules.

— Ecoutez, je suppose que vous faites partie du personnel. Eh bien, sachez dès à présent que je ne tolérerai pas qu'on me parle ainsi sous mon propre toit. Souvenez-vous-en si vous désirez conserver votre place.

— Vraiment ? Alors quelle chance que je ne travaille pas pour vous ! Sinon, je tremblerais comme une feuille.

— Ne soyez pas si insolent ! Si vous n'êtes pas un de mes employés, alors de quel droit vous tenez-vous dans cette chambre ? Vous n'avez aucun droit de vous y trouver !

Le rictus de l'homme se fit encore plus cynique.

— En effet, je n'en ai pas le droit. Plus maintenant.

— Que voulez-vous dire ?

— Je m'appelle Vittorio Tazzini. Je suis l'ancien propriétaire de ce domaine.

2

— Vous ? lâcha Angel, sur un ton de condescendance qu'elle ne put cacher.

— Eh oui, répondit l'homme. Un épouvantail comme moi. Avant, ici, c'était ma chambre, figurez-vous. Je suis venu chercher quelque chose que j'avais oublié. Désolé de m'être trouvé là le jour de l'arrivée de la nouvelle *padrona*. Pourtant, j'ai été bien mis en garde, il fallait que je déguerpisse sans faire d'histoires…

Elle fronça les sourcils, agacée. Le regard de l'intrus, plus que ses mots, la décontenançait. Elle avait pourtant l'habitude des œillades impudiques, parfois teintées d'admiration, parfois uniquement lubriques. Mais les yeux de cet homme semblaient remplis de haine.

— Pas besoin d'employer de grands mots, on ne joue pas une pièce, rétorqua-t-elle.

— Vous n'aimez pas que je vous appelle « *padrona* » ? Pourtant c'est bien ce que vous êtes, non ? La nouvelle maîtresse des lieux à qui tout le monde doit respect et déférence. Je ne dis que la vérité…

— Non, vous essayez de me mettre mal à l'aise, comme si je devais avoir honte d'être ici.

— Je n'aurais jamais imaginé que vous pouviez connaître ce sentiment, ironisa Tazzini.

— Ecoutez, j'en ai connu des plus coriaces que vous…

— Je n'en doute pas. Votre seule présence dans cette

villa atteste de votre réussite. Mais que comptez-vous faire maintenant que vous vous trouvez ici ? Je suppose que vous n'y avez même pas réfléchi. Pourquoi vous en soucieriez-vous ? Vos allocations substantielles vous protègent de ce genre de réflexion…

— Je ne vois pas en quoi cela vous regarde, scanda-t-elle. Mais pour votre information, j'ai l'intention de me débrouiller seule. Je sais que la propriété est rentable. Tout le monde m'a garanti que les citrons Tazzini comptaient parmi les meilleurs du monde.

Il la toisa de bas en haut.

— Alors vous avez entendu parler des citrons, et vous pensez que vous savez tout sur tout !

— Non, mais je connais le *limoncello*…

Le visage de son interlocuteur s'illumina d'un sourire mauvais, moqueur. Cela la déconcerta encore davantage.

— Eh bien, dites-moi, quelle érudition ! Mais jusqu'où va-t-elle ? Tiens, par exemple, quel type de citrons cultive-t-on à Tazzini ?

— Pardon ? Un citron est un citron, non ?

— Bravo, vous parlez en experte : un citron est en effet un citron. Mais il y a les citrons Meyer, les citrons Eureka et les citrons de Lisbonne. Quel type grandit ici ?

— D'accord, je ne savais pas qu'il y avait plus d'une variété, concéda-t-elle, vaincue.

— Vraiment ? Et vous ne savez pas quelle variété convient pour fabriquer le *limoncello.* En fait, vous ne savez rien de rien.

— Où voulez-vous en venir ? Je n'ai jamais eu l'intention de les cultiver seule. J'emploierai quelqu'un qui s'y connaît. En fait, il doit même déjà y avoir des personnes chargées de s'en occuper sur la propriété, non ?

Le sourire de Vittorio s'élargit encore.

— Pour le moment, il n'y a personne qui pourrait les cultiver assez bien pour en tirer le meilleur prix.

— Ne me dites pas qu'il n'y a pas de jardiniers ? s'indigna-t-elle.

— Il y en a un. C'est un bon travailleur, mais ce n'est pas un artiste. Vous devrez tout lui expliquer. Il ne fait qu'exécuter.

— Il n'y a pas de jardinier en chef qui n'a pas besoin de direction ?

— Le seul à s'y connaître vraiment, c'est moi. Et je ne suis plus là, puisque vous m'avez pris ma maison.

— Vous me le reprochez à moi ? Vous avez du toupet ! Ce n'est pas ma faute si vous avez décidé de vendre !

— Je n'ai jamais…

Il s'interrompit et reprit sa respiration.

— Ne parlez pas de ce que vous ne connaissez pas, continua-t-il, furieux.

— Alors, épargnez-moi vos accusations. Je n'ai jamais pris votre maison…

— Non, mais votre mari, si. Et qui a fini par en hériter ?

— Cela fait-il de moi une criminelle ? rétorqua-t-elle sans le lâcher des yeux. Je n'ai aucune envie de disserter sur ce que je ne connais pas, comme vous dites. Je ne souhaite que m'installer dans ma nouvelle demeure.

— Comme vous dites, déclara-t-il, cassant. Bienvenue dans *votre* nouvelle demeure. Je m'en vais prévenir votre personnel que vous êtes arrivée.

Elle le regarda sortir, verte de rage. Si elle avait eu quelque chose sous la main pour lui jeter dessus, elle ne se serait pas gênée ! Elle lui en voulait de lui avoir gâché ses premiers instants dans sa villa. Tout jusque-là avait respiré la paix et la beauté, mais après avoir franchi le seuil de cette chambre…

Elle s'en voulait aussi de la façon dont elle avait réagi. Angel Clannan dans toute sa splendeur. Elle croyait pourtant que cette partie de sa vie était bel et bien terminée, mais des années à se faire gâter et servir laissaient leur marque.

Pourtant, elle pouvait dépasser cela, s'efforça-t-elle de se convaincre. Elle était autre chose que la poule de luxe sans cervelle que Joe avait voulu faire d'elle !

Enfin, elle avait encore de beaux restes…

Se dirigeant vers les autres fenêtres, elle ouvrit les volets pour permettre au soleil rassurant de se répandre dans la pièce et examiner enfin sa nouvelle chambre.

Celle-ci ne ressemblait à rien de ce qu'elle avait connu par le passé.

Comme dans le reste de la villa, le sol était recouvert de tomettes rouge brique. Le lit imposant en noyer massif faisait plus d'un mètre cinquante de large. Les lampes sur les tables de chevet avaient un cachet vieillot avec leur abat-jour en parchemin. Entre les fenêtres, deux superbes armoires passablement délabrées, également en noyer, attendaient les vêtements. Contre un autre mur trônait une commode de bois massif. Il n'y avait aucun autre meuble.

En s'asseyant sur l'épais matelas, elle fut surprise par sa fermeté, mais quand elle s'y allongea, une sensation de confort intense l'enveloppa. La simplicité, l'austérité presque du lieu avait quelque chose de rassurant, de paisible. Elle se sentait comme chez elle.

Elle s'attarda encore un instant à examiner l'intérieur des armoires. Décorées magnifiquement au-dehors, elles étaient toutes simples à l'intérieur, avec des étagères et une tringle qui portait des cintres de bois, bien loin des cintres en satin auxquels elle était habituée. Elle aperçut un trou dans le fond de la seconde. Un petit objet vert attira son attention. Elle se pencha sous l'armoire et en tira un petit agenda.

Sans doute ce que l'homme était venu chercher. Il avait dû le laisser dans une poche de pantalon…

Depuis le rez-de-chaussée, elle entendit une voix de femme plaintive, presque en larmes, et Vittorio Tazzini semblait lui apporter son réconfort. Elle eut juste le temps de se relever et de lisser sa robe avant que la porte s'ouvre.

Une imposante *mamma* italienne fit irruption avec Vittorio à son côté.

— Je vous présente Berta, expliqua-t-il en anglais. Elle s'occupe à merveille de la maison, commenta-t-il avant de se retourner vers la dame pour traduire. Malheureusement, elle parle très mal anglais, et elle s'inquiète que vous lui en teniez rigueur.

— Pourquoi ? Nous n'avons qu'à parler en italien, répondit-elle en se tournant vers Berta. Je suis désolée de ne pas vous avoir prévenue de mon arrivée. C'était très impoli de ma part.

A son grand soulagement, Berta comprit son italien approximatif, et un large sourire se dessina sur ses lèvres. Elle lui répondit en parlant tout aussi lentement.

— Si madame veut bien descendre, je lui servirai le café pendant qu'on lui prépare sa chambre.

Alors qu'ils descendaient l'escalier, Angel comprit que tout le monde était maintenant au courant de sa présence. Un jeune homme s'affaira à porter ses valises à l'étage, non sans lui jeter des regards curieux au passage.

Elle ressentait la gêne de Berta, et cela l'émut. Elle ne voulait pourtant pas blesser qui que ce soit. Quand celle-ci lui versa le café, elle la remercia de son sourire le plus chaleureux.

— Quelle merveilleuse odeur, s'exclama-t-elle. Je suis certaine qu'on va très bien s'entendre.

Berta acquiesça de la tête. Elle semblait déjà plus détendue.

— Au fait, est-ce cet objet que vous cherchiez à l'instant ? demanda-t-elle à Vittorio Tazzini en lui tendant le carnet.

— En effet, merci ! Où était-il ?

— Il avait glissé dans un trou, au fond d'une des armoires.

— *Madonna !* Dans quel état sont les meubles ici, s'offusqua Berta. Vous pourrez vous en charger ?

Angel sursauta. Elle n'en revenait pas. La brave femme s'était adressée à Vittorio !

— Pourquoi devrait-il s'en préoccuper? interrogea-t-elle. Maintenant qu'il a vendu sa propriété, il n'a plus de raison d'y revenir...

— Oh, mon Dieu ! s'exclama Berta, une main sur la bouche. Vous ne lui avez pas dit ?

— Dire quoi ?

— C'est juste que..., hésita Berta. Vous ne connaissez rien à la propriété, et lui, il sait absolument tout, alors...

— Vous devriez nous laisser un moment, Berta, suggéra Vittorio sur un ton ferme.

— Oui, *padrone*.

Angel tiqua à ces mots. Berta le considérait encore comme le maître des lieux...

— Pourriez-vous avoir l'obligeance de m'expliquer ce qui se trame ? s'enquit-elle froidement en se levant. Parce que tout le monde a l'air de le savoir, sauf moi. En fait, j'ai comme l'impression que vous avez pris certaines décisions sans m'en informer. Il serait temps de le faire.

— C'est très simple. Vous avez besoin d'un expert pour vous occuper de la propriété et je suis l'homme qu'il vous faut. Vous n'avez aucune chance d'y parvenir seule.

— Qu'est-ce qui vous fait dire une chose pareille ?

— Regardez la vérité en face. Vous n'y connaissez rien en citrons. Savez-vous seulement de combien d'eau ils ont besoin ? A quel rythme ils fleurissent ? Toute la prospérité du lieu dépend du savoir-faire de son intendant. Sinon, on peut faire totalement échouer une récolte. Je n'ai pas travaillé comme un acharné pendant des années pour vous voir réduire tout à néant en une minute.

— Si c'est votre façon de me demander de vous employer, vous n'êtes pas très doué.

— Ne me faites pas perdre mon temps avec vos foutaises ! Je ne vous demande rien ! Je vous explique juste que vous n'avez pas d'autre choix.

— Çà par exemple !

— Acceptez la réalité, vous avez besoin de moi. A quoi bon le nier ?

— Et vous avez tout accompli seul, c'est bien ça ? Avec l'aide de votre exécutant, comme vous le décrivez, c'est tout ?

— Non, j'avais une équipe de trois jardiniers avec moi. Mais ils ont tous démissionné, hormis celui dont je vous ai parlé. Les deux autres sont partis quand j'ai vendu.

— Vraiment ? Ils ont pris la même décision. Quelle coïncidence !

— Si on veut...

— Et ils sont partis le même jour ?

— A la même heure.

— Etonnant ! Je me demande ce qui les a motivés...

Vittorio perçut parfaitement son ton ironique.

— Selon vous, c'est moi qui les ai poussés à partir, c'est bien ça ? Pour vous faire du tort ?

— Ça me semble plausible, en effet.

Il fit un pas vers elle, si subitement qu'elle ne put s'empêcher de reculer. Elle se retrouva collée contre le mur.

— Ecoutez-moi bien, commença Vittorio. Vous paraissez bien perdue entre ce qui est évident et ce qui ne l'est pas. Alors je vais clarifier la situation pour vous.

— Cette conversation est terminée ! scanda-t-elle, essayant de se dégager.

Mais il l'arrêta, l'emprisonnant de ses deux mains posées à plat sur le mur.

— Cette conversation prendra fin quand *je* l'aurai décidé. Vous allez d'abord écouter ce que j'ai à vous dire.

— Je n'en ai aucune envie. Laissez-moi partir, maintenant !

— Et qui va m'y obliger ? Pas vous en tout cas.

Comment l'aurait-elle pu, en effet ? Elle était consciente de la force de cet homme et savait qu'elle ne pouvait rivaliser avec lui. A quoi bon se battre ?

Ses yeux rivés sur elle, il semblait lire dans ses pensées.

Le rictus qui se dessinait sur son visage l'alarma encore davantage.

— N'espérez même pas que *vos* employés vous viennent en aide.

Il avait raison, elle avait beau être la nouvelle propriétaire, c'était toujours lui le maître des lieux.

— Alors vous allez m'écouter attentivement et c'est seulement quand je serai bien sûr que vous avez tout compris que je vous laisserai partir.

— Allez, qu'on en finisse !

— Tout d'abord, vous m'accusez d'avoir encouragé les gens à partir par vengeance. Eh bien, sachez que j'ai sué sang et eau pour ce domaine. Je ne ferai jamais rien pour le mettre à mal, à cause de quiconque. Ce que vous avez suggéré me blesse profondément et je ne peux tolérer de telles diffamations.

— Vous auriez dû vous entendre me l'annoncer ! Vous aviez l'air enchanté de la situation et de pouvoir me la jeter en pleine figure, reconnaissez-le.

— Je ne le nierai pas. Mais cette situation, vous vous y êtes fourrée toute seule, quand vous avez eu la prétention de débarquer ici sans rien connaître. Votre arrogance n'a donc pas de limites ? C'est pour cela qu'ils sont partis. Parce que ce sont des hommes intelligents qui ne vendent pas leurs services à des ignorants. Vous attendre à ce qu'ils le fassent aurait été les insulter. Ils ne supportaient pas cette abomination. Pourquoi auraient-ils dû la supporter ? Vous croyez que je les ai convaincus de partir ? Bien au contraire, je les ai suppliés de rester. Pas pour vous. Pour le domaine, pour la terre, pour ce qui y pousse et qui a besoin de soins et d'amour. Tout ceci est plus important que leur fierté ou la vôtre… Ou la mienne, conclut-il dans un soupir, après une brève pause.

Ces derniers mots semblaient sortis du plus profond

de son âme. Il resta un instant silencieux, comme s'il se plongeait dans un autre monde. Avec effort, il revint à lui.

— Pour votre information, je ne m'abaisserais pas à un acte pareil, et je n'accepte pas que vous m'en accusiez. Ne recommencez jamais, c'est un conseil.

— Et c'est ce qui doit me convaincre de vous engager ?

— Vous avez besoin de moi, comment ne le voyez-vous pas ?

— Je ne crois pas. Vous avez trouvé ce que vous étiez venu chercher, alors maintenant, je vous demanderai de sortir de chez moi. Vous m'avez entendue ? Sortez de ma propriété !

Elle parlait avec fermeté, mais son cœur battait la chamade.

Un moment, elle crut que Vittorio allait la frapper, mais il réussit tout de même à se maîtriser. Un frisson le traversa. Ses mains tombèrent du mur et il recula. C'était comme si sa force venait de s'évaporer.

— Votre propriété ? En effet, elle est à vous. Je vous en souhaite beaucoup de plaisir.

— Menteur ! Vous ne me souhaitez que malheur et soucis.

— Bien vu…

— Sortez maintenant, et ne remettez jamais les pieds ici !

Il la gratifia d'un dernier regard haineux avant de tourner les talons.

Angel s'était attendue à passer une nuit agitée, mais à sa grande surprise elle dormit comme une pierre. Le matelas apparemment si dur se révélait le plus confortable sur lequel elle se fût jamais allongée.

Se réveillant tôt, elle trouva la chambre plongée dans la pénombre, mais de faibles rayons de lumière traversaient les fentes des volets. En en ouvrant un, elle découvrit la douce lumière du jour qui se levait.

Emerveillée, elle observa la mer dans son calme apaisant.

Quelle perfection !

Enfin presque…

Ce Vittorio Tazzini avait le don de tout gâcher. C'était un homme dangereux, qui s'en prenait à elle sans même qu'elle comprenne pourquoi. Elle possédait maintenant la villa, c'était incontestable, et elle ne la lui avait pas volée.

Peut-être ne voulait-il pas vendre ? Peut-être ses dettes l'y avaient contraint ? Tout de même, s'habiller comme il le faisait…

Cela représentait un mystère, mais elle ne voulait pas s'en soucier. Elle l'avait jeté dehors. Désormais, elle n'avait plus à penser à lui. Rien de plus simple.

Si seulement… Mais cet homme avait le genre de présence qui laisse une marque. Ce n'était pas qu'il fût beau — pas selon les canons classiques en tout cas — avec son nez trop saillant, sa bouche sévère, ses joues trop creuses. Mais cette force intérieure qu'on pouvait palper, qui imprégnait… Il valait mieux ne pas s'en faire un ennemi.

Pourtant, il ne lui faisait pas peur. Loin de là.

Pendant des années, les hommes qu'elle avait fréquentés se ressemblaient tous tellement : lisses, superficiels, vides. Tous sortis du même moule — photographes, producteurs, acteurs de seconde zone, modèles —, le genre d'hommes avec si peu de personnalité, mais des traits parfaits, des sourires de cinéma et ce souci permanent de paraître à leur avantage. Elle avait presque oublié que les vrais hommes existaient jusqu'à ce qu'elle rencontre celui-là : un homme qui sentait bon la terre, qui n'avait pas peur de se salir les mains, qui n'avait pas de beaux discours tout cuits d'avance. Un homme honnête malgré sa férocité.

Cette rencontre l'avait laissée étrangement euphorique.

En fermant les yeux, elle le revoyait, s'approchant de son visage, se penchant tout près d'elle… Il l'avait à peine effleurée. Alors pourquoi cette sensation de ses mains sur sa peau ?

Il était temps qu'elle se ressaisisse, se dit-elle, presque amusée. Si sa vie était aussi délurée que la presse aimait à le raconter, elle s'en sortirait mieux maintenant.

Il était trop tôt pour se lever. Elle repartit se coucher et se rendormit.

Cette fois, son sommeil fut habité de rêves étranges : des pas tonnaient dans sa tête, elle ne voyait personne. Elle entendait les pas s'éloigner. Elle savait qu'il fallait qu'elle les arrête, sinon quelque chose d'affreux allait se produire.

Avant de pouvoir agir, elle se réveilla en sursaut.

Elle prit le petit déjeuner sur la terrasse qui surplombait la mer. Une vraie féerie ! Les oiseaux venaient se poser sur sa table en sifflant gaiement. Elle se réjouissait tant de la vue et de l'atmosphère qu'elle en oublia presque de manger.

Berta lui avait servi un délicieux café et des petits pains chauds. Au début, Angel craignait l'attitude de cette femme. Elle était consciente qu'elle restait dévouée à Vittorio. Mais la gentillesse de la gouvernante eut raison de ses craintes.

Elles passèrent le reste de la matinée à explorer la maison, et la joie d'Angel allait grandissant. Elle aimait cet endroit. Elle aimait surtout sa simplicité, son manque de prétention.

La demeure avait connu des jours meilleurs, comme en témoignaient les taches sur les murs dont les tableaux avaient été retirés. Les salles de bains dataient du XIXe siècle, mais l'eau chaude ne manquait pas.

— Cette maison a été construite il y a plusieurs siècles de cela, lui expliqua Berta. La famille Tazzini vivait dans un palace, mais cette maison était destinée à un plus jeune fils qui y emmena sa jeune épouse. Après, son fils en a hérité, puis le fils de son fils. Plusieurs générations se sont succédé. Ça a toujours été une maison heureuse.

Angel faillit demander alors pourquoi Vittorio l'avait vendue, mais elle se retint, sûre que Berta irait raconter à celui-ci comme la nouvelle propriétaire se montrait curieuse. Et elle n'avait aucune envie qu'il sache qu'il l'intriguait.

Elle trouva une suite de chambres idéales pour Sam et ses infirmiers. Au rez-de-chaussée, bien sûr — monter les étages était devenu impossible au vieil homme —, avec vue sur le jardin et les infirmiers à ses côtés.

Dans sa tête, elle fit la liste des meubles à acheter et des aménagements à apporter. Pour le moment, elle se contenta de demander à Berta de nettoyer et aérer les pièces en question. De plus amples explications attendraient qu'elle se sente plus en confiance avec elle.

Elle entreprit également de visiter le domaine avec Rico, le jeune jardinier qui travaillait encore pour elle. La propriété s'avéra plus grande qu'elle ne l'avait imaginé. En plus du verger, il y avait un immense jardin, construit sur plusieurs niveaux reliés par des marches en pierre. Des fleurs et arbustes de variétés pour la plupart inconnues d'elle y poussaient, parmi lesquels elle reconnut des roses, des géraniums, des magnolias, des buis… Çà et là, des fontaines en pierre entourées de plantes grimpantes crachaient une eau d'une pureté limpide. Rico lui expliqua qu'il semait et repiquait sur les instructions de Vittorio, de sorte que, chaque mois, une autre variété de fleurs égaye la vue.

Elle commençait à comprendre pourquoi Rico avait décidé de rester. Il était gentil et prompt à aider mais semblait légèrement simple d'esprit. Il était né sur la propriété et y avait toujours vécu. A vingt-trois ans, il savait qu'il n'aurait sa place nulle part ailleurs. Vittorio Tazzini était un dieu pour lui. Il n'arrêtait pas de répéter « le maître dit toujours ». A un moment, elle le surprit à regarder autour de lui avec découragement, se demandant visiblement comment il allait faire tout seul.

Elle ressentait le même découragement. Vittorio devait bien rire d'elle à l'heure qu'il était !

Le lendemain matin, elle décida de partir faire le tour de la propriété. Après environ une demi-heure de marche, elle s'arrêta pour profiter de la vue : au bord de la falaise, une rambarde en fer barrait le chemin du vide. Prudemment, elle s'approcha de la rambarde. Au-dessous d'elle, des parasols fleurissaient sur la plage. A cette distance, les baigneurs ressemblaient à des fourmis.

Fascinée, elle s'appuya à la barre en léger surplomb et se pencha en avant.

Soudain, elle sentit le sol se dérober sous ses pieds. Elle glissait sous la rambarde sans pouvoir retrouver son équilibre !

Une vague de terreur la submergea. Pendant un moment, elle se vit morte. Ses pieds bâtirent l'air, mais elle ne lâcha pas la barre de métal.

— Au secours ! cria-t-elle. Au secours !

Elle essaya de trouver un appui avec ses pieds, mais en vain. Elle était seule, suspendue dans les airs, comme au milieu du désert. Personne dans la propriété ne savait où elle était, et impossible d'imaginer qu'on puisse la voir. Même si quelqu'un apercevait ses mains, il lui faudrait l'atteindre, et elle ne savait pas combien de temps elle pourrait tenir encore.

— Au secours !

La force commençait à lui manquer. Les bras ainsi levés, elle avait du mal à respirer. Elle appela encore, mais le vent emporta ses cris.

Personne ne viendrait l'aider. Il ne lui restait plus qu'à attendre, au-dessus du vide, que la fatigue ait raison d'elle.

3

Angel hurla une nouvelle fois, mais elle n'articula aucun mot, juste une longue plainte de désespoir.

— Tenez bon, j'arrive !

Au début, elle pensa avoir rêvé. Le vent emporta les mots et le silence se réinstalla.

— Au secours ! cria-t-elle alors, sentant l'espoir renaître.

Aucune réponse. Elle avait tout imaginé. Personne ne viendrait la sauver, elle vivait ses derniers instants…

— Je suis là !

Un visage apparut au-dessus d'elle. Ce n'était pas une hallucination. Vittorio Tazzini se penchait vers elle, allongé sur le sol.

— Tout ira bien, ne paniquez pas. Voilà…

Il tendit la main, lui encercla le poignet de ses doigts solides. Puis il avança l'autre main, lui agrippa l'autre bras.

— Vous devez lâcher la rambarde maintenant, ordonna-t-il.

— Je ne peux pas…

— Il le faut, insista-t-il sans perdre patience. Sinon, je ne pourrai pas vous soulever. Faites-moi confiance.

Mais ses doigts semblaient gelés sur la barre de métal. Ils refusaient d'obéir. Alors qu'elle luttait pour agir, le terrain glissait encore plus dangereusement vers la mer. Elle leva les yeux pour constater que Vittorio gisait maintenant à moitié dans les airs.

— Ne vous en faites pas pour moi, cria-t-il.

— Comment ? Vous n'êtes appuyé sur rien !

— Ça ne me donne que plus de place pour vous extirper de là. Je vous en conjure, faites-moi confiance. Lâchez cette rambarde !

Retenant sa respiration, elle s'exécuta et sentit aussitôt les mains de Vittorio se resserrer sur ses poignets.

Il recula lentement, centimètre par centimètre, la tirant hors du vide jusqu'à ce qu'elle soit définitivement à l'abri.

Ça y était enfin ! Ils étaient en sécurité sur la terre ferme. Le visage congestionné de Vittorio témoignait des efforts intenses qu'il venait de produire.

— Oh, mon Dieu ! Mon Dieu ! chuchota-t-elle, encore sous le choc.

— Ça va ? demanda-t-il après un moment.

— Non. Je crois que je ne peux pas me retenir plus longtemps. Désolée…

— Laissez-vous aller.

Elle éclata en profonds sanglots qui agitèrent tout son être. De grosses larmes jaillissaient de ses yeux sans qu'elle essaye même de les retenir.

Vittorio l'attira à lui et la serra fort contre lui.

Elle s'agrippa à lui. S'il la lâchait, elle ne le supporterait pas. Elle s'efforça d'arrêter de sangloter, mais en vain. Il n'y avait que dans ses bras qu'elle se sentait vraiment sauvée.

Vittorio attendait sans s'impatienter, sans s'ébranler. Il resserra juste son étreinte sur son corps tremblant.

Il n'y avait rien de tendre ou d'affectueux dans son geste. Il s'agissait d'une sorte d'emprisonnement, d'une fermeté sans pareille. Mais c'était de cela qu'elle avait besoin jusqu'à ce que le monde retrouve un semblant de consistance à ses yeux.

— Bon sang ! soupira-t-elle enfin. Je croyais avoir plus de cran que ça !

Il la relâcha juste assez pour la regarder. Son visage était si proche du sien qu'elle sentit son souffle chaud contre ses lèvres.

— Pourquoi ? demanda-t-il, étonné. Vous avez frôlé la mort. Cela vous est-il déjà souvent arrivé ?

— Non.

— Alors pourquoi croire que vous trouveriez la force de faire face ?

— Ah bien, maintenant, on sait tous les deux que j'en suis incapable, scanda-t-elle, furieuse contre elle-même et contre lui aussi, quelque part.

— Et alors ? Existe-t-il une loi vous obligeant à être superwoman ? Ou c'est juste ce que vous aimeriez prétendre ?

— Taisez-vous !

— Je préfère ça. On dirait que vous êtes prête à vous lever…

Elle ne le pensait pas, mais il avait l'air de la connaître mieux qu'elle ne se connaissait elle-même. Elle l'autorisa à la remettre debout.

— Où est votre voiture ? demanda-t-il.

— J'ai marché jusqu'ici.

— Alors on va prendre la mienne. Elle est juste là.

La voiture de Vittorio ne payait pas de mine, petite et en mauvais état.

Angel se glissa sur le siège passager, ferma les yeux et ne les ouvrit que quand ils s'arrêtèrent devant la villa.

— La *padrona* a besoin d'un bon remontant, déclara Vittorio à l'adresse de Berta qui venait à leur rencontre.

— On en a besoin tous les deux, corrigea Angel en se dirigeant vers le jardin de l'autre côté de la maison.

Berta s'empressa d'apporter une bouteille de whisky et deux verres. Vittorio les servit et Angel avala le sien d'une traite.

— Un autre ?

— Non, merci. Je n'ai pas l'habitude de l'alcool… Merci, mon Dieu, vous étiez là ! Pour quelle raison, d'ailleurs ?

— Vous voulez dire comment se fait-il que je me sois encore permis d'être sur vos terres alors que vous m'en aviez chassé ?

— Pas vraiment. Vous m'avez tout de même sauvé la vie. Je vous dois quelque chose.

— Non, vous ne me devez aucune faveur. Ça n'aurait pas du tout arrangé mes affaires que vous mouriez. Tout le monde m'aurait accusé du crime…

Elle sourit à son esprit vif et lucide. Grâce à lui, ils évitaient de tomber dans le mélo.

— En effet, ponctua-t-elle. Mais pourquoi irait-on penser que vous vouliez m'assassiner ? Je sais que vous me détestez plus que tout, mais qui d'autre est au courant à part nous deux ?

— Très drôle, acquiesça Vittorio, qui savait très bien qu'elle savait.

— Allons, dites-moi plutôt ce que vous faisiez là.

— J'étais venu inspecter la falaise.

— Vous saviez que c'était dangereux par-là ? interrogea-t-elle, choquée.

— Oui, mais depuis hier soir seulement. Rico m'avait appelé pour me dire que le terrain risquait de s'ébouler à cet endroit. Il ne savait pas quoi faire.

— Il aurait dû m'en parler !

— Le pauvre bougre avait une peur bleue, expliqua Vittorio. Il est venu me prévenir parce que c'est ce qu'il a toujours fait. Je lui ai promis que j'irais vérifier, et c'est pour cela que j'y étais aujourd'hui. J'allais placer un cordon de sécurité avant de vous en informer.

— Oh, vraiment ? Comme c'est aimable à vous ! Mais seulement après avoir vérifié par vous-même…

Vittorio laissa échapper un soupir exaspéré.

— D'accord, lança-t-il sur un ton sec. Dites-moi ce que vous auriez fait de cette information ? Qu'est-ce que vous faites, en général, quand une falaise est sur le point de s'ébouler ?

Ne sachant que répondre, elle s'enfonça dans le silence.

— Vous voulez que j'avoue que je me serais tournée vers vous, concéda-t-elle enfin.

— Je me fiche de ce que vous avouez. Ce qui m'intéresse c'est ce que vous faites. J'espère que vous auriez eu assez de bon sens pour m'appeler, mais je n'y compte pas trop.

— Quel culot !

— Tout dépend si vous aimez plus cet endroit que vous me détestez, conclut-il.

— Vous m'avez bien eue, n'est-ce pas ? Parce que c'est vous qui aimez cet endroit plus que vous ne me détestez, et je devrais vous en être reconnaissante.

— En effet.

— Eh bien, j'essaye, affirma-t-elle entre ses dents.

— Je vois, et j'en suis ravi.

— C'est ça. Moquez-vous de moi, allez-y. Mais maintenant, je vous le demande : revenez travailler pour moi avant que cette propriété ne tombe en ruine. Enfin, si vous arrivez à le supporter…

— J'y arriverai. Je vous ai déjà dit que m'occuper de cette propriété est la seule chose qui me tienne à cœur. A côté de ça, rien ni personne n'a d'importance. Je ferai du bon travail pour vous, et vous aurez les meilleurs citrons d'Italie. Mais pour cela, il faudra me laisser les mains libres et suivre tous mes conseils.

— Je suis d'accord.

— Mon premier conseil : rappeler les deux autres jardiniers.

— Bien sûr. On ne peut pas laisser tout le travail à Rico, cela va de soi. Et en plus, c'est en partie grâce à lui que j'ai la vie sauve.

— C'est vrai. Vous devriez lui accorder une prime. Il a tant de travail, pas juste avec les citrons, mais avec le jardin aussi. Vous pourrez également en tirer profit, si c'est bien entretenu.

— Puis-je vous laisser vous charger d'appeler les autres jardiniers ?

— Sans problème. Mon deuxième conseil : commander de l'engrais au plus vite.

— Faites donc. On conclut une trêve, alors ?

— Je suppose…

— Cachez votre joie. Si vous préférez, on peut appeler ça un cessez-le-feu.

— Ça sonne mieux.

— Quel salaire demandez-vous ?

— Je vous enverrai un contrat en bonne et due forme, promit Vittorio en la toisant, un sourire indéchiffrable aux lèvres.

Angel dormit mal cette nuit-là. Dès qu'elle fermait les yeux, elle se revoyait suspendue dans le vide.

Bien qu'elle soit consciente que c'était un rêve, elle luttait de toutes ses forces pour s'en sortir sans faire appel à Vittorio Tazzini. Mais celui-ci réapparaissait toujours pour la sauver. Ensuite, à bout de souffle, le cœur battant la chamade, elle restait allongée de nouveau sur l'herbe tout contre lui.

Quand elle se réveillait, elle était prise d'un sentiment d'échec et mettait un moment avant de se calmer et de pouvoir se rendormir. Une tornade de frayeur et d'excitation s'emparait d'elle encore et encore, jusqu'à ce qu'enfin elle reconnaisse la vérité : elle avait désiré les mains de Vittorio sur elle.

Et ce, en fait, depuis le premier jour où elle l'avait vu.

— Et dire que je le déteste, maugréa-t-elle, furieuse contre elle-même. Cela ne suffit même pas à me protéger !

Certaines choses étaient simplement impossibles à

refouler, elles ne vous laissaient jamais en paix. Même quand l'objet du délit ne vous regardait qu'à peine, et avec un agacement non dissimulé.

Dès le lendemain matin, Vittorio présenta les jardiniers à Angel.

Ceux-ci se montrèrent polis, même s'ils ne cachaient pas vraiment qui ils considéraient comme leur légitime patron. D'un certain côté, elle devait reconnaître qu'ils n'avaient pas tort.

En privé, Vittorio lui expliqua ensuite le salaire qu'il leur avait promis et ce que lui-même réclamait.

Elle eut l'impression qu'il demandait moins que ce qu'il était en droit d'exiger, mais son attitude distante lui interdit de le mentionner.

— Cela vous convient-il, *padrona* ? demanda Vittorio pour conclure.

— J'ai tout placé entre vos mains et je ne reviendrai pas sur ma parole.

— Bien sûr que non. Ce ne serait pas dans votre intérêt, remarqua-t-il avec un sourire victorieux.

— Ce qui veut dire que si ce n'était pas le cas, vous ne me feriez aucune confiance ?

— Ce qui veut dire que j'ai le plus grand respect pour votre intelligence. Maintenant si vous voulez bien m'excuser, vos serviteurs ont du travail.

— Arrêtez avec ce genre de plaisanteries ! gronda-t-elle. Vous n'êtes pas mon serviteur et vous le savez aussi bien que moi. Toute cette situation vous amuse beaucoup, n'est-ce pas ?

— Si c'est ce que vous pensez, *padrona*, peut-être préféreriez-vous que nous échangions nos situations ?

Elle se trouva sans voix. Après un instant, il la laissa, verte de rage.

Elle observa les trois hommes qui traversaient la pelouse et ne put s'empêcher de remarquer la démarche féline de Vittorio. Les autres avaient l'air de vrais éléphants en comparaison. Il était comme un prince, avec une grâce incontestable, agréable à regarder.

Mais mieux valait pour elle qu'elle l'évite. Chaque conversation avec lui était plus éprouvante qu'un duel.

Cependant, il fallait tout de même qu'elle le fréquente et qu'elle s'intéresse au fonctionnement de la propriété. Qui sait, il pourrait décider sans crier gare de démissionner et de la laisser se débrouiller seule ?

Vittorio endossa avec une certaine satisfaction le rôle de domestique là où il avait été le maître. Angel se comportait correctement à ses yeux : elle suivait ses conseils, engageait les gens qu'il lui disait d'engager, dépensait l'argent qu'il fallait et ne discutait jamais.

C'est dans les vergers qu'il trouvait la paix. Ni le bonheur ni la joie, juste un oubli salvateur. La nature ne changeait pas. Les arbres demandaient toujours les mêmes soins. De même pour Luca, le bon gros chien qui s'était pris un jour d'affection pour lui et ne le lâchait plus depuis quatre ans. Il avait choisi son maître et l'avait suivi sans se plaindre de la grandeur de la villa à la misère du meublé.

Aujourd'hui, Luca était couché au pied de l'échelle sur laquelle il travaillait.

Il était rare qu'il émette un son. Aussi, quand il l'entendit aboyer, Vittorio baissa aussitôt la tête.

— Que se passe-t-il ? demanda-t-il.

Le chien aboya de nouveau, le museau pointé au loin.

Vêtue d'un petit haut de soie et d'un pantalon blanc, Angel se dirigeait vers eux.

— Pas bouger ! ordonna Vittorio prestement.

Mais trop tard. Luca accourait déjà dans sa direction.

Vittorio dévala l'échelle et courut après lui, mais Luca était trop rapide, et il se jeta sur Angel, laissant des marques noires sur le tissu immaculé.

Vittorio arriva juste à temps pour constater les dégâts.

— Je suis désolé, s'excusa-t-il.

— Ce n'est rien. Il voulait juste me dire bonjour.

Le rire d'Angel le sidéra. Et plus encore, elle n'avait pas essayé de repousser son encombrant ami. Au contraire, elle s'était penchée pour lui rendre son salut.

— C'est gentil de votre part, admit-il à contrecœur. Mais je crois que vous n'avez pas vu dans quel état sont vos vêtements.

Elle y jeta un œil et lâcha un soupir.

— En effet, acquiesça-t-elle en souriant. Mais il ne l'a pas fait exprès. N'est-ce pas, mon gars ?

Elle caressa de nouveau la brave bête avant de lisser son T-shirt maltraité.

— Je paierai pour les dégâts, assura-t-il, se demandant où il trouverait l'argent pour remplacer des habits qui respiraient aussi ostensiblement le luxe.

— Ne vous inquiétez pas. D'autant qu'il le refera encore...

— Il n'y aura pas de prochaine fois. Je veillerai à l'attacher désormais.

— Oh non, surtout pas ! J'adore les chiens.

— Vous n'en avez pas, observa-t-il.

Elle fit une grimace déconcertante, et il vit soudain la petite fille qu'elle avait été.

— J'ai toujours voulu en avoir un, mais mon mari en avait horreur.

— Pourtant il ne vous a pas privée de luxe, s'étonna-t-il avec une pointe d'ironie.

— Je vois que vous lisez la presse people ! Attention, c'est une mauvaise habitude, gronda Angel en levant un doigt. Elle ne fait que mentir.

Elle marquait un point, se dit-il, ennuyé. Mais comment

se fâcher contre elle à cet instant, avec le soleil qui embrasait sa chevelure blonde et Luca heureux comme jamais ? Elle semblait faire corps avec la nature, et étrangement lui s'en sentait exclu.

— Alors, comme ça, il n'a pas cédé à vos moindres caprices et ne vous a pas couverte de luxe ?

— Oh si, bien sûr. J'avais tout le luxe dont j'aurais pu rêver. Si je voulais des diamants, il me suffisait de demander. Mais le jour où mon regard a croisé celui d'un beau gros toutou, il a refusé. La seule idée de voir ma personne si bien habillée recouverte de poils lui donnait la nausée.

Vittorio regarda la jeune femme, saisi. La pointe de cynisme dans sa voix ne lui avait pas échappé. Il n'en revenait pas de l'entendre se moquer ainsi d'elle-même. Pourquoi ne pouvait-elle pas être plus simple à saisir ?

— Hmm ! laissa-t-il échapper, signifiant qu'il ne la laisserait pas aussi facilement lui retirer ses préjugés.

— Personne ne connaît vraiment Joe Clannan, continua-t-elle. Ce qu'il veut, il paie le prix fort pour l'obtenir. Mais quand vous ne lui plaisez plus, il se tourne purement et simplement vers son prochain investissement. Il sait se montrer vraiment abominable…

— C'est pour cela que vous l'avez quitté ?

— C'est lui qui est parti. Il m'a quittée pour une plus jeune.

Vittorio observa sa silhouette filiforme, son visage parfait… Il ne la croyait pas.

— Une femme plus jeune ? Quoi, vous ne devez pas avoir plus de vingt-deux, vingt-trois ans ?

— Vous sous-estimez le talent des salons de beauté. Si vous regardiez mieux, vous sauriez que je suis replâtrée de toutes pièces avec l'aide acharnée d'une armée qui travaille d'arrache-pied pour masquer le fait que je tombe en lambeaux. Vingt-deux ans ! Et quoi encore ? Je suis sur la pente délicate avec mes vingt-huit ans passés. Selon Joe, chaque jour, des morceaux de moi tombent et on doit les regreffer avec des punaises !

— D'accord, d'accord. Je vois l'idée…

— Je parie que non. Pas vraiment, insista-t-elle, très heureuse de le voir embarrassé. Quand je me déshabille pour aller au lit, je retire également ma perruque, mes faux ongles, et je recompte mes doigts pour m'assurer qu'ils sont encore tous là. Tout ce qui reste part en ruine…

Une vague de colère s'empara de lui. Elle voulait peut-être le dégoûter avec ce portrait peu appétissant, mais lui, tout ce qu'il avait retenu, c'était « quand je me déshabille ». Qu'est-ce qui lui prenait de parler de cette manière à un homme ? Cette femme était-elle vraiment inconsciente de son pouvoir sur lui pour le tourmenter de la sorte ? Ou peut-être que ça n'avait aucune importance pour elle ? Peut-être le voyait-elle seulement comme son domestique ?

Quelle que soit la réponse, il n'avait devant les yeux que son corps nu… Et devait résister à l'idée de l'imaginer au lit.

— Vous avez terminé ? l'interrompit-il.

— Presque. Je voulais juste que vous compreniez que je suis le modèle de la saison passée. Joe m'a remplacée par le nouveau.

Si Angel n'avait pas eu l'intention de révéler tant sur sa vie, le voir se décomposer sous ses yeux lui donnait un plaisir visible. Cela lui apprendrait à éviter les conclusions hâtives !

— Mais il vous a acheté cet endroit, rétorqua-t-il enfin. Tout le temps que je lui faisais visiter la maison, il répétait « ma chérie va adorer », comme si cela lui importait vraiment.

— Sauf que je n'étais pas la chérie en question. Il n'a pas acheté votre propriété pour moi, mais pour elle. Seulement, elle n'en a pas voulu. Ce n'était pas assez splendide pour elle. Il a trouvé alors que ça irait bien pour moi. Il voulait obtenir le divorce le plus économique possible, et comme les batailles juridiques m'épuisaient, j'ai accepté pour me débarrasser enfin de lui…

Ces derniers mots lui retirèrent ses derniers doutes. Il avait ressenti exactement la même chose quand il avait eu affaire à Joe Clannan.

— En fait, vous n'aviez pas vraiment envie de venir ici ?

— Au contraire, j'adore l'Italie ! J'ai même appris l'italien, il y a quelques années.

— Ça m'étonne. Je croyais…

— Vous vous attendiez à voir arriver une sorte de pimbêche, enchaîna-t-elle pour l'aider.

— Pardon ?

— Vous vous faisiez une sacrée idée de moi, n'est-ce pas ?

Il haussa les épaules, gêné.

— Vous voulez toujours un chien ? demanda-t-il plutôt que de répondre.

— Si vous m'en trouvez un comme celui-là, acquiesça-t-elle en désignant Luca, toujours collé à elle.

— Mauvais choix, remarqua-t-il. C'est une vraie canaille !

— Je sais, c'est pour ça qu'il me plaît !

— Je vous obtiendrai un de ses petits. Ce ne sera pas difficile. Il a fréquenté toutes les chiennes de la région… Bon, si vous vouliez bien m'excuser, j'ai déjà pris trop de temps sur le travail pour lequel vous me payez !

Angel comprit que Vittorio avait prononcé ces mots pour mettre un terme brutal à ce court instant de rapprochement. Elle n'avait d'autre choix que d'accepter et s'en aller.

Pendant trois jours, il ne fut plus question du chien, si bien qu'elle crut que Vittorio avait oublié. Mais le quatrième jour, il arriva avec un chiot de quatre mois environ qui ressemblait de très près à Luca : le pelage brun, les petits yeux malicieux et l'air fripon.

— Il s'appelle Toni, présenta Vittorio. J'avais trouvé un

domicile pour lui, il y a deux mois, mais sa propriétaire est ravie de s'en débarrasser. A ce qu'elle dit, il est désobéissant, bruyant, incontrôlable, et la plupart du temps possédé par le diable...

— Exactement ce que je voulais !

— N'allez pas vous plaindre que je ne vous ai pas prévenue ! déclara-t-il en lui tendant le toutou qui se débattait en remuant la queue.

Entre Toni et elle, ce fut le coup de foudre. Elle n'avait jamais rencontré de petit être plus affectueux.

Au bout de quelques heures, elle se précipita en ville pour acheter des jeans et des petits hauts pas trop salissants, à cause des pattes avides de son compagnon. Maintenant, elle ne porterait plus que ça.

Au bout de quelques jours, elle abandonna aussi le maquillage : à quoi bon passer des heures devant la glace, quand Toni, d'un coup de langue, ruinait tout son travail ? De toute façon, elle n'arrivait pas à le gronder.

Son cessez-le-feu avec Vittorio tenait bon, ils ne sortaient même presque plus les armes. Elle savait qu'elle commençait à gagner du terrain et que l'opinion que Vittorio avait d'elle s'améliorait. Gagner son approbation comptait beaucoup à ses yeux.

Elle pratiquait couramment l'italien avec son entourage et avait vite retrouvé son aisance d'autrefois. Pourtant, pour taquiner Vittorio, elle insistait pour converser avec lui en anglais. Elle prétextait qu'il devait améliorer ses compétences dans la langue de Shakespeare. Son air cynique montrait bien qu'il n'était pas dupe, mais il ne semblait pas souffrir de ses taquineries.

Il commença à lui enseigner les rudiments de la récolte des citrons. Elle apprit que c'était les citronniers de Lisbonne qui poussaient dans le domaine, que le choix de l'engrais était crucial et que l'arrosage déterminait tout.

— Il faut les inonder au début, après la terre doit sécher complètement, et on les inonde de nouveau. Il faut beaucoup de patience. Cela peut prendre des années avant de cueillir le premier citron. Votre… la plantation compte des citronniers à différents stades de leur pousse. Certains donneront cette année, d'autres l'année prochaine et ainsi de suite.

La façon dont Vittorio était passé de « votre » à « la » ne lui avait pas échappé. Maintenant qu'elle n'avait plus de colère contre lui, ce genre de nuance ne la vexait pas. Elle était consciente que ce ne devait pas être une situation facile pour lui. Son amour pour cet endroit engloutissait tout, le poussait au plus grand sacrifice…

Pour Angel, il était devenu clair que tout l'avenir dépendait de la prochaine récolte. La somme que Joe lui avait versée et qui lui avait semblé suffisante à l'époque s'amenuisait de jour en jour sous le poids des dépenses qu'elle devait réaliser pour les citrons. Elle dut même changer de voiture et se contenter d'un modeste véhicule d'occasion.

Bientôt elle devrait chercher à gagner de l'argent, mais les moyens auxquels elle pensait ne lui plaisaient guère. On lui avait déjà offert de raconter sa version de l'histoire avec Joe. Elle pourrait s'épancher sur les détails croustillants et se venger de ce qu'il lui avait fait…

Mais elle ne voulait pas replonger dans les côtés sordides de la vie qu'elle avait fuie. Pour le moment, elle préférait ne pas y penser. Elle trouverait bien une solution plus tard. Pour l'instant, elle voulait simplement préparer la maison pour l'arrivée de Sam.

Chaque matin et chaque soir, elle lui téléphonait, heureuse d'entendre quand sa voix sonnait mieux et cachant sa déception quand il ne la reconnaissait pas. Après cela, elle parlait à Roy ou à Frank, ses infirmiers, qui la rassuraient toujours.

— Il va un peu mieux aujourd'hui. Nous lui parlons de

vous et il comprend bien. C'est juste qu'il ne reconnaît pas votre voix au téléphone. Ce sera différent quand il vous verra.

— Bien sûr, répliquait-elle pour se convaincre. Dites-lui bien que je l'aime et que nous serons bientôt réunis.

Puis elle raccrochait et pleurait un peu.

4

En l'absence de facteur, Vittorio terminait toujours une sortie en ville par la collecte du courrier.

— J'ai des lettres pour vous, déclara le receveur du bureau de poste. Et aussi pour elle.

Il employait le pronom « elle » sur le ton que les habitants de la ville utilisaient pour montrer qu'ils étaient de son côté à lui. Cette fois, cela le chagrina.

— Ce n'est pas sa faute si c'est elle qui possède la villa. Laissons-la un peu tranquille.

Un ricanement amusé le fit se retourner.

Mario, un jeune homme qu'il avait engagé comme saisonnier et qu'il n'avait jamais beaucoup aimé, une sorte de bon à rien, le regardait.

— Je vois qu'elle t'a ensorcelé, plaisanta-t-il, l'air plus sobre qu'à son habitude.

— Qu'est-ce que tu insinues ? demanda Vittorio sur un ton d'avertissement.

— Nous savons tous quel type de femme c'est. On peut le lire dans tous les journaux.

En un clin d'œil, il s'approcha de Mario et le saisit par le col.

— Tu vas la fermer pour de bon, gronda-t-il. Compris ? Je ne te le redirai plus.

Un grognement étouffé attesta de l'accord de Mario.

Vittorio le relâcha et se détourna sans un regard.

— Je vais prendre mon courrier et je lui apporterai le sien, dit-il à l'attention du receveur.

Il sortit sans s'attarder davantage et, de retour au volant de sa voiture, respira profondément. Pour se calmer, il inspecta le courrier.

Dans celui d'Angel se trouvait une grande enveloppe en papier kraft presque complètement ouverte qui venait d'Angleterre. Il posa le tout sur le siège passager et démarra.

Arrivé à la villa, il alla droit vers le bureau au fond du couloir, d'où il avait autrefois dirigé la propriété. Alors qu'il déposait le courrier d'Angel sur le secrétaire, l'enveloppe en kraft s'ouvrit, laissant apparaître un magazine qui tomba par terre. En le ramassant, il vit le visage d'Angel sur la couverture.

Elle posait d'une façon provocante, capable de tourner la tête de n'importe quel homme. On aurait dit une invitation à la rejoindre au lit.

La légende de la photo le choqua :

« Comment Angel m'a brisé le cœur, par l'amant qu'elle a quitté pour Joe Clannan. »

Il poussa un soupir de dégoût et jeta le magazine sur la table avant de tourner les talons. Mais il s'arrêta avant de franchir le seuil de la porte et revint vers le journal, se détestant pour sa curiosité.

A l'intérieur figuraient plusieurs photos des jours de gloire d'Angel et également des clichés amateurs la montrant sous un autre jour : plus jeune, moins sophistiquée, presque méconnaissable. A son bras se tenait un jeune homme très séduisant : son petit ami, très probablement.

Le titre clamait qu'il s'agissait de l'histoire vraie de ce qui s'était passé, racontée par le fiancé au cœur brisé. L'article narrait le drame d'un beau jeune homme au cœur tendre déchiré par cette prédatrice sans scrupule qui l'avait jeté pour un homme riche :

« Je l'aimais et je croyais qu'elle m'aimait, mais elle m'a largué pour l'argent. Comment rivaliser avec les millions de Joe Clannan ? Je ne lui en veux pas. Mais maintenant qu'elle aussi s'est fait plaquer, j'espère qu'elle comprend la valeur de l'amour sincère. »

Ecœuré, Vittorio observa le visage de l'homme avec plus d'attention. Un véritable Apollon ! Sans doute sans cervelle, mais le type d'homme sur lequel une jeune fille naïve peut facilement craquer. Elle l'avait quitté pour Joe Clannan. Pas besoin d'être un génie pour comprendre pourquoi…

Une vague de tristesse l'envahit.

Angel entra quelques minutes plus tard dans la pièce et le surprit assis au bureau, le regard dans le vide. En apercevant le magazine, elle se raidit.

— Vous avez des lectures bien décevantes, lança-t-elle sur un ton glacial.

Il sursauta.

— Ce magazine est à vous, se défendit-il. C'était dans votre courrier, je l'ai pris en allant à la poste.

— Et vous vous sentiez en droit de l'ouvrir ?

— L'enveloppe était déchirée et il a glissé en dehors, expliqua-t-il en lui montrant la preuve de ce qu'il affirmait.

Il regarda Angel feuilleter l'article.

Une expression de lassitude excédée se dessina sur son visage. A cet instant, personne n'aurait reconnu en elle la femme sur la couverture.

— Vous ne devriez pas laisser ces horreurs vous préoccuper, la rassura-t-il, sentant le besoin de la réconforter. Les journalistes lui ont sans doute offert une belle somme pour qu'il dise ce qu'ils voulaient entendre. Ça n'a aucune espèce d'importance.

— Vous voulez dire que c'est le sale monde dans lequel je vis, alors ça ne devrait pas me surprendre, corrigea-t-elle, le fixant avec défi.

En d'autres circonstances, c'est ce qu'il aurait eu en tête, mais pas là. Il s'efforçait de trouver une repartie pleine de tact, mais Angel le devança.

— Vous avez sûrement raison. Ils ont dû grassement le payer pour ce torchon. Grand bien lui fasse !

Elle partit d'un rire sans joie qui l'attrista. Soudain, il voulait penser du bien d'elle.

— Il a tout inventé, n'est-ce pas ? demanda-t-il, implorant.

— Une partie. Je ne l'ai pas quitté pour Joe. Nous étions déjà séparés à l'époque.

— Mais quand il dit que vous avez épousé Clannan pour son argent…

— Oh, si, affirma-t-elle, légère. Là, il dit vrai.

— Vous ne pensez pas ce que vous dites.

— Pourquoi pas ? Vous avez rencontré mon ex-mari. Vous croyez que j'aurais pu l'épouser par amour ?

— Je suppose que non.

— Ne faites pas cette tête ! lança Angel, enragée. C'est bien ce que vous avez toujours pensé de moi, non ?

— Je vous en prie…

— Avouez-le !

— Eh bien… Oui, peut-être, d'une certaine façon.

— Quelle lâcheté ! Vous me méprisez depuis le premier jour où vous avez posé les yeux sur moi. Reconnaissez-le !

Vittorio ne répondit rien.

Elle le regarda de haut.

— Quand c'est dans mon dos, ça ne vous dérange pas. Mais vous n'avez pas le courage de me le dire les yeux dans les yeux.

— Parce que je sais maintenant que je me suis trompé sur votre compte. Je vous en voulais parce que j'avais dû vendre, mais vous avez dit vous-même que la villa n'était même pas pour vous.

— Et vous m'avez crue ?

— Bien sûr…

— Pour quelle raison ? Vous n'avez aucune preuve.

— Je vous crois, c'est tout.

— Et si je vous disais que j'étais une pauvre innocente qui s'est jetée à corps perdu dans ce mariage sans savoir ce qu'elle faisait, vous me croiriez aussi ?

— Ça s'est passé comme ça ?

— Je pourrais vous faire croire n'importe quoi. Comment sauriez-vous où est la vérité, de toute façon ? Pendant huit ans, j'ai vécu dans un monde où la vérité et le mensonge n'existaient pas. La seule réalité était ce qui comptait à un moment précis. Si ça ne fonctionnait plus, on changeait de version. La seule chose tangible, c'était l'argent. Joe Clannan possédait des millions, et à ce moment-là il voulait les dépenser pour moi. Alors je l'ai laissé faire. Pourquoi pas ? Il m'a achetée, je me suis vendue. C'est assez clair pour vous ?

— Arrêtez ça tout de suite ! hurla Vittorio. Pourquoi dites-vous cela ?

— Je remets juste les choses à leur place. Vous pensiez déjà tout cela quand je vous ai rencontré. Votre instinct perspicace ! Vous auriez dû en rester à cette opinion. Tout cela est la pure vérité.

— Tout ?

— La plupart. Assez pour faire fuir un honnête homme qui aurait un tant soit peu de bon sens.

— Alors pourquoi êtes-vous ici ? Pourquoi ne pas avoir vendu cette villa pour jouir encore de la belle vie ? L'argent aurait fini par se tarir, mais vous auriez pu mettre le grappin sur un autre millionnaire. Ce n'est qu'une question de technique, et vous dites l'avoir. Ou alors je ne vous ai pas comprise ?

— Non, vous avez tout compris ! s'enflamma-t-elle. J'ai la meilleure technique. J'en ai même des dizaines. Je connais le moyen de harponner n'importe quel homme. Il suffit de trouver ce qui l'attire. Certains demandent plus de travail que d'autres, mais à la fin la plupart baissent l'échine et me supplient.

Les yeux de Vittorio s'assombrirent, sa respiration se faisait plus rapide et plus lourde.

Elle savait parfaitement qu'il détestait l'entendre parler de la sorte. Il se détourna d'elle, mais elle ne lui laissa aucun répit.

— Ce n'est pas juste une façon de battre des paupières. Ça, c'est un truc vieux comme le monde, il marche encore sur les plus bêtes. Non, c'est l'art de passer la langue sur ses lèvres et de rire sans raison pour qu'ils sentent un frisson tout au long de leur dos…

— Taisez-vous !

Elle pencha légèrement la tête, laissant quelques mèches lui balayer le visage.

— Vous me donnez des ordres, Vittorio ? C'est dans l'autre sens que ça se passe…

Le visage de son interlocuteur se renfrogna encore davantage. Si elle n'avait pas été survoltée par le rôle qu'elle jouait, elle en aurait eu la chair de poule. A la place, ce fut un tremblement de plaisir qui la parcourut.

— Je pourrais vous tuer à cause de ces mots ! menaça-t-il.

Elle éclata de rire, consciente qu'elle le poussait dans ses retranchements. Sa satisfaction décupla.

— Certains hommes, il faut les mettre en colère d'abord, lança-t-elle, approchant son visage du sien. Le résultat est toujours le même.

Vittorio la saisit par les épaules.

— Vous êtes folle de me parler comme ça !

— Ça m'amuse follement. Admettez que j'ai raison…

— Qu'est-ce que vous racontez ?

— Je vous ai expliqué que certains hommes sont plus difficiles à séduire que d'autres. Vous faites partie des plus faciles !

— Si vous croyez que vous avez réussi à m'embobiner…

Vous pensez que je n'ai jamais rencontré des femmes comme vous avant ? Vous pensez que je ne sais pas quoi faire d'elles ?

— Non, vous n'avez jamais rencontré quelqu'un comme moi avant, déclara-t-elle, les yeux rivés aux siens. Et en effet, vous ne savez pas quoi faire de moi.

Elle triomphait. Elle savait qu'elle avait raison. Il l'agrippait fermement et elle était consciente du pouvoir qu'elle avait sur lui. L'espace d'un moment, il avait tout ce qu'il avait toujours voulu devant lui, tout ce qu'il n'avait jamais cru possible d'obtenir.

Elle se mit à rire de lui, d'elle-même, de toute cette situation…

— Arrêtez tout de suite ! cria-t-il. Arrêtez, ou je vous y obligerai !

— Et comment ?

Vittorio l'attira à lui, si près que leurs lèvres se frôlèrent.

Un frisson de victoire emporta Angel. Cet homme qui se protégeait d'elle avec tant d'efforts et tant de force fondait entre ses doigts.

Mais soudain, son exaltation fit place à un vide sans fond. Elle voulut éclater en sanglots, se laisser aller dans ses bras, mais ce n'était plus possible.

Son changement d'attitude n'avait certainement pas échappé à Vittorio. Après l'avoir maintenue par la force, maintenant il la soutenait.

— Angel, murmura-t-il. Angel, qu'essayez-vous de prouver ?

Elle hocha la tête, perdue. Elle n'en avait pas la moindre idée. Le vent de folie qui s'était emparé d'elle semblait bien loin.

Il la libéra doucement de peur qu'elle ne s'effondre.

— Pourquoi voulez-vous que je pense du mal de vous ? murmura-t-il.

Elle recula et le regarda froidement. Elle souffrait tant que c'était comme si elle agonisait.

— Vous le ferez de toute façon. Quoi que je fasse… Cela vaut mieux ainsi. Continuez à penser le pire, Vittorio, c'est probablement plus proche de la vérité.

Elle quitta la pièce, le laissant abasourdi, et traversa le couloir à toute allure.

Elle croisa Berta qui sortait de la cuisine, déclina sa proposition de lui servir du café et s'enfuit dans sa chambre en quête de calme.

Quand la porte se referma derrière elle, elle s'effondra sur son lit. Incapable de bouger, elle fixa le plafond, s'efforçant de lutter contre la léthargie qui l'envahissait.

La dernière fois que cela s'était produit remontait à la nuit de son dernier jeu télévisé, quand elle avait avancé sous les projecteurs.

Ce genre d'évanouissement éveillé avait démarré lorsqu'elle avait perdu son bébé. Elle pensait en avoir terminé avec ça. Mais ses étourdissements ne lui laissaient aucun répit.

Autour d'elle, l'air semblait peser des tonnes. Elle avait l'impression que Vittorio se tenait à côté d'elle, dans la chambre. Il la prenait dans ses bras et l'entraînait dans un tourbillon de désir mutuel.

Voilà ce qu'elle avait refusé d'admettre depuis le début ! Cette passion qu'elle ressentait chaque fois qu'elle se trouvait près de lui. Mais elle ne devait pas céder. Elle devait résister de toutes ses forces !

Elle se ressaisit et ramassa le magazine qu'elle avait jeté par terre. Gavin Alford sortait d'un autre monde. Ce visage si beau et idiot à la fois ne lui disait plus rien. Aucun souvenir ne refaisait surface.

Elle ne l'avait pas quitté pour Joe ! s'indigna-t-elle en silence. Elle l'avait quitté parce qu'il ne voulait pas de Sam. Mais ce faux-jeton ne l'avait pas mentionné…

Toni, qui s'était glissé dans la chambre derrière elle, commençait à réclamer son attention.

— Allez, on va sortir un peu !

C'était une promenade sans but, mais tous les deux s'en réjouirent. Une sorte de paix naissait de la compagnie de ce petit être qui attendait tout d'elle. Tout ce qu'elle faisait lui convenait.

Quand elle se laissa tomber au pied d'un arbre et qu'il la trouva inerte, il s'assit simplement à son côté, blotti contre son corps, jusqu'à ce que la nuit commence à tomber.

Assise à la table de la cuisine, Berta finissait son dîner quand Vittorio passa devant la porte ouverte.

— Joignez-vous à moi, proposa-t-elle en se levant pour prendre la cafetière. Vous pouvez même dîner ici, si ça vous tente. Il y a à manger pour un régiment.

Il accepta de bon cœur et mangea en silence.

— Ça va mieux, dit-il, une fois son assiette terminée. Je n'avais aucune envie de rentrer me préparer à manger.

— Je vous ai mal habitué, plaisanta Berta, qui disait vrai.

— Oui, vous m'avez bien trop gâté. Je suis venu informer la *signora* du matériel à acheter.

— Elle n'est pas à la maison. Elle est partie avec Toni il y a des heures de cela. Je croyais qu'elle était partie en ville, mais sa voiture est ici.

— Mais il fait nuit, s'inquiéta-t-il. Elle est restée dehors tout ce temps ?

— Ne me dites pas que vous vous en faites pour elle ! Je croyais que vous la détestiez…

— Je ne la déteste pas, corrigea-t-il, mal à l'aise. Elle est gentille avec les chiens quoi qu'ils fassent. Elle s'est même acheté des vêtements bon marché pour ne pas craindre qu'ils la salissent.

— J'ai remarqué. Et elle a beaucoup changé, en effet.

Elle ne ressemble pas à l'idée qu'on s'était faite d'elle, hésita Berta. N'est-ce pas ?

— Je ne sais pas…

— Je vous ai déjà dit qu'elle connaît tout sur les reproductions dans le couloir. Quand je lui ai fait visiter la villa, elle citait le nom de chaque peintre…

— Elle ne se trompait pas ?

— Je ne m'y connais pas vraiment en peinture. Mais elle, si. Et son italien s'améliore de jour en jour. Elle a dû l'apprendre par le passé, je me demande pourquoi. D'ailleurs je me demande aussi pourquoi elle a demandé de rafraîchir les chambres du rez-de-chaussée.

— Lesquelles ?

— Celles au bout du couloir. La grande et les deux petites. Elle a fait installer des lits dans chacune.

— Elle vous a donné une raison ?

— Elle dit que des amis à elle vont venir. Je ne discute pas, c'est elle la maîtresse. Peut-être vous le dira-t-elle, à vous ?

— Je n'oserai pas demander.

— Peut-être a-t-elle invité des célébrités à faire une orgie pour couvrir les pages des magazines…

— Vous n'avez pas honte de parler comme ça, Berta ? Une femme respectable comme vous, gronda Vittorio. Que savez-vous des orgies ?

— Ce que j'en lis dans les magazines. Je sais qu'on y boit beaucoup. Je devrais peut-être lui demander si elle veut que j'achète du vin…

— Jamais de la vie ! De toute façon, ça ne figurerait pas dans tous les magazines. Elle donnerait l'exclusivité à un pour obtenir le prix fort. C'est ainsi qu'ils font. Ils vendent au plus offrant. Qu'elle essaye un peu ici !

— Vous ne pourriez l'en empêcher, remarqua Berta.

— C'est vrai… Bon, il serait temps que j'aille à sa recherche. Quoi qu'elle soit en train de tramer, je ne peux pas la laisser seule dans la nuit, dans un endroit qu'elle ne connaît pas. Viens, Luca !

Il sortit dans le noir, le chien à ses côtés.

Il se demanda un instant s'il avait bien tous ses esprits. Ce matin, il s'en était pris à Mario pour avoir terni la réputation d'Angel, et une heure plus tard la jeune femme avait joué devant lui à la plus lamentable des vamps.

Il essayait de se convaincre que tout était simple, qu'elle venait de confirmer ce qu'il avait toujours su d'elle, mais il n'arrivait pas à y croire. Il lui aurait été facile de penser comme tous les autres. Mais il l'avait sentie se décomposer dans ses bras, il l'avait vue pâlir. Les mots amers, cruels, qu'elle avait prononcés étaient uniquement tournés contre elle. Et chacun de ces mots sonnait à ses oreilles comme un appel au secours.

Comment l'aider ? Il n'en avait aucune idée.

Il devait trouver ce qui la faisait tant souffrir. Jusque-là, il ne saurait que penser d'elle.

Sans savoir où il allait, il suivait son chien qui avait l'air sûr de lui. Après une demi-heure de marche au clair de lune, il entendit du bruit venant d'un arbre non loin.

— Hello ! appela-t-il. Où êtes-vous ?

Il reçut un aboiement pour toute réponse, et Toni apparut, se dirigeant vers eux.

Vittorio le caressa, soulagé.

— Où est-elle ? Vas-y, montre-moi où est ta maîtresse.

Il courut pour ne pas que Toni le sème dans la pénombre et arriva finalement à l'arbre où Angel se tenait assise, remuant la tête d'avant en arrière.

— Qu'est-ce que vous faites ici ? demanda Vittorio en s'agenouillant.

Elle émit une petite plainte.

S'approchant, il s'aperçut qu'elle avait les yeux fermés.

— Venez avec moi.

— Allez-vous-en, murmura-t-elle.

— Je ne vous laisserai pas seule ici ! Vous n'êtes pas en sécurité. Que vous est-il arrivé ? Dans la matinée, vous étiez d'attaque pour dire au monde entier d'aller se faire voir, moi le premier.

— Tout ça, c'est de la comédie. Ça ne peut plus durer.

— Angel…

— Non ! cria-t-elle. Ne m'appelez pas ainsi. Angel n'existe pas.

— Mais Angel, c'est vous, la contredit-il, abasourdi.

— Non, c'est celle que j'ai fait semblant d'être pendant huit ans. Je m'appelle Angela, voilà qui je suis. Du moins, je crois… je ne sais plus. J'ai été Angel pendant si longtemps…

Elle retomba dans le silence et il l'enlaça d'un bras.

— Suivez-moi à la maison. Il commence à faire froid.

Elle ne semblait même pas remarquer sa présence.

— Je déteste Angel, continua-t-elle sur le même ton lugubre. Elle est superficielle et bête. Elle ne connaît que le prix des diamants et ce qu'il faut porter pour quelle occasion…

— Du calme, chuchota-t-il, l'attirant à lui. Pourquoi dites-vous toutes ces horreurs ? A cause du magazine ? Il ne faut pas vous en préoccuper.

— Mais ça me ramène en arrière. Je croyais pouvoir m'en libérer. C'est impossible ! Cette mascarade vous change pour toujours…

Il la tenait contre lui et la sentait trembler, maudissant sa propre impuissance. Il ne le supportait pas. Cette femme ébranlait ses défenses, l'empêchait de dormir la nuit, lui donnait envie de hurler sa frustration. Mais quand il serrait contre lui son corps si vulnérable, cela le déchirait. Il ne voulait plus qu'une chose : soulager sa douleur.

— Arrêtez de vous faire souffrir, supplia-t-il. Ça ne vous ressemble pas.

— Qu'est-ce que vous en savez ? lança-t-elle, en colère. Encore un qui croit me connaître ! Allez tous au diable !

— Voilà qui est mieux ! Disputez-vous avec moi. Dites-moi mes quatre vérités, je vous reconnais enfin !

— Arrêtez, je n'en peux plus. Je veux juste rentrer et…

— Avant, frappez-moi un bon coup. Vous en mourez d'envie depuis le début.

Elle s'exécuta, tambourinant sur son épaule.

— Vous pouvez faire mieux que ça, la défia-t-il. Souvenez-vous comme vous me détestez.

— C'est vous qui me détestez, dit-elle entre rires et larmes. Parce que je suis une poule de luxe qui vous a pris votre maison. Ça ne vous dit rien ?

— Pas vraiment, ironisa-t-il. Vous êtes une poule de luxe ?

— Je ne vous l'ai pas assez prouvé ?

— Oh, vous voulez parler de ce matin… C'est ça que vous essayiez de prouver ? Vous n'êtes pas très douée.

— Bon sang ! Je suis désolée, c'est juste que vous… Non, ça n'a rien à voir avec vous. C'est moi, Angel… égoïste et insensible. C'est bien ce que Gavin a écrit, n'est-ce pas ?

— Tout cela à cause de ce dégénéré ?

— Pas que lui, mais tout ça. Gavin, Joe, Sam… Tout ça.

— Qui est Sam ?

Mais Angel pleurait, agitée de sanglots incontrôlables, et il renonça à l'interroger, se contentant de la serrer contre lui.

Au bout d'un moment, il relâcha son étreinte et la regarda.

— Dans quel état vous vous êtes mise ! Venez, je vous ramène à la maison, maintenant.

— Pas encore. Je ne veux pas…

— J'ai dit maintenant ! Ne discutez pas.

Elle ne l'empêcha pas de la prendre par la taille. Ils marchèrent en silence jusqu'à ce qu'ils voient la villa.

— Je vais mieux, assura-t-elle, d'une voix plus calme. Je ne veux pas qu'on sache…

— Ne vous en faites pas. Je ne dirai pas un mot. Vous pouvez me faire confiance.

— Je sais.

Ils entrèrent dans la maison chacun de son côté, et Angel parla à Berta comme si de rien n'était.

Après un moment, Vittorio retourna à sa vieille voiture. Il leva la tête vers la chambre qui avait autrefois été la sienne mais qui maintenant lui semblait si mystérieuse, mais aucune lumière n'apparut.

Il démarra et s'en fut.

5

Debout à sa fenêtre, dans le noir, Angel regarda les phares de la voiture de Vittorio s'évanouir petit à petit dans la nuit. Elle alla ensuite se coucher et dormit d'un sommeil de plomb qu'aucun cauchemar ne vint perturber.

Quand elle se réveilla, le soleil brillait et elle se sentit de nouveau forte et en paix.

Elle ne revit pas Vittorio pendant plusieurs jours après cet épisode.

Elle avait pris l'habitude de ses visites quotidiennes, le soir, pour discuter avec Berta, où il en profitait toujours pour lui parler à elle aussi. Avec le temps, elle s'était mise à attendre leurs tête-à-tête, amicaux mais toujours mêlés d'une pointe d'excitation.

Et soudain, Vittorio avait disparu.

Elle en conclut qu'il était parti quelques jours en vacances, mais en rentrant un après-midi, elle vit sur le bureau une liste de courses indispensables pour les citrons. Berta lui expliqua que Vittorio l'avait laissée pendant qu'elle était sortie.

A bien y réfléchir, elle se souvint de l'avoir vu entrer au moment où elle montait dans sa voiture. Ce qui voulait dire qu'il savait pertinemment ce qu'il faisait.

La liste à la main, elle partit le rejoindre dans le verger.

— Il faut vraiment remplacer tant de kilomètres de

rambarde ? demanda-t-elle. Vous vous êtes déjà occupé de l'endroit où j'ai failli perdre la vie.

— Oui, et depuis, je suis allé inspecter de plus près. Elle est trop vieille, on n'a pas d'autre choix que de la changer. Je comptais entreprendre les travaux l'année prochaine seulement, mais c'est pire que ce que je croyais, ça ne peut pas attendre. Avec votre permission, *padrona*, je vais m'en charger.

— Oui, je vous en serai reconnaissante.

Elle aurait voulu rester discuter avec Vittorio, le remercier de sa gentillesse qui l'avait aidée à chasser certains de ses démons. Mais il ne cachait pas son impatience de retourner à son travail, et il excellait à utiliser le mot *padrona* comme une barrière entre eux.

Il n'aurait pu se montrer plus clair. Pour lui, ils n'étaient que maîtresse et domestique. Les événements des derniers jours appartenaient aux oubliettes.

Dans un soupir, elle le quitta. Quand elle regarda en arrière un instant plus tard, il était absorbé dans son travail. Elle aurait aussi bien pu ne pas exister.

En rentrant à la maison, elle prit une décision. Elle y avait déjà réfléchi en voyant les factures s'amonceler. Après avoir payé l'engrais, elle avait dû encore débourser de l'argent pour une machine tombée en panne. Elle devait affronter la réalité.

Après une courte hésitation, elle s'empara du combiné et composa un numéro à Londres : la ligne directe du rédacteur en chef de *GlamChick*.

— Mack ? lança-t-elle joyeusement quand son interlocuteur décrocha. Je parie que tu ne t'attendais pas à m'avoir au téléphone…

— Mon chou, je savais que tu appellerais. Tu n'as jamais pu résister à une bonne affaire, et moi je t'ai offert une *excellente* affaire !

— Tu crois vraiment ? Tu veux envahir mon espace vital et me payer des cacahouètes ?

— Envahir ton espace vital ? Quels grands mots ! Nous voulons juste faire une petite séance photos pour te montrer sous ton meilleur jour dans un cadre paradisiaque. Tu parleras de ta nouvelle vie, comme tu es heureuse, comment Joe Clannan peut aller au diable maintenant que tu as trouvé bien mieux… Deux jours de travail, et tu empoches une somme rondelette !

— Je veux plus qu'une somme rondelette, déclara-t-elle sur un ton neutre, malgré son cœur qui battait la chamade.

— Oh, tu demandes plus ? Pas de problème, je suis prêt à payer — jusqu'à une certaine limite. Combien veux-tu ?

— Le double.

— Tu as perdu la tête ? *Le double ?!*

— Un article en exclusivité vaut bien ça, tu ne crois pas ?

— Ça a intérêt à être une exclusivité, à ce prix ! Et j'espère bien que tu as un scoop pour moi !

— Marché conclu ?

— Je suppose, oui. Mais je veux cette interview le plus vite possible.

— Alors, envoie-moi vite le contrat, rétorqua-t-elle

— Tu ne me fais pas confiance ?

— Je préfère le voir écrit noir sur blanc.

— Waouh ! Tu n'étais pas mariée à Joe Clannan pour rien.

Elle laissa échapper un petit rire. Quelques semaines auparavant, cette remarque l'aurait blessée. Aujourd'hui, elle était juste heureuse de s'être assuré une belle somme d'argent.

Le contrat arriva le lendemain et elle le renvoya signé sans attendre. Deux jours plus tard, Mack la rappelait.

— Voilà, je me charge de l'interview en personne. J'arrive demain avec une équipe de photographes. Nous serons trois en tout.

Ça n'aurait pas pu mieux tomber. Les chambres qu'elle

avait fait rafraîchir étaient prêtes, et Sam n'allait pas encore arriver.

Elle expliqua à Berta qu'ils allaient recevoir trois journalistes. A quoi bon cacher la vérité ?

— D'accord, *padrona*, se contenta de répondre cette dernière. Je vais veiller à ce qu'il y ait de quoi boire et de quoi manger.

Angel sentit sa surprise et ses reproches silencieux. Ça ne l'étonnerait pas que Berta se précipite sur le téléphone pour prévenir Vittorio. Elle eut la confirmation de son intuition quand elle vit ce dernier débarquer plus tard dans la journée pour lui parler de détails insignifiants qui auraient pu attendre. Il ne lui fit aucune remarque sur l'interview, mais son regard sur elle ne lui laissa pas de doute.

Cela lui fit mal, après le court moment d'intimité qu'ils avaient partagé. Son expression trahissait autant de tristesse que de cynisme, comme s'il lui disait « j'avais raison depuis le début ».

Elle aurait pu lui avouer qu'elle avait besoin de cet argent pour payer les factures, que ce que lui avait laissé Joe était ridicule.

Mais elle avait sa fierté. Après l'avoir ignorée pendant des jours, pour qui se prenait-il de la juger aussi rapidement ?

— Je ne vous retiens pas, lança-t-elle froidement.

En voyant Vittorio se crisper avant de prendre congé, elle goûta sa victoire l'espace d'une seconde.

Elle s'en voulut aussitôt. Elle était consciente qu'elle s'enflammait trop vite en ce moment. Huit ans à se contrôler au quotidien, cela laissait des cicatrices.

— Je ne suis pas quelqu'un de bien, se reprocha-t-elle tout bas. Qu'est-ce qui m'arrive ?

Il était trop tard pour le rappeler. Des idées noires vinrent la harceler de nouveau.

— Pas maintenant, supplia-t-elle. Qu'on en finisse, d'abord.

Admettre que sa mauvaise humeur refaisait surface à cause de l'attitude de Vittorio lui était difficile. Elle ne pouvait supporter l'idée que son amitié comptait tant à ses yeux.

— Voulez-vous que j'aille chercher vos amis à l'aéroport ? demanda Vittorio, l'après-midi avant l'arrivée de Mack et des photographes.

— Non, merci. Ce n'est pas à vous de le faire. Je me suis arrangée.

— Très bien, *padrona*.

Une voiture de location ainsi qu'un chauffeur les attendaient à l'aéroport de Naples. Elle avait préféré ne pas y aller. Elle voulait prendre tout son temps pour soigner son apparence.

Cela lui prit une heure de choisir la robe. Elle opta finalement pour une blanche, simple, au décolleté qui suggérait plutôt qu'il ne révélait. Pour son visage, elle mit encore plus de temps. Elle n'avait jamais eu besoin de maquilleuses, mais c'est d'elles qu'elle avait appris tout ce qu'elle savait : assez de mascara pour rendre son regard profond et mystérieux, une touche de gloss sur les lèvres…

Et sa chevelure : brillante, sauvage. A sa grande surprise, elle n'avait rien oublié de l'art de se mettre en valeur.

Elle descendit une heure avant leur arrivée et en profita pour vérifier et revérifier les chambres, le salon, la cuisine… Berta avait préparé un festin, et la table était déjà mise dans la salle à manger avec le plus beau service de la villa.

Elle félicita la vieille domestique pour son travail, ce qui la réjouit.

Vittorio apparut, portant un lourd plateau en argent. Elle comprenait mal ce qu'il faisait là, d'autant qu'il était vêtu d'un pantalon noir, d'une chemise blanche et d'une cravate rouge foncé, exactement comme un serveur.

— A quoi jouez-vous ? s'indigna-t-elle.

— Je ne joue pas, je remplis juste mon rôle, *padrona*, rétorqua-t-il simplement. J'ai proposé à Berta de l'aider à servir le repas. Vous voulez faire bonne impression, n'est-ce pas ?

Il essayait de l'insulter ! Il restait non pas pour se montrer serviable, mais pour afficher ouvertement sa désapprobation.

Angel prit sur elle et ne s'emporta pas.

— C'est très gentil de votre part.

Vittorio salua en bon domestique, posa le plateau en argent et se retira. Mais elle le suivit dans le couloir, l'attrapa par le bras et le força à se retourner.

— Qu'est-ce que vous cherchez à faire, exactement ?

— A me montrer serviable, *padrona.*

— Vous espérez que je vous croie ? Vous voulez juste me surveiller ! Comment osez-vous m'espionner ainsi ?

Son regard s'assombrit. Il n'avait pas l'habitude qu'on s'adresse à lui de cette façon, mais il l'avait bien cherché.

— Pourquoi toujours penser le pire sur moi, *padrona* ?

— Arrêtez de m'appeler ainsi ! Vous allez finir par comprendre ? ! Plus jamais !

— Mais c'est la pure vérité. C'est bien ce que nous sommes l'un pour l'autre, je suis votre domestique. Si vous n'arrivez pas à l'accepter, moi j'y arrive très bien.

— On ne dirait pas, à vous entendre.

Le cynisme dans ses yeux la frappa en plein cœur. Il se moquait d'elle ostensiblement.

— Arrêtez ça sur-le-champ ! ordonna-t-elle.

— Qu'est-ce que vous voulez de moi ? éclata Vittorio. L'autre soir, vous rejetiez Angel, vous disiez qu'elle était superficielle et bête. J'ai vu une femme sincère qui parlait. Et maintenant ? Regardez-vous ! Vous êtes redevenue cette créature méprisable et vous invitez le monde à constater que vous utilisez ma maison comme théâtre de votre inconsistance. Vous violez ma maison, voilà ce que vous faites ! Je vous ai répondu ?

Angel lui adressa un regard d'horreur, et il se reprocha immédiatement ses paroles.

Il regrettait de l'avoir tant blessée. Sa rancœur avait pris le dessus et il avait oublié la vulnérabilité de cette femme qu'il avait tenue dans ses bras. Maintenant, elle refaisait surface.

— Ecoutez, lança-t-il rapidement. Ne tenez pas compte…

Avant qu'il puisse finir, un bruit venu de dehors l'interrompit.

— Angel, mon chou, clamait une voix d'homme, où te caches-tu ?

Angel se redressa, se recomposa, et se transforma sous ses yeux en quelqu'un d'autre. Ses yeux brillèrent de mille feux, elle dessina sur ses lèvres un sourire radieux. Elle était redevenue Angel.

Les bras ouverts, elle s'en alla accueillir ses invités.

Le premier homme, une sorte de grand costaud, la prit dans ses bras.

— Angel, mon cœur !

— Mack, chéri !

Vittorio la regardait saluer les trois énergumènes l'un après l'autre. Elle riait, les taquinait, semblait aux anges. S'il n'avait pas observé la transformation qui venait de s'opérer sous ses yeux, il aurait vraiment cru qu'elle était sincère. Là, il voyait bien derrière chaque phrase, derrière chaque geste, comme elle se forçait.

— Tu as obtenu un pactole, alors on a intérêt à la réussir, cette interview ! lança celui qu'elle avait appelé Mack.

— A un homme qui sait payer, j'en donne toujours pour son argent ! plaisanta Angel, provocante.

Mack laissa échapper un rire gras qui donna envie à Vittorio de lui envoyer un coup de poing en plein visage.

Il se demanda ce qu'elle penserait si elle apprenait qu'il s'était proposé pour aider Berta non pas pour l'espionner, mais pour la protéger en cas de besoin. Elle en rirait sûrement. Son besoin de veiller sur elle le rendait encore plus fou contre elle !

Quand tous se furent installés dans leurs chambres respectives, du vin et des petits gâteaux furent servis dans le salon. Puis Angel leur fit faire un tour du propriétaire, ce qui permit aux photographes de trouver les meilleurs emplacements pour la lumière. Vittorio les surveillait à distance.

Ensuite vint le moment de la séance photos : Angel dans le jardin, baignée de soleil, traversant les allées fleuries. Angel, l'experte en citrons, fière de son verger…

De retour dans la villa, ils discutaient encore récolte.

— Tu as appris vite, la félicitait Mack.

— Je n'y serais jamais parvenue seule, remarqua Angel en apercevant Vittorio au bout du couloir. Tout ce que je sais, je le dois à cet homme.

— Vraiment ? s'étonna Mack en se dirigeant vers lui. Alors comme ça, vous êtes l'homme sur lequel Angel s'appuie ?

— *Scusi ?*, interrogea Vittorio, feignant l'incompréhension la plus totale.

— Angel dit que vous savez tout sur l'art de cultiver les citrons.

Mack faisait effort pour parler lentement, mais Vittorio le fixa avec un regard vide comme s'il comprenait encore moins.

— Pas parler l'anglais, expliqua-t-il après un moment.

— Arrêtez votre cinéma, intervint Angel, mi-amusée, mi-agacée. « Parler très bien l'anglais » quand ça vous chante !

— Mais en présence de vos éminents amis, j'oublie tout. Je suis tellement ému de rencontrer de telles célébrités…, rétorqua Vittorio en italien.

— Taisez-vous ! interrompit-elle, se retenant de rire. Continuez et je vous écrase le pied !

— *Scusi, signora*. Pas parler l'anglais.

— Allez au diable !

— *Si, signora*, acquiesça-t-il humblement en lui adressant un regard complice.

— Angel, mon cœur, peut-on te demander de venir par ici ?

Angel répondit à Mack avec un clin d'œil et se déhancha à en faire saliver les photographes. Elle se sentait d'attaque ! Vittorio lui avait insufflé une force incroyable par sa seule présence et ses plaisanteries. Cet homme avait un tel effet sur elle !

Pour le dîner, elle enfila une robe de soirée noire ensorcelante et descendit les rejoindre dans la salle à manger. Quand Mack la vit, il ne parvint pas à cacher sa surprise.

— Tu as déjà vu cette robe, n'est-ce pas ?

— Je reconnais que je m'attendais à ce que tu aies dévalisé tous les couturiers de Milan et de Rome, admit Mack.

— C'est du passé. Je ne suis plus qu'une simple fille de la campagne.

— Tes admirateurs masculins en seront bien déçus !

— Vraiment ? Je croyais qu'ils m'appréciaient pour ce que je suis, le taquina-t-elle.

Elle posa encore pour quelques photos, cette fois comme hôtesse d'un repas somptueux. Mack prit place à son côté, prenant des notes. Elle connaissait bien ses pratiques : il aimait prendre son temps. Pour la somme qu'elle allait recevoir, il attendait plus qu'une simple conversation mondaine.

Le téléphone sonna et Vittorio vint la chercher.

— Un homme vous demande, *padrona*.

— Vous avez demandé son nom ?

— Non, *padrona*.

Inquiète, elle s'empara du combiné. Comme elle s'y attendait, il s'agissait de Roy, un des infirmiers de Sam.

— Sam a demandé à ce qu'on vous appelle sur-le-champ. Il est en pleine forme.

— Excellent !

— Bonjour, ma chérie. Comment va ma petite-fille ?

— Sam ! lança-t-elle, ravie. Quel bonheur d'entendre ta voix ! Tu me manques tellement…

— Tu me manques aussi, ma chérie. Tu te plais en Italie ?

Il se souvenait même qu'elle était en Italie ! Le plaisir de le trouver si lucide la fit rire de bon cœur.

— C'est idéal, ici. Mais ce sera encore mieux quand tu seras avec moi.

— Quand dois-je venir te rejoindre ?

— Bientôt. Je te promets, on sera bientôt ensemble.

Mack accueillit son retour avec un soulagement qui trahissait son impatience.

— Alors, dis-moi tout. Qui est ce mystérieux homme qui t'appelle ? Je t'imaginais poursuivie par une horde de prétendants italiens. Me permets-tu de dire aux lecteurs comment tu trouves les Italiens ?

— Mon Dieu, Mack ! Je t'assure, les hommes italiens ne sont pas différents des autres hommes, s'exclama-t-elle dans un rire avant de se pencher vers lui en signe de confidence. Très, très agaçants…

Mack sourit et abandonna le sujet.

Elle souffla, bien qu'elle sût qu'elle ne pourrait éviter le moment où elle devrait passer aux aveux. Combien serait-elle prête à révéler ?

Son esprit vogua vers le verger, si calme sous le soleil d'Italie. Les citronniers dépendaient de cette interview pour sa survie, tout comme Berta, les domestiques, les jardiniers… Elle pensa à Vittorio qui se sacrifiait pour sauver ce domaine qu'il aimait tant.

Elle se confierait. Elle n'avait pas d'autre choix.

Après le dîner, elle conduisit Mack dans un petit salon qui servait autrefois de bibliothèque.

— Parlons de Joe, suggéra-t-il. Qu'as-tu ressenti quand il t'a annoncé qu'il avait trouvé une autre femme ?

— Aucune surprise, déclara-t-elle dans un haussement d'épaules. Cela faisait un moment qu'on s'éloignait.

— Tu avais un autre homme ?

— Non, je ne l'ai jamais trompé. Arrête de prendre cet air plein d'espoir ! plaisanta-t-elle.

— Même pas un petit amant au fond d'un placard ?

— Pas un seul. Laisse tomber.

Mack poussa un soupir résigné.

— Tu as entendu parler du mariage de Joe avec Merry ?

— Non, mais notre divorce vient d'être officiellement déclaré, alors je suppose qu'ils ne vont pas tarder…

Tout sourires, Mack ramassa sa mallette en cuir et en sortit une pile de photos qu'il étala sur la table basse. On y voyait Joe, comblé, au bras de sa nouvelle épouse, rayonnante. Sur une autre, ils se tenaient debout, un couteau à la main devant leur pièce montée.

— Ils se sont mariés il y a deux jours, expliqua Mack, épiant avidement sa réaction. Tu ne savais pas ?

— Comment aurais-je pu savoir ? Ils ne m'ont pas invitée. Je leur souhaite bonne chance.

— Tu peux dire cela sincèrement, même après avoir vu ce qu'elle porte autour du cou ?

Angel haussa de nouveau les épaules, essayant de se montrer indifférente. Elle qui espérait que Mack n'aurait rien remarqué…

— Angel, bon sang, tu ne peux pas me la faire à moi ! Je te rappelle que c'est à moi que tu as donné ta toute première interview après votre mariage, et tu m'as montré ce même collier. Tu m'avais expliqué fièrement quel merveilleux discours il t'avait fait en te le donnant…

— Tu surestimes les dons de romantisme de Joe, dit-elle, désabusée.

— Maintenant il est au cou d'une autre femme, insista

Mack sans ménagement. N'essaye pas de me faire croire que ce n'est pas le même !

— D'accord, je reconnais. Joe a voulu que je le lui rende.

— Il ne t'a laissé aucun bijou ?

— Tu ne comprends pas ? J'ai tourné la page. J'ai une nouvelle vie. Je n'ai plus besoin de tout ce luxe frivole. Je lui ai tout rendu sans l'ombre d'un regret, garantit-elle, lasse. Pour être vraiment sincère, je commençais à en avoir assez de cette vie. Cela semble marrant quand on regarde de l'extérieur — les vêtements, les bijoux, les soirées — , mais c'est toujours la même chose, toujours la même soirée, les mêmes conversations… Je me souviens, à une de ces réceptions, j'ai remercié une femme en pensant qu'elle était l'hôtesse. En fait, j'avais été chez elle la semaine précédente. J'avais parlé à la véritable hôtesse quelques minutes plus tôt, et je crois bien que je lui avais confié comme je m'ennuyais à cette fête…

— Alors, le strass et les paillettes avaient perdu leur charme ? reprit Mack en riant.

— Exactement. Je voulais quelque chose de plus, quelque chose que je ne pouvais pas trouver sous le feu des projecteurs.

— Tu te souviens quand tu as commencé à ressentir cela ?

Ça y était, c'était le moment de vérité ! Elle ne pouvait plus faire marche arrière.

— Quand j'ai perdu mon bébé, répondit-elle simplement.

Le visage de Mack respirait l'étonnement et la satisfaction. Il avait son scoop ! Heureusement, il eut la pudeur de la laisser continuer sans l'interrompre.

— J'étais entrée dans le troisième mois. Je voulais cet enfant de tout mon cœur. Quand je l'ai perdu, j'ai été dévastée. Rien n'a plus été pareil après cela. J'ai beaucoup changé, et Joe… Eh bien, comme je le disais, il s'est éloigné.

Et dire qu'elle s'était juré de ne jamais donner de pareille interview ! Cela lui faisait aussi mal qu'elle l'avait imaginé.

Mais comment sauver la propriété autrement ? En continuant son récit, elle eut le sentiment salvateur qu'elle combattait des ennemis féroces.

Mack la pressa de questions. Il aurait voulu qu'elle sorte tout son fiel contre Joe, mais elle le voyait venir.

— Je t'ai donné le scoop que tu voulais. J'ai rempli ma part du contrat.

— Je suis d'accord, tu as bien gagné ton argent, admit Mack. Mais tu ne dis rien sur Joe…

— C'est vrai. Mais attends, encore une chose. Comme je ne voulais pas qu'on apprenne ma fausse couche, j'ai accepté de participer à une émission trois jours après.

— Quel courage !

— Pas vraiment, il m'était plus facile de respecter mes engagements que d'expliquer pourquoi je ne pouvais pas.

— Mais ton mari…

— Mack, j'ai pris la décision seule. Joe n'avait rien à voir là-dedans. Je suis indépendante, tu sais.

— Il est vrai que tu caches bien ton jeu. Oh, merci, je prendrais volontiers un autre whisky.

Elle sursauta. Elle n'avait même pas remarqué la présence de Vittorio.

Celui-ci resservit Mack.

— Et pour vous, *signora* ? Une tasse de thé ?

— Avec plaisir, répondit-elle, surprise qu'il ait trouvé exactement ce qui lui convenait à cet instant.

Avant qu'il ne parte, elle crut sentir sur son épaule sa main qui lui offrait un peu de réconfort. Mais peut-être l'avait-elle imaginé ?

La tasse de thé que lui apporta Vittorio lui donna la force de continuer. Mais Mack avait l'air exténué.

— Je me suis levé à 4 heures, ce matin. Ça ne te dérange pas si on finit demain ?

— Pas de problème.

Dans le couloir, elle souhaita une bonne nuit à Mack

et aux photographes. Ensuite, elle partit dans la cuisine remercier Berta pour le repas.

— Et pour le thé, ajouta-t-elle. Il était excellent.

— Aussi bon que du thé anglais ? plaisanta cette dernière.

— Meilleur ! assura-t-elle en riant. Où est Vittorio ?

— Il est parti, *padrona*. Mais il a dit qu'il reviendrait demain.

— Très bien.

D'où lui venait cette pointe de déception ? Elle était sûre qu'il allait rester pour lui parler. Elle n'avait plus qu'à aller se coucher dans la plus grande solitude…

6

Le matin, Angel se leva, soulagée que ce soit bientôt terminé. Plus que quelques heures à supporter ces journalistes.

Encore une série de photos à l'extérieur, à côté du verger. Elle se montra très coopérative, ne rechignant pas à adopter de nouvelles poses. Plusieurs fois, elle chercha Vittorio du regard, mais il n'y avait pas signe de lui. Il devait se trouver dans la villa.

Mais de retour à l'intérieur, il n'y était pas.

Les photographes rangeaient déjà leurs affaires, pourtant Mack semblait ne pas en avoir encore fini.

— Tu ne m'as rien dit à propos de Gavin Alford.

— Qui ça ?

— Le gars qui a donné cette interview te concernant. Tu ne l'as pas lue ?

— Si, si… Il n'y a vraiment pas grand-chose à en dire. Nous étions jeunes, nous sommes sortis ensemble et nous avons rompu…

— Pour l'argent de Joe ?

— Bon sang, non ! le contredit-elle dans un rire cristallin. Gavin était de l'histoire ancienne quand j'ai rencontré Joe. Enfin de l'histoire avec un petit *h*. Il était sympa, mais sa conversation était plutôt limitée.

Repensant aux mensonges grassement rémunérés de Gavin, elle se dit qu'elle pouvait bien profiter d'une petite revanche.

Elle voyait déjà la fin de cette interview. Bientôt libre ! Mack, cependant, s'accrochait encore.

— Pour votre bébé… Quelles sortes de projets faisiez-vous ? Aviez-vous choisi un prénom, par exemple ?

— Nous ne savions pas si c'était un garçon ou une fille, répondit-elle, ne laissant rien paraître de son émotion. Il était trop tôt pour penser à des prénoms…

Elle mentait. Elle avait dressé des listes de noms de filles et de garçons. Joe ne s'y était pas intéressé. Il refusait purement et simplement d'en parler, que ce soit avant ou après sa fausse couche.

Elle n'en dit rien. Elle se contenta de noyer le poisson pendant dix minutes, à la grande insatisfaction de Mack.

Enfin, ils se dirigèrent tous vers la sortie, et elle se demanda si elle allait tenir une seconde de plus.

— Permettez que je prenne vos valises, *signore*, s'empressa Vittorio.

Elle ne savait même pas qu'il était là. Il venait de se matérialiser comme par enchantement. Avant de recevoir une réponse, il s'empara de deux sacs qu'il alla ranger à l'arrière du minibus. Le message était clair : « Partez ! »

Sa présence si intimidante n'acceptait aucune discussion. Il dégageait une autorité naturelle.

Angel suivit dehors les journalistes pour les saluer une nouvelle fois, mais Vittorio lui saisit le coude pour l'arrêter.

Les trois hommes se penchèrent à la vitre pour la saluer.

— Tenez encore le coup quelques minutes, conseilla Vittorio tout bas.

Il avait tout compris !

Elle avait cru qu'il les avait jetés dehors parce qu'il ne supportait plus de les voir dans sa propriété. En fait, elle prenait conscience maintenant qu'il avait agi dans son intérêt à elle. Sa main sous son coude lui offrait le réconfort et la force dont elle avait besoin.

Le moteur du minibus vrombit, et rapidement elle le perdit de vue.

Dieu merci, ils étaient partis !

— Tout va bien ? s'enquit Vittorio.

— Maintenant, ça va mieux.

Avec douceur, il conduisit Angel à l'intérieur en la prenant par la taille. Il ne retira son bras qu'une fois qu'elle fut installée sur le canapé. Ensuite il lui prit la main.

— Pourquoi vous être infligé pareille épreuve ? Pourquoi vous être ainsi confiée ?

— Vous avez entendu ?

— Oui, j'ai tout écouté. Ce n'est peut-être pas bien de ma part, mais maintenant je comprends beaucoup de choses, alors je ne regrette pas. Vous n'étiez pas obligée de lui dire…

— Oh que si, gémit la jeune femme, misérable. Vous ne savez pas, vous ne savez pas…

— En effet, je ne sais rien de vous. Quand je pense y être parvenu, il y a toujours un nouveau mystère. Ne gardez pas cela pour vous.

— Je vais bien… Vraiment, affirma-t-elle, tâchant de se ressaisir.

— Vous mentez. Vous êtes à deux doigts de craquer. Vous avez besoin d'un ami à qui vous confier. Si je ne vous conviens pas, alors parlez-en à quelqu'un d'autre…

— Quelqu'un d'autre ? Oh, non. C'est drôle, mais je crois que vous êtes mon meilleur ami.

— Je suppose que vous avez raison, acquiesça-t-il, songeur, avant de continuer, plus véhément que jamais : nom de Dieu ! Ne souffrez pas seule ! Si vous me considérez comme un ami, alors laissez-moi remplir mon rôle. Laissez-moi vous aider. Dites-moi ce que je peux faire !

— Rien. C'est dans ma tête. Une sorte de voile noir…

Pas tout le temps. Le médecin m'a garanti que ça disparaîtrait, mais ça revient toujours.

Vittorio laissa échapper un long soupir qui trahissait à quel point il s'en voulait. Puis il la prit dans ses bras, la serrant tout contre lui.

— Continuez, je veux tout entendre.

— Quoi ?

— Ce que vous avez caché à Mack.

— Joe en a eu assez de mon état dépressif. Il a dit que je n'étais plus du tout agréable à vivre.

— Depuis quand une femme en deuil de son bébé doit-elle rester agréable à vivre ?

— Il ne m'a jamais considérée comme une femme en deuil. Il ne voulait pas de cet enfant et ne comprenait pas que je puisse ressentir autre chose. Mon rôle consistait à être agréable. Il aimait me voir taquiner les autres hommes, juste assez pour qu'ils le jalousent, expliqua-t-elle en laissant échapper un rire amer. Je suis devenue experte à cet art.

— Oui, ça me dit quelque chose, ponctua-t-il sans rancœur.

— Je suis désolée... Vous me rendiez folle de colère. Pour moi, vous étiez comme tous les autres...

Il n'avait pas besoin de demander ce que cela signifiait.

— A la fin, il en a eu assez que je sois malheureuse et a commencé à chercher ailleurs. Il n'a pas eu de mal à trouver. Je m'en fichais. Sortir de ce mariage m'a soulagée, même si cela impliquait d'en sortir perdante.

— Je sais à quel point il peut se montrer radin, intervint Vittorio, pas remis du prix qu'il avait obtenu pour sa villa. Il vous a fait la même chose qu'à moi ?

— J'ai reçu cet endroit, ainsi qu'une maigre somme d'argent. A l'époque je croyais que ça suffirait amplement, mais je n'avais aucune idée de toutes les charges et toutes les dépenses. Il fallait que je trouve de l'argent pour que l'on tienne jusqu'à la prochaine récolte. J'ai accepté cette interview avec Mack pour une somme colossale. Mais en échange…

— En échange, vous avez livré votre âme. Et moi qui vous condamnais… Je vous demande de me pardonner.

— Ne vous en faites pas. J'irai mieux, dorénavant. D'une certaine façon, ça m'a libérée. Je n'en avais jamais parlé à personne. Je n'avais personne pour en parler.

— J'aurais aimé être là pour vous.

— Quoi ? Vous qui pensiez que j'étais une sorcière venue de l'enfer pour vous tourmenter ?

— C'est du passé. Est-ce que ça a vraiment existé, d'ailleurs ? plaisanta-t-il.

Un sentiment de douceur et de plaisir s'empara d'Angel. Le calme de la voix de Vittorio, la gentillesse de ses caresses… Elle n'éprouvait aucun désir, juste l'envie de rester toute sa vie contre sa poitrine.

— Promettez-moi quelque chose, demanda celui-ci, interrompant sa rêverie.

— Quoi ?

— Que vous ne supporterez plus ce genre de fardeau seule, à présent. Que vous viendrez me trouver et vous confierez à moi en tant qu'ami.

— Je vous le promets. Si j'ai besoin d'aide, je m'adresserai à vous. En fait, j'ai l'impression que depuis mon arrivée je ne cesse d'accepter votre aide. Que me serait-il arrivé si vous étiez parti ?

— Je ne serais jamais parti. C'est vous qui avez essayé de vous débarrasser de moi, n'oubliez pas.

— Je n'avais pas compris que vous faites partie de cet endroit. Il vous appartient plus qu'il ne m'appartiendra jamais…

— Ne dites pas cela ! s'indigna Vittorio en se levant d'un bond.

— Pourquoi pas ? C'est la pure vérité…

— Arrêtez ! gronda-t-il. Ne soyez pas si stupide !

Sans un regard en arrière, il quitta la pièce, la laissant se faire tous les reproches du monde.

Angel s'était habituée à la façon que Vittorio avait de se renfermer sur lui-même chaque fois qu'ils avaient un moment d'intimité, comme s'il sentait le danger. C'est pourquoi, quand Berta lui annonça le lendemain qu'il serait absent quelques jours, elle n'en fut pas surprise.

Il l'évitait. Il avait même préféré se servir de Berta comme messager !

A juste titre, peut-être.

Ce qui commençait à naître entre eux — une affection mutuelle mêlée de désir, mais corsée d'une pointe d'hostilité — la laissait perplexe. Cette relation était en train de devenir l'expérience la plus intense et la plus exaltante de sa vie, mais elle avait tout aussi peur que lui. Pour une femme de vingt-huit ans, elle se sentait pour ainsi dire novice en amour.

Autrefois, elle s'était crue amoureuse de Gavin, mais quand elle avait découvert sa véritable personnalité, elle l'avait quitté sans verser une seule larme.

Elle avait adoré Joe pendant une courte période, jusqu'à ce qu'elle se rende compte de l'être exécrable qu'il était vraiment. C'était un amant égoïste, qui réclamait bien plus qu'il n'offrait. Il lui avait glacé le corps et le cœur. Elle ne se souvenait même pas de la dernière fois qu'elle avait éprouvé du désir. Elle pensait même en être devenue incapable.

Mais Vittorio avait réveillé quelque chose en elle. Elle vivait comme pour la première fois. Son corps et son cœur étaient ressuscités… Avaient-ils jamais vécu ainsi ? Quand Vittorio était là, elle se délectait à le contempler, à tel point qu'elle devait se surveiller pour qu'il ne le remarque pas.

Malheureusement, le désarroi épousait le plaisir…

Pourquoi lui ? se demandait-elle. Pourquoi avait-elle justement choisi un homme comme lui, parmi tous les autres ? Il aurait été si facile de séduire un homme du monde élégant et qui craquait déjà pour elle. Au lieu de cela, elle avait préféré un rustre, qui luttait contre son attirance pour elle aussi fort qu'elle luttait elle-même.

Quand Berta lui annonça son départ, son humeur s'assombrit aussitôt.

— Comment me suis-je laissé entraîner là-dedans ? se reprocha-t-elle tout haut. Je suis condamnée à la malchance !

— *Signora ?*

Elle n'avait pas remarqué que la gouvernante était toujours là et qu'elle la regardait, alarmée.

Dieu merci, Berta ne parlait pas anglais.

Elles profitèrent des quelques jours qui suivirent pour remettre de l'ordre dans les trois chambres. Sam et ses infirmiers n'allaient plus tarder. Angel expliqua enfin toute l'histoire à Berta, qui se montra compatissante.

— Pauvre homme ! Je vais lui mitonner un repas très spécial !

Le jour *J*, Angel s'organisa pour accueillir Sam à l'aéroport.

Malheureusement, quand elle essaya de démarrer sa voiture, le moteur ne répondit pas.

L'air désespéré de Berta qui la regardait se transforma soudain en large sourire, et elle pointa le doigt vers la voiture de Vittorio qui entrait dans le domaine.

— Merci, mon Dieu ! souffla Angel en courant vers le véhicule.

— Vous avez perdu la tête ! gronda Vittorio qui s'était arrêté de justesse.

— Peut-être bien ! s'exclama la jeune femme en se glissant sur le siège passager. J'ai besoin que vous me conduisiez à l'aéroport. Ma voiture refuse de démarrer et je dois retrouver Sam. S'il vous plaît, faites vite. Je ne veux pas le faire attendre.

Comme Angel se penchait par la vitre pour saluer Berta, elle ne vit pas sa grimace agacée.

Quand il portait les plats de la cuisine à la salle à manger pendant la conversation téléphonique de la jeune femme avec ce fameux Sam, il s'était efforcé de ne pas écouter, mais les mots qu'il avait entendus l'avaient poignardé en plein cœur.

— Ils atterrissent à 11 h 30, renchérit Angel. J'ai perdu toute la marge que je m'étais assurée en essayant de démarrer ce satané engin. Vous ne pouvez pas accélérer un peu ? !

— Pas sur ces routes, affirma-t-il, catégorique, alors qu'ils longeaient la falaise. Combien de personnes allons-nous accueillir, déjà ?

— Trois.

— Comment espérez-vous caser trois autres personnes et des valises dans cette voiture ?

— Pas besoin, j'ai pensé à tout. J'ai fait appel à la même compagnie de voitures de location avec chauffeur que pour Mack. Mais je tenais tout de même à être présente.

— Pour accueillir Sam…

— Exactement !

Angel avait répondu avec légèreté, elle ne se rendit compte qu'après coup de la pointe d'amertume dans la voix de Vittorio.

Bien sûr, il ne savait pas qui était Sam ! Peut-être pensait-il… ?

A voir son expression crispée, tout était possible. Il

croyait que Sam était son petit ami. Et ça ne lui était pas égal, quoi qu'il en dise. Elle sentait en lui une réelle jalousie.

Peu importe. Il serait fixé dans moins d'une heure. Jusque-là, cela ne lui faisait pas de mal de souffrir un peu. Bien fait pour lui !

Tout d'un coup, pour elle, le soleil semblait briller plus fort.

— Désolée de vous presser ainsi, s'excusa-t-elle. C'est que je suis si impatiente de le retrouver. Ça fait si longtemps que je ne l'ai vu ! On se parle tous les jours au téléphone, mais ce n'est pas la même chose.

— J'imagine…

— J'ai fait tout mon possible pour rendre son arrivée la plus parfaite qui soit, déclara-t-elle, ignorant les réponses cassantes de Vittorio.

— Je suis sûr qu'il appréciera.

— Ce sera si merveilleux d'être avec lui tout le temps ! Par le passé, les choses étaient compliquées.

— Je me demande ce qu'a dû penser votre mari de lui, remarqua Vittorio.

— Eh bien, il n'était pas ravi, mais il savait qu'il ne pourrait l'écarter de ma vie. Vous pouvez aller un peu plus vite ?

Une heure plus tard, ils arrivaient à l'aéroport de Naples, à peine quelques minutes après l'atterrissage de l'avion.

Angel se rendit d'abord à la compagnie de location pour s'assurer qu'un véhicule les attendait, puis elle courut vers la sortie des douanes pour accueillir ses invités.

— Vous avez le temps de prendre un café d'abord, suggéra Vittorio.

— Allez-y si vous voulez. Je ne veux pas perdre la moindre seconde !

— D'accord, je reste avec vous, alors.

Angel se figea dans la même position pendant d'interminables minutes, les yeux rivés sur les passagers qui sortaient avec leurs bagages.

En l'observant, Vittorio comprit qu'elle l'avait oublié. Elle n'avait plus d'attention que pour l'homme qui allait arriver et embellir sa vie. L'étincelle dans ses yeux, son expression béate en disaient plus qu'une longue explication.

Pour la énième fois, il se demanda pourquoi il laissait cette femme lui tourner ainsi la tête. Il comptait bien mettre un terme à cet enchantement. Il ne fallait plus qu'il s'attarde à la villa. Cette petite virée en voiture marquait la fin de leur relation !

— Le voilà ! *Le voilà !*, s'écria Angel en faisant de grands signes en direction d'un beau jeune homme qui sortait des douanes et qui lui souriait en réponse.

Vittorio s'attendait à ce qu'elle parte se jeter dans ses bras, mais il s'aperçut vite que l'homme en question n'était pas seul. Il marchait au côté d'un vieillard frêle à l'air perdu.

— On dirait qu'il est venu avec son grand-père, remarqua-t-il.

— Ce n'est pas son grand-père, dit Angel, c'est le mien. *Sam !*

Eberlué et incroyablement soulagé, il la vit se ruer sur le vieil homme.

Un autre jeune homme vint rejoindre le premier, les bras chargés de valises et traînant un fauteuil roulant avec lui.

Sam paraissait surpris, il ne rendit pas son accolade à Angel. Mais elle ne semblait pas s'en soucier, tant sa joie effaçait tout. Elle l'entraîna avec elle, augmentant encore la confusion du pauvre vieux qui lançait des regards désespérés vers ses deux accompagnateurs, dont la présence semblait seule le rassurer.

— Vittorio, je vous présente Sam, mon grand-père.

Il tendit la main vers Sam, qui la saisit sans conviction.

— Et voilà Roy et Frank, ses amis.

A la façon dont elle avait présenté cela, Vittorio comprit qu'ils étaient chargés de s'occuper de lui.

Lentement, ils conduisirent Sam vers les voitures.

— Je prends Sam avec moi, déclara Angel.

— Ce serait peut-être mieux qu'on le garde, la contredit Roy. Il est un peu désorienté.

— Mais je suis là, maintenant. Tout ira bien.

S'agrippant au bras de Sam, elle l'entraîna vers la voiture de Vittorio.

— Qui êtes-vous ? demanda ce dernier d'une voix tremblante et effrayée. Où m'emmenez-vous ?

— A la maison, mon chéri.

— Mais de quoi parlez-vous ?

— Ne t'inquiète pas. Je suis ici. Tout ira bien.

— Qui êtes-vous ?

— Je suis Angela, ta petite-fille. Je t'emmène à la maison.

Sam adressa un regard angoissé à Roy et Frank, mais il se laissa faire.

— Dites à votre chauffeur de nous suivre, lança Vittorio en direction des infirmiers.

Angel s'assit à l'arrière, à côté de Sam. Elle se lança dans une conversation légère, lui décrivant la propriété, lui posant des questions sur son voyage…

Vittorio compatissait en silence. Il ne voyait pas la jeune femme, mais à sa voix, il comprenait qu'elle refusait de s'alarmer des réponses vagues du vieil homme.

— Tu m'as tellement manqué, Sam. J'ai adoré quand tu m'as téléphoné l'autre soir.

— De quoi parlez-vous ? Je ne vous ai jamais appelée !

— Mais si… Et on a discuté de ce que nous ferions quand nous serions réunis. Tu vas adorer ta nouvelle maison !

— Où sommes-nous ?

— En Italie, et nous nous dirigeons vers une splendide demeure…

— Je veux rentrer chez moi ! Qui êtes-vous ? Pourquoi

m'obligez-vous à vous suivre ? interrogea-t-il en s'emportant légèrement. Laissez-moi partir !

De plus en plus énervé, il se mit à lutter avec la poignée de la portière.

— Sam, s'il te plaît…

— Ça devient trop dangereux, avertit Vittorio. Il faut qu'on s'arrête.

Il trouva un endroit abrité pour stopper la voiture et, d'un coup d'œil dans le rétroviseur, s'assura que l'autre chauffeur avait fait de même.

— Appelez un de ses amis, vite ! conseilla-t-il.

Roy courait déjà vers eux et ouvrit la porte de Sam sans plus attendre. Il prit le vieil homme dans ses bras.

— Aide-moi, pleurait ce dernier.

— Laissez-moi l'emmener avec nous. Il va se calmer.

— Oui, faites comme il veut…

— Venez vous asseoir à côté de moi, lança Vittorio à Angel.

— Non, merci. Je préfère rester derrière. Ce n'est plus très loin…

Il savait qu'il ne pourrait la convaincre. Il se résigna à conduire le reste du chemin en l'imaginant tout à sa détresse.

— J'aurais dû me montrer moins stupide ! Quelle idée de le séparer de ses infirmiers ?! gronda-t-elle après un moment. Bien sûr qu'il est perdu. On ne s'est pas vus depuis si longtemps… Et le voyage. J'en attendais trop. Patience, tout ira mieux bientôt…

Sa joie forcée sonnait plus dur aux oreilles de Vittorio que des larmes, mais il ne pouvait qu'acquiescer.

Après cela, elle resta muette jusqu'à la villa.

7

Vittorio mangea dans la cuisine ce soir-là, attendant que le calme revienne dans la maison. Il aurait donné cher pour savoir ce qui se passait, mais il ne déchiffrait rien des bruits qui lui arrivaient.

Berta, qui leur avait servi leur dîner, semblait ravie de voir le si bon appétit de Sam.

— Il est allé se coucher, annonça-t-elle en ramenant les tasses de café dans la cuisine. Un des infirmiers l'a accompagné, et le deuxième discute avec la *padrona*. Elle a l'air bouleversée…

Plus tard, elle leur apporta encore du café et revint en informant Vittorio que le deuxième infirmier était aussi parti dormir.

Vittorio s'attarda encore quelques instants puis sortit dans le jardin et regarda la fenêtre éteinte de la chambre de Sam.

Comme il l'avait espéré, Angel était là, assise sur l'herbe, regardant la lune qui apparaissait dans le ciel.

— Alors c'est lui, Sam, observa-il en s'asseyant à son côté.

— Oui, c'est mon Sam…

— Il allait mieux, une fois installé ?

— Pas vraiment, avoua Angel, un peu désespérée. Ça va avec les infirmiers, mais il ne me reconnaît pas.

— Depuis combien de temps est-il dans cet état ?

— Neuf ans, un peu plus peut-être. Il n'est pas toujours comme aujourd'hui. Je vous l'ai dit, je m'y suis mal prise…

Elle n'avait sans doute pas tort, mais il n'aimait pas l'entendre se jeter la pierre.

— Ça lui arrive d'aller vraiment mieux qu'aujourd'hui ? risqua-t-il.

— Oh oui ! Il me reconnaît très souvent.

— Et parfois il ne vous reconnaît pas, compléta Vittorio. Ça doit être décourageant.

— Oui, mais je sais qu'il va très bien avec Roy et Frank.

— Ça doit vous coûter une fortune de payer leurs salaires, et je suppose que ce ne sont pas les seules dépenses…

— En effet. Je veux que Sam ne manque de rien. Il a toujours pourvu à mes besoins.

— Et c'est là que Joe entre en scène ?

— Je ne vous l'ai jamais caché : je l'ai épousé pour son argent. C'était un marché équitable. J'ai obtenu ce que je voulais pour Sam, et Joe a obtenu une femme avec laquelle parader. J'ai tenu toutes les promesses que je lui avais faites, accepté toutes ses exigences. J'ai joué la comédie toutes ces années.

— Vous n'avez pas à vous justifier.

Le regard qu'elle lui lança le fit rougir.

— O.K., vous avez raison, c'est moi qui vous pousse à le faire… Depuis le premier jour, j'ai agi comme si vous me deviez une explication. Je vous ai jugée sans vous connaître.

— Eh, ça suffit ! déclara-t-elle en lui prenant la main. Oublions ça.

— Je n'arrête pas d'en apprendre davantage sur vous. J'avais tellement tort !

— Pas de problème… Nous sommes amis.

— Amis, oui, acquiesça-t-il après un moment en lui serrant la main.

Ils restèrent silencieux, main dans la main.

— Parlez-moi de Sam, demanda-t-il enfin.

— Il m'a élevée après la mort de mes parents. Il m'a aimée comme sa propre fille. Il avait de grands projets pour mon avenir. Vous ne le croirez pas, mais c'était un sacré tyran. Il avait décidé que j'irais à l'université, et je n'ai pas eu mon mot à dire !

— Vous n'aviez pas le droit de décider ?

— Bien sûr que si, je pouvais décider des études que je voulais suivre. Mais il voulait tout de même tout contrôler. Quand je lui ai confié que je voulais étudier l'histoire de l'art, il m'a dit : « Dans ce cas, il faut que tu apprennes l'italien. » Alors moi, je me suis exécutée.

— Vous faisiez vraiment ce qu'on vous disait ? *Vous ?*

— En fait, l'idée m'a séduite. J'apprends très vite les langues. Si je n'avais pas pensé à l'université moi-même, c'est parce que nous n'étions pas une famille d'érudits. Sam savait ce qui était important. Il s'est assuré que je réussirais et était toujours derrière moi. Aussi, il m'interdisait de manger n'importe quoi et surveillait mon alimentation. Et il a pris deux emplois pour mettre de l'argent de côté pour mes études. Il n'aurait jamais dû, ça l'a épuisé…

Elle se tut un instant, le regard perdu dans le vide.

— Qu'est-il arrivé ?

— J'ai réussi mes examens et ai obtenu une place à l'université. Et là, Sam a fait une attaque. Ce n'était pas si grave, il s'est remis. Mais quelque chose avait changé. Il perdait la mémoire. Au début, on en riait. Mais c'est devenu de plus en plus sérieux. Il oubliait tout. J'ai renoncé à l'université, prétextant que j'irais l'année suivante, mais je savais que je pouvais faire une croix dessus. J'ai pris un petit boulot pour subvenir à nos besoins, mais ça aussi, j'ai dû laisser tomber. Il a mis le feu deux fois à la maison. Je ne pouvais plus le laisser seul. Nous avons vécu sur ses économies pendant un moment…

— Celles qu'il avait réservées pour vos études…

— Oui. Quand nous avons été à court, nous avons commencé à dépendre de l'Etat.

— Et l'affreux Gavin Alford, dans tout cela ?

— A l'époque, il ne me semblait pas si affreux, gloussa Angel. A dix-neuf ans, on voit surtout le physique. Je rêvais de mariage, d'enfants, d'un foyer heureux avec Sam à nos côtés… C'est à ce moment-là que j'ai envoyé ma candidature pour un jeu télé, et ça nous a rapporté un peu d'argent. J'ai payé quelques factures et acheté des vêtements neufs à Sam. Gavin est alors entré dans une rage folle et m'a dit qu'il serait temps que je me débarrasse de Sam. Alors je me suis débarrassée de Gavin…

— Bien joué ! Et Joe Clannan ?

— C'est lui qui produisait l'émission. Il a assisté aux enregistrements et m'a invitée à sortir avec lui. J'en voulais encore terriblement à Gavin, et Joe avait l'air d'un homme gentil. Nous nous sommes fréquentés pendant un moment, et il m'a demandée en mariage. J'ai accepté à condition que Sam vive avec nous et qu'il reçoive les meilleurs soins. Joe a accepté les termes du contrat. Même aux pires moments, je n'ai pas perdu espoir de retrouver un jour le chemin vers lequel je voulais me diriger. Vous ne me voyez pas comme une intellectuelle, n'est-ce pas ? Mais c'est ce que j'ai toujours ressenti en mon for intérieur, même si à l'extérieur j'étais cette poule de luxe au rire stupide.

— Je sais, ponctua Vittorio en repensant à la cassette que son ami lui avait montrée.

— Ils ont passé ces émissions ici, en Italie ? s'étonna Angel.

— Non, on m'a donné une cassette… au moment de la vente, hésita-t-il.

— Ah oui ? De quoi ? s'enquit-elle sur un ton neutre.

— D'*Une star dans mon équipe*.

— Oh, celle où j'ai dû décider entre Michel Ange et Mickey Mouse ?

— En effet.

Angel éclata de rire en s'allongeant dans l'herbe.

Vittorio la regarda, se souvenant de sa réaction lorsqu'il avait visionné l'émission.

— Allons, ce n'est pas si grave, le taquina Angel en voyant sa mine morose.

— C'est juste qu'à l'époque… Disons que j'avais connu des jours meilleurs.

— Laissez-moi deviner, dit-elle en se relevant. Vous avez pris une petite poupée d'ange et vous y avez piqué des épingles. Avouez !

— Non, c'est faux, protesta-t-il. Je n'ai pas trouvé de poupée…

Elle s'effondra sur lui, morte de rire, et il se mit enfin à son tour à rire.

— Vous pardonnez vite, remarqua-t-il. Vous ne devriez pas. Je ne le mérite pas. Si vous saviez…

— Je sais, assura-t-elle, les bras autour de son cou. Vous ne vous en êtes jamais caché. Vous n'êtes resté que parce que vous aimiez cet endroit plus que vous me détestiez.

— Je ne vous ai jamais détestée.

— Oh, mais si !

— Non, je n'aurais jamais pu.

Il lui prit le visage entre ses deux mains et la regarda avec tendresse.

— Je ne pourrai jamais vous détester, ne le savez-vous pas ?

— Je ne suis pas sûre de le savoir, murmura-t-elle. Vous devriez me l'expliquer. Mais il vous faudra faire des efforts pour me convaincre…

Quelque chose le retenait. Il fixait son visage, désespéré, sachant que tout ce qu'il ferait serait dangereux.

Mais Angel prit les devants. Elle rendait tout si simple ! Elle approcha ses lèvres jusqu'à ce qu'elles touchent les siennes, et elle l'embrassa.

— Angel, murmura-t-il. Angel… Angel…

Dans ses bras, elle devenait magique : un ange et un démon à la fois, auquel il était accroché depuis le premier jour.

Alors qu'elle usait de toutes ses armes pour le faire céder, il tenta encore de résister à l'appel de cette sirène. Mais il n'en avait plus la force. Ses douces caresses brisaient sa cuirasse mieux qu'une massue.

Quelque part au fond de lui, il savait que la victoire serait la chute, une chute qui lui apporterait tout ce qu'il recherchait. Il le désirait depuis le début mais ne le comprenait que maintenant.

— Attendez, lâcha-t-il tout de même. Ce n'est pas bien. Vous devez savoir…

— Trop tard. Il n'y a rien à dire, Vittorio.

— Nous devons d'abord parler ! Il vaut mieux que je rentre. Et tout de suite. S'il vous plaît, Angel, ne me rendez pas la tâche si difficile…

— Je ne veux pas vous laisser partir, chuchota-t-elle, tout contre sa bouche. Et vous non plus. Pas vraiment.

— Si je ne pars pas sur-le-champ, ce sera trop tard. J'ai tellement envie de vous…

— Alors, montrez-le-moi !

— Pas maintenant. Vous ne comprenez pas ? Après ce que vous avez dit sur ce troupeau libidineux qui vous collait aux basques… Je ne veux pas en faire partie, toléré mais méprisé. Vous les avez détestés, n'est-ce pas, tous ces minables qui vous déshabillaient du regard et vous imaginaient dans leur lit ?

— Vous m'imaginez dans votre lit ?

— Non ! Je ne sais pas…

— Oh…, souffla-t-elle, tentatrice.

— Je rêve de vous faire l'amour. Depuis le premier jour.

— Arrêtez enfin de parler, ordonna Angel d'une voix plus forte. Il est bien trop tard pour cela.

— S'il vous plaît, écoutez-moi…

— Silence !

Ils se glacèrent. La voix venait de la chambre de Sam.

— Vous pourriez mettre la sourdine ? ! Il y a des gens qui essayent de dormir, ici !

— J'avais oublié que nous étions sous sa fenêtre, murmura Angel, les yeux écarquillés.

Comme il se taisait, plus qu'embarrassé, elle saisit l'occasion de s'emparer de sa main pour l'attirer à l'intérieur dc la villa.

— On ne discute plus ! scanda-t-elle. A partir de maintenant, c'est moi qui décide !

Au réveil, Angel savait que les problèmes n'avaient pas disparu, mais ils avaient perdu de leur acuité après la nuit qu'elle venait de passer avec Vittorio.

Il lui avait fait l'amour avec tant de respect et de tendresse ! Elle en avait le souffle coupé rien qu'en y repensant.

Il l'avait déshabillée en prenant son temps, en savourant chaque seconde, avait déposé des baisers sur chaque partie de son corps. Une fois allongés, nus l'un et l'autre, il n'avait rien précipité, caressant la moindre parcelle de sa peau. Ses doigts étaient habiles et délicats, à l'écoute de ses réactions, attendant que son désir monte jusqu'à l'explosion finale.

Il l'avait surprise aussi par sa passion. Huit années de mariage à un être égocentrique et insensible ne l'avaient pas préparée à un homme aussi attentionné.

Elle savait que Vittorio était capable de haïr, maintenant elle découvrait qu'il était capable d'aimer avec la même intensité.

Il n'était que le deuxième homme qu'elle ait vu entièrement nu — Joe était d'une pudeur maladive qu'elle n'avait même pas eu envie de combattre. Comment imaginer que le corps d'un homme pouvait être la combinaison de tant de force et de beauté ? Sans vêtements, il paraissait encore plus puissant…

Ils s'étaient endormis au même moment, mais quand elle s'était réveillée au petit jour, elle l'avait découvert appuyé sur un coude, en train de la contempler.

— Rendors-toi, avait-il chuchoté. Tout va bien.

Et elle ne s'était pas fait prier, parce que tout allait vraiment bien.

Quand elle se réveilla ensuite, elle avait la tête sur sa poitrine.

— Tu dors ? demanda-t-elle.

— Non. Je regardais le rayon de lumière qui traverse les volets. Je me disais que je voudrais qu'il ne devienne jamais plus fort…

— Moi non plus, je ne veux pas que le jour se lève. Mais il n'est que 6 heures, dit-elle en consultant le réveil.

— D'ordinaire, je suis debout, à cette heure.

— Pas aujourd'hui. Je veux te garder encore un peu.

Vittorio poussa un léger gémissement qu'elle prit pour un oui.

— Je n'avais rien prémédité, assura-t-il. Je m'étais juré de ne même pas y penser…

— Je sais. Moi aussi, j'ai essayé de résister. Mais il faut croire que je n'en avais pas vraiment envie.

— Aucun des deux…

— On est d'accord sur un point, dit-elle en riant. Quel miracle ! Et dire que tu avais en horreur l'idée même de me parler !

— J'en voulais au monde entier, et je me suis vengé sur toi. Je m'en voulais d'avoir tout foiré…

— Je croyais que c'était à cause de Joe.

— Au départ, tout est ma faute. J'ai fait confiance à un homme que je croyais mon ami.

— Qu'est-il arrivé ?

— Il s'appelle Léo Vari, c'était un ami d'enfance. Son entreprise faisait faillite. Il m'a supplié de me porter garant pour obtenir un nouvel emprunt, me promettant que je n'y perdrais pas. Mais il s'est évanoui dans les airs, et je me suis retrouvé à tout payer pour son affaire. Pour y parvenir, j'ai dû vendre la villa.

— Et Joe en a profité…

— Si j'avais pu en obtenir un prix correct, j'aurais pu recommencer ma vie. Mais qu'aurais-je fait, après tout ? Où aurais-je été ? Je crois bien que je serais revenu ici. Ce domaine, c'est ma vie. Mon père était un homme bon et attentionné, mais il n'avait aucun talent pour la gestion. Quand j'ai eu vingt ans, j'ai pris sa suite, ce qui l'a beaucoup soulagé. Il est mort cinq ans plus tard, mais au moins il a passé cinq années sans souci.

— Mais toi, tu devais te faire du souci…

— Cela m'était égal. J'aimais tout : la gestion, le développement, le travail manuel. Je ne connais aucune odeur telle que celle de la terre au printemps, quand la pluie vient de tomber et que la nature reprend vie. Je ne connais aucune sensation telle que celle de voir quelque chose que tu as planté de tes mains grandir sous tes yeux.

Il lâcha un rire amer.

— Je ne crois pas que ma fiancée pensait comme moi, commenta-t-il.

— Tu es fiancé ?

— Plus maintenant. Ça a duré deux ans. Sandra en a eu assez d'attendre le bon moment. Je peux la comprendre. Nous projetions un grand mariage, un beau voyage de noces…

— Quand tu prendrais le temps de quitter la villa ! continua Angel.

— Elle a épousé un ami à moi, et je suis le parrain de leurs enfants.

— Il y a eu quelqu'un d'autre ?

— Oh oui ! Trop ! Je ne voulais plus m'engager après cela. Je préférais m'amuser.

— Mais ce domaine était ton seul amour.

— Oui, j'ai mis tous mes œufs dans le même panier.

Pas très futé, hein ? Mon ami Bruno me disait que je devenais obsessionnel et impossible à vivre. Je m'en fichais. Je possédais la seule chose qui m'importait et ne pensais pas à l'avenir. Je suppose que j'espérais rencontrer une femme qui ait la même opinion que moi sur ce domaine.

— Mais il fallait que ce soit selon tes règles ?

— Ce sont les seules que je connais. Mais quel intérêt, maintenant ? Je n'ai plus rien à offrir.

— Tu veux que je te dise tout ce que tu as à m'offrir ? demanda-t-elle, la tête pleine des souvenirs de leur nuit.

Vittorio s'appuya sur un coude pour la regarder.

— Je parle sérieusement, dit-il en se raidissant un peu.

— Moi aussi, assura-t-elle en lui prenant la main pour la poser sur ses seins.

Dans le luxe de leur amour, elle ne voulait plus se soucier de rien d'autre.

8

Pendant plusieurs jours, Angel consacra tout son temps à Sam. Elle avait tellement attendu cet instant où elle pourrait l'accueillir dans sa nouvelle maison, où ils seraient enfin réunis ! Comment accepter que ce rêve soit gâché ?

Elle savait que parfois il ne la reconnaîtrait pas, mais cette confusion perpétuelle… Cependant, elle restait positive. Le voyage avait fatigué le vieil homme, il ne tarderait pas à retrouver ses esprits. Si seulement cela pouvait arriver vite… Il était beaucoup plus frêle encore que dans son souvenir. Et il avait quand même quatre-vingt-quatre ans !

Il avait l'air assez heureux. Chaque matin, il la saluait aimablement pendant que Frank ou Roy recommençait les présentations. Dans son esprit, il était un invité dans une belle demeure, et Angel était l'hôtesse. Sur ces bases, ils échangeaient des conversations plaisantes. Il l'interrogeait sur sa vie et lui racontait sa jeunesse, dont il se souvenait incroyablement bien. Mais lorsqu'on approchait du présent, un nuage lui voilait les idées.

Parfois, il lui parlait de sa petite-fille adorée, ce qui l'attristait encore plus.

— Je ne l'ai pas vue depuis longtemps, affirma-t-il un jour, un peu peiné. Avant, elle me rendait souvent visite. Vous croyez qu'elle est fâchée avec moi ?

— Bien sûr que non ! Je suis certaine qu'elle vous aime beaucoup.

— Alors pourquoi n'appelle-t-elle plus ?

— Elle va sûrement venir vous voir, répondit-elle, désespérée.

— C'est ce que je me dis toujours, mais elle ne vient pas.

Elle ne supportait pas de l'entendre parler ainsi. Plus tard, au moment de la sieste de Sam, elle courut retrouver Vittorio dans le verger. Elle évitait d'ordinaire de le déranger dans son travail, mais il fallait qu'elle lui parle.

En la voyant, Vittorio ne dit rien, mais il la prit dans ses bras et la serra jusqu'à ce qu'elle s'arrête de trembler.

— Mauvaise journée ?

— Il m'a expliqué combien il aime sa petite-fille et combien il a de la peine qu'elle ne vienne plus le voir. Et tout ce temps, il me regardait dans les yeux, sans me reconnaître…

— Ça va prendre du temps, mais il va finir par te reconnaître, lui assura Vittorio. Tu m'as dit toi-même que ça arrivait parfois et qu'ensuite sa mémoire revenait. Tu ne dois pas perdre espoir.

— Je sais. C'est juste que…

— Et si tu prenais une journée de congé ? On pourrait se prendre quelques heures, juste tous les deux.

— Je ne peux pas le laisser…

— Il n'est pas seul. Il a ses infirmiers, et tu sais qu'il est bien avec eux.

— Mieux qu'avec moi. Mais tout de même…

C'est le discours de Roy qui eut raison d'elle.

— Quand vous êtes avec lui, vous êtes tendue. Il le ressent et se crispe aussi. Prenez quelques heures pour vous décontracter !

— Je vais y réfléchir.

Le lendemain, quand Sam la salua une fois de plus sans la reconnaître, elle lui annonça qu'elle partait en ville pour la journée.

Elle rejoignit Vittorio dans le jardin.

Dès qu'il la vit, il lui décocha un sourire étincelant.

— La *padrona* désire ? s'enquit-il, humble, comme elle s'approchait de lui.

— Arrête avec ça et emmène-moi à Amalfi !

— Comme le voudra la *padrona*.

— Je te préviens…

Il sourit encore et lui ouvrit la portière de la voiture.

La petite ville, vieille de plus de mille ans, se nichait au pied des falaises.

Autrefois, elle brillait économiquement. Elle avait rivalisé avec les autres villes italiennes jusqu'au début du XXe siècle. Maintenant, ces grands jours étaient derrière elle, mais la ville était encore florissante. Les touristes tombaient amoureux de ses rues pittoresques, de ses places où le temps semblait s'être arrêté et de ses plages de sable fin.

Vittorio invita Angel à manger une glace dans un petit café.

— Attends-moi une seconde, dit-il pendant qu'elle se régalait.

Il revint avec un magazine en anglais.

— Cette papeterie se spécialise dans les journaux en langue originale pour les touristes, expliqua-t-il.

Il s'agissait du nouveau numéro de *GlamChick*. La couverture montrait une photo de Joe avec sa nouvelle épouse. Il y avait deux grands titres : « *Joe Clannan et sa perle rare* » et « *Les révélations d'Angel à propos du mariage de Joe* ».

— Quelles sottises ! Je n'ai même pas parlé de son mariage, hormis les banalités d'usage.

— Sur Gavin, en tout cas, ce ne sont pas des platitudes, commenta Vittorio en lisant par-dessus son épaule.

— Mais si, pourtant !

— Angel est particulièrement fataliste quant à Gavin Alford, son amant qu'elle a quitté…

— « Amant », tu parles !

— … Qu'elle a quitté, selon lui, pour la fortune de Joe Clannan. Angel déclare, elle, que Gavin invente. En fait, elle se souvient à peine de lui. « Il faisait partie du passé bien avant que je ne rencontre Joe, assure-t-elle, sans rancune. Et de toute façon, il n'a jamais compté. Tout chez lui était limité, à commencer par sa conversation. » La décence l'a empêchée de s'étendre sur le sujet, mais apparemment ce Gavin n'avait rien de passionnant !

Vittorio se délectait de sa lecture.

— Quelle vengeance ! s'exclama-t-il.

— Mais je n'ai jamais rien dit de tel ! J'ai juste parlé de sa conversation, ils ont brodé.

— Peu importe. Il en a eu pour son argent !

— Oui. En fait, ça m'est égal. Pas bête, l'idée d'imprimer les deux sujets dans le même numéro. Ils ont travaillé vite.

Elle étudia les photos qu'ils avaient prises d'elle dans l'article et reconnut à peine la créature souriante qui posait. Ensuite, elle tourna les pages vers la nouvelle conquête de Joe.

— Tu n'es pas contrariée ? demanda Vittorio en l'observant.

— Seulement de voir mon nom associé à tout ce vent ! Enfin… J'ai reçu le chèque ce matin. Ça me donne un peu de marge.

— Tu n'aurais pas dû lui rendre les bijoux, remarqua Vittorio.

— Tu ne comprends toujours pas Joe ? interrogea-t-elle, ironique. Je ne lui ai rien rendu. Il avait déjà tout repris avant même de parler de divorce.

— J'imagine…

— Ces bijoux appartiennent à « Mme Joe Clannan ». Ce n'est plus moi, c'est le tour de Merry. Pauvre petite…

— Tu es vraiment désolée pour elle ?

— Elle croit qu'elle a remporté le gros lot. Si elle savait…

Ils flânèrent ensuite dans les rues, heureux de se retrouver l'un avec l'autre.

Elle était venue plusieurs fois à Amalfi, mais toujours seule. Visiter la ville avec Vittorio changeait tout. Ses parents s'étaient mariés dans la grande cathédrale, enfant, il avait joué sur la plage…

— Une journée au soleil ne te ferait pas de mal, assura-t-il. Nous pourrions louer un bateau et naviguer jusqu'à une petite crique que je connais pour faire un pique-nique et nous baigner… Profiter de la vie, quoi !

Son sourire la replongea dans le souvenir de leur nuit passée. Cela faisait plus d'une semaine, et elle mourait d'envie de refaire l'amour avec lui. Mais les choses avaient changé.

— Je ne peux pas. Il y a Sam…

— Mais il ne te reconnaît même pas !

— Il pourrait retrouver la mémoire du jour au lendemain. Je me suis échappée aujourd'hui, mais je ne sais pas quand je pourrai recommencer. Ne crois pas que je n'en aie pas envie, c'est faux ! Mais quand je t'ai dit que je faisais tout pour Sam, je ne mentais pas.

— Je sais, acquiesça Vittorio en souriant. Je me montre égoïste. Je n'aime pas faire des sacrifices, c'est tout.

— Tu n'es pas le seul à te sentir frustré, lui assura-t-elle. Mais tu habites à Amalfi, non ? Et si on allait chez toi ?

— C'est trop loin… Et mon appartement est en désordre.

— Je m'en fiche !

— Il se fait tard. Je te ramène, déclara Vittorio d'une voix qui n'admettait aucune protestation.

Elle le regarda, effarée. Pourquoi s'était-il ainsi crispé ?

A la villa, il se contenta de lui dire au revoir avant de filer dans le verger, et il ne resta pas pour dîner.

Ce n'est qu'en discutant avec Berta, tandis que celle-ci mettait la touche finale à la table du dîner, qu'elle comprit le brusque changement d'attitude de son compagnon.

— Vous savez où vit Vittorio ? demanda-t-elle. Je croyais que c'était à Amalfi ?

— En effet. Il a un petit deux pièces dans une rue sordide.

— Vous y êtes allée ?

— Je l'ai aidé à déménager, avec Rico. Il n'a pratiquement rien emporté. C'est si petit, là-bas. Et dire qu'il a été le maître de cette villa ! Maintenant, il doit survivre dans ce taudis...

Elle tenait la clé du mystère ! Vittorio était trop fier pour afficher sa déchéance. Elle aurait dû le comprendre.

— Ne lui dites rien de cette conversation, supplia-t-elle.

— Bien sûr que non, *signora.*

Sam picora à peine dans son assiette et se coucha de bonne heure. Quand il fut endormi, Roy et Frank vinrent discuter avec Angel.

— Il s'ennuie, expliqua Frank. En Angleterre, il regardait beaucoup la télévision. Maintenant, ses émissions préférées lui manquent, surtout les séries.

— Oh, mon Dieu ! J'aurais dû y penser, se gronda-t-elle. Je comprends l'italien, alors je n'y avais pas réfléchi. J'arrangerai ça demain matin.

Le lendemain elle appela un installateur, et le jour d'après une équipe brancha le matériel nécessaire pour recevoir les chaînes anglaises par satellite.

Tout le monde fut ravi, à commencer par Sam.

Maintenant, Angel pouvait passer du temps avec Vittorio, la conscience tranquille.

Comme promis, il l'emmena naviguer.

Elle s'allongea sur le pont pour prendre un bain de soleil tandis qu'ils longeaient les falaises, laissant Vittorio la contempler, aux commandes du bateau à moteur.

Enfin, ils arrivèrent à une petite crique de sable fin.

— On peut s'arrêter ici, annonça-t-il. On se baigne d'abord, et après on mangera.

Ils échouèrent le bateau sur le sable et se déshabillèrent. Sous ses vêtements légers, elle portait un petit Bikini noir de couturier, élégant et sexy. Pour une fois, elle ne regrettait pas d'être ainsi mise en valeur. Le regard des autres lui faisait honte, mais celui de Vittorio la rendait fière.

Ils coururent main dans la main vers la mer.

— Quel bonheur ! s'exclama-t-elle, une fois dans l'eau. Extraordinaire !

— Attention au courant, l'avertit Vittorio. Il est assez fort, ici.

— Pas de problème, cria-t-elle en prenant le large.

Il s'empressa de la rejoindre, lui agrippant les hanches.

— Je t'ai dit de faire attention !

Elle se débattit, plus pour sentir le contact de leurs corps qui se touchaient que pour se libérer.

— Tu n'en fais qu'à ta tête, hein ? la taquina-t-il.

Elle passa ses bras autour de son cou et l'attira à elle.

— Pas là où nous n'avons pas pied, protesta-t-il. Tu veux qu'on se noie ?

— On ne se noiera pas. Tu veilleras sur nous…

— Tu as trop confiance en moi, protesta-t-il, s'efforçant de garder la tête au-dessus de l'eau.

— Je n'ai aucune envie d'être en sécurité, de toute façon. Laissons le courant nous emporter à son gré !

— A son gré ?

— N'importe où. Si on ne fait pas de projets, on n'a pas peur du résultat. Je déteste les projets, les calculs…

— Tais-toi, ordonna-t-il, posant ses lèvres contre sa bouche. Ne t'en fais plus pour ça, c'est du passé.

Il la serra contre lui mais ne la ramena pas moins sur la plage.

— On se laissera emporter plus tard, plaisanta-t-il. J'ai trop faim.

— Va chercher le panier que nous a préparé Berta.

— Je ne parlais pas de manger…

Il s'empara de leurs serviettes et l'entraîna dans la caverne qui s'ouvrait au fond de la crique.

Ils firent l'amour avec une passion incontrôlable, comme s'ils essayaient de rattraper tous ces jours loin l'un de l'autre. Une fois passée l'explosion de plaisir commun, ils recommencèrent, mais cette fois plus lentement, en prenant le temps de savourer chaque centimètre du corps de l'autre. Le sable leur faisait un lit douillet, et ils goûtaient le sel sur leur peau.

Angel comprenait enfin ce que signifiait le mot liberté. Elle redevenait elle-même, décidait de se faire aimer, de se donner entièrement. L'extase que Vittorio lui procurait était aussi douce et profonde que le bonheur de l'avoir choisi. Chaque gémissement, chaque mouvement, elle l'acceptait comme un cadeau de son âme.

— Encore, murmurait-elle. Encore !

— Tu aimes ce que je te fais ?

Elle lui renvoya un sourire comblé.

— Je suis désolé, s'excusa-t-il quand ils eurent une nouvelle fois atteint le paroxysme du plaisir.

— Pourquoi ? s'étonna-t-elle.

— Je n'ai pas su me contrôler. Tu es une sirène, une tentatrice, un ange…

Il s'assit, mais quand elle tenta d'en faire autant, il posa une main sur sa poitrine pour qu'elle reste allongée.

— Laisse-moi t'admirer…

Elle croisa les mains derrière sa tête, se laissant aller à la volupté du regard de son amant sur elle. Ses yeux brûlants la caressaient, la faisant frissonner.

Elle se sentait belle. On le lui avait souvent dit, mais là, c'était différent. C'était pour lui, rien que pour lui. Cette idée balaya le souvenir brouillé de l'objet de désirs qu'elle avait représenté pour Joe et les autres.

Vittorio lui avait promis d'effacer le passé pour elle, et elle commençait à croire qu'il pouvait y parvenir.

Que pourrait-il se passer, maintenant, qui l'en empêche ?

Ils remirent leurs maillots de bain avant de regagner la plage pour leur pique-nique et déjeunèrent comme des princes, heureux d'être ensemble.

Une fois le repas terminé, elle s'allongea sur le dos, laissant échapper un soupir de contentement.

— Tu as l'air d'une enfant qui découvre tout cela pour la première fois, remarqua Vittorio. Tu n'as jamais navigué ?

— Oh si ! Joe trouvait qu'on gâchait l'été si on ne passait pas un peu de temps sur son yacht, plaisanta-t-elle. Comme je m'y ennuyais ! Je prenais dix maillots de bain, mais aucun ne voyait l'eau. Il fallait juste traînasser au bord de la piscine pour en mettre plein la vue à la galerie…

Vittorio ne réagit pas tout de suite, mais elle aperçut son regard noir en ouvrant les yeux.

— Comme le Bikini que tu portes maintenant ?

— Oui, c'en est un. Je n'ai rien acheté récemment. Je fais durer mes anciens vêtements. A l'époque, je n'avais pas besoin de les laver, il me suffisait de les jeter…

— Tais-toi ! ordonna-t-il. Ne parle plus jamais de cette époque ! Tu crois que ça me plaît d'entendre comment tu t'exhibais devant d'autres hommes ?

Le ton cassant, acerbe, de sa voix l'alerta. Elle se redressa et le fixa, incrédule.

— Je ne m'exhibais pas pour le plaisir ! riposta-t-elle. C'est Joe qui m'y forçait, je n'avais pas le choix. Ce n'était pas vraiment moi…

— C'était *ton* corps qu'ils regardaient ! Tu penses que j'aime cette idée ?

— Et moi, tu crois que j'aimais ça ? Je détestais !

— Mais tu le faisais quand même.

Angel déglutit avec effort. L'air commençait à lui manquer. Un nuage glacial s'abattit sur elle.

— Tu sais pourquoi je l'ai fait ! Vittorio, ne t'offusque pas de quelque chose que j'ai fait dans le passé, avant de te rencontrer ! Je ne savais même pas que tu existais. Je ne te devais rien à l'époque, et je ne te dois pas d'explication maintenant !

Il avait l'air haineux.

— Tu m'appartiens, tu comprends ça ? scanda-t-il.

— Tu ressembles à Joe. Je ne veux pas de ça ! J'ai été la chose d'un homme pendant huit ans, je n'ai pas l'intention de rejouer le même jeu ! Je n'appartiens à personne. Ce n'était pas moi, à l'époque, j'étais différente.

— C'est ce que tu affirmes…

— C'est la vérité !

— Pas entièrement, non.

Vittorio promena ses yeux sur son corps, mais elle ne le supportait plus.

— Ne me regarde pas comme ça !

— J'adore te regarder. Ton corps est plus désirable qu'aucun que j'aie jamais vu, et les autres ont dû penser la même chose, parce que tu es toujours la même p…

— *Arrête !*, cria-t-elle en lui posant une main sur la bouche. Ne dis pas ça !

— Ne pas le dire n'efface pas ce que tu es !

Elle regarda Vittorio, abattue par ce soudain revirement de situation. Ils venaient de faire l'amour, elle se prélassait sous son regard aimant, tout aurait dû se passer à la perfection… Pourquoi s'était-il transformé en ce monstre affreux ?

— Tu as raison, déclara-t-elle. Le fait que tu le penses fait toute la différence. Je ne te le pardonnerai jamais. Tu m'avais pourtant juré que tu me ferais tout oublier, que tu me protégerais. Mais c'est à travers toi que ces hommes auraient raison de moi ! Tu es exactement comme eux ! Tu viens de me montrer qu'il n'y a aucune issue pour moi. Je suis ce que Joe Clannan a fait de moi. Moi qui croyais que tu étais différent…

Vittorio ne répondit pas. Il ne la regardait plus. Son visage sombre cachait une souffrance insupportable.

Elle ramassa ses affaires et alla s'habiller dans la caverne. A cause de lui, elle se sentait laide, honteuse.

Quand elle sortit, il était habillé et prêt à partir. En silence, ils poussèrent le bateau à la mer avant de monter à bord.

Ils n'échangèrent plus un mot jusqu'à Amalfi.

Et dire qu'elle aurait pu se réjouir du voyage, du soleil qui lui caressait le visage ! Pour des amants, c'était le décor idéal. Mais ils n'étaient plus des amants. Une ombre glaciale s'était glissée entre eux, et elle craignait qu'elle ne recouvre le reste de ses jours.

9

Toujours en silence, ils reprirent la voiture de Vittorio et roulèrent jusqu'à la villa sans échanger un mot.

L'amertume arrachait le cœur d'Angel. Elle se surprit à vouloir faire souffrir Vittorio autant qu'il la faisait souffrir.

— Je préfère descendre ici, annonça-t-elle quand la maison fut en vue.

— Il fait déjà nuit. Laisse-moi t'approcher encore un peu.

— Arrête la voiture, *tout de suite* !

Vittorio s'exécuta.

Elle ne se retourna qu'au seuil de la villa, et regarda la voiture s'éloigner jusqu'à ce que les phares ne soient plus que deux faibles points à l'horizon.

Selon lui, sa vie précédente avait laissé une trace indélébile ? Soit ! Elle ne le démentirait pas. Si c'était comme ça, elle se montrerait aussi calculatrice qu'il la croyait. Elle le renverrait, mais pas tout de suite. Seulement après avoir appris de lui tout ce qu'il fallait savoir sur les récoltes. Ensuite, elle pourrait y arriver sans lui.

Dans sa chambre, elle se déshabilla et se doucha pendant des heures, comme si elle devait se laver de la journée qui venait de s'écouler.

Mais comment se défaire de la sensation des bras de Vittorio autour d'elle, de ses yeux haineux sur elle ? Elle s'en souviendrait toute sa vie.

Elle retourna dans sa chambre, drapée d'une serviette moelleuse, éteignit la lumière et se posta à la fenêtre.

La lune, haut dans le ciel, brillait sur la mer et l'enveloppait d'une atmosphère de paix. Rien ne changeait. Les nuits ici resteraient toujours aussi sereines.

Mieux valait après tout qu'elle ait le cœur brisé maintenant, plutôt que de vivre encore dans un rêve trompeur. Ce qui s'était passé aujourd'hui était prévisible depuis le début.

Du bruit sous sa fenêtre attira son attention. Un instant elle ne vit rien, car la lune s'était cachée derrière un nuage. Puis soudain elle reconnut Vittorio.

— Attends-moi à la porte de la cuisine.

Elle descendit le rejoindre. Elle lui ouvrit, mais il resta sur le seuil, immobile.

La tension était palpable.

— Entre, l'invita-t-elle en s'écartant pour le laisser passer.

Il avait l'air effrayé. Quand elle referma derrière lui, il ne fit aucun mouvement pour la toucher.

— Je croyais que tu étais rentré chez toi, murmura-t-elle.

Il fit non de la tête, l'air décomposé.

— Tu es là depuis combien de temps ?

— A mi-chemin vers Amalfi, j'ai fait machine arrière. Il fallait que je revienne et que je te demande… que je te supplie de me pardonner. Je ne sais pas ce qui m'a pris.

Dès qu'il prononça le mot « pardonner », tout fut oublié.

Elle posa les doigts sur les lèvres de Vittorio, se demandant où était passée sa colère, puis elle l'entraîna dans sa chambre.

Elle s'assit sur le lit, mais au lieu de prendre place à son côté, Vittorio tomba à genoux auprès d'elle.

— Excuse-moi, je t'en prie ! Je n'aurais jamais dû te parler ainsi. Tu n'y es pour rien. Je suis malade de jalousie. Je m'efforce de ne pas l'être, mais c'est plus fort que moi. Tu n'es pas fautive, je le sais. Rien ni personne n'a jamais autant compté dans ma vie. Ça m'effraye à un point… Je ne sais plus quoi faire.

— Il n'y a rien à faire, chuchota-t-elle. Est-ce si terrible ?

— Oh oui ! L'amour est si compliqué. Aujourd'hui, avec toi dans mes bras, j'ai ressenti tant de bonheur, tant de joie… J'ai l'impression que tu as pris possession de moi, comme si mon âme ne m'appartenait plus.

Un frisson la parcourut.

Peut-être Vittorio avait-il raison… L'amour faisait peur. Il aurait été tellement plus prudent de tout balayer !

Mais c'était impossible, pensa-t-elle. La prudence ne voulait plus rien dire pour eux.

— Je me suis retourné contre toi pour me protéger, soupira Vittorio en posant la tête sur ses genoux. C'était le seul moyen que j'aie trouvé pour me sauver.

— Si tu le veux tant, alors fais-le !

— Tu me laisserais partir ?

— Je ne te retiendrais pas contre ta volonté. Vittorio, une partie de toi me déteste toujours…

— Non !

— Admets-le, c'est la vérité. Je sais affronter la réalité.

— Tu as plus de courage que moi. Tu crois que je l'ignore ? Mais je veux tellement de choses en même temps : te fuir, me perdre en toi… Parfois, je me dis que ça ne pourra jamais marcher entre nous. Tant de choses nous séparent. Mais quand je te regarde, je veux que rien ne s'interpose entre nous.

— Nous avons tous les deux nos démons. Ils seront toujours là, il faut apprendre à les laisser de côté.

— Dis-moi que tu me pardonnes, la supplia Vittorio.

— Il n'y a rien à pardonner, assura-t-elle en lui caressant le visage. Nous devons nous montrer généreux l'un pour l'autre. Sinon on n'y arrivera pas.

Elle prit le visage de Vittorio entre ses mains et l'embrassa.

— Commençons dès maintenant, murmura-t-elle.

Quand elle essaya de l'enlacer, il se dégagea et se releva.

— Non, c'est trop tôt ! protesta-t-il. Je ne me fais pas confiance.

— Moi si.

— Tu ne dois pas, avertit-il sur un ton d'urgence. Si j'en avais la force, je m'en irais le plus loin possible pour te laisser tranquille. Mais je ne peux pas.

— Reste, le cajola-t-elle.

— Je ne peux pas, je ne dois pas…

— Reste.

Elle sentit Vittorio hésiter, pensa presque avoir gagné. Mais à la dernière minute, il tourna les talons et s'enfuit.

Elle passa une mauvaise nuit et descendit, le lendemain, lasse et triste. Mais une bonne surprise l'attendait.

Quand, par la fenêtre, elle aperçut Sam au bras de Roy, elle s'arma de courage pour aller les saluer et faire face à une nouvelle déception.

Mais Sam lui adressa un large sourire.

— Angela, ma chérie ! lança-t-il en ouvrant les bras. Quel plaisir de te revoir ! Où étais-tu passée tout ce temps ?

— Ici et là, hasarda-t-elle, ne voulant pas dire quoi que ce soit qui le contrarie.

— Tu aurais dû venir me rendre visite. Comme tu m'as manqué !

— Ça n'a plus d'importance, maintenant. Nous sommes de nouveau réunis. C'est tout ce qui compte ! assura-t-elle.

— Mais où sommes-nous, ma chérie ? Je ne connais pas cet endroit.

— Viens prendre ton petit déjeuner, on pourra discuter.

A sa grande joie, Sam afficha la même bonne humeur toute la matinée. Elle lui raconta son divorce.

— Je me demandais en effet pourquoi nous ne voyions plus Joe. Je ne l'ai jamais tellement aimé, tu sais.

— A vrai dire, moi non plus, avoua-t-elle en riant.

Elle venait de retrouver son Sam. La lueur était revenue dans ses yeux et la chaleur dans son regard sur elle.

— Tout à l'heure, je te ferai visiter le domaine. Tu vas adorer l'Italie !

— Nous sommes en Italie ?! C'est merveilleux ! Nous avions toujours rêvé que tu viennes y étudier l'art.

— Tu te souviens de cela ?

— Bien sûr. Quelle question ! Comme si je pouvais oublier une telle chose !

Ensuite, ils se promenèrent dans le jardin où Sam admira les fleurs.

Angel nageait dans le bonheur.

Toni, qui avait tout de suite sympathisé avec Sam, tournait joyeusement autour d'eux. Soudain, un aboiement au loin attira l'attention du jeune chien. Luca accourut, et les deux animaux commencèrent à jouer gaiement.

— A qui est-il ? demanda Sam.

— A Vittorio, répondit Angel.

Une vague de nervosité la gagna alors que ce dernier s'approchait d'eux. Elle craignait que Sam ne se souvienne de leur première rencontre et de sa détresse. Mais il souriait toujours.

— Nous nous sommes déjà rencontrés, n'est-ce pas ?

— En effet, répondit Vittorio en lui tendant la main. Je vous…

— Attendez, ne dites rien. Il m'arrive d'oublier un peu, mais je sais : vous nous avez ramenés à la maison. Ça fait un moment, déjà.

— Deux semaines.

— Vraiment ? Alors, comme ça, vous êtes Vittorio…

— Je travaille pour la *signora*.

— Je suis Sam. Oh, mais suis-je bête ? On s'est déjà présentés. C'est vous qui avez fait pousser tous ces rosiers ? demanda-t-il en désignant l'allée par laquelle Vittorio était arrivé. Sacré boulot ! Autrefois, j'en plantais aussi. On pourrait en discuter, un de ces jours…

Ce fut le début d'une belle amitié. Sam et Vittorio s'entendaient très bien et discutaient pendant des heures.

Toutes les capacités du vieil homme ne souffraient pas également de sa maladie. Il se souvenait de toutes les blagues qu'il avait entendues dans sa vie, surtout les plus coquines. Et il jouait aux échecs à la perfection, retirant à Roy et Frank tout espoir de le battre un jour. Quand il avait appris que Vittorio jouait aussi, il s'était jeté sur lui.

Angel aimait voir son grand-père heureux, mais Vittorio passait moins de temps avec elle. Soit il travaillait, soit il tenait compagnie à Sam.

— C'est bientôt le moment de la récolte, expliqua-t-il. Il faut que tout soit au point.

— Je croyais que tu m'évitais encore.

Il l'embrassa.

— Non, je veux être avec toi. Mais je ne néglige pas mon travail.

— Et moi ?

— Je croyais que Sam était ta priorité, plaisanta Vittorio.

— C'est vrai… Merci d'être aussi gentil avec mon grand-père. J'adore l'entendre rire. Mais tu me manques.

— Je ne suis pas gentil, je passe du bon temps en sa compagnie ! Il est génial, et c'est un pro aux échecs.

— Tu ne le laisserais pas un peu gagner, par hasard ?

— Malheureusement non, gémit Vittorio. Et arrête de rire !

— Je ne peux pas. C'est si merveilleux de le voir heureux !

— Il est vraiment la seule personne sur cette terre qui compte pour toi ?

— Pas la seule, non, répondit-elle en caressant sa barbe naissante.

Ils durent, pendant un temps, se contenter du plaisir d'être ensemble en compagnie d'autres personnes. Grâce à Sam, Vittorio faisait partie de la famille. Il passait presque toutes les soirées à la villa, à regarder la télé, à jouer aux échecs et à la contempler de loin.

Ils furent sauvés par une semaine spéciale consacrée à la série préférée de Sam. Celui-ci ne voulait la rater pour rien au monde.

— Ils vont diffuser des épisodes inédits, expliqua-t-il. Alors, s'il vous plaît, que personne ne me dérange !

— Promis ! Tu ne vois pas d'inconvénient alors si je sors ce soir ?

— Fais ce que tu veux, ma chérie.

Le laissant ravi, elle fila en ville avec Vittorio.

Ils se promenèrent dans les rues, heureux de se retrouver enfin seuls.

— Viens, je t'invite à faire un tour en calèche, annonça Vittorio en entendant un bruit de roues et de sabots sur les pavés.

Il l'aida à grimper et pria le cocher de démarrer.

— J'avais repéré ces calèches lors de mes visites à Amalfi, confessa-t-elle, enchantée, avant d'apercevoir le visage fermé de Vittorio. Que se passe-t-il ?

— *C'est lui !*, cria-t-il.

— Qui ça ?

— Léo. Mon prétendu ami, celui qui m'a tout volé. Je l'ai vu... Cocher, prenez cette rue !

Poussant un juron, l'homme s'exécuta.

— Plus vite ! cria Vittorio.

— C'est une calèche, pas une formule 1 ! s'énerva l'homme.

— Je n'ai pas le temps ! Il ne doit pas m'échapper ! Excuse-moi, lança-t-il en direction d'Angel avant de sauter du véhicule et de disparaître dans la nuit.

— Suivez-le ! ordonna-t-elle. Gardez-le en vue !

Le cheval prit de la vitesse, et ils arrivèrent à temps pour trouver Vittorio au bout de la rue, mais il tourna à l'angle.

— Vous ne pouvez vraiment pas aller plus vite ?

— Ce n'est pas un cheval de course, *signora* !

Ils atteignirent enfin le port. Vittorio n'était nulle part.

— Où dois-je aller, maintenant ? demanda le cocher.

— Je ne sais pas. Il a disparu…

— Qu'est-ce qu'on ne ferait pas pour ne pas payer ? !

— Ce n'est pas…

— Je parie qu'il vous a pris votre sac. C'est un tour vieux comme le monde !

— Comment osez-vous ?

— Tout ce que je sais, c'est qu'il est parti sans payer.

— Voilà votre argent.

Elle lui fourra un billet dans la main et descendit de la calèche.

Une fois seule, elle ne sut que faire. Impossible de retrouver Vittorio.

Elle marcha pour se calmer.

Une puissante envie de protéger Vittorio s'empara d'elle. Elle qui n'aurait jamais imaginé qu'il ait besoin de protection, elle comprenait enfin combien il était vulnérable. Pour la première fois, elle accepta le fait qu'elle l'aimait.

C'est pourquoi elle erra dans les rues à sa recherche pendant des heures, torturée par un mélange d'espoir et de peur.

Quand elle abandonna et retourna à la voiture, elle le vit assis par terre, la tête contre les genoux.

Elle vint le rejoindre, passa son bras autour de ses épaules.

— Tu ne l'as pas attrapé ?

Il tremblait de rage et d'épuisement.

— Tu es sûr que c'était lui ?

— Même pas… Je le vois partout, mais je ne le trouve nulle part. C'est sans espoir.

— C'est faux ! Il ne faut jamais perdre espoir.

— Je t'ai plantée là, dans la calèche, et tu ne pouvais même pas rentrer parce que j'avais les clés, dit-il en lui prenant les mains. Pourquoi n'es-tu pas fâchée contre moi ?

— Je n'y arrive pas. J'aurais pu prendre un taxi, mais je ne pouvais pas partir en te sachant dans cet état.

— Tu aurais dû. Je ne suis qu'un pauvre fou ruiné…

— Allez, viens, tu dois être affamé.

— Il y a un petit café par là…

Elle aida Vittorio à se relever. Ils mangèrent sans parler. Elle respecta son silence.

— Je te ramène, déclara Vittorio après le repas.

— Pas maintenant. Je t'accompagne chez toi. Tu n'as pas la force de conduire.

— Non ! protesta-t-il. Pas là.

— Alors je te ramène à la villa.

— Pour dormir dans la chambre de la *signora* ?

— Tu prendras une autre chambre si tu veux. De toute façon, ce serait mieux que tu en aies toujours une à ta disposition. Tu travailles si tard, parfois.

— Alors j'aurais le droit à une chambre d'amis à la villa ? ironisa Vittorio.

— Oh, s'il te plaît, ne commence pas…

— Excuse-moi, lâcha-t-il dans un haussement d'épaules. Je suis impardonnable de m'en prendre à toi. Tu es si gentille ! Mais je t'avais prévenue, je ne peux pas m'en empêcher.

— Ne t'inquiète pas. Tu es épuisé, je te ramène à la maison.

— Laquelle ?

— A Amalfi, c'est la plus proche. Il faut que tu dormes, un point c'est tout !

— D'accord, céda Vittorio en frottant son visage las.

Il lui indiqua le chemin sans plus de protestation.

Berta l'avait mise en garde, et elle n'avait pas menti. Les rues qu'ils empruntaient étaient plus sordides les unes que les autres. L'immeuble semblait en ruine, et l'appartement de

Vittorio était minuscule et délabré. Il y avait une chambre à coucher et un salon avec une cuisine américaine. La salle d'eau ressemblait à un placard.

L'ambiance semblait encore plus déprimante avec la lumière électrique.

Vittorio la regardait sans mot dire. Elle comprenait sa honte…

— Tu devrais y aller, suggéra-t-il tout bas. Je t'appelle un taxi.

— Je ne te laisse pas seul ce soir ! déclara-t-elle.

— On ne peut rien tirer de moi, là.

— Je ne te demande rien…

Elle le poussa doucement sur le lit et s'allongea à son côté.

— Tu sais, ce n'est pas la première fois que ça m'arrive, confia-t-il, les yeux au plafond. Je le vois partout, dans la foule, dans les magasins, au bout d'une rue. Et quand je me mets à le suivre, il disparaît… Parce qu'il n'est jamais là. Il est dans ma tête. Parfois, j'ai l'impression que je passerai le reste de ma vie à chasser son ombre… Mais même si je le retrouvais, à quoi ça me servirait ? L'argent est parti, je ne le récupérerai jamais.

— Tu pourrais porter plainte contre lui.

— Pour quel motif ? Il n'a commis aucun délit. Il s'est juste arrangé pour me laisser ses dettes. Je n'ai aucun recours légal.

Angel se mordit la lèvre. Elle ne pouvait rien répondre à cela. Vittorio avait raison, il n'y avait aucune solution.

Soudain, elle eut peur pour lui.

Le matin, elle prépara le petit déjeuner dans la minuscule kitchenette.

Vittorio et elle avaient passé la nuit blottis dans les bras l'un de l'autre, sans faire l'amour, se contentant de se sentir bien.

— Que veux-tu faire aujourd'hui ? demanda-t-il d'un air hésitant.

— Ça m'est égal, répondit-elle. Du moment que ça bouge et qu'on le fait ensemble !

Ils passèrent la matinée sur la plage, et l'après-midi ils retournèrent chez lui pour profiter de leur intimité.

— Je pourrais rester seule avec toi pour toujours !

— Moi aussi, mais il faut y aller…

— Retour à la réalité, soupira-t-elle. Je déteste la réalité !

— Allons-y, insista-t-il en lui embrassant le front.

10

Les jours suivants, quand elle revit Vittorio à la villa, il lui parla gentiment, en souriant tout le temps. Au premier abord, tout semblait aller très bien entre eux, mais un gouffre les séparait désormais. Ou peut-être était-il là depuis le début ?

Il venait toujours jouer aux échecs avec Sam, mais il évitait de se retrouver seul avec elle.

Un soir qu'ils riaient tous à une des blagues de Sam, Berta entra dans le salon, préoccupée.

— *Signora*, un monsieur demande à vous voir, annonça-t-elle. J'ai demandé son nom, mais il a juste dit que vous seriez ravie de le revoir.

— Et j'ai raison, n'est-ce pas, chérie ? renchérit une voix derrière la gouvernante. Je ne t'ai pas oubliée et je sais que c'est la même chose pour toi.

Tout le monde se tourna vers la porte.

— Mon Dieu ! s'écria Vittorio. L'affreux Gavin !

Sam éclata de rire, Roy et Frank tentèrent de cacher leur amusement, Gavin fit mine de n'avoir pas entendu.

Angel reprit vite ses esprits pour examiner l'intrus.

La photo sur le magazine avait été retouchée. En fait, il avait empâté et son visage même était boursouflé et rouge. A dix-neuf ans, elle l'avait trouvé renversant, maintenant là, il était plutôt répugnant.

— Bonjour, Gavin, le salua-t-elle froidement.

— Angel ! s'exclama-t-il en s'approchant d'elle, les bras ouverts. Ça fait un bail !

— Au moins, acquiesça-t-elle, prise au piège dans son accolade.

— Sam ! lança Gavin en se tournant vers le vieil homme.

— Ne vous approchez pas de moi ! Qui êtes-vous ? Je ne vous connais pas.

— Mais si, nous étions les meilleurs amis du monde…

— Pas du tout. Je ne vous connais pas et je ne vous aime pas, jeune homme !

Le sourire de Gavin se ternit.

Angel lui présenta Roy, Frank et Vittorio comme des amis de la famille.

— C'est super de te revoir, Gavin, mentit-elle. Qu'est-ce que tu fais dans le coin ?

— Je savais que ma vieille amie Angel habitait par ici, alors j'ai fait un saut…

— Quand tu m'as connue, je m'appelais Angela, rappela-t-elle, mi-amusée, mi-agacée.

— Mais pour moi, tu as toujours été un ange, se rattrapa Gavin comme il put. Je peux te parler seul à seule ?

— Je ne crois pas. Nous allions passer à table, mais tu peux te joindre à nous.

— Certainement pas ! protesta Sam.

— Enfin, Sam, lança-t-elle, feignant l'indignation. Gavin est notre invité…

— Pas le mien, en tout cas. Je n'en veux pas chez moi !

— Eh ! On est chez Angel ici, remarqua Gavin, plus vulgaire encore que dans ses souvenirs.

— Comment le savez-vous ? s'enquit Vittorio, l'air de rien. Vous lisez les magazines people, on dirait…

— Jetez-le dehors ! cria Sam.

— Je ne peux pas renvoyer quelqu'un sans lui offrir l'hospitalité.

— D'accord, céda Sam. Tu lui donnes quelque chose à manger et tu le jettes dehors !

— Qu'est-ce que je fais des bagages ? demanda Berta.

— J'ai apporté quelques affaires avec moi, reconnut Gavin qui comprenait quelques mots d'italien.

— Deux valises ? s'étonna Angel en regardant dans le couloir.

— J'aime bien me changer tous les jours.

— Jetez-le dehors ! répéta Sam.

— Gavin, je suis désolée, je ne peux t'héberger plus d'une nuit.

— Pas de problème. Ça me suffit pour avoir le plaisir de te revoir.

— Je vais me sentir mal, lâcha Sam.

Le dîner s'annonçait mouvementé. Sam refusait de se montrer civilisé.

— Je ne l'ai jamais aimé ! expliqua-t-il.

— Mais tu as dit que tu ne te souvenais pas de lui !

— Et alors ? Tu n'es plus avec lui, non ?

Elle supplia Vittorio de rester.

— Je ne raterais cela pour rien au monde, plaisanta-t-il.

— C'est toi qui as mis le feu aux poudres avec ton « affreux Gavin » ! le réprimanda-t-elle.

— C'est la vérité, non ? Je suis curieux de connaître tes goûts de l'époque…

— J'étais très jeune, se défendit-elle. Et il était bien plus mince… Allez, contente-toi de veiller à ce que Sam n'exagère pas.

— Tu crois vraiment que quelqu'un est capable de l'arrêter de dire ce qu'il veut ?

La soirée se passa correctement, bien qu'il fût manifestement impossible de faire taire Sam. En fait, Vittorio l'y encourageait plutôt.

Gavin, lui, semblait ne pas remarquer les piques lancées dans sa direction. Il jouait sans faillir son rôle d'amoureux transi.

Mais il n'était pas le seul à jouer un rôle.

A la fin du repas, Sam convainquit sans mal Vittorio de rester pour la nuit, prétextant que ce dernier avait trop bu.

Angel, soulagée, le chargea de conduire Gavin dans sa chambre.

Quand elle prit congé pour aller dormir, Vittorio accaparait Gavin dans une discussion sur les voitures, ce qui empêcha ce dernier de lui parler en privé.

Ce fut seulement après le petit déjeuner que Gavin réussit à s'entretenir avec elle, et surtout parce qu'elle voulait en finir.

— Enfin seuls, soupira Gavin.

— Nous sommes très occupés.

— Je vois, mais je peux rester quelques jours encore, non ? On pourrait réapprendre à se connaître… Tu sais, tu m'as fait mal avec ce que tu as dit dans ce magazine.

— Pardon ? Et tout ce que tu as sorti sur Joe et moi alors que tout était fini entre nous depuis longtemps ?

— Mais pas du tout ! Souviens-toi comme nous nous aimions !

— *Scusi, signora*, je viens chercher les tasses à café, interrompit Vittorio.

— On ne les a pas sorties, répondit-elle, surprise.

— Vraiment ? Berta dit…

— Il n'y en a pas ! s'exclama Gavin, hargneux. Dégage !

— *Scusi, scusi*, céda Vittorio en reculant de quelques pas.

Gavin enchaîna sans même attendre qu'il ait refermé la porte.

— Tu es tellement injuste avec moi, pleurnicha-t-il.

— Ton interview ne t'a pas consolé ? ironisa-t-elle.

— Pas après la façon dont tu m'as calomnié dans *GlamChick*.

— Ecoute, Gavin, laissons le passé derrière nous.

— Je suis d'accord. Travaillons à construire notre avenir. Quand j'ai vu comme tu rayonnais sur les photos, je me suis rappelé combien je t'aimais. On était si bien ensemble…

— Et la maison est très belle, ajouta-t-elle, narquoise.

— Pardon ?

— Tu as vu les photos de la maison aussi et tu t'es dit que tu vivrais bien ici…

— Tu es injuste !

— Tu te répètes…

— Ecoute, et si on reprenait tout à zéro… ?

— Gavin, c'est fini depuis longtemps…

— Tu ne le penses pas.

— *Scusi, signora*, Berta dit…

— Tu vas nous laisser tranquilles, oui ? s'énerva Gavin. Dégage, tu m'as entendu ?

— D'accord, mais je t'emmène avec moi !

Avant que Gavin puisse réagir, Vittorio l'avait attrapé par le col de sa chemise.

— Laisse-moi ! Mais qu'est-ce que tu fais ?

— Je te raccompagne vers la sortie, expliqua Vittorio avec calme. Notre ami a décidé de s'en aller, annonça-t-il à la cantonade. Quelqu'un pourrait-il aller chercher ses bagages ?

— Les voilà ! clama Franck.

Angel s'aperçut alors que toute la maisonnée, Sam aux premières loges, avait assisté à leur conversation « privée ». Sam rayonnait en suivant Vittorio et son prisonnier vers la sortie.

— Vittorio, que vas-tu lui faire ? s'alarma-t-elle.

— En bon hôte, je vais le raccompagner en ville et le faire monter dans un bus. Et ne t'inquiète pas, je vais m'assurer qu'il comprenne qu'il n'est plus le bienvenu ici.

Roy et Frank se hâtèrent d'enfourner les bagages de Gavin dans le coffre de la voiture. Vittorio jeta Gavin à l'arrière, monta à son tour et démarra sous le regard fasciné d'Angel.

— Vittorio s'est bien occupé de lui ! se réjouit Sam. Je savais qu'on pouvait compter sur lui.

Quand Vittorio revint plusieurs heures plus tard, le vieil homme se précipita pour l'accueillir.

— Il ne reviendra pas, n'est-ce pas ? demanda-t-il, anxieux.

Vittorio lui adressa un sourire entendu.

— Tu as raison. Ne nous dis pas où tu l'as enterré, plaisanta Sam.

De loin, Angel observait les deux complices, attendrie.

Après cela, Sam resta silencieux plusieurs jours. Lorsqu'il jouait aux échecs avec Vittorio, il le laissait gagner.

Parfois, il était plongé si profondément dans ses pensées qu'Angel devait lui répéter la même chose encore et encore, et pour finir elle n'obtenait que des réponses vagues. Il refusait de leur confier l'objet de ses préoccupations.

Un matin, Vittorio le vit arriver seul dans le jardin. Quand le vieil homme l'aperçut à son labeur, il vint le rejoindre.

— Vous vous êtes échappé ? plaisanta Vittorio.

— Un peu de liberté ! Ma petite-fille est parfois envahissante.

— Les femmes ! renchérit-il.

— Il faut leur laisser croire qu'elles mènent la baraque. Ne pas leur avouer que c'est nous qui tirons les ficelles.

— De quelles ficelles parlez-vous au juste ?

— J'ai réfléchi à ce minable de Gavin… tu as bien su le calmer. Tu es un homme sur lequel on peut compter. Je me disais…

Soudain, son regard se perdit au loin.

— Sam ! le pressa Vittorio.

— Oh, oui, où en étais-je ?… Ça m'arrive souvent d'oublier de quoi je parle… Je viens d'écrire mon testament.

Sam fouilla dans sa poche et en sortit un papier.

— Vous voulez que je m'en charge ? demanda Vittorio.

— Exactement. Tu es mon héritier.

— Oh, non…

— Tu dois le garder parce que je te laisse ce que j'ai de plus cher, interrompit Sam.

— Mais ça devrait revenir à Angel !

— Tu ne comprends pas…

Soudain, Sam s'effondra sur les genoux, à bout de souffle.

— Ne vous en faites pas, le rassura Vittorio, alarmé.

— Tu dois le garder, sinon je ne partirai pas en paix.

— D'accord, acquiesça-t-il en rangeant le testament dans sa poche de derrière. Tout va bien ?

— Je suis juste un peu essoufflé. Ça va aller…

— Je ne crois pas. Je vous ramène à la maison.

Il passa le bras de Sam autour de son cou et le souleva. Le portant ainsi, il courut vers la villa en appelant Angel.

11

On n'entendait pas un bruit dans les couloirs de l'hôpital.

Vittorio entra dans la chambre où Sam était relié à des machines. A son côté, Angel veillait, les yeux mi-clos. Elle ne s'aperçut pas tout de suite de son irruption, il dut lui poser la main sur l'épaule.

— Du mieux ?

— Non, répondit-elle, désespérée. Il reste là sans bouger. Si seulement il pouvait ouvrir les yeux et me voir…

— Il a eu une sacrée attaque. Il a failli en mourir sur-le-champ, mais il est encore vivant…

Cela faisait maintenant trente-six heures que Sam avait été conduit d'urgence à l'hôpital. Au début, on avait craint que rien ne puisse le sauver, mais grâce à l'acharnement des médecins, il avait survécu. Pourtant, il n'y avait plus grand espoir.

Angel ne l'avait pas quitté une seconde.

— Tu as réussi à dormir ?

— Comment le pourrais-je ? Je n'ose pas. Il risque de… d'ouvrir les yeux à tout moment.

— Et Roy et Frank ? Ils ne peuvent pas prendre la relève ?

— Je leur ai accordé un peu de congé. Ils n'ont eu aucun jour libre depuis leur arrivée…

Vittorio s'assit de l'autre côté du lit, consterné.

Angel lui paraissait amaigrie et sombre. Si elle avait levé la tête dans sa direction, il aurait osé lui prendre la main, mais elle semblait avoir oublié sa présence. Il était en partie responsable de la distance qui s'était creusée entre eux.

— Berta t'a préparé une valise de vêtements de rechange. Je l'ai laissée sur la table.

— Merci, dit-elle en le regardant à peine.

La nuit tombait. Une infirmière entra dans la chambre, vérifia les moniteurs, dit un mot à Angel et repartit. Ils restèrent un moment sans rien dire, jusqu'à ce qu'il s'aperçoive qu'elle s'était endormie.

Il détourna alors son attention vers Sam, relayant Angel.

— *Sam !*, cria-t-elle deux heures plus tard, en se réveillant en sursaut.

— Tout va bien. Je ne l'ai pas quitté du regard. Je t'aurais réveillée s'il y avait eu du changement.

— Merci, dit-elle alors qu'il se levait. Maintenant, tu peux aller dormir un peu à la maison.

— Non, je vais juste chercher du café.

Il revint peu de temps après avec un en-cas, qu'Angel dévora avidement.

— Tu n'as pas mangé depuis quand ? demanda-t-il.

Elle ne répondit rien et siffla son café.

Il repartit lui en acheter un autre, ainsi qu'une bouteille d'eau et quelques fruits.

— Pour tout à l'heure, commenta-t-il.

— Même Berta ne prend pas aussi bien soin de moi, remarqua Angel. Tu dois être fatigué, Vittorio. Tu n'as pas à rester.

— Je sais, murmura-t-il en se rasseyant.

— Merci... Au fait, je n'ai pas eu l'occasion de te demander ce qui s'est passé quand il s'est évanoui. Pourquoi étiez-vous seuls tous les deux ?

— Il était sorti pour me parler.

— Sans l'aide de Frank ou de Roy ?

— Il était très fier de les avoir semés. On aurait dit un gamin qui faisait l'école buissonnière…

— J'adore quand il est dans cette humeur. Un jour, j'ai séché les cours, et au lieu de me gronder, il a commencé à élaborer des plans de fuite pour que je n'aie plus jamais à aller à l'école. Bien sûr, j'ai pris conscience que c'était très peu pratique, et je ne l'ai plus jamais refait.

— Il a bien joué !

— Il est tellement futé ! Alors, raconte-moi…

— Nous discutions, et soudain il s'est effondré, essoufflé.

— Vous parliez de quoi ?

— Rien de particulier…

Vittorio se sentait incroyablement embarrassé. Il ne pouvait tout de même pas lui avouer que Sam projetait de faire de lui son héritier ! Mais il ne savait pas quoi raconter à la place.

Heureusement, Angel n'avait pas remarqué sa gêne. Elle avait déjà tourné le regard du côté de Sam. Il soupira, luttant contre l'envie de la prendre dans ses bras, de réconforter la femme si fragile et épuisée qu'il avait devant les yeux.

Deux jours s'écoulèrent ainsi.

Vittorio était aux petits soins pour Angel, lui rapportant des vêtements de la villa, lui achetant à manger, et surtout lui permettant de dormir un peu.

Comme Sam ne reprenait pas conscience, elle se résignait à voir la fin.

— Ça fait trop longtemps, maintenant. Je pourrais l'accepter, si seulement il ouvrait les yeux et me parlait une dernière fois…

— Quelle différence cela ferait-il ? demanda Vittorio, inquiet que ce souhait ne se réalise jamais. Il sait combien tu l'aimes. C'est ce qui compte, non ?

— Je sais que tu as raison. Mais j'aimerais tant profiter encore de quelques minutes pour le regarder dans les yeux !

— Tu lui as parlé ?

— Au début, oui, mais à quoi bon ? Il ne m'entend pas.

— Comment le sais-tu ? On dit que même dans le coma, on entend. Parle-lui de ton enfance, rappelle-lui de bons souvenirs. N'importe quoi pour qu'il entende ta voix…

Alors, penchée sur le lit du vieil homme, Angel égrena pendant des heures des souvenirs d'enfance depuis longtemps enfouis. Ils rejouaient dans cette chambre d'hôpital toute leur vie commune.

Vittorio prétextait souvent une course pour les laisser seuls, mais parfois il restait pour l'écouter et apprendre à la connaître.

Quand Sam ouvrit enfin les yeux, Angel dormait.

— Réveille-toi… Angel, *réveille-toi* !

— Quoi ?

— Regarde son visage, expliqua-t-il, le cœur débordant de joie pour elle.

Sam regarda Angel droit dans les yeux.

— Sam…, murmura-t-elle. Merci, mon Dieu !

Vittorio sortit chercher un médecin.

— Qu'est-ce qui s'est passé ? demanda le vieil homme.

— Tu es resté inconscient plusieurs jours…

— Où suis-je ?

— A l'hôpital, à Amalfi.

— Où ? demanda-t-il après un long silence.

— Amalfi… tu sais, en Italie…

Le pire arriva, et elle le comprit en voyant le vide dans ses yeux.

— De quoi parlez-vous ? Qui êtes-vous ?

— Angela, ta petite-fille… S'il te plaît, Sam, dis que tu me reconnais !

— Mais je ne vous connais pas, je ne vous ai jamais vue !

Quand Vittorio revint avec le médecin, ils la trouvèrent serrant Sam dans ses bras. Mais il ne réagissait plus. Ses yeux étaient de nouveau clos et ses mains gisaient sur le lit.

Roy et Frank revinrent pour l'enterrement. Tous les employés de la villa rendirent hommage au vieil homme qu'ils avaient appris à aimer.

Le lendemain, Angel accompagna les infirmiers à Amalfi pour qu'ils prennent leur bus.

Vittorio attendit son retour à la villa.

— Tout va bien ? Tu aurais dû me laisser m'en charger.

— Non, je leur devais bien ça…

— Entre, proposa-t-il, Berta a préparé un repas.

— Reste le manger avec moi !

Angel parut soulagée qu'il ne la laisse pas seule. Au cours du dîner, elle se montra détendue et gaie. Pendant l'enterrement, il l'avait trouvée divinement belle, mais désormais un voile sombre recouvrait son visage. Il se préparait à ce qu'elle lui parle de Sam, mais elle préféra éviter le sujet. Elle avait beaucoup pleuré après sa mort, mais elle semblait avoir décidé du jour au lendemain de sécher ses larmes.

A la fin du repas, Vittorio aida Berta à débarrasser. En revenant à table, il vit qu'Angel n'y était plus.

L'instinct le conduisit dans la chambre de Sam, où il la trouva en train de regarder autour d'elle.

— J'ai fait de mon mieux pour qu'il soit à l'aise, commenta-t-elle d'une voix atone. Il est resté si peu de temps. Je rêvais de notre vie ici, comment je prendrais soin de lui, comment nous nous retrouverions… Et il est mort sans me reconnaître. Je ne supporte pas ça ! Je me disais qu'on serait aussi proches qu'avant, mais il est mort, et je n'étais personne pour lui.

— Il était très amoindri, cela ne veut rien dire.

— Mais si ! Il est mort seul et perdu. Je ne supporte pas cette idée.

Il la serra contre lui, conscient que rien de ce qu'il pourrait dire ne l'aiderait. La raison n'avait rien à voir avec le chagrin qui l'habitait. Il attendit que ses sanglots se calment, puis il l'entraîna dans sa chambre.

— Je t'emmène au lit…

La période des récoltes approchait.

Tous les jours, ils allaient dans le verger pour vérifier si le moment était venu.

— Encore dix jours, je dirais, annonça Vittorio.

— Ils me paraissent mûrs…

— Pas encore, fais-moi confiance. Ce sera une excellente année !

Angel avait hâte que la récolte soit terminée. L'avenir lui faisait peur, mais elle devait attendre avant de lui en parler.

De son côté, elle savait ce qu'elle voulait. Elle le voulait, lui, Vittorio Tazzini. Ce n'était pas juste de la passion. Vittorio s'était montré si prévenant après la mort de Sam. Elle ne doutait plus de leur amour.

Ils ne pouvaient plus continuer comme employé-employeur. Il fallait qu'ils se marient. Vittorio regagnerait sa place légitime de maître du domaine, et ainsi tout s'arrangerait pour eux. Mais il fallait qu'elle trouve la bonne façon pour le lui demander, elle devait surtout ménager sa fierté.

Le coup de téléphone d'un certain Gino Tradini retarda encore le moment propice.

— Il m'a dit être un client, mais il ne veut pas acheter cette année, expliqua-t-elle à Vittorio. C'est du moins ce que j'ai cru comprendre.

— Encore ? ! Ne t'inquiète pas, il fait toujours la même

chose. C'est pour m'inciter à baisser mes prix. Il pensait pouvoir t'embobiner…

— Tu devrais traiter avec lui, dans ce cas.

— Je m'en charge. J'irai le voir, mais il faudra que je parte deux jours, il n'est pas à côté.

— S'il le faut vraiment…

— Je partirai demain.

— Sortons ce soir, alors. Il y a un petit restaurant de poissons que je meurs d'envie d'essayer !

Ils dînèrent sur le port, observant les bateaux devant eux.

— Tu as meilleure mine, ce soir, la complimenta Vittorio. Plus joyeuse.

— Tu as tout rendu si calme et paisible pour moi ! Tu n'as pas à t'en faire.

— Tant mieux ! Et toi, ne t'inquiète pas pour ce Tradini. Je sais comment m'y prendre avec lui.

— Tu m'as dit que j'avais besoin de toi sur la propriété. Tu avais raison. Qu'est-ce que je ferais sans toi ?

— Ça n'arrivera pas, sauf si tu me renvoies…

— Pas question ! C'est toi qui peux décider de partir.

Comme Vittorio la regardait dans les yeux en souriant tendrement, elle saisit l'occasion.

— On peut y arriver ! On a fait face à tant de difficultés… Il faut maintenant penser à l'avenir.

— Tu penses à quelque chose en particulier ? s'enquit Vittorio.

— Oh oui ! s'exclama-t-elle en l'implorant du regard qu'il l'aide. Tu veux que je me mette à genoux ? plaisanta-t-elle.

Vittorio lui prit la main, la portant à ses lèvres.

Un rire gras les interrompit. Mario, le jeune bon à rien du magasin de journaux, se tenait debout à côté de leur table.

— Va-t'en de là ! menaça Vittorio.

— Pourquoi ? On s'amuse trop ici !

— Tu le connais ? demanda-t-elle à Vittorio.

— Je l'ai employé une fois, mais je l'ai vite renvoyé.

— Un petit malentendu, expliqua Mario. Je ne suis pas aussi malin que toi. Tu es vraiment trop fort !

— De quoi parlez-vous ?

— Vous ne comprenez pas ? C'est un petit rusé, celui-là ! Il voulait récupérer sa propriété, alors il a fait ce qu'il devait faire. Combien de temps ça lui a pris pour vous mettre dans son lit ?

Les derniers mots furent étouffés par Vittorio, qui avait agrippé Mario par le col.

— *Dégage !*, hurla Vittorio.

— Tu le regretteras ! balbutia Mario, qui déguerpit sans demander son reste.

— Partons d'ici ! souffla Vittorio à Angel. Où est l'addition ?

— Je l'ai réglée.

— Bien sûr, ponctua Vittorio, le regard noir.

Deux minutes après, ils marchaient sur la plage.

Vittorio se tenait recroquevillé sur lui-même, il semblait si différent de celui qu'il était avant l'altercation…

— Tu m'as fait peur. Je croyais que tu allais le tuer.

— J'ai failli !

— Mais pourquoi ?

— *Pourquoi ?* Tu n'as pas entendu ce qu'il a dit ?

— Et alors ? C'est un abruti. Qui s'intéresse à ce qu'il raconte ? Tu ne penses tout de même pas que ça m'importe ?

— Ce qu'il pense, d'autres le pensent certainement, gronda Vittorio. Tout le monde doit croire que je t'ai séduite pour récupérer le domaine.

— Mais je ne le pense pas, moi ! Peu importe ce que disent les gens.

Il lui fit face, livide.

— Est-ce que tu me connais seulement ? Comment sais-tu que je ne t'utilise pas ?

— Parce que je te fais confiance, répondit-elle.

— Pourquoi ? Parce que je t'ai dit que tu pouvais ? Comment sais-tu que je dis la vérité ?

— Arrête ! supplia-t-elle.

— Mais il faut que tu voies le danger en face ! J'ai bien tout manigancé, n'est-ce pas ? J'ai même réussi à ce que ce soit toi qui me demandes en mariage ! Et pourtant je ne t'ai jamais dit que je t'aimais.

Elle resta muette, comme frappée par la foudre. Il disait vrai.

— Tu veux dire que tu ne m'aimes pas ?

— Si je te disais le contraire, comment saurais-tu si c'est vrai ?

— Je croyais pouvoir…

Il posa les mains sur ses épaules et l'attira contre lui.

— Et maintenant ?

Angel se sentait perdue. Il pourrait lui faire gober tous les mensonges du monde…

— Vittorio, pourquoi fais-tu cela ?

— Parce que je vois l'avenir. Quand nous nous disputerons — et ça arrivera —, ce sera terrible. Parce qu'il y a un démon en moi.

— Je le sais…

— Et je lirai dans tes yeux que tu penses la même chose que tous les autres, tu te demanderas si tu as bien fait de me faire confiance, et ça me rendra fou.

— Tu es un lâche ! lança-t-elle en se reculant. Tu parles de confiance, mais c'est toi qui n'en as aucune pour moi. Tu n'oses même pas prendre le risque ! Tout ce qui t'importe, c'est l'opinion des autres. Va au diable !

— Angel, écoute…

— J'en ai assez entendu ! Tu m'as déjà prévenue que tu n'acceptais d'agir que selon tes propres règles. J'aurais dû m'en souvenir.

— Je te ramène à la villa.

— Non, je prends un taxi. Tu dois partir tôt demain. Quand tu rentreras… Au revoir !

Elle tourna les talons et remonta à toute allure la plage vers le port.

Le désir de le fuir lui donnait des ailes.

12

Il fallut en effet à Vittorio deux jours pour régler le problème Gino Tradini et convaincre celui-ci que les prix avaient doublé.

Ah, l'homme avait cru pouvoir berner Angel !

Il reprit le chemin de la villa, préparant ce qu'il allait dire à la jeune femme.

Deux discours rivalisaient dans sa tête. Dans le premier, il lui expliquait qu'ils n'avaient aucun avenir. Dans l'autre, il la suppliait de lui pardonner et de l'aimer pour toujours. Comment décider ?

Il ne connaîtrait la réponse qu'en la revoyant.

En approchant de la maison, il se surprit à la chercher. Il s'attendait qu'elle l'attende sur le pas de la porte pour le saluer, mais il ne vit que Luca et Toni, qui accoururent vers lui en aboyant gaiement.

Aucune trace d'Angel…

Il se dirigea vers la cuisine où Berta préparait du café.

— Je dois parler à la *padrona* tout de suite.

— Mais… Je croyais que vous saviez. Elle est partie.

— Où ça ?

— Je n'en sais rien. Elle est partie hier.

— Mais elle vous a bien dit quelque chose !

— Elle a juste fait ses valises et nous a quittés. Attendez…

Mais il était déjà sorti de la cuisine et escaladait l'escalier jusqu'à sa chambre. Il ouvrit toutes les armoires, tous les tiroirs. Rien ne suggérait même la présence d'une femme ici.

Il était revenu, prêt à mettre de la distance entre eux, mais maintenant que la distance était concrètement là, il la recevait comme une gifle en plein visage.

Berta le rejoignit.

— Elle m'a laissé un message ?

— Elle veut que vous alliez voir cet homme, expliqua-t-elle en lui tendant la carte d'un certain Emilio Varini, avocat à Amalfi.

— C'est tout ? lança-t-il, assommé. Elle m'envoie chez un avocat ?

Berta acquiesça de la tête.

— J'y vais maintenant.

Le bureau d'Emilio Varini se situait sur le port. C'était un petit homme à l'air malin.

— Je vous attendais, annonça-t-il. J'ai quelque chose à vous remettre.

— Où est *signora* Clannan ? demanda-t-il sans préambule.

— Elle ne m'en a pas informé. Elle m'a juste prié de vous parler et de vous donner ceci.

L'avocat lui tendit une grande enveloppe remplie de papiers qu'il étala sur le bureau.

Au début, Vittorio ne pouvait se concentrer pour lire ce qui y était écrit. Quand enfin il parvint à comprendre, le message qu'il reçut fut trop atroce pour qu'il l'accepte.

— Qu'est-ce que ça veut dire ?

— Je crois que c'est clair. La villa Tazzini est de nouveau à vous. *Signora* Clannan vous l'a rendue et a signé tous les papiers.

Son esprit refusait l'évidence.

— Mais elle ne peut pas ! Combien demande-t-elle pour ça ?

— Rien. Si vous lisez les documents attentivement, vous verrez que vous en êtes le propriétaire légal.

— Et vous l'avez laissée faire ? s'offusqua-t-il. Vous l'avez laissée abandonner tout ce qu'elle possède ?

— Je lui ai conseillé la prudence, évidemment. Mais il s'agissait de sa propriété, elle était en droit d'en disposer à sa guise.

— Elle vous a expliqué pourquoi elle agissait ainsi ?

— Elle m'a confié ne plus en avoir besoin.

Maintenant que Sam était mort, évidemment. Il aurait dû la voir venir…

— Son geste n'était pas réfléchi, assura-t-il. Qui fait des affaires de cette façon ? Je ne peux pas accepter. S'il vous plaît, contactez-la et dites-lui que je refuse.

— Je ne peux pas, je ne sais pas où la trouver.

— Appelez sur son portable !

— Elle a changé de numéro.

— Envoyez-lui un e-mail !

— Elle a aussi changé son adresse électronique. Je n'ai aucun moyen de la joindre.

— C'est impossible ! Et en cas d'urgence ?

— C'est ce que je lui ai dit. Elle m'a juste répondu qu'elle coupait tous les ponts, qu'il fallait considérer qu'elle n'avait jamais existé.

« Couper tous les ponts » ! Vittorio en resta sans voix.

— Varini, écoutez-moi. Je n'accepterai pas. Il faut le lui dire !

— Je ne peux rien pour vous…

— Je ne vous crois pas ! Je n'accepterai pas et je ne retournerai pas à la villa. Il faut que vous l'en informiez !

— Ecoutez, laissez-moi vous expliquer de façon claire. Si vous n'acceptez pas le domaine, il va partir en ruine. Si personne n'en veut, personne ne pourra s'en occuper. Ce sera sa perte.

— La récolte, dit Vittorio tout bas.

— C'est la période, n'est-ce pas ?

— Oui, bientôt…

Il songea au verger riche en citrons bien mûrs, attendant d'être cueillis.

— Je récupère la propriété, grogna-t-il. Mais pour un temps. Trouvez un moyen de contacter votre cliente et demandez-lui de revenir.

— Signez ces documents, voulez-vous ?

Le dernier papier signé, Varini lui tendit une autre enveloppe.

— Voilà également pour vous. *Signora* Clannan m'a demandé de vous la donner une fois les formalités accomplies.

Comme un automate, Vittorio glissa l'enveloppe, ainsi que les doubles des documents, dans sa pochette et quitta le bureau de l'avocat. Comme dans un rêve, il roula lentement jusqu'à la villa.

Arrivé dans la douceur de la maison, il ouvrit l'enveloppe.

Il ne lut pas la lettre tout de suite. Tant qu'il ne la lisait pas, elle n'était pas réelle...

Il se résigna enfin.

« Mon amour,

» A l'heure où tu liras cette lettre, le domaine sera de nouveau à toi comme il te revient de droit.

» Ce que nous avons connu pendant cette courte période était plus beau que tout ce qui m'est jamais arrivé dans ma vie, mais nous savions tous les deux comment cela devait finir. Je t'aime, mais je ne peux pas vivre d'un côté de la rive pendant que toi tu es sur l'autre. Je ne peux pas traverser l'étendue qui nous sépare parce que tu refuses de me laisser essayer. Je n'arrive pas à t'atteindre et je n'y arriverai jamais, dussé-je lutter toute ma vie pour cela. Je finirais par te haïr, et cela, je ne le veux pas.

» Comme cela, il n'y a aucune amertume... Nous n'avions aucune chance, c'est tout. Je possédais quelque chose qui t'appartenait. Nous n'aurions jamais pu dépasser cela. J'aurais partagé avec bonheur si tu me l'avais permis, mais tu ne le voulais pas, alors c'est la seule solution.

» J'ai essayé de te convaincre que j'avais confiance en toi, mais tu n'y croyais pas. Quel espoir nous restait-il ?

» Je me suis perdue au cours de ces dernières années. Maintenant, je veux me retrouver.

» J'ai laissé Toni avec toi, je ne peux pas l'emmener. Je sais que tu vas l'aimer et bien t'en occuper. »

Il chiffonna la lettre dans sa main, sachant que ce n'était pas la solution.

Angel se trompait, songea-t-il avec passion. Lui, il la connaissait ! C'était une femme aimante, généreuse, qu'il avait été assez bête pour faire fuir. Et quoi qu'elle en dise, ce n'était pas trop tard pour eux.

Il la retrouverait et lui montrerait qu'ils étaient faits l'un pour l'autre.

Il ouvrit de nouveau la lettre, l'aplatissant de ses deux mains.

« Mon amour, je t'aimerai toujours, mais n'essaye pas de me retrouver. Il faut me laisser faire ce que j'ai à faire. Merci pour tout. »

C'était signé Angela, et non pas Angel.

En relisant les dernières lignes, il comprit qu'il n'avait pas le choix. Il lui devait la paix qu'elle demandait. C'était la dernière chose qu'il pouvait faire pour elle.

Il erra dans les couloirs, s'efforçant d'ignorer le vide qui l'entourait. Des dizaines de fois, il s'était répété qu'il n'aurait de repos que quand l'usurpateur serait parti. Mais maintenant qu'Angel n'était plus là, son triomphe était bien dérisoire.

Le restaurant Michelangelo se situait dans une petite rue étroite du nord de Rome. Il regorgeait toujours de clients qui venaient autant pour son ambiance que pour sa nourriture. Les étudiants de l'université en particulier s'y retrouvaient pour discuter. Pour certains, c'était aussi une source de travail qui leur permettait de subvenir à leurs besoins et à leur scolarité.

Au départ, on reconnaissait souvent Angela, mais quand on lui demandait si elle était bien Angel Clannan, elle répondait simplement : « Non. Je l'étais avant. Plus maintenant ».

Cela faisait huit mois. Aujourd'hui, plus personne ne le lui demandait.

Ce soir, il était tard, ses pieds la torturaient et elle attendait avec impatience la fin de son service. Il ne restait plus que quelques clients à servir.

— Qu'est-ce que je vous sers, *signor* ?

— J'ai trouvé ce que je suis venu chercher…

Elle leva la tête de son petit carnet et pâlit.

— Comment m'as-tu retrouvée ?

— Cela m'a pris du temps. J'ai d'abord essayé les universités anglaises, mais j'ai vite compris que tu devais être restée en Italie. Et je t'ai enfin trouvée !

— J'ai des clients à servir, lança-t-elle comme quelqu'un derrière eux l'appelait.

— Je t'attends dehors.

Cela lui permit de se ressaisir.

Elle en voulait à Vittorio de troubler sa paix si durement gagnée, mais elle se montrerait à la hauteur. C'était la vie qu'elle avait choisie, et elle y trouvait son compte.

Au moment de rentrer chez elle, elle sortit par-derrière.

— Je m'en doutais, commenta Vittorio qui l'attendait.

Il sortit de la pénombre. La lumière du lampadaire se déversa sur lui, lui donnant un aspect presque irréel.

— Tu aurais eu l'air bête si j'avais opté pour la porte de devant, remarqua-t-elle, tâchant de garder un ton neutre.

— Non, je peux voir la porte d'ici. Tu ne m'aurais pas échappé. Tu l'as fait une fois, plus jamais !

Elle se mit à marcher sans l'attendre.

— Ne va pas aussi vite ! J'ai à te parler.

— Ce serait peut-être mieux de t'abstenir.

— Angel, attends…

Elle accéléra le pas.

— Angela !

Elle s'arrêta immédiatement.

— De quoi veux-tu parler ?

— Tu ne te demandes pas pourquoi j'ai fait toutes ces recherches pour te revoir ? Au départ, je comptais te laisser en paix, mais quelque chose m'a fait changer d'avis.

— D'accord, je t'emmène chez moi. Un instant seulement.

Elle le conduisit dans un minuscule appartement au troisième étage d'un petit immeuble.

— Ce n'est pas très rangé. Quand on a des colocataires…

— Tu partages cet endroit ?

Ils se regardèrent un moment sans rien dire.

Elle avait trouvé cet appartement quand l'université de Rome l'avait acceptée, et elle y avait mené de front sa vie et ses études. Souvent, elle avait failli tout plaquer, s'était retenue de courir le retrouver… Mais elle avait lutté contre ces tentations, apprenant à se montrer forte et plus déterminée que jamais.

Et elle en avait tiré les fruits. Avec plaisir, elle avait appris que l'épanouissement intellectuel rend la solitude plus facile. Elle avait pris conscience du plus important : elle pouvait réussir sans l'aide de personne.

Et voilà que Vittorio était de retour, alors qu'elle sentait qu'elle gagnait la bataille ! Elle ne pouvait se permettre de replonger dans le passé. Pas ça.

— Tu y es parvenue, dit Vittorio comme s'il lisait ses pensées. Tout ce que tu désirais. Es-tu heureuse ?

— Oui… Parfois.

— Je connais ça. Moi aussi, je suis heureux… Parfois. Quand la récolte est arrivée et que c'était la meilleure de toutes, par exemple. Les citrons étaient beaux, mûrs, riches. C'était ta récolte. Pourquoi n'étais-tu pas là pour la voir ?

— Tu le sais. Ça n'a jamais été ma récolte.

— Je regardais les machines travailler, et soudain je me suis rendu compte que je regardais seul. C'est là que j'ai arrêté d'être heureux. Tu manques à Toni aussi. C'est ton chien et il le sait. Il déteste vivre dans cette maison sans toi… Presque autant que moi.

— S'il te plaît…

— Autrefois, cet endroit m'appartenait complètement. Maintenant, ton fantôme hante les lieux. Je n'arrive pas à l'en déloger, mais peut-être que je n'en ai aucune envie.

— Pourquoi me fais-tu cela ? demanda-t-elle, désespérée. Je m'en sortais bien…

— Oui, moi aussi. Mais ce n'est pas suffisant.

— Pourquoi, après tout ce temps ?

— Parce que Sam me l'a demandé.

— Vittorio, ce n'est pas drôle !

— Je suis sérieux. Tu voulais savoir ce qu'il m'avait dit dans le jardin avant de s'effondrer, ce fameux matin ? En fait, il avait écrit son testament. Il voulait me confier ce qu'il avait de plus précieux. Il me l'a donné, et cela m'est sorti de la tête avec le choc de sa mort.

— Mais Sam ne possédait rien ! Comment aurait-il pu te laisser quelque chose ?

— Tu m'avais demandé de te laisser tranquille et je voulais respecter ta volonté, mais le besoin de te voir était trop fort. Il fallait que je te dise combien je t'aime. Pourtant je continuais à attendre un signe pour me décider à agir. Et c'est là que je me suis souvenu du testament de Sam.

Vittorio sortit un papier de sa poche et le lui donna.

« Vittorio, je te confie ce que j'ai de plus précieux : ma chère Angela. Tu sais t'occuper d'elle comme elle en a besoin.

Sam. »

— Oh, Sam ! dit Angel dans un sanglot.

— Tu vois, commenta doucement Vittorio, ses dernières pensées sont allées vers toi. Il n'est pas mort sans te reconnaître. Pourquoi pleures-tu ?

— Tu me l'as rendu. Oh, Vittorio, mon amour…

Et elle se jeta dans ses bras comme il n'aurait même pas osé l'espérer.

— Je suis venu te ramener à la maison, dit-il en la serrant contre lui. Notre maison. Sans toi, elle n'est plus rien.

— Non, attends… Mon amour, une partie de moi a tellement souffert d'être loin de toi ! Mais j'ai aussi découvert quelque chose que j'ai toujours voulu. Je ne suis pas sûre de vouloir y renoncer.

— Tu n'as pas à y renoncer. Il y a d'autres universités, tu peux en trouver une plus près de la maison. Je ne veux rien te prendre de ce qui fait ta personnalité. Mais je veux te reconquérir. Et c'est ce que Sam voulait aussi.

Mais il s'en voulut de ces derniers mots.

— Oublie ce que je viens de dire ! Tu ne dois pas accepter seulement pour Sam. Si tu préfères rester ici, je te donnerai de quoi continuer tes études et ne ferai aucune pression sur toi. Je garderai l'espoir que tu me reviennes un jour. Si tu penses avoir trouvé ton chemin, tu dois t'y accrocher coûte que coûte. Même si ça veut dire me rayer de ta vie.

— J'ai renoncé à toi une fois. Je ne sais pas si je serais assez forte pour y parvenir de nouveau.

— Je te veux de bon cœur ou pas du tout !

Il l'embrassa sur la joue, tout simplement. Le baiser d'un ami. Et pourtant, jamais il ne lui avait témoigné tant d'amour. Puis il sortit de l'appartement.

Angela ne bougea pas. Comment prendre une décision ? Vittorio avait attendu un signe pour la retrouver. Quel signe recevrait-elle de son côté ?

Elle entendit le bruit de ses pas dans la rue. Des pas qui avaient peuplé ses rêves, laissant derrière eux un vide douloureux. Elle les avait entendus si souvent et n'avait jamais compris. Jusqu'à maintenant.

La route ouvrait sur plusieurs destinations, mais ces pas-là prenaient un seul chemin.

— Vittorio ! cria-t-elle par la fenêtre. Vittorio, *attends* !

Il s'arrêta net et se retourna lentement, incertain.

— *Vittorio !* Attends-moi, mon amour !

Il revint sur ses pas.

Elle dévala l'escalier et s'élança vers lui, le cœur rempli de la réponse qu'elle retenait depuis si longtemps.

Il lui ouvrit grand les bras, et elle s'y jeta pour toujours.

CAROL GRACE

Idylle à Monte Verde

Traduction française de
PIERRE ALEXIS

HARLEQUIN

Titre original :
THE SICILIAN'S BRIDE

Ce roman a déjà été publié en 2016.

1

Isabel Morrison était perdue. Cela faisait une heure qu'elle sillonnait les routes poussiéreuses de la région à la recherche du vignoble de Monte Verde, en pure perte. Pas le moindre panneau routier, pas la moindre indication. La petite Fiat qu'elle avait louée à l'aéroport n'avait ni GPS ni air conditionné, et Isabel transpirait dans la chaleur suffocante de septembre. Elle se doutait, en venant en Sicile, qu'il ferait chaud, mais pas à ce point.

Du reste, avec le soleil au zénith, il n'y avait que quelques chiens pour s'aventurer à l'extérieur… quelques chiens et une Américaine venue chercher loin, bien loin de son pays sa part de rêve et le lieu d'où elle pourrait repartir de zéro.

Ce lieu où personne ne la connaissait était le vignoble de Monte Verde que venait de lui léguer un oncle dont elle ignorait jusqu'à l'existence. Qu'était-il venu faire en Sicile, pourquoi lui avait-il légué ces vignes, à elle qui avait été abandonnée à la naissance sur les marches d'un orphelinat avec pour seul bagage une couverture et un mot demandant aux sœurs de s'occuper d'elle ? Sans doute ne le saurait-elle jamais.

Depuis l'annonce de son héritage, elle avait préparé son voyage avec autant de sérieux qu'une championne sélectionnée pour les Jeux olympiques : elle avait acheté tous les guides sur la Sicile, pris deux heures de cours d'italien par jour pour être sûre d'en connaître les rudiments, et un stage accéléré sur la viticulture l'avait vaguement initiée à un métier auquel elle ne connaissait rien.

A présent, ne lui restait qu'à localiser la vieille villa, *l'Azienda*, et ses vignes. Jadis connues pour le délicieux vin d'Amarado que les connaisseurs consommaient au dessert, elles avaient apparemment été négligées par l'oncle Orson.

D'après la carte et les explications du notaire, le *signore* Delfino, l'Azienda devait se trouver, euh… tout près, ou du moins quelque part dans les parages.

— Je peux vous trouver quelqu'un qui vous conduira à votre propriété dans quelques jours, avait-il déclaré à Isabel.

— Sans façon, je vais me débrouiller.

Quelques jours ? Elle avait attendu toute sa vie pour trouver un endroit qui soit enfin le sien et où elle ne devrait rien à personne ! Pas question, donc, de différer le moment de le découvrir. Et puis, pourquoi pas quelques semaines ! Le *signore* Delfino cherchait-il à gagner du temps ? C'était possible. Après tout, ne lui avait-il pas proposé, d'entrée de jeu, de vendre son vignoble ?

— Autant que vous le sachiez tout de suite, *miss* Morrison, la propriété n'a pas du tout été entretenue et se trouve en très mauvais état. A mon avis…

Il s'était éclairci la gorge.

— … vous devriez la vendre. Une famille de la région est prête à vous faire une offre très généreuse.

A son ton, il semblait clair que refuser aurait été pure folie.

— Répondez à cette famille que j'apprécie l'intérêt qu'elle porte à ma propriété, mais que celle-ci n'est pas à vendre.

Sur ces mots, elle avait quitté le *signore* Delfino. Quant à la route menant à ses vignes, elle la trouverait toute seule, merci beaucoup.

Sur un côté du chemin se trouvait une petite rivière bordée d'eucalyptus et, de l'autre, un champ de blé jouxtant un vignoble. L'air était chargé de senteurs épicées, elle y distinguait celles du blé mûrissant au soleil, des lourdes grappes de raisin qui devraient bientôt être récoltées. Il faisait très chaud, très sec, et Isabel commençait à s'inquiéter. Allait-elle pouvoir s'adapter à un climat aussi rude, y mener à bien son entreprise ?

Puis elle se tranquillisa. Peut-être se trouverait-il quelqu'un d'assez gentil pour l'aider, pour guider ses premiers pas ? *Vous savez*, lui dirait cet obligeant personnage, *votre oncle tenait absolument à vous léguer ses vignes. Aussi, si vous voulez bien m'autoriser à vous assister dans les premiers temps...*

Elle sourit en s'imaginant la scène. Ayant appris la vie à rude école, elle avait pris très tôt l'habitude de se réfugier dans ses rêves quand les problèmes se profilaient à l'horizon. Cela lui permettait de se montrer d'autant plus sereine et sûre d'elle qu'elle se sentait hésitante.

Alors qu'elle s'apprêtait à redescendre vers la petite ville de Villarmosa pour demander de nouveau son chemin, elle aperçut un homme qui travaillait dans une vigne. Exactement le genre de main-d'œuvre dont elle allait avoir besoin. Car l'homme de confiance de son oncle, celui qui l'initierait au métier donc, ne pourrait faire tout le travail lui-même. Il allait devoir déléguer. Or l'homme qu'elle avait devant elle était fort, musclé et visiblement dur à la tâche.

Elle pila en dégageant un nuage de poussière, descendit de voiture et marcha jusqu'à lui. Il la regarda approcher sans bouger d'un iota, comme s'il ne voyait jamais d'étrangers dans la région, ce qui permit à Isabel d'observer à son tour sans trop de gêne ses yeux d'un vert incroyable qui étincelaient dans son visage bronzé.

Elle baissa les yeux. Il était torse nu et son jean tombait sur ses hanches. Tenue tout à fait appropriée à ce genre de température, et très sexy. Elle déglutit, essayant d'arracher son regard à la légère toison brune qui lui ombrait le torse. En vain. Impossible également de reprendre sa respiration. Avait-elle trouvé, sans le savoir, le vignoble de

Monte Verde, *sa* propriété ? Cet ouvrier travaillait-il déjà pour elle ? L'aiderait-il par la suite à produire son vin ? Ce serait trop beau…

— Bonjour, parvint-elle finalement à articuler. *Ciao, signore. Per favore, dove e la Villa Monte Verde ?*

Une phrase entière. Sans doute pas parfaite, mais entière… La veille, lorsqu'elle s'était adressée en italien au notaire, celui-ci lui avait répondu en anglais. Mais, avec le quasi sauvage qui se tenait devant elle, cela ne risquait pas d'arriver. Tous les ouvriers agricoles du coin étaient-ils aussi beaux ? Peu importait. Elle arrivait en Sicile prête à relever un nouveau défi et le cœur blindé, protégé par d'épais remparts et par un système d'alarme ultra sophistiqué logé dans les profondeurs de son cerveau. Sans doute commettrait-elle des erreurs. Du moment que ce n'étaient pas les mêmes que celles qu'elle avait commises par le passé…

L'homme fronça les sourcils et lui décocha un regard scrutateur qui lui fit battre le cœur plus vite. Avec sa jupe froissée et son T-shirt informe, elle devait avoir l'air épouvantable. A moins qu'il ne fût pas le genre d'homme à prêter attention à ces choses-là.

Il n'avait pas encore prononcé un mot. Peut-être parce qu'il ne comprenait pas ce qu'elle lui demandait. L'italien d'Isabel était si balbutiant. Elle se lança de nouveau.

— *L'Azienda Agricola Spendora ?*

— Je suppose que vous êtes l'Américaine arrivée d'hier, déclara-t-il dans un anglais presque parfait.

Son léger accent et sa voix grave firent à Isabel un étrange effet. Cet homme n'était pas seulement ouvrier agricole.

— Comment avez-vous deviné ? Ah, je vois…, mon italien aurait besoin d'être amélioré.

Il haussa des épaules indifférentes. Qu'elle parlât une langue connue d'elle seule ou fût tombée d'une autre planète, il s'en moquait éperdument.

— Que puis-je pour vous, mademoiselle ?

La phrase était courtoise, mais le ton froid et le regard glaçant.

Qu'importe. Cet homme avait des excuses. Non content d'exercer un métier pénible et probablement sous-payé, il devait mourir de chaleur et de soif. Plus tard, elle le prendrait à son service dans des conditions décentes. Un ouvrier parlant anglais ne serait pas de trop à son côté.

— Mon nom est Isabel Morrison et je cherche mon vignoble, l'Azienda Spendora.

Une flamme avait brillé malgré elle au fond de ses yeux. Les mots *mon vignoble* possédaient une sonorité si délicieuse…

— Je vais vous accompagner, répondit-il aussitôt, autrement, vous ne trouverez jamais.

Sans bouger, elle le regarda décrocher sa chemise suspendue à une branche. Se laisser conduire par lui ? Il n'en était pas question. Elle avait toujours refusé de monter en voiture avec des inconnus et ce n'était pas aujourd'hui qu'elle allait commencer.

— Inutile ! s'écria-t-elle un peu trop fort. Je vais bien finir par trouver. J'ai une carte.

— Vous avez peur de moi ? demanda-t-il en tournant son mètre quatre-vingts vers elle.

— Non.

Enfin, tout de même un peu.

— Mon nom est Dario Montessori et j'habite à côté. Ces vignes sont les miennes. Je connais tout le monde à des kilomètres à la ronde et tout le monde me connaît. Il se peut d'ailleurs que je vous présente des voisins.

— Maintenant ?

— Pourquoi pas ? *Nussun tempo gradisce, il presente*, comme nous disons ici. Attendez-moi. Je vais chercher ma voiture.

C'était un ordre et elle ne s'y opposa plus. L'opportunité d'être introduite auprès des natifs de Monte Verde par l'un des leurs ne se représenterait peut-être pas de sitôt. Impossible, donc, de la laisser passer.

Dario Montessori revint quelques instants plus tard au volant d'une décapotable rouge et noir d'un coût vraisemblablement exorbitant. Qui était exactement cet homme ? Et qu'est-ce qui le poussait à l'accompagner à l'Azienda ?

— Si vous avez des velléités de kidnapping, déclara-t-elle, hâbleuse, autant y renoncer tout de suite. Je n'ai ni riches parents, ni amis fortunés susceptibles de vous verser une rançon.

Il tourna vers elle un visage si contrarié qu'elle comprit qu'elle aurait mieux fait de se taire.

— Je suis né à Villarmosa, mademoiselle Morrison, et j'y ai passé toute mon existence. Je peux donc affirmer sans me tromper qu'il n'y a pas eu un kidnapping dans la région depuis au moins cent ans. Alors détendez-vous. Vous n'êtes plus aux Etats-Unis, mais en Sicile. Quant à l'Azienda, lorsque vous la verrez, vous aurez immédiatement envie de me la vendre.

— C'est drôle, vous êtes la seconde personne en vingt-quatre heures qui veut me l'acheter. Pas plus tard qu'hier…

— C'était moi, annonça Dario Montessori en lui faisant prendre place à bord de sa voiture. La proposition du notaire émanait de ma famille.

— Celle qui possède presque toute la terre alentour ? Qui fait le marsala et exporte le cabernet dans le monde entier ?

Il confirma d'un hochement de tête en s'engageant sur une petite route tellement caillouteuse qu'elle semblait avoir été oubliée des cantonniers.

— Dans ce cas, le notaire a d'ores et déjà dû vous répondre que je ne vendais pas.

— Attendez de l'avoir vue.

— C'est fait. Elle est en photo sur internet et semble

tout à fait charmante perchée sur son coteau, entourée de vignes et d'oliviers.

— Ha. Le cliché que vous avez vu a été pris il y a des années lorsque notre famille était encore propriétaire de l'Azienda. Mais votre oncle Antonio l'a laissée se délabrer.

Son ton sévère ne plut pas à Isabel. De quoi se mêlait-il ?

— Peut-être avait-il des excuses…

Dario lui décocha un regard froid comme l'acier.

— Le connaissiez-vous bien ? demanda-t-elle sans se laisser impressionner.

— Non. Il ne se liait guère. Malgré cela, dans une petite ville, tout le monde finit par connaître tout le monde.

— Je vois, répondit-elle.

Mais elle ne voyait pas. Qu'est-ce que son oncle était venu faire en Sicile ?

— Il a laissé l'endroit dans un état épouvantable.

— Je sais peindre et bricoler. Ce ne sera pas la première fois que j'effectuerai des travaux manuels. Ça ne me fait pas peur.

Comme il lui jetait un regard surpris, elle songea qu'il n'avait pas fini d'être étonné. N'avait-on pas durement critiqué, pendant ses années d'orphelinat, son caractère trempé ?

« Isabel est une forte tête », se plaisaient à répéter les assistantes sociales d'un air ostensiblement réprobateur.

Elle avait été transférée de famille d'accueil en famille d'accueil, de foyer en foyer, sans que personne ne cherchât jamais à retenir cette curieuse enfant qui détonnait partout avec ses cheveux presque rouges et son fichu caractère. Les années avaient passé et elle avait grandi ballottée de droite et de gauche tandis que d'autres fillettes, plus dociles et plus jeunes, s'intégraient.

Lorsqu'elle avait finalement atteint la limite d'âge au-delà de laquelle on ne pouvait plus l'adopter, elle avait pris le taureau par les cornes. Rien que pour leur montrer, pour leur apprendre. Et depuis, elle ne l'avait plus lâché.

— Connaissez-vous quelque chose à la viticulture ? demanda Montessori.

— Oui, mais il me reste pas mal à apprendre.

— Savez-vous amorcer une pompe, irriguer un terrain, combattre le gel ? Avez-vous idée de la difficulté qu'il y a à fertiliser une terre volcanique ? Etes-vous prête à attendre des années avant de pouvoir récolter les fruits de votre labeur ?

A la façon dont il assénait ses mots pour être sûr de bien se faire entendre, elle eut l'intuition qu'il prenait un malin plaisir à la tourmenter.

— *Des années* ? répéta-t-elle en balbutiant. Je ne peux pas attendre des années ! J'ai besoin de vivre de mes récoltes. S'il le faut, j'engagerai des gens pour m'aider. Pourquoi tenez-vous tant à acheter mon vignoble ?

— Parce que, d'un point de vue strictement historique, il appartient à ma famille depuis plus de cinq cents ans. Les Montessori se le sont transmis pendant vingt-six générations avant d'être obligés de le vendre à votre oncle il y a quelques années.

— Obligés ?

— C'est une longue histoire qui n'a rien à voir avec vous. Disons que nous avons été confrontés à des difficultés financières qui nous ont forcés à renoncer à cette propriété. Mais à présent que nous avons remonté la pente, nous désirons la récupérer. Du reste, qu'est-ce que cela peut vous faire puisque vous, rien ne vous y attache ? Contrairement à moi, vous n'avez jamais cueilli les grappes encore chaudes de soleil, jamais pique-niqué au bord de l'étang.

L'étang... Elle possédait un étang ?

Elle sourit, plus sûre que jamais de vouloir rester dans son Azienda, puis se redressa sur son siège en cuir.

— Vous vous trompez, monsieur. Cette propriété représente beaucoup pour moi. Grâce à elle, je pourrai vivre de cette terre que mon oncle m'a léguée.

— Votre oncle n'y a jamais fait pousser la moindre grappe de raisin.

— Je ne suis pas obligée de marcher dans ses pas.

— Si vous voulez repartir de zéro, pourquoi n'achetez-vous pas plutôt un hôtel ou un café ? Cela serait tout de même moins compliqué que de vous lancer dans la viticulture à laquelle vous êtes totalement étrangère.

— Je crois que vous ne m'avez pas bien comprise : je suis prête à faire tout ce qui sera en mon pouvoir pour aboutir.

— Vous vous focalisez sur ces vignes, mais il existe dans la région une dizaine d'autres endroits plus beaux où vous pourriez tout aussi bien prendre un nouveau départ. Du reste, vous ne connaissez tellement rien à la région que je pourrais vous présenter n'importe quel vignoble en vous affirmant qu'il s'agit du vôtre, vous ne vous en rendriez même pas compte.

Elle plissa les yeux.

– Est-ce votre intention ?

Sans un mot, il pointa le doigt vers une pancarte de bois sur le bas-côté de la route : *Azienda Spendora*.

Isabel respira mieux. Il n'était pas en train de la kidnapper ni de profiter de son ignorance en l'emmenant dans une autre propriété. Elle était ici chez elle. Comme dans son rêve.

Elle tourna les yeux vers la maison. Son rêve vacilla… Les murs étaient crevés à plusieurs endroits et le toit s'effondrait sur un quart de sa surface. Mais ce fut sans manifester de déception qu'elle descendit de voiture. Montessori serait trop content de réitérer sa proposition

— Vous n'avez pas besoin de rester avec moi, déclara-t-elle sans le regarder. Je vais jeter un coup d'œil. Ensuite, je trouverai une voiture de passage pour me ramener.

— Une voiture de passage ! répéta-t-il, goguenard. Ce

chemin est privé. Personne ne l'a emprunté depuis la mort de votre oncle.

— J'ai appris qu'il avait été inhumé ici. Y a-t-il eu un office ? Un enterrement ?

— Bien sûr. Vous nous prenez pour des sauvages ? Toute la ville y a assisté.

En d'autres mots, elle était la seule à avoir brillé par son absence et c'était *elle* la sauvage…

— Avant de recevoir le courrier du notaire, j'ignorais jusqu'à l'existence de cet oncle, dit-elle doucement.

Elle détourna la tête.

— Ne vous inquiétez pas pour moi. S'il ne passe pas de voitures, je rejoindrai ma voiture à pied.

Il détailla sa jupe blanche, ses fines sandales et son T-shirt à manches courtes. La tenue idéale pour passer une matinée au bord de la mer, mais certainement pas pour entreprendre deux heures de marche sur un chemin plein de pierres et sous un soleil de plomb.

— Je vais rester musarder par ici, répondit-il. De toute façon, vous n'allez pas mettre longtemps à réaliser que cet endroit n'est pas pour vous.

Elle réprima une violente envie de le chasser, lui et ses certitudes idiotes. Quand comprendrait-il qu'elle préférerait marcher pieds nus sur des charbons encore rouges que de renoncer à son héritage ?

— *Musarder*... Où avez-vous appris l'anglais ? demanda-t-elle.

— Auprès d'un répétiteur, comme mes frère et sœurs. Mes parents voulaient que leurs six enfants apprennent l'anglais. Pour le négoce du vin, c'est indispensable. Bernard nous a également enseigné tout l'argot qu'il connaissait et cela nous a été très utile.

— J'imagine…, répondit-elle, étonnée qu'il daigne lui adresser une phrase aussi longue.

Combien de temps lui faudrait-il pour apprendre l'italien…

et l'argot qui allait avec ? Elle aurait tant aimé, elle aussi, avoir un répétiteur… Montessori réalisait-il sa chance ? Probablement pas. Comme la plupart des gens privilégiés.

Finalement, au lieu de *musarder*, il la suivit vers la véranda en enjambant les objets divers qui jonchaient le sol. Comme elle approchait de la porte principale grinçant sur ses gonds rouillés, Isabel sentit soudain une gigantesque toile d'araignée lui frôler le front. Poussant un cri, elle fit si brusquement marche arrière qu'elle se cogna contre Dario. Il la retint par les épaules pour l'empêcher de tomber et elle eut, l'espace d'un instant, envie de se laisser aller contre lui, mais cette tentation ne dura pas. Isabel Morrison ne pouvait compter que sur elle-même. En tout temps et en toute circonstance.

Elle releva la tête sans le regarder et poursuivit son chemin. En l'ignorant, peut-être réussirait-elle à le décourager et à l'éloigner. Si au moins il pouvait rester dehors à l'attendre, elle explorerait la maison à son rythme.

Derrière le bâtiment se trouvait le fameux petit étang bordé de nénuphars. Se penchant au-dessus, elle plongea la main avec délice dans l'eau fraîche.

— C'est pour l'irrigation, déclara-t-il sur un ton méprisant comme s'il ne supportait pas de la voir prendre gaiement possession de ce lieu qu'il considérait comme le sien.

— Ou la baignade, répondit-elle avec un imperceptible sourire en imaginant le plaisir qu'elle aurait à s'y plonger pour se rafraîchir, puis d'aller se faire sécher à l'ombre du parasol qu'elle aurait installé sur la pelouse.

— A votre place, je ne m'y risquerais pas. A moins que vous aimiez les serpents d'eau…

Retirant immédiatement sa main, Isabel l'essuya vivement sur sa jupe. Les araignées géantes, les serpents d'eau… Quoi d'autre ?

— D'ailleurs, vous voyez bien que cet étang n'a pas été utilisé depuis des années. Votre oncle…

— Je sais. Mon oncle ne l'a pas entretenu. Cela dit, si j'ai bien saisi pourquoi vous aviez mis cette propriété en vente, je comprends moins pourquoi il l'a achetée…

— Probablement parce qu'il espérait faire fortune grâce aux vignes. Beaucoup de gens pensent que c'est un bon placement, mais…

Il brandit l'index dans sa direction.

— … c'est une illusion ! Avant de faire la différence entre un bourgogne et notre grecanicoa local, il faut de la persévérance.

— Je n'en doute pas, néanmoins…

— … Le travail ne vous fait pas peur. Eh bien, dans ce cas, vous n'allez pas être déçue…

Isabel retint un soupir excédé. Au lieu d'écouter ses fadaises, elle aurait préféré lui poser des questions techniques et précises sur l'art de faire le vin. Malheureusement, cela aurait révélé son ignorance abyssale sur le sujet et, Montessori n'aurait rien eu de plus pressé que de la comparer à son oncle.

— … A la première gelée de printemps, poursuivit-il avec une moue méprisante, votre oncle est parti se réfugier dans la vallée et n'est jamais revenu. Inutile de vous dire que tout le raisin a été perdu.

— Mon oncle était un américain qui n'était pas dans son élément ici. Qu'espériez-vous donc de lui ?

— Qu'il revende la propriété à notre famille avant de mourir. Mais il était aussi entêté que vous. L'Azienda devrait pourtant revenir à ceux qui savent apprécier le terroir, la terre et les vignes. Est-ce si difficile pour vous à comprendre ?

Elle se campa devant lui, les mains sur les hanches.

— Et est-ce donc si difficile pour *vous* de m'accorder un tant soit peu de crédit ? Je suis capable d'apprécier *le terroir, la terre et les vignes* aussi bien que vous. De plus, je vous signale que je ne me suis pas permis de dénigrer votre famille comme vous le faites depuis tout à l'heure avec mon oncle.

— Ne vous gênez pas. Mon jeune frère est immature, ma mère dominatrice, ma grand-mère vit dans un autre monde, et mon grand-père est complètement borné mais dur à la tâche. C'est d'ailleurs lui qui a planté la plupart des vignes ici, qui les a choyées et fait mûrir avant de ramasser le raisin.

Il marqua un silence avant de reprendre :

— Ayant été responsable par le passé de la perte de ce vignoble, je m'estime aujourd'hui tenu de le restituer à notre famille.

Si Isabel ne savait pas à quelle erreur passée il faisait allusion, elle sentit en revanche qu'il était farouchement déterminé et que, non content de vouloir récupérer ce vignoble, il était soutenu par toute sa famille. Mais même cela lui était égal. Bien sûr, elle était désolée pour le grand-père *dur à la tâche* mais il était grand temps de s'occuper d'elle avant de s'occuper des autres.

De toute façon, les Montessori ne pouvaient pas la forcer à vendre.

En tout cas pas tout de suite. Plus tard, si elle ne parvenait pas à faire du bon vin, s'il fallait vraiment attendre des années avant de récolter les fruits de son travail ou si un événement malheureux…

Malgré la chaleur, un long frisson lui parcourut la colonne vertébrale. Et si elle avait commis l'erreur de sa vie en quittant tout pour venir s'installer ici ? Si cet héritage n'était pas le signe que la roue avait enfin tourné et que la chance frappait à sa porte ?

En repensant aux proches que Dario avait cités, elle s'avisa soudain qu'il n'avait pas évoqué sa femme. Se pouvait-il qu'il ne soit pas marié malgré son indéniable beauté ? Peut-être son caractère aigri, l'amertume qui le rongeait et son obsession à récupérer le domaine familial pouvaient-ils l'expliquer.

— Qu'est-ce que votre famille pense de vous ? demanda-t-elle en songeant qu'elle était peut-être la seule à le voir sous un jour aussi peu aimable.

La réponse tomba.

— Que je suis froid et sans cœur.

Décidément…

— Pour eux, je ne suis pas assez Sicilien, c'est-à-dire pas assez flegmatique ni serein. Sans parler de mon caractère volontaire. Il est vrai que, lorsqu'une situation bat de l'aile, je ne me contente pas de hausser les épaules en espérant qu'elle s'arrangera toute seule, mais j'agis. Voilà pourquoi…

Il s'interrompit, laissant Isabel deviner la suite.

… c'est moi et non vous qui prendrai possession de cette propriété et de cette terre.

— Mais cela n'empêche pas votre famille de vous aimer, n'est-ce pas ? demanda-t-elle avec une vivacité qui l'étonna. Elle ne vous a pas rejeté ! Vous vous voyez régulièrement…

Elle avait tant souffert de ne pas avoir de famille que le simple fait d'imaginer Dario fâché avec la sienne lui était insupportable.

Comme il ne répondait pas, elle reprit :

— Vous n'imaginez pas ce que j'aurais donné pour connaître ma famille, moi qui n'ai eu ni parents, ni grands-parents, ni foyer, ni rien du tout…

Elle avait prononcé sa phrase sur un ton tranquille qui contredisait la gravité de ses propos, comme si être orpheline ne portait pas plus à conséquence qu'avoir les yeux noirs ou les cheveux blonds. Comme Dario la considérait sans comprendre, elle expliqua :

— J'ai grandi dans un orphelinat.

Il eut l'air surpris, mais ne dit rien.

— Peu importe, reprit-elle, regrettant sa confidence.

Vous m'avez bien dit que mon oncle n'avait jamais produit de vin ?

— Il n'en a pas eu le temps. Il a acheté le vignoble, s'est enfui aux premières gelées et puis… il est mort. En fait, personne n'a jamais su d'où il venait exactement ni ce qu'il espérait trouver ici. Quelques-uns ont même suggéré qu'il fuyait la justice de son pays. Qui sait ? Toujours est-il qu'il a laissé un beau gâchis derrière lui.

Isabel pénétra sans répondre dans ce qui avait dû être une cuisine. Un four à bois, une grande glacière, une table de guingois et une chaise. Pas vraiment la cuisine de rêve, mais de quoi se chauffer et se nourrir.

— Tout cela aurait besoin d'un sérieux coup de neuf, déclara-t-elle tranquillement.

— Si ce n'était que cela ! répondit-il avec l'enthousiasme et l'entrain qui le caractérisaient. Vous n'avez ni eau courante, ni électricité, ni chauffage !

Elle arqua un sourcil.

— Avec une chaleur pareille, je doute que le chauffage me manque beaucoup…

— Au contraire. Les nuits commencent à être fraîches et cela va aller de mal en pis.

— Je veux rester et je resterai.

A cet instant précis, comme s'il avait guetté son heure, un rat sortit du dessous de l'évier. Isabel poussa un cri strident et grimpa à toute vitesse sur la vieille chaise de bois bancale.

Dario secoua la tête d'un air accablé. La réaction typique d'une Américaine de la ville…

— J'imagine que vous aimeriez voir la cave, déclara-t-il lorsque le rat eut disparu comme il était arrivé, en lui tendant la main pour l'aider à descendre.

— Bien sûr, répondit-elle dans un souffle.

Il avait beau être désagréable et méprisant, il avait tout de même des manières. Comment allait-il se comporter avec elle par la suite ? Aucune importance. Elle avait parcouru presque dix mille kilomètres pour prendre un nouveau départ et rien ne la détournerait de son but.

Cet homme n'avait pas idée de l'humiliation qui serait la sienne si, abandonnant la partie, elle prenait un billet retour pour la Californie. Il faudrait plus qu'un rat dans une cuisine, un trou dans une toiture et un voisin hargneux pour la dissuader de rester. Beaucoup plus.

Elle descendit de sa chaise le plus dignement possible et se dirigea vers l'escalier menant à la cave, tandis qu'il lui emboîtait le pas.

Les murs étaient tapissés de bouteilles recouvertes de poussière. Certaines étaient pleines. Isabel en attrapa une et la plaça dans la lumière pour voir le liquide en transparence.

— C'est un blanc doux de 1992, déclara Dario Montessori. Une œuvre de mon grand-père. Les bouchons sont scellés à la cire. Excellente année. Médaille d'or.

Il semblait se parler à lui-même. Sans la regarder.

— Certaines années, en revanche, sont désastreuses.

Son front se creusa d'un pli soucieux mais Isabel n'eut pas envie de le plaindre. Aucune année n'avait pu être plus désastreuse que celle qu'elle venait de traverser. De plus, il avait une famille derrière lui pour le soutenir alors qu'elle était — et depuis toujours — seule au monde.

— A cause de la sécheresse ? demanda-t-elle en se rappelant le peu qu'elle avait appris sur le sujet. Ou plutôt à cause d'une bactérie ?

— Oui.

La réponse ne voulait rien dire sauf qu'il n'avait pas envie d'aborder le sujet, aussi préféra-t-elle ne plus poser de questions. Peut-être, comme elle, avait-il décidé de repartir de zéro ? En ce qui la concernait, en tout cas, elle savait que cette année serait la sienne. Accepter l'héritage de son oncle était sans doute la meilleure idée qu'elle avait eue de sa vie. Bientôt, elle se mettrait au travail, remporterait tous les prix et raflerait toutes les médailles. Elle serra la bouteille entre ses mains, un sourire de pur bonheur sur les lèvres.

Dario la considérait avec un soupçon d'ironie, comme s'il lisait dans ses pensées et savait que son rêve ne se réaliserait jamais. Il n'attendait que cela : le moment où elle renoncerait. Renoncer ? Le mot même était inconnu à Isabel.

Ce fut lui qui rompit le premier le silence.

— Pas encore découragée ?

— Du tout.

Elle désigna les bouteilles pleines du doigt.

— Elles vous appartiennent.

— Légalement, ce sont les vôtres, répondit-il, légèrement surpris par sa générosité.

— Prenez-les. Elles sont à vous.

Il hésita.

— J'avoue que je serais curieux de savoir comment elles ont vieilli.

— *Ciao !*

Une voix venait de s'élever à l'extérieur.

— *Chiunque nel paese ?*

— Mon frère, grommela Dario juste avant de jurer en italien.

Sans regarder Isabel, il pivota sur ses talons et la frôla pour se diriger vers la porte d'entrée.

2

Dario remonta de la cave, les sourcils froncés.

Cosmo… Il ne manquait plus que lui. Décidément, son frère avait l'art d'arriver au mauvais moment.

De toute façon, Dario savait que, même si cela prenait plus de temps que prévu, il finirait par convaincre l'héritière américaine de s'en retourner d'où elle venait. Aucune femme sensée ne se risquerait dans une aventure pareille. D'ailleurs Magdalena, son ex-fiancée, avait fui l'existence qu'il lui proposait pour une vie plus facile avant même d'essayer.

— Qu'est-ce que tu fais ici ? demanda-t-il à Cosmo qui se tenait dans le patio, près de sa voiture.

— Delfino m'a dit que l'Américaine se trouvait sûrement ici. Je suis passé la saluer et lui souhaiter la bienvenue de la part de toute la famille.

— Tu es cinglé ? répliqua Dario en s'efforçant de ne pas maîtriser le volume de sa voix. Souhaiter la bienvenue à la femme qui refuse de nous restituer l'Azienda ! A la femme qui va empêcher *nonno* de réaliser son rêve avant de mourir !

— Son rêve à lui ou le tien ? demanda Cosmo en plissant les paupières.

Dario ignora la question. Il savait très bien ce que son frère pensait. Ce que toute sa famille pensait… Qu'il était obsédé par l'Azienda et son vignoble. Peut-être était-ce vrai ? Mais quoi de plus normal puisque c'était à cause de lui qu'ils avaient dû s'en séparer.

— Qu'as-tu l'intention de faire ? demanda-t-il sèchement. Accueillir cette usurpatrice avec une brassée de fleurs, lui dérouler le tapis rouge ?

— Bien sûr que non, mais reconnais, de ton côté, que tu es le seul de la famille à tenir à ce vignoble…

Cosmo disait vrai. Personne, chez les Montessori, ne tenait particulièrement à le racheter, de même que personne ne réalisait à quel point Dario se reprochait d'avoir obligé sa famille à le vendre. Pourtant, il ne passait pas une journée sans chercher le meilleur moyen de le lui rendre.

— C'est du passé, Dario, cesse de te faire des reproches.

— Facile à dire. C'est ma faute si nous avons dû vendre et vous le savez tous.

— Je te le répète, oublie cette histoire. Nous avons bien assez de vignobles pour nous passer du Monte Verde ! Si tu permets, à présent, je voudrais vérifier par moi-même que la nouvelle propriétaire est aussi belle que Delfino le prétend.

Dario secoua la tête d'un air bourru.

— Elle n'a rien de joli. Elle a les cheveux rouges, la bouche trop grande et les pommettes trop hautes. Sans parler de son entêtement, de son orgueil et de sa naïveté. Dès qu'elle aura compris que cet endroit n'est pas fait pour elle, elle repartira d'où elle est venue, mais, pour le moment, elle s'amuse à hésiter. Voilà pourquoi il vaut mieux que tu partes. Tu risquerais de gaffer et de l'encourager.

Cosmo écarquilla les yeux.

— L'encourager à quoi ? Ce que tu peux être compliqué ! Je veux simplement la voir et lui dire bonjour.

— Pas aujourd'hui.

Cosmo insista encore quelques minutes avant de comprendre que Dario ne céderait pas. Lorsqu'il fut enfin parti, Dario respira mieux. Tel qu'il connaissait son playboy de frère, il ne lui faudrait pas cinq minutes pour tomber sous le charme de cette femme aux yeux noisette. Puis, elle lui raconterait son enfance — vraie ou fausse — d'orpheline, et Cosmo succomberait définitivement. Oui, elle ne ferait qu'une bouchée de lui car, sous ses airs innocents et vulnérables, elle était froide et dure, égocentrique, inflexible et dotée d'une volonté de fer.

Lorsque Isabel émergea de la cuisine, une bouteille de vin sous le bras et une trace de poussière sur la joue, Dario se félicita d'avoir éloigné son frère. Cosmo serait forcément resté pétrifié à sa vue, sidéré par son air naturel et ses cheveux couleur de soleil couchant encadrant ses joues pâles. Puis il se serait précipité vers elle et, en moins de cinq minutes, lui aurait offert de l'emmener en excursion, de lui donner des leçons d'italien et Dieu sait quoi encore… Exactement ce que Dario aurait fait avant de rencontrer Magdalena. Mais aujourd'hui leur histoire lui avait ouvert les yeux et il portait encore la trace douloureuse du couteau qu'elle lui avait planté dans le dos.

Il regarda Isabel avancer vers lui. Non, sa beauté n'était pas classique mais, il fallait bien le reconnaître, elle était plus originale que celle de toutes les femmes qu'il connaissait. Il aurait fallu être aveugle pour ne pas remarquer ses longues jambes, ses grands yeux qui s'écarquillaient si souvent de surprise et ce léger sourire qui lui étirait parfois les commissures des lèvres de manière délicieuse. Mais il s'était brûlé une fois à tous ces artifices et ne s'y laisserait plus jamais prendre. Un an après, il avait encore sur le cœur la traîtrise de Magdalena.

Il allait donc continuer à énumérer les défauts de la propriété à cette héritière et la convaincre avec une offre généreuse. Ce serait en outre plus correct que de la laisser s'enferrer dans son idée tout en guettant le moment où elle s'effondrerait.

— Mon frère vient de passer.

— Dommage qu'il ne soit pas resté. J'aurais été contente de le rencontrer.

— Il avait rendez-vous. Ce sera peut-être pour une autre fois.

— J'ai trouvé la bouteille d'un vin auquel j'aimerais bien goûter.

Elle montra les verres qu'elle tenait dans l'autre main.

— Voulez-vous m'accompagner ?

Elle lui offrait son propre vin à présent ! Il serra les mâchoires pour ne pas l'envoyer au diable. Même avec sa trace de poussière sur la joue et la toile d'araignée sur sa manche, on aurait dit la Dame du château. Elle le sentait et semblait prête à tout pour endosser le rôle. Il fallait absolument la déstabiliser.

— Pas mal, dit-elle après la première gorgée. Il me semble avoir bien vieilli.

— En effet. Si ma mémoire est bonne, il a remporté la médaille de bronze.

Dario releva la tête.

— Mais cette année nous visons l'or.

Et ce n'était pas sa seule ambition. Il allait aussi faire le meilleur vin et récupérer l'Azienda. Deux victoires qui effaceraient une fois pour toutes les pertes qu'il avait causées par le passé.

— A présent, ajouta-t-il sans transition, il est temps de partir.

— Je ne suis pas encore montée à l'étage.

Que pouvait-il répondre ? Qu'elle n'allait pas aimer ce qu'elle allait voir ? Finalement, il valait mieux la laisser s'en rendre compte toute seule. Il la suivit et gravit en silence l'escalier étroit.

La pièce était nue à l'exception d'un matelas sur un sommier de fer. Au-dessus de leur tête, un trou béant.

— Le toit a besoin d'être complètement refait, remarqua-t-il au cas où elle ne l'aurait pas vu.

— Pas sûr, répliqua-t-elle avec une mauvaise foi qui

l'abasourdit. Le soir, ce doit être merveilleux de pouvoir admirer les étoiles de son lit…

Il réprima un long soupir. A quoi bon évoquer les chauves-souris ? Elle trouverait aussitôt une bonne raison pour les aimer. Décidément, miss Morrison était très spéciale… Jamais il n'avait vu femme pareille. Du reste, quelle Sicilienne aurait toléré de vivre dans des conditions aussi sommaires au XXIe siècle ? Pour sa part, Dario n'en connaissait pas. Qui était exactement Isabel ? Une rêveuse, une entêtée ou une inconsciente ?

— Je sais qu'il faudra faire des travaux et qu'il n'y a ni eau ni électricité, déclara-t-elle comme si elle récitait une leçon, mais je vous répète que cela m'est égal et que je suis prête à mettre la main à la pâte. A propos, j'aimerais engager quelqu'un pour m'aider.

— Ce ne sera pas facile. Les ouvriers font déjà tous les vendanges.

— Ce qui me rappelle que j'aimerais bien voir mes vignes, celles qui entourent l'Azienda.

Dario ne se fit pas prier. Dès qu'Isabel aurait constaté le cataclysme, sa belle assurance fondrait comme neige au soleil et elle repartirait.

Tandis qu'ils cheminaient vers le vignoble, Dario ne put s'empêcher d'admirer la douce ondulation des hanches d'Isabel. Des gouttes de transpiration étoilaient ses épaules, et ses cheveux, semblables aux feuilles d'automne, luisaient dans le soleil. Pour autant, son admiration était dénuée d'émotion, un peu comme lorsqu'il avait contemplé ce tableau superbe du Titien, quelque temps plus tôt, à Palerme. En se rappelant soudain la nudité du modèle, son sang se mit à circuler plus vite dans ses veines. Isabel était-elle aussi belle nue que… ? Le désir le submergea avec une force qui le laissa pantelant. Cela faisait longtemps que les femmes ne le troublaient plus. Exactement depuis le fiasco de son aventure avec Magdalena. Se pouvait-il que sa faculté d'être ému et de désirer soit restée indemne ? Quoi qu'il en fût, admirer les incroyables cheveux roux qui chatoyaient dans le soleil ne portaient pas à conséquence. Isabel Morrison ne devait-elle pas repartir bientôt ? Plus troublé, pourtant, qu'il l'aurait voulu, il se baissa pour arracher quelques grains de raisin à une grappe et, les portant à sa bouche, fut surpris par leur saveur sucrée. Malgré leur air peu engageant, ils allaient sûrement donner un vin délicieux. A condition que cette satanée héritière veuille bien se montrer raisonnable et regagner les Etats-Unis au plus vite. Ensuite, la famille Montessori remporterait la médaille d'or tant convoitée et tout redeviendrait comme avant.

Comme avant Magdalena.

Elle l'avait trompé et il en avait beaucoup souffert, mais moins que de constater qu'elle avait réussi à lui faire perdre la tête au point de négliger complètement ses vignes. Oui, un an après il se le reprochait encore. Mais au moins cela lui avait servi de leçon. Jamais plus il ne se laisserait séduire par une femme. Depuis des mois, il s'étourdissait de travail. De toute façon, puisque son père se trouvait à Palerme et que son grand-père était malade, il n'avait pas le choix. Seuls ses sœurs et son frère restaient persuadés que son isolement volontaire ne durerait pas et imaginaient des idylles dès qu'il serrait la main d'une fille. En ce qui le concernait, en revanche, il savait que c'était tout à fait impossible.

Isabel passa sa langue sur ses lèvres avec délectation. Sans être une fine connaisseuse, elle était frappée par la douceur du raisin qu'elle venait de goûter et un doux frisson d'anticipation lui parcourut le dos lorsqu'elle se rappela ce qu'elle avait appris sur les raisins extra doux, ceux que donnaient parfois de vieilles vignes négligées. *Ses* vignes.

Elle se tourna vers Dario qui plissait ses beaux yeux verts dans le soleil.

— Ils sont délicieux. Est-ce que ce sont les mêmes raisins qui produisent le fameux amarado que l'on boit au dessert ?

Elle le vit hésiter. Parce qu'il ne connaissait pas la réponse ? Impossible. Simplement parce qu'il n'estimait pas utile de lui répondre ! Elle n'était qu'un obstacle à éliminer et ses lèvres pincées disaient assez clairement combien il désapprouvait qu'elle ait goûté le raisin.

— J'ai déjà bu de l'amarado, poursuivit-elle, refusant de tenir compte de ses rebuffades silencieuses. C'est un vin extrêmement rare aux Etats-Unis, mais j'ai fini par en dégoter une bouteille chez un vieux caviste. Hors de prix. En produire doit être très rentable.

— A votre place, je n'y compterais pas trop.

Elle lui décocha un regard perçant. Il savait. Il savait forcément qu'elle avait raison.

— Pas étonnant que vous teniez tant à racheter ce vignoble, repartit-elle avec un petit sourire entendu. Parce qu'il va donner un vin liquoreux succulent. Si je m'y prends bien, je peux gagner assez d'argent pour vivre de ma terre !

— Pas si vite, répondit-il d'une voix rendue rauque par la colère et la frustration. Pour faire un amarado décent, il ne suffit pas de vendanger et de faire fermenter le raisin.

— Vous me croyez vraiment incapable d'aller jusqu'au bout, n'est-ce pas ?

— Et vous ?

Un doute la parcourut. Comment pourrait-elle concurrencer des natifs qui savaient faire le vin depuis toujours ? Montessori avait raison. Cela n'allait pas être facile.

Mais elle y arriverait.

— Bien sûr, répondit-elle en relevant la tête.

— Comment ? Vendanger est un travail épuisant qui vous bousille le dos. Ce n'est pas un travail de femme.

— Un *travail de femme* ? Vous voudriez me faire croire qu'en Sicile on n'a jamais entendu parler de l'égalité des sexes, des chances et des salaires ?

Il haussa les épaules.

— Croyez-en mon expérience, vous risquez de tout gâcher en ramassant les grappes en dépit du bon sens ou en employant des travailleurs mal qualifiés.

Sur cette affirmation péremptoire, il la prit par le bras et la ramena vers sa décapotable puis la conduisit jusqu'à sa voiture de location. Isabel avait chaud. Sur son front et son menton perlaient des gouttes de sueur.

— Ces terres sont les miennes, lui rappela-t-elle en ramenant contre elle ses cheveux roux. Peu m'importe si la tâche se révèle rude. Je veux faire mon propre vin à partir de mes propres vignes et j'y parviendrai. J'ignore le genre de femmes que vous fréquentez habituellement, mais, en ce qui me concerne, je n'ai rien de la jolie plante qui regarde passer le temps. Je ne suis pas non plus venue ici en touriste, mais pour travailler et pour rester.

Dario mit de longues secondes à digérer ce qu'il venait d'entendre.

— Eh bien, restez… Mais allez vous installer un peu plus loin. Avec l'offre généreuse que ma famille et moi sommes prêts à vous faire, vous pourrez acheter une très belle maison avec un grand jardin que vous aménagerez comme il vous plaira.

— Cela ne m'intéresse pas. Je veux *ma* terre et *ma* maison. C'est à moi que mon oncle a légué l'Azienda Spendora, pas à vous. Et je ne la vendrai pas. Ni à vous ni à personne.

— Attendez au moins de connaître notre offre.

— Inutile.

— Dans ce cas, voilà ce que je vous propose.

Il plongea les yeux dans les siens.

— Demain, je vous fais visiter les plus belles propriétés à vendre de la région. Si aucune ne se révèle à votre goût et ne vaut, à vos yeux, l'Azienda, je renoncerai et cesserai de vous importuner. *Dio*, je vous aiderai même à trouver les ouvriers dont vous avez besoin pour vendanger.

— Et si je refuse cette randonnée inutile avec vous parce que je sais à l'avance que…

— Dans ce cas, je vous promets de vous rendre les choses encore plus difficiles.

Elle pâlit et sentit sa lèvre inférieure trembler. Dario constata son trouble, non sans satisfaction. Sa stratégie dissuasive commençait à porter ses fruits.

— Très bien, dit-elle finalement. J'accepte, mais je vous préviens que…

Dario n'écouta pas la suite. Isabel avait du cran. A sa menace, elle trouvait le courage de répondre par une autre menace.

— Je passerai vous prendre à votre hôtel demain matin à 8 heures, déclara-t-il en regagnant sa propre voiture.

— Attendez… Vous ne m'avez encore présenté à personne alors que vous m'aviez dit…

— Nous verrons cela demain.

Comme elle baissait la tête d'un air dépité, elle remarqua qu'elle avait un pneu à plat.

A son réveil le lendemain matin, Isabel eut envie de décommander Dario. Dommage qu'elle n'eût pas son numéro de téléphone.

Après avoir d'abord passé un T-shirt et un bermuda, elle opta pour une robe légère. Mais à peine eut-elle capté son reflet dans le miroir qu'elle se changea de nouveau et enfila un jean et un T-shirt noir.

Pour l'importance que cela avait !… La veille, Dario Montessori l'avait à peine regardée, ne voyant en elle qu'une touriste fatiguée, souffrant de la chaleur, du décalage horaire et se lamentant devant son pneu à plat.

Il avait découvert le problème juste après elle et lui avait jeté un regard assassin, comme si elle avait crevé uniquement pour l'ennuyer. Alors, sans un mot, il avait retiré sa chemise et ouvert le coffre pour y prendre le cric et le pneu de secours. Isabel avait détourné le regard. Elle avait les jambes en coton à la vue du beau torse mat et musclé de Dario, de sa peau brillant sous le soleil. Lorsqu'il souleva le véhicule avec le cric, ses épaules se constellèrent de gouttes de transpiration.

Elle s'était agenouillée près de lui, regardant de tous ses yeux comment il faisait pour le cas où sa voiture crèverait de nouveau. Avec toutes ces pierres sur les chemins, ce n'était pas impossible. Ce faisant, elle s'approcha si près de lui qu'elle sentit la chaleur de son corps rayonner jusqu'à elle et son odeur l'envelopper.

Elle se releva, un peu étourdie. Il faisait si chaud et elle commençait à avoir faim et soif. D'où, probablement, son sentiment de faiblesse.

Lorsque Dario eut terminé, elle le remercia d'un *grazie* vibrant qu'elle accompagna de son plus charmant sourire. Mais il ne le lui rendit pas. Pas plus qu'il ne releva sa tentative pour parler italien. Non qu'elle attendît autre chose d'un ours mal léché comme lui… Pourtant, il avait changé sa roue et elle aurait eu mauvaise grâce de se plaindre. Dario Montessori avait beau être le plus gros propriétaire terrien de la région, il ne craignait pas de se mettre les mains dans le cambouis. A sa place, un autre aurait probablement appelé le garage le plus proche et fait venir un mécanicien.

L'idée effleura Isabel de lui dire qu'elle refusait finalement de visiter les autres propriétés.

Mais cela n'aurait servi qu'à envenimer la situation. Il était persuadé qu'il pouvait la convaincre et il valait mieux le laisser réaliser tout seul qu'il se faisait des illusions.

3

Après avoir bu un délicieux chocolat et dégusté deux ou trois petits pains chauds sur la terrasse de la véranda du joli hôtel Cairoli, Isabel se sentait plus détendue.

Que Dario Montessori lui fasse sillonner toute la région si cela lui chantait, il comprendrait vite que cela ne changerait rien. Quant à elle, puisqu'il lui était offert de visiter les environs en compagnie d'un séduisant Sicilien, pourquoi bouder son plaisir ?

Dix minutes plus tard, elle avait presque réussi à se convaincre que Dario ne serait ni plus ni moins que son chauffeur. Mais soudain les têtes se tournèrent vers une impressionnante voiture dont il sortit en personne, vêtu d'un pantalon kaki et d'une marinière assortie à la couleur de ses yeux, et elle comprit que la partie était loin d'être gagnée.

Le temps qu'elle revienne de sa surprise, il avait déjà traversé la véranda et s'asseyait à sa table.

La serveuse lui apporta immédiatement une tasse de café et une corbeille de petits pains tout juste sortis du four, s'empressant autour de lui avec un sourire heureux comme s'il lui avait manqué… Elle n'était du reste pas la seule à s'épanouir à sa vue et nombreux étaient les clients qui vinrent lui serrer la main ou le prendre par les épaules d'un geste amical.

Isabel regardait la scène avec une pointe d'envie. Combien

d'années lui faudrait-il pour être aussi bien intégrée que lui ? Plusieurs vies sans doute…

— Etes-vous satisfaite de votre séjour ? lui demanda-t-il en la fixant comme si elle était seule dans la véranda.

Isabel aurait trouvé sa sollicitude flatteuse si elle en avait ignoré la raison. Du moins, l'amabilité inattendue de Dario prouvait qu'il avait modifié sa tactique. A moins qu'il n'ait tout simplement décidé de respecter une trêve. D'après le peu qu'elle savait de lui, elle penchait plutôt pour la première hypothèse.

— Très satisfaite, merci. J'envisage néanmoins de m'installer à l'Azienda dès demain, voire ce soir.

Il fronça les sourcils d'un air ostensiblement contrarié.

— Pourquoi ? Qu'est-ce qui ne va pas ?

— Rien. Le personnel est même très aimable et la chambre très confortable, mais je ne suis pas venue ici pour me prélasser dans un hôtel de luxe alors que je possède ma propre maison.

A peine eut-elle terminé sa phrase qu'elle se mordit la lèvre supérieure, consciente de son emphase. Pouvait-on sérieusement qualifier de *maison* cet endroit au toit crevé, sans eau ni électricité, sans chauffage et avec des rats dans la cuisine ?

L'espace de quelques secondes, elle se sentit faiblir, mais redressa la tête. Sans qu'il le sache, la présence de Dario la stimulait, lui donnant à la fois un défi à relever et une assurance qu'elle n'aurait pas eue toute seule. Devoir le convaincre de sa détermination lui permettait de se convaincre elle-même.

— De plus, reprit-elle donc avec la même assurance, vous savez mieux que moi qu'il est grand temps de commencer les vendanges.

Elle se tut, guettant le petit sermon qui n'allait pas manquer de suivre sur la nature harassante de ce travail et la difficulté à trouver des ouvriers mais, à sa grande surprise, Dario Montessori s'abstint de tout commentaire.

Il posa sa tasse.

— Etes-vous prête ?

— Absolument. Je vous attendais.

Comme il se levait, Isabel eut la certitude que le personnel de l'hôtel ainsi que les clients avaient les yeux rivés sur lui comme sur une célébrité et l'accompagnaient du regard jusqu'à sa voiture. Avoir été remarquée en sa compagnie accélérerait-il son intégration au sein de la communauté ? Que pensaient-ils tous ? Qu'elle était bien naïve de faire confiance à ce playboy ou qu'elle avait bien raison de partir en balade avec l'homme le plus sexy de la région ?

Pourtant, il ne s'agissait pas d'un vrai rendez-vous. Dario ne l'intéressait pas plus qu'elle ne l'intéressait et ils n'avaient décidé de passer la journée ensemble que pour atteindre plus vite leur but, chacun persuadé de ranger l'autre à ses arguments.

Se glissant sur le siège passager, elle laissa aller sa tête en arrière contre le cuir et ferma les yeux derrière ses lunettes noires pour mieux éprouver la caresse du soleil. Sa dernière journée de repos… Demain et tous les autres jours, elle serait au travail dans les vignes.

Dario démarra sans un mot et elle ouvrit à moitié les paupières sans pouvoir s'empêcher d'admirer son profil. Il ne portait pas d'alliance, mais sans doute fréquentait-il quelqu'un…

Pointant l'index vers un village situé sur les hauteurs, il annonça :

— Casale. L'une des premières villes prises aux Arabes par les Normands qui l'avaient eux-mêmes prise aux Sarrazins qui l'avaient prise aux Byzantins.

Elle eut un sourire malicieux.

— Je ne suis donc pas la première étrangère à vouloir m'attribuer un peu de la terre sicilienne…

— En effet. Mais vous devez savoir que nous, les Siciliens, sommes très tenaces. Nos défaites ne sont que temporaires. On a toujours voulu nous prendre quelque chose : notre terre, nos récoltes… Nous avons été attaqués et envahis pendant six mille ans par un nombre incalculable de peuples : les Grecs, les Romains, les Arabes, les Français et les Espagnols. S'ils nous ont tous laissé leur empreinte, ils ont toujours fini par repartir et nous sommes aujourd'hui les maîtres chez nous.

Isabel écoutait la leçon d'une oreille attentive, appréciant que Dario veuille l'instruire sur son pays. Quelle différence avec son attitude de la veille !

— Bien sûr que vous êtes chez vous. Comme tous les Italiens, vous appartenez à ce pays.

— Je suis *sicilien*, précisa-t-il immédiatement. Les Italiens ne sont que les derniers colonisateurs venus piller nos richesses.

Bien qu'elle fût américaine, Isabel n'eut pas besoin d'un dessin. Il la classait dans la catégorie des envahisseurs et des indésirables.

— Il y a une jolie villa romaine un peu plus loin à gauche, reprit-il en changeant délibérément de sujet. Elle est restée enterrée pendant sept cents ans et ce n'est qu'en 1950 qu'on la découverte.

— Elle est à vendre ?

Un coin de la bouche de Dario se souleva, laissant à penser qu'il savait sourire.

— Ne vous inquiétez pas. Je n'ai pas oublié le but de notre escapade. Et je m'aperçois avec plaisir que vous non plus. Mais le détour ne sera pas long.

Ce disant, il bifurqua sur la gauche. Quelques touristes contemplaient les vestiges de la villa antique.

— Pour les riches Romains, expliqua-t-il en descendant de voiture, la villa revêtait une importance capitale. Ils y venaient avec des serviteurs, disposaient d'une quinzaine de pièces et d'un système de chauffage central.

— Comme votre maison ?

Pourquoi avait-elle posé cette question ? Quelle maladresse !

— La mienne ? Elle est grande mais simple. Pas de mosaïques ni de façade comme celles que vous voyez ici. Les Romains aimaient les signes extérieurs de richesse. Nous, en revanche…

Il s'interrompit comme s'il craignait de trahir un secret.

— … avons des goûts discrets. L'argent n'est pas notre raison de vivre.

Vraiment ? eut-elle envie de rétorquer. Dans ce cas, pourquoi ne supportez-vous pas de vous être défait d'une minuscule parcelle de votre terre ?

Dario l'avait-il décrite à sa famille comme une voleuse venue s'accaparer définitivement leur terre ? Comment l'avait-il évoquée ? Elle aurait bien aimé le savoir.

Etait-ce pour cette raison que, la veille, le frère de Dario était reparti sans l'avoir rencontrée ? La famille Montessori avait-elle d'ores et déjà décidé d'ignorer et d'isoler celle qu'elle considérait comme une voleuse de terres ?

Isabel s'arrêta devant un vestige en mosaïque représentant des dauphins.

— Visiblement, les dauphins étaient très populaires chez les Romains.

— Bien sûr, et, avant eux, chez les Grecs. Ce sont des animaux merveilleux. Si vous repartez en ferry, vous en verrez sûrement dans les eaux de Messine.

Elle se raidit.

— Je ne pars pas. Je reste.

— On y va ? proposa-t-il sans relever.

Elle hocha la tête en silence. Dario s'amusait à jouer avec ses nerfs, c'était évident, la harcelant pour venir à bout de sa résistance. Mais il perdait son temps. Elle s'était endurcie au fil des ans et ne se détournerait pas de son cap.

Dario s'engagea sur la route de la côte, le long des plages de sable blanc, et s'arrêta deux kilomètres plus loin. Une adorable petite maisonnette donnant sur un jardin splendide était à vendre. Elle avança jusqu'à la terrasse dallée et resta immobile, suffoquée par la beauté du lieu.

Le contraste avec la vieille Azienda était saisissant et Dario, qui en était conscient, comptait évidemment là-dessus pour décider Isabel à renoncer à son héritage. Oui, ce cottage était un paradis où elle aurait pu y couler des jours heureux tout le restant de sa vie. Elle ferma les yeux, imaginant un potager devant sa maison et un four d'où s'échapperait un délicieux fumet. Pendant un instant, elle eut envie de posséder tout cela et il lui revint à la mémoire l'époque où elle avait cru son rêve sur le point de se réaliser, où elle avait même cru en l'amour. Mais sa tentative avait échoué comme avait échoué, pendant son enfance, toutes ses tentatives pour trouver une famille. En grandissant, elle avait cru que sa vie allait enfin changer. Quelle bêtise ! Jamais plus elle ne commettrait l'erreur de tomber amoureuse. Elle était seule et le resterait.

— Ce cottage ne se trouve qu'à quelques kilomètres du plus gros site archéologique de l'île. Il date des Grecs et possède des colonnes doriques remarquables, les plus belles que vous pourrez jamais contempler.

— Combien coûte cette maison ?

— Aucune importance. Il s'agirait entre nous d'un échange équitable.

— Et de quoi vivrais-je ?

Il haussa une épaule vague comme pour signifier que, de toute façon, elle ne pourrait pas non plus vivre des vignes de l'Azienda. Dans ce cas, elle allait lui montrer. Non seulement elle ferait son vin, mais en plus elle le vendrait !

Il regarda sa montre, aussi luxueuse que son costume. De toute évidence, et contrairement à elle, Dario Montessori n'avait jamais manqué d'argent.

— C'est l'heure du déjeuner, déclara-t-il. Vous devez avoir faim.

S'il s'imaginait l'amadouer en l'invitant dans un grand restaurant, il faisait fausse route. Elle n'était pas à vendre.

Dix minutes plus tard, il arrêtait sa voiture sur une placette et l'entraînait vers une arche sous laquelle serpentait un sentier menant à la vieille ville.

— Je vous emmène dans l'un de mes établissements préférés. J'espère qu'il vous plaira.

L'endroit était superbe, avec son immense porte médiévale de bois épais ouvrant sur une terrasse de restaurant.

— C'est un ancien palais gothique, expliqua Dario en montrant les remparts percés çà et là d'ouvertures en ogive.

Il était presque 14 heures et l'endroit regorgeait encore de clients mangeant, buvant et devisant devant de minuscules verres de limoncello ou de petites tasses de café serré. Le fumet de la viande grillée emplissait l'air et Isabel réalisa qu'elle mourait de faim.

On les installa autour d'une petite table ronde. Isabel s'empara du menu, mais resta embarrassée. Que commander ? Heureusement, Dario prit les choses en main et choisit pour deux.

Lorsque le serveur déposa la bouteille de vin sur leur table, Isabel remarqua le sceau des Montessori. Elle considéra Dario.

— Cela ne vous paraît pas bizarre de devoir payer votre propre vin ?

— Pas du tout. Je suis trop content qu'il figure dans la carte d'un endroit aussi réputé. Il s'agit d'un benolvio 97 dont mon grand-père est particulièrement fier.

Elle le goûta lentement. Pourrait-elle en apprécier toutes les nuances ? Dario se le demanda.

— Il est délicieux. A-t-il remporté des prix ?

— Non, mais il aurait dû. En tout cas, nous allons peut-être pouvoir vous transformer en vraie connaisseuse.

Elle rosit, surprise.

— Etait-ce un compliment ?

Il haussa les épaules sans répondre, se demandant soudain pourquoi il avait amené Isabel ici. Parce qu'il y était beaucoup venu avec Magdalena et qu'il voulait exorciser ses vieux démons ? Ou pour se prouver qu'il pouvait apprécier un agréable déjeuner sans penser à son ancienne fiancée ?

Il profita de ce qu'Isabel regardait autour d'elle pour l'observer à sa guise. Même si elle n'était pas la beauté qu'avait été Magdalena, bien des regards convergeaient vers elle et bien des têtes se tournaient discrètement dans sa direction. Peut-être parce qu'elle était américaine, peut-être à cause de la flamboyance de ses cheveux. Et sûrement parce qu'elle avait un charme fou…

Pour autant, elle était têtue comme une mule. Comment lui faire comprendre qu'elle ne tiendrait pas unc scmaine à l'Azienda ? Peut-être même pas une nuit. Une fois qu'elle aurait reçu la visite des chauves-souris et d'une horde de sangliers, elle s'enfuirait en courant.

Pour l'inciter à partir la tête haute, il allait l'occuper, lui faire visiter la région, l'emmener dans des endroits réputés, la préparer en quelque sorte à renoncer à son rêve déraisonnable. Ensuite, elle rentrerait aux Etats-Unis avec un petit pactole en poche, et propriétaire d'un joli cottage en Sicile où elle viendrait pendant ses vacances.

Les minutes passant, il remarqua qu'elle se détendait et que son regard perdait sa lueur guerrière. Qu'était-il donc arrivé à cette femme pour qu'elle soit perpétuellement en état d'alerte ?

— Que faisiez-vous en Californie ?

Elle reposa son verre.

— J'étais graphiste.

— Vous êtes donc une artiste ?

— En quelque sorte, mais pas comme une peintre ou

une sculptrice. Les images que je crée servent en premier lieu à vendre des produits de consommation.

— N'avez-vous jamais été tentée de peindre ou de dessiner pour vous-même ?

— Je ne pense pas avoir assez de talent.

— Tout de même, pourquoi ne vous contentez-vous pas de peindre des raisins au lieu de vous lancer dans la viticulture ? Ce serait plus simple, vous savez.

Elle sourit. Celui qui aurait le dernier mot avec Isabel n'était pas encore né.

— Figurez-vous que j'envisage précisément de faire les deux. Produire mon propre vin et concevoir l'étiquette de sa bouteille. Regardez celle-ci par exemple.

Elle s'empara du benolvio.

— L'étiquette ne dit rien sur le produit qui se trouve à l'intérieur. De plus, elle est datée. Il vous en faudrait une plus fraîche, plus moderne. Celle-ci fait vieille.

— Comme le vin qu'elle symbolise.

— Je pourrais en imaginer un autre, si vous voulez.

— Merci, mais non. Cela déstabiliserait nos consommateurs. Ils tiennent à ce que l'on respecte la tradition.

Elle haussa les épaules.

— Dans ce cas, gardez votre vieille étiquette, mais moi, quand j'embouteillerai mon propre vin…

Dario eut l'impression qu'un vent glacé en provenance directe des Alpes venait de passer au-dessus de la table. Isabel avait dit *quand,* pas *si*. Manifestement, elle faisait partie de la catégorie des gens les plus difficiles à convaincre : les rêveurs. D'où l'intérêt de lui trouver dès aujourd'hui la maison de ses rêves car, dans le cas contraire, il s'était engagé à *l'aider à trouver les ouvriers dont elle aurait besoin…*

Le serveur approchait. Dario le regarda déposer sur la table une petite assiette de gnocchis recouverts d'une sauce au gorgonzola et à la pistache. Isabel en respira les effluves avec gourmandise, en goûta un morceau et hocha la tête d'un air appréciateur. Au moins, elle prisait la bonne cuisine. Et sûrement aussi le bon vin.

Ils étaient en train de déguster la salade de tomates marinées dans du vin et saupoudrée de basilic quand Angelo, le patron, vint saluer Dario avec affabilité, se plaignant de ne plus le voir. Il ne mentionna pas Magdalena car il savait comme tout le monde qu'elle l'avait trompé. C'était à cause de la trahison de son ex-fiancée que Dario restait à l'écart depuis un an, évitant les endroits qu'il avait fréquentés avec elle. Depuis, le scandale était peu à peu retombé et remplacé par d'autres dont Dario se souciait peu.

Il présenta Isabel à Angelo, vit celui-ci la jauger, la comparer inconsciemment à Magdalena, puis sourire, sous le charme.

— Aimez-vous la Sicile, mademoiselle ?

— Beaucoup.

Elle jeta un regard vers Dario.

— Et je découvre aussi son histoire.

— Dario vous renseignera mieux que tous les guides sur notre beau pays, son vin et sa nourriture. Vous êtes en de bonnes mains.

Dario voulut lui cxpliqucr qu'ils sc connaissaicnt à peinc, mais préféra se taire, espérant que son silence inciterait Angelo à se tourner vers d'autres tables. Celui-ci, hélas, n'en fit rien et resta à discuter, conseillant à son client de lever le pied, de profiter de la vie et de revenir plus souvent le voir en compagnie de la jolie Américaine.

— Il est vraiment très amical, remarqua Isabel lorsque Angelo se fut éloigné. A-t-il raison de penser que vous travaillez trop ?

— Je n'ai pas le choix. Nous avons subi pas mal de pertes pendant la sécheresse l'année dernière, et mon grand-père est tombé malade.

Il n'ajouta pas que s'étourdir de travail était pour lui le meilleur moyen d'oublier ses erreurs passées, et de s'en guérir. Ou du moins d'essayer. Avec Isabel, ce défi cessait d'être une mission impossible. Elle ne connaissait rien de son passé et cette ignorance permettait à Dario de voir les événements avec une distance et un détachement nouveaux. Avec un peu de chance même, la journée se terminerait sans qu'il ait entendu prononcer une seule fois le prénom de Magdalena.

Il plongea le regard dans ses magnifiques yeux caramel qui s'illuminaient si joliment devant un beau paysage ou au contact d'un vin délicieux.

— Vous posez pas mal de questions, mais restez secrète sur vous-même.

— Parce qu'il n'y a pas grand-chose à dire. Comme vous le savez, je n'ai pas de famille, à part cet oncle dont je ne soupçonnais même pas l'existence et qui est mort en me léguant l'Azienda. J'ai quitté mon travail pour venir ici et, en ce moment précis, je me sens un peu coupable de vous garder avec moi alors que vous avez tant à faire.

Il secoua la tête.

— Je travaille dur, c'est vrai, mais je ne vis pas non plus uniquement pour ça comme vous le faites aux Etats-Unis.

— Qu'est ce qui vous fait dire que nous vivons comme ça là-bas ?

— Je lis les journaux. Je vais au cinéma.

— Vraiment ? Quels sont les derniers films que vous avez vus ?

— Il me semble que nous étions en train de parler de vous. Vous avez donc quitté votre travail en partant, rien d'autre ?

— L'appartement que je louais et quelques amis.

— Pas de petit ami ?

La question était un peu indiscrète, mais une réponse positive inciterait peut-être la demoiselle à rentrer le retrouver.

— Non.

Elle rougit et Dario comprit qu'il touchait à un domaine

réservé. Il connaissait bien cette réaction puisque c'était la sienne lorsque quelqu'un l'interrogeait sur sa sphère intime.

— C'est surprenant, déclara-t-il néanmoins.

— Que je sois indépendante ?

— Que vous soyez sans attache masculine. Y aurait-il un problème avec les hommes de votre pays ?

— Non, mais beaucoup sont mariés. Et cela me va très bien puisque je préfère rester seule.

A la façon dont elle détourna les yeux, Dario comprit que le sujet l'embarrassait.

— Je vais vous retourner la question, reprit-elle cependant très vite. On dirait que vous n'êtes pas marié. Pourquoi ? Qu'est-ce qui ne va pas chez les Siciliennes ?

Il eut un sourire amer.

— En Sicile, ce sont les femmes qui ont le pouvoir et qui dirigent la famille. D'ailleurs…

Il s'interrompit lorsque le serveur revint avec une petite marmite en fonte fumante.

— *Pasta alla Norma*, déclara-t-il en la déposant au milieu de la table.

Isabel considéra avec intérêt la combinaison d'aubergines, de tomates et de ricotta qu'elle y aperçut lorsqu'il souleva le couvercle.

— Qui est Norma ? demanda-t-elle à Dario.

— L'héroïne d'un opéra de Bellini, l'un des fils les plus célèbres de Sicile. Aimez-vous l'opéra ?

— Je ne sais pas. Je n'en ai jamais vu. De quoi parle-t-il ?

— Norma est amoureuse d'un homme qui la rejette pour une autre. Pour se venger, elle le ruine avant de le faire condamner à mort.

— Sacrée vengeance en effet…

— Oui mais, à la fin, elle se jette dans le bûcher et meurt avec lui.

— Je préfère les fins heureuses.

— Comme tout le monde, mais la vie en produit rarement.

Vous aimeriez sûrement *Le Mariage de Figaro*, *Le Barbier de Séville* et certaines œuvres de Puccini. Profitez donc de ce que vous êtes en vacances pour aller assister à un opéra.

— Je ne pense pas avoir la tenue adéquate. De plus, combien de fois devrais-je vous répéter que je ne suis *PAS* en vacances ?

Dario la considéra d'un air presque amusé. Elle était si prévisible ! La moindre allusion à un retour dans son pays ou à son statut de touriste la faisait bouillir. En d'autres circonstances, il l'aurait invitée à l'opéra pour lui être agréable, mais, en l'occurrence, tout ce qu'il attendait d'elle était qu'elle plie bagage et reparte d'où elle venait.

— Ce qui m'étonne, reprit-elle en changeant de conversation, est le temps que vous consacrez au déjeuner. Dans mon pays, nous l'expédions en vingt minutes.

— Nous savons travailler sans compter quand il le faut, mais prenons toujours le temps de manger.

— Je vois…

Comme elle se passait le bout de la langue sur la commissure des lèvres pour y dénicher un peu de ricotta, Dario sentit son pouls s'accélérer. Quelque chose n'allait pas chez lui. Finalement, sa famille avait peut-être raison d'affirmer qu'il travaillait trop. Depuis le départ de Magdalena, un an plus tôt, il n'avait pas regardé une seule femme ni même partagé un repas avec une amie.

A part cela, il allait très bien…

4

Sur le chemin du retour vers Villarmosa, Dario fit visiter à Isabel d'autres villas. Dotées de toits neufs, de beaux jardins et de splendides patios, elles étaient toutes aussi ravissantes les unes que les autres. La réponse tombait cependant, ferme et polie, chaque fois la même :

— Désolée, cette maison ne m'intéresse pas.

Dario lui décochait alors un regard courroucé, comme si elle était incapable d'apprécier les merveilles qu'il lui donnait à voir.

— La fresque peinte sur ce mur, déclara-t-il à un moment, vaut à elle seule le prix de toute la maison.

— Je n'en doute pas, mais ce n'est pas celle que m'a léguée mon oncle, avec ses vignes et son étang. Je veux relever le défi que je me suis fixé et me lancer dans la viticulture.

— Ici aussi il y a un étang ! s'écria-t-il, à bout d'arguments. Avec des cygnes à la place des serpents d'eau, qui plus est !

Poussant un soupir, elle regarda les gracieux animaux par la fenêtre.

— Les couples de cygnes s'unissent pour la vie, ajouta-t-il en suivant son regard.

— Même en Italie ?

— Surtout en Italie ! Bien que le divorce soit légal dans notre pays, il n'est pas aussi répandu qu'ailleurs en Europe. Les Siciliens se marient tard et restent longtemps auprès de leurs parents. Ils attendent d'être mûrs pour fonder une famille.

Isabel hocha la tête. Comme tout cela était loin des familles monoparentales et des couples divorcés qui se partageaient, aux Etats-Unis, la garde des enfants !

— Alors, reprit-il en la ramenant à la réalité, cette maison n'est-elle pas merveilleuse ?

— Sûrement, mais elle ne me dit rien.

Il lui jeta un regard narquois.

— Vous vous attendiez peut-être à ce qu'elle vous souhaite *benvenuto*… ?

— Vous ne pouvez pas comprendre. J'ai besoin qu'il se passe quelque chose de fort et de spécial avec ma future maison.

— Ce qui a été le cas avec l'Azienda ?

Elle acquiesça de la tête tandis qu'il la considérait d'un air dépassé, mais il n'ajouta rien.

Ils visitèrent encore trois villas avant que Dario comprenne enfin qu'il ne parviendrait pas à ses fins et se contraigne à raccompagner Isabel à son hôtel. Il la déposa devant la porte en la remerciant poliment de l'avoir accompagné, mais le pli profond entre ses sourcils témoignait clairement de sa contrariété.

Ce riche playboy, cette célébrité locale, avait probablement l'habitude que l'on se plie à ses quatre volontés et entendait sans doute, par sa retenue et son air crispé, forcer Isabel à se justifier.

Malheureusement pour lui, il faisait de nouveau fausse route. Elle le remercia sobrement pour son invitation à déjeuner et attendit. Après quelques secondes de silence où ils se mesurèrent du regard, Dario céda et se dirigea vers sa voiture.

— Il me semble que nous avions passé un marché, déclara-t-elle alors en haussant la voix.

Il se retourna avec un regard surpris, mais elle ne fut pas

dupe. Un homme d'affaires tel que lui ne pouvait avoir oublié sa promesse. Il faisait simplement semblant d'avoir oublié.

— Mais oui…, insista-t-elle sans se démonter. Puisque vous ne m'avez pas trouvé de maison capable de me faire renoncer à l'Azienda, vous devez m'aider à trouver les ouvriers dont j'ai besoin pour mes vendanges.

— Je le ferai, mais cela risque de demander un peu de temps.

— Je n'en ai pas. Mes raisins sont mûrs. Ils doivent être cueillis sans délai.

En fait, elle n'en savait trop rien. Elle tentait simplement un coup de bluff. Comme il ne la contredisait pas, elle comprit qu'elle était tombée juste.

— Je vais voir ce que je peux faire, déclara-t-il avant de se glisser au volant de sa voiture.

Isabel le regarda s'éloigner en se demandant si elle reverrait Dario Montessori un jour. Car il était déçu. Plus que déçu, même. Furieux… Dans ces conditions, tiendrait-il sa promesse de l'aider à trouver de la main-d'œuvre ? C'était très incertain.

S'il ne revenait pas, elle en serait quitte pour aller chercher des ouvriers en ville en baragouinant dans son mauvais italien avec le risque de tomber sur des recrues douteuses. Décidément, elle avait besoin de l'aide de Dario. Et cette dépendance l'insupportait. Son estomac se nouait exactement comme pendant son enfance quand on la bringuebalait d'une famille à l'autre et qu'elle n'avait personne vers qui se tourner, personne pour s'occuper d'elle.

Ici, avait-elle naïvement pensé, tout serait différent.

Or elle se retrouvait plus vulnérable que jamais.

Elle prit une douche, se changea et partit pour la ville. Peut-être découvrirait-elle, comme en Californie, des ouvriers groupés au coin des maisons, attendant du travail ? Son lexique anglo-italien glissé dans son sac, son matériel photo dans un sac suspendu autour de son cou, elle se dirigea vers le centre en empruntant une route bordée de citronniers. Le soleil était plus bas dans le ciel et la température idéale.

Sans être une grande ville, Villarmosa était un coin charmant. Elle prit quelques photos des maisons les plus pittoresques et alla visiter la vieille église en pierre. En sortant, elle passa devant la poste et l'étal bariolé d'un épicier. Soudain, à l'entrée d'un immeuble, elle reconnut la plaque de son notaire et leva les yeux vers l'endroit où elle avait entendu parler pour la première fois de son oncle inconnu et de son héritage. Mais le bureau était vide. Quant aux ouvriers, elle n'en aperçut pas un seul.

Une boutique délicieusement odorante retint soudain son attention. Elle s'arrêta. De petites jarres d'anchois et de tomates séchées au soleil entouraient de larges récipients où marinaient des légumes de toutes les couleurs. Des figues, des dattes et des abricots séchés formaient de longs colliers accrochés au plafond et le long des fenêtres. Isabel prit de nouvelles photos et suspendit son appareil autour de son cou.

Impossible de quitter cet endroit merveilleux sans y avoir acheté quelque chose. Derrière la porte, elle avisa un homme en tablier blanc qui découpait du *prosciutto* en tranches aussi fines que du papier à cigarettes qu'il séparait ensuite par de minces feuilles de papier.

Une clochette tinta lorsqu'elle poussa la porte. Les clients tournèrent la tête vers elle. Avec son appareil photo autour du cou, elle se sentit plus touriste que jamais.

Une fois dans la file d'attente, elle chercha dans son lexique comment demander ce qu'elle désirait. Quand arriva son tour, elle pointa le doigt vers le *prosciutto*, le salami, un fromage et de minuscules olives noires, tout en glissant quelques mots en italien.

Fière du résultat, elle sortit, la tête haute, derrière une cliente toute habillée de noir. La sexagénaire portait un sac en papier kraft dans la main qui craqua soudain. Une demi-douzaine de pêches et un pot de miel s'en échappèrent et roulèrent sur les pavés.

— *L'oh il mio Dio !* s'écria-t-elle. *Che cosa sono io che vado ora fare ?*

Avec un mouvement leste, Isabel ramassa aussitôt les fruits et le miel, et les glissa dans son sac photo qu'elle tendit à la dame en noir.

Celle-ci s'en saisit en lui délivrant un sourire radieux.

— *Grazie cosi tanto. Siete molto gentile.*

— *Prego,* répondit Isabel.

Avant qu'elle ait eu le temps de formuler une phrase entière, la dame agita la main en direction d'un véhicule gris garé sur la petite place. Celui-ci approcha. Le chauffeur s'arrêta à hauteur de la dame et sortit pour l'aider à monter.

Deux minutes plus tard, Isabel regardait s'éloigner le véhicule qui emmenait son sac et la petite dame. Peut-être la reverrait-elle ? Ou peut-être pas. De toute façon, l'important était l'appareil lui-même. En ce qui concernait le sac, elle s'en procurerait un autre.

De retour à son hôtel, elle décida de dîner dans sa chambre. La prestation était comprise dans le prix de sa demi-pension, et l'idée de manger seule au milieu des habitués venus en couple ou en famille ne l'enthousiasmait guère.

A part Dario Montessori, les gens qu'elle avait rencontrés depuis son arrivée s'étaient montrés charmants avec elle, mais elle n'avait pas le courage de s'asseoir dans une salle où elle serait probablement la seule étrangère. Dans sa chambre, en revanche, elle allait pouvoir se détendre et se replonger dans ses livres de viticulture ou de grammaire italienne.

Elle fit couler un bain chaud et s'y plongea avec délice non sans avoir d'abord attrapé son *Guide de la Sicile* qu'elle ouvrit au chapitre consacré à la flore et la faune. Mais ce qu'elle lut l'ennuya tant qu'elle faillit laisser tomber son livre dans l'eau.

Soudain, on frappa à sa porte.

Le dîner ? Déjà ?

Elle s'était si bien délassée qu'elle en avait perdu la notion du temps. Peut-être même s'était-elle assoupie. Le décalage horaire lui avait fait perdre ses repères.

Elle sortit en hâte de l'eau, enfila le peignoir en éponge de l'hôtel, enroula ses cheveux dans la sortie de bain et alla ouvrir la porte.

Sur le seuil se tenait Dario Montessori, en veste de cuir, jean noir et mocassins sans chaussettes.

— Que faites-vous ici ?

Et surtout pourquoi avait-elle ouvert sans demander à qui elle avait affaire ? Une telle insouciance n'allait probablement pas arranger son image aux yeux de Dario Montessori.

— Je suis venu vous rapporter votre sac, répondit-il en regardant malgré lui le décolleté en V de son peignoir. Ma grand-mère m'a dit que vous aviez sauvé ses pêches et son miel et me demande de vous remercier très chaleureusement de sa part.

Elle resserra les pans de son peignoir.

— C'était votre grand-mère ! Je n'en avais pas la moindre idée. Mais comment m'a-t-elle…

— … retrouvée ? Votre nom se trouve à l'intérieur de votre sac photo.

— Oh, bien sûr, répondit-elle pensivement tandis que Dario profitait de son trouble pour se faufiler à l'intérieur de la pièce sans y avoir été invité.

— J'ai du neuf à propos de vos ouvriers ! annonça-t-il en sortant un petit carnet de la poche arrière de son pantalon.

Apparemment, il se moquait complètement qu'elle ne fût pas habillée pour recevoir du monde. Il poursuivait son but sans s'embarrasser de rien. Isabel, qui commençait à le connaître, trouva que cela lui ressemblait bien.

Il passa devant le grand lit au couvre-lit vert pâle et le

bureau de style avant de s'installer à la table où il étala quelques papiers.

Isabel le regarda, éberluée. A les voir, n'importe qui aurait cru qu'il avait avec elle un rendez-vous d'affaires et que c'était elle qui n'était pas prête…

Il fallait pourtant se montrer aussi ferme qu'elle l'avait fait jusqu'ici. Serait-ce possible alors qu'elle se sentait presque prise au piège de cette aura si masculine ? Si au moins elle avait pu aller enfiler une robe ou un pantalon… Mais toute retraite précipitée la ferait aussitôt passer pour une gourde. Et puis, à partir du moment où sa tenue ne dérangeait pas Dario, pourquoi la dérangerait-elle ? Il n'allait sûrement pas rester longtemps.

— Je vous ai trouvé une équipe d'ouvriers, annonça-t-il en faisant glisser vers elle une liste de noms.

— Formidable. Qui sont-ils ?

— Des gars qui connaissent bien l'Azienda pour y avoir déjà travaillé. Ils seront là-bas demain à 8 heures.

— Enfin…, murmura-t-elle dans un soupir de soulagement.

Le premier pas vers la réalisation de son rêve.

— Combien dois-je les payer ?

— Le montant différera selon qu'ils travailleront au ramassage, au pressoir ou au fermenteur. Ce sont de bons exécutants, mais, si vous ne les avez pas à l'œil, ils essaieront de profiter de votre inexpérience.

Le pressoir… Le fermenteur… Malgré son stage accéléré avant de quitter les Etats-Unis, Isabel avait une idée plutôt vague de ce dont il s'agissait. Elle essaya néanmoins de ne pas avoir l'air trop abasourdie en demandant :

— Où sont les machines ?

— Dans la grange. Bien que très anciennes, elles marchent encore. Cela dit, elles ne feront sûrement pas les vendanges de l'année prochaine.

— La grange ? répéta Isabel, ahurie. Je ne l'ai pas vue.

— Parce que vous n'avez pas bien regardé. Elle se trouve derrière le bosquet d'arbres à l'arrière de la maison.

— Ah oui, bien sûr, cela me revient…

Dario fit semblant de la croire.

— Tant mieux. Pour revenir aux salaires, les hommes devront être payés en espèces. J'ai inscrit le montant à leur verser sur la liste. Avez-vous ouvert un compte en banque en ville ?

Elle secoua négativement la tête.

— Vous auriez pourtant dû, répondit-il durement.

— Je ne pouvais…

Un coup frappé à la porte interrompit sa phrase.

Isabel alla ouvrir. Cette fois, il s'agissait bien de son dîner. L'employée se dirigea vers la table et dressa non pas un, mais deux couverts. *Un repas pour deux ?* En voyant Dario entrer dans sa chambre, le personnel avait-il pensé à tort qu'elle l'avait invité à partager son repas ? Ou était-ce lui qui avait annoncé qu'il restait dîner ?

— Vous… mangez avec moi ?

— Apparemment.

Pourquoi alors que, de toute évidence, il n'en avait pas envie ? Pour des raisons qu'elle ignorait. En tout cas, elle aurait donné cher pour se débarrasser de lui.

L'employée servit le veau Madeira et le nappa de sauce au vin blanc avant de le garnir de polenta et d'épinards frais. Elle ouvrit ensuite une bouteille de pinot Grigio, emplit deux verres et se retira discrètement.

Isabel resta sans voix. La scène était vraiment surréaliste. Dans quelques instants, elle partagerait son repas en peignoir et les cheveux enturbannés dans une serviette de toilette, avec le plus riche et le plus bel homme de Sicile.

S'il était trop tard pour se changer, elle pouvait tout de même faire quelque chose… Sautant sur ses pieds, elle fila vers la salle de bains, délivra ses cheveux de la serviette qui les enveloppait et les démêla grossièrement avant de regagner la pièce principale, le visage auréolé de boucles mousseuses d'un rouge brun profond.

Cachant sa surprise, Dario baissa la tête et fit tourner son vin dans son verre pour détacher son regard des jambes nues et de l'exquis décolleté d'Isabel.

Ce fut seulement alors qu'il réalisa combien la situation était cocasse. Que fabriquait-il dans la chambre d'hôtel de cette semi-inconnue qui ne l'avait d'ailleurs pas invité ?

S'il s'était présenté à sa porte, c'était dans le seul but de lui rendre son sac photo, de la remercier de la part de sa grand-mère et de lui remettre la liste des ouvriers avant de partir.

Que s'était-il passé ? Pourquoi était-il resté ? Parce que l'employée avait dressé deux couverts ? Ce n'était pas une raison. Il aurait facilement pu relever l'erreur et se retirer. Au lieu de quoi…

Il faut dire qu'Isabel savait merveilleusement donner le change. Douce, chaude et ultra féminine, elle était exactement le genre de femme que l'on avait envie de prendre dans ses bras et de conduire jusqu'à son lit.

Oui, elle était la tentation même.

Et il était tenté.

Il essaya de rationaliser. Cette rousse d'aspect si fragile, et qui n'y connaissait rien en viticulture, ne pouvait représenter la moindre menace pour lui et sa famille.

Ses défenses tombèrent une à une à mesure que le repas avançait. Entre deux bouchées, il s'autorisa même à la regarder sans détour. Pourquoi n'était-elle pas la vieille fille revêche qu'il avait imaginée lorsqu'on lui avait parlé pour la première fois de l'héritière de l'Azienda ?

En même temps, il ne regrettait pas de dîner ainsi avec elle dans un endroit où personne ne viendrait le chercher et surtout pas ses sœurs et son frère qui avaient toujours, comme par hasard, une amie célibataire de passage à lui présenter. Car, malgré ses explications réitérées, sa famille ne comprenait pas pourquoi il s'obstinait à travailler sans relâche comme pour effacer son erreur de l'an passé. Résultat, il avait renoncé à s'expliquer avec elle et l'évitait autant que possible.

Avec Isabel, en revanche, il n'avait rien à justifier car elle ne savait rien. En sa présence, il se sentait stimulé comme cela ne lui était pas arrivé depuis des mois. Que se passait-il exactement ?

Il ne le savait pas précisément. Mais il se disait qu'il ne prenait pas grand risque en la laissant suivre son idée une semaine ou deux et même en lui apportant son aide… jusqu'à ce qu'elle réalise que la situation la dépassait. Elle ne pourrait alors pas le tenir pour responsable de son échec, elle lui vendrait l'Azienda et retournerait d'où elle venait. En douceur.

— Je ne comprends pas très bien comment tout cela est arrivé, déclara-t-elle soudain avec un geste vers la table dressée.

— Vous n'aviez pas commandé à dîner ?

— Si, mais juste pour moi.

— Je me suis arrêté à la réception pour demander le numéro de votre chambre. Peut-être ont-ils cru que…

— Peut-être…

Dario la vit hocher la tête d'un air perplexe. Le soupçonnait-elle d'avoir commandé un second dîner ? S'il avait su que sa peau serait si soyeuse sous son peignoir échancré, ses boucles aussi mousseuses et son parfum tellement divin, peut-être l'aurait-il fait. Après tout, il s'agissait juste d'un dîner. Et même d'un dîner d'affaires. Cela ne lui arrivait pas si souvent. Pas depuis Magdalena.

— La nourriture est si bonne ici que je me demande vraiment ce que vous iriez faire à l'Azienda. Pas de bains chauds là-bas, pas de moelleux linge de toilette, pas de…

— Je m'en fiche, le coupa-t-elle sans façons. L'Azienda est *ma* maison et c'est là que je veux vivre.

— Mais… vous ne pourrez même pas y préparer vos repas !

C'était le constat de l'année…

— Le confort d'ici me manquera sûrement un peu, mais je sais que je n'en ai pas vraiment besoin. Je ferai cuire ma popotte dans le jardin et, le reste du temps, je me contenterai de pique-niques. Mon but est d'apprendre à vivre comme les gens d'ici.

— A propos de gens d'ici, ma grand-mère m'a prié de vous convier à dîner chez elle demain soir pour vous remercier de votre gentillesse.

— Sait-elle que je suis…

— Je le lui ai dit.

Il marqua une pause puis, face à son silence, reprit :

— Si ma mémoire est bonne, vous vouliez rencontrer vos voisins, non ? Eh bien, cette chance vous sera offerte demain soir. Voulez-vous la saisir ?

— Euh… bien sûr, dites à votre grand-mère que j'accepte très volontiers son invitation.

Sur ces mots, elle remplit les verres avec un tel naturel que Dario l'observa, interloqué. Quelques heures plus tôt, à l'Azienda, elle s'était déjà comportée de la sorte, comme la propriétaire qu'elle était. Rien à redire à cela sauf que quelques instants plus tôt il aurait juré qu'elle ne pensait qu'à se débarrasser de lui. Sans doute était-elle trop polie pour se montrer désagréable.

— Vous disiez tout à l'heure que la perte de l'Azienda était une longue histoire, déclara-t-elle en levant les yeux vers lui. Pourriez-vous être plus précis ?

5

Isabel se dit qu'il ne répondrait pas à sa question.

Bien que l'événement fût sans nul doute très important pour lui, il pensait forcément que cela ne la regardait pas. Il leva son verre et en considéra le contenu en connaisseur. A moins qu'il fût en train d'envisager une réponse…

Elle retint son souffle, attendit. Il ne disait toujours rien.

Finalement, il reposa son verre sur la table.

— Ce n'est pas une histoire très passionnante, mais, puisqu'elle vous intéresse, la voici : il y a deux ans, j'étais fiancé à une femme qui m'a… comment dire… emporté dans un tourbillon. Magdalena venait d'être élue Miss Sicile et on la réclamait partout. Où que nous arrivions, elle était traitée comme une princesse et, en tant que fiancé, j'étais logé à la même enseigne. Elle aimait tant cette existence que j'ai aussi fini par m'y abandonner au point de négliger mes vignes alors que sévissaient la sécheresse et un parasite particulièrement mauvais.

Il s'arrêta brusquement avant de reprendre.

— Mais je me cherche des excuses alors que je n'en ai aucune. Pendant que ma famille travaillait seize heures par jour à essayer de sauver les vignes, je me prélassais et faisais la fête. Le résultat est que nous avons frôlé le désastre. Il a fallu lever des fonds et vendre l'Azienda pour pouvoir payer les ouvriers et combler le déficit. J'ajouterai seulement pour finir que je regrette profondément cette affaire lamentable et que cela ne se reproduira plus jamais.

Il se leva brusquement.

— J'espère ne pas vous avoir importunée avec tout cela. A présent, je dois partir. Il est tard et vous avez une journée chargée qui vous attend demain.

— Tout va bien se passer, répondit-elle avec une assurance simulée tandis qu'une foule de questions lui assaillaient l'esprit. Qu'avait-il voulu dire par *cela ne se reproduira plus jamais* ? Qu'il avait pris la décision de ne plus jamais vendre ses terres ou de ne plus tomber amoureux ? Qu'était-il arrivé à Magdalena, la reine de beauté ? Où se trouvait-elle à présent ? Qui avait rompu ? Et pourquoi ?

Isabel brûlait de connaître les réponses, mais Dario en avait déjà dit plus qu'il ne voulait et ne se livrerait pas davantage.

— Demain sera le premier jour de ma nouvelle existence de viticultrice, poursuivit-elle. Ah, je voulais aussi vous dire de ne surtout pas hésiter à vous baigner dans mon étang.

Elle le regarda droit dans les yeux.

— Il n'y a pas de serpents d'eau en Sicile.

Un ange passa.

— Vraiment ?

Elle saisit son livre sur la faune et la flore dans l'île : le seul serpent venimeux de Sicile est la vipère. On ne la trouve qu'en forêt et sur terrain plat dans le Sud.

Elle referma le livre d'un claquement sec.

— Autant que je sache, nous ne nous trouvons pas dans le Sud et la vipère ne sait pas nager.

— Je suis spécialiste en vins, bredouilla-t-il, pas en serpents. Mon seul but était de vous prévenir d'un éventuel danger. J'ai dit cela pour votre bien.

Pour son bien… Il ne manquait pas d'audace.

Passant devant lui, elle ouvrit la porte sans un mot.

Il s'arrêta sur le seuil et la considéra. Une phrase — qu'il ne parvenait pas à prononcer — restait sur le bout de sa langue. La tension monta. Isabel attendit. Ses joues s'empourprèrent comme si la température grimpait inexorablement. Impossible de détacher son regard. C'était ridicule à la fin. Et insoutenable. L'embrasser, lui ? Jamais il ne ferait cela.

— Merci pour le dîner, déclara-t-il brusquement.

Deux secondes après, il pivotait sur ses talons et disparaissait.

Isabel referma la porte derrière lui. Quelque chose ne tournait pas rond avec cet homme. Pourquoi avoir pensé qu'il allait l'embrasser ?

Quoi qu'il en fût, elle était soulagée qu'il ne l'ait pas fait.

Le lendemain, la chance, dont elle avait tant besoin, n'était pas au rendez-vous. La banque était encore fermée lorsqu'elle s'y présenta, aussi mit-elle immédiatement le cap sur l'Azienda. En arrivant, elle rencontra le chef d'équipe, le meilleur de la région aux dires de Dario, qui remontait de la cave. Il se montra souriant, ce qui était loin d'être le cas des autres ouvriers. Ils paraissaient aussi sinistres que s'ils venaient d'enterrer leur meilleur ami.

Lorsque Isabel essaya de mettre son italien en pratique, ils la fixèrent d'un regard vide. Eux, en revanche, parvinrent très bien à lui faire comprendre que la vieille remorque qu'ils avaient trouvée dans la grange avait un pneu crevé alors qu'ils allaient en avoir besoin pour cueillir le raisin. Ils lui montrèrent le pneu, attendant visiblement qu'elle le change. Heureusement, la veille, elle avait observé Dario. Elle se mit à la recherche des outils dont elle allait avoir besoin, trouva un pneu réchappé et se mit au travail.

Lorsqu'elle eut terminé, elle eut le sentiment très net d'avoir impressionné les ouvriers. Mais c'était surtout elle-même qu'elle avait impressionnée et, lorsqu'elle décida de retourner à la banque, ce fut avec un véritable sentiment de fierté qu'elle monta en voiture.

Un coup d'œil dans son rétroviseur la fit brutalement descendre de son petit nuage.

Les ouvriers flânaient déjà ou s'étendaient à l'ombre, visiblement ravis de n'avoir rien à faire et il était évident qu'ils n'auraient pas été dérangés qu'elle ne revînt jamais.

Elle se rappela alors les recommandations de Dario, mais comment les suivre ? Elle était seule avec tant de choses à faire et une expérience du métier proche de zéro.

Arrivée à la station-service, elle commanda une bonbonne de propane et un jerrican de pétrole pour chauffage.

Elle attendait le retour du pompiste quand la voiture de Dario freina devant elle. Il descendit sans hâte en ôtant ses lunettes de soleil.

— Comment allez-vous ?

Il semblait si calme que cela augmenta sa nervosité.

— Très bien. A part quelques menus problèmes.

— Lesquels ?

— Un pneu crevé de la remorque par exemple.

— Et… ?

Elle haussa les épaules comme si la réponse allait de soi.

— Je l'ai changé.

Il fit des yeux si ronds qu'elle ne put retenir un sourire. Visiblement, il ne l'aurait pas crue capable d'une telle prouesse.

— Je vous ai regardé faire hier, vous vous souvenez ?

— Vous apprenez vite.

Elle battit des paupières. *Un autre compliment ?*

— Votre équipe s'est-elle présentée au complet ?

— Oui, mais, en ce moment par exemple, ils n'ont rien à faire.

— Comment cela ? Rien ne les empêche de commencer à couper le raisin et à l'entreposer dans les caisses qui se trouvent dans la grange en attendant votre retour.

Elle serra les dents. Pourquoi n'y avait-elle pas songé toute seule ? Pourquoi n'avait-elle pas remarqué ces caisses ? Savoir changer un pneu n'était pas tout. Encore devrait-elle apprendre à regarder autour d'elle.

— Oui, bien sûr, c'est d'ailleurs ce qu'ils doivent être en train de faire.

Pour rien au monde elle ne se serait plainte auprès de Dario.

— Je vais m'arrêter à l'Azienda en passant.

— Inutile. J'ai la situation en main.

Pas question non plus de le laisser se substituer à elle comme si elle n'était pas capable de se débrouiller seule.

— A présent, je dois aller ouvrir mon compte à la banque. Ensuite…

— Ce n'est pas encore fait ? !

Pour qui la prenait-il ? Un robot ?

— Figurez-vous que j'y suis allée ce matin, et qu'elle était encore fermée.

Il secoua la tête comme s'il trouvait incroyable qu'elle ne connût pas les horaires d'ouverture du petit établissement… Elle aurait aimé le voir aux Etats-Unis, bloqué par la barrière de la langue, obligé de démarrer tout seul son entreprise tout en prenant possession d'une maison nécessitant d'énormes travaux. Oui, cela l'aurait amusée de le voir dans la même situation qu'elle. Sans doute se serait-il exprimé bien différemment…

— Profitez de ce que vous serez en ville pour demander à la compagnie d'électricité de vous brancher le courant, reprit-il sur le même ton autoritaire. Et, au passage, achetez donc une bonbonne de propane pour pouvoir utiliser votre four.

— C'est déjà fait. On est parti me le chercher.

S'il essayait de la déstabiliser, il allait être déçu et découvrir qu'elle avait tout prévu.

— Et le pétrole pour le chauffage ? Vous en aurez besoin si vous voulez de l'eau chaude.

— Je sais. Je l'attend.

Elle le regarda bien en face. Un jour, elle serait confortablement installée chez elle et concocterait de merveilleux dîners pour des voisins et amis qui eux ne la regarderaient pas de haut et à qui elle saurait sourire. En un mot, ils se comporteraient exactement à l'opposé de lui.

Il la dévisagea avec l'air de deviner le fond de ses pensées. *Jamais votre rêve ne se réalisera,* semblait dire son beau regard. Comme s'il attendait qu'elle échoue pour la ramasser en miettes.

Le pompiste revint avec la bonbonne de propane et le jerrican de pétrole. Isabel se dirigea vers sa voiture pour lui ouvrir le coffre.

Lorsqu'elle se retourna, Dario avait disparu.

Une fois à la banque, elle fut presque étonnée de n'y rencontrer aucun problème et en sortit avec un compte en bonne et due forme.

A la compagnie d'électricité, en revanche, ce fut une autre affaire. Le bureau était situé dans une petite annexe poussiéreuse de la banque où personne ne parlait anglais. Les chiffres que l'on annonça à Isabel pour faire installer une ligne lui parurent exorbitants. Enfin, après de longues recherches, les employés présents finirent par retrouver le dossier de l'oncle d'Isabel et entamèrent une interminable discussion en italien dont elle fut bien sûr totalement exclue.

Isabel réfléchit. Elle pourrait survivre sans électricité à l'Azienda, mais c'était dans une vraie demeure qu'elle voulait vivre, pas dans une cabane de bric et de broc.

Lorsqu'elle retourna chez elle, les ouvriers ramassaient le raisin si lentement que, à cette allure, il leur faudrait des mois pour tout terminer. Elle fila consulter son dictionnaire sans attendre et leur demanda quelques minutes plus tard de travailler plus vite ou plutôt moins doucement.

Elle était en train de sortir la bonbonne de propane de son coffre lorsque l'un des ouvriers vint l'aider. Elle pointa le doigt vers la cuisine pour qu'il la dépose à côté du four et le remercia avant qu'il s'éloigne.

Que faire à présent ? Se penchant vers le pictogramme dessiné sur la bonbonne, Isabel ouvrit la valve, revissa l'embout comme indiqué et, miracle, une flamme bleue s'éleva.

Elle avait le gaz ! Elle garda les yeux fixés sur la flamme en souriant béatement comme à un miracle. A présent, elle pouvait faire la cuisine. Elle pouvait faire absolument ce qu'elle voulait.

Stimulée par cette première victoire, elle attrapa un couteau, une caisse, et sortit rejoindre les ouvriers. Elle allait leur montrer comment l'on travaillait vite et bien.

Mais elle ne leur apprit rien du tout car elle se coupa dès la première manipulation, et dut immédiatement regagner la maison pour laver sa plaie avec l'eau de l'une de ses précieuses bouteilles d'eau minérale. Le temps de se mettre un pansement, il était midi. Les ouvriers arrêtèrent de travailler et tirèrent de leur besace du pain, du fromage, du vin et des tranches de viande. Isabel sentit l'eau lui monter à la bouche. Pourquoi n'avait-elle pas fait de courses en ville ? A quoi bon posséder un four qui marchait si c'était pour n'avoir rien à faire cuire à l'intérieur…

Elle se passa une main lasse sur le front, souffrant à la fois de la chaleur, de la faim et de la fatigue.

Mais, en apercevant soudain Dario qui arrivait, elle se tassa derrière son pied de vigne, feignant de ne pas le voir.

— Vous ne vous arrêtez pas pour manger ? demanda-t-il en venant directement vers elle.

Elle le fixa de son air le plus indifférent.

— Pas vraiment. De toute façon, il y a trop de travail.

Et surtout, je n'ai rien à manger.

— Ce n'est pas une raison pour ne pas vous hydrater. Vous avez l'air fatiguée. Rester au soleil sans même prendre le temps de vous rafraîchir est ce que vous pouvez faire de pire.

Oui, elle était exténuée.

— Je me suis arrêté en passant à la ferme voisine pour prendre un peu de ravitaillement. Posez votre couteau et venez faire une pause.

Il s'agissait plus d'un ordre que d'un conseil or Isabel détestait qu'on lui donne des ordres. Si un mal de tête lancinant n'avait pas commencé à lui enserrer le crâne, elle aurait prié Dario de la laisser tranquille et se serait remise au travail. Mais, en l'occurrence, elle avait la gorge sèche, le front en sueur et la tête brûlante.

Obligée de capituler, elle se déploya lentement avant de suivre Dario vers sa voiture. Il attrapa un carton plein sur le siège arrière avant de contourner la maison pour pénétrer dans le patio.

Posant le carton à l'ombre d'un très vieil arbre, il en extirpa des verres et une bouteille d'eau, encore givrée, d'entre des pains de glace. Pas question dc boire dans des gobelets en plastique.

Isabel s'assit, attrapa le verre tendu et le vida d'un trait.

— Quel délice…, murmura-t-elle en renversant la tête en arrière.

Puis, observant les frondaisons du grand arbre :

— Est-ce un sycomore ?

— Ici, nous l'appelons *platane*, répondit Dario en débouchant une demi-bouteille de blanc sec Montessori. Autrefois, on utilisait ses feuilles à des fins médicinales.

Isabel enregistra l'information sur *son* vieil arbre. Dario savait tout sur tout et, à l'évidence, il s'y entendait aussi pour choisir la nourriture car le poulet grillé au citron sentait merveilleusement bon, sans parler de la mozzarella d'une blancheur crémeuse et des tomates cerises toutes rondes et toutes rouges. A mesure qu'il disposait les ingrédients devant lui, Isabel eut l'impression d'avoir été conviée à un banquet.

— Où vous êtes-vous procuré tout cela ? demanda-t-elle lorsqu'il sortit d'un linge un pain encore chaud.

— Çà et là. Dans des magasins, et une ferme qui se trouvait sur mon chemin.

— Vous n'auriez pas dû vous donner cette peine, mais je suis heureuse que vous l'ayez fait. Je n'avais pas réalisé à quel point j'avais faim. Merci.

— Je vous devais bien cela. Vous avez partagé votre repas avec moi hier soir.

— Oh, ça..., répondit-elle d'un air vague comme si elle avait déjà oublié.

Pourtant, elle n'avait rien oublié et n'avait cessé, après son départ, de songer à lui. Pourquoi avait-elle imaginé qu'il allait lui donner un baiser ? La réponse était simple : parce qu'elle en brûlait d'envie.

Oh, juste pour savoir ce que cela faisait de se faire embrasser par un macho sicilien, rien de plus.

Aujourd'hui, en revanche, elle se réjouissait qu'il ne l'ait pas fait. La situation était suffisamment compliquée comme cela...

— Je suis encore désolé de m'être imposé de la sorte.

Elle haussa les épaules. Que répondre ? « J'ai été contente d'avoir quelqu'un pour me tenir compagnie, même vous. Et puis, vous m'intriguez. Bien que vous ne sembliez pas homme à négliger son travail pour une femme, vous l'avez fait pour cette Magdalena. Ce devait être quelqu'un... Du reste, dois-je en parler au passé ? Peut-être vous est-elle revenue et vous attend-elle derrière la grille de votre maison, les bras tendus ? »

— Où déjeunez-vous habituellement ? demanda-t-elle pour ne pas laisser le silence s'éterniser.

— Parfois dehors, avec les ouvriers, ou alors je rentre chez moi.

Isabel s'efforça de conserver un visage impassible.

— Pour partager le repas avec votre famille ?

— Non.

Comment cela *non* ? Juste *non* ?

— Ils passent trop de temps à table, même lorsqu'il y a un travail monstrueux. Et puis mes sœurs et mon frère sont très intrusifs. En Sicile, le concept d'espace privé n'existe quasiment pas. Du reste, je ne vois pas comment je trouverais du temps à leur consacrer.

Vraiment ? Pourquoi, dans ce cas, se trouvait-il ici avec celle qu'il rêvait de mettre dans le premier avion en partance pour les Etats-Unis ?

Elle trempa légèrement son pain dans l'huile d'olive salée en souriant.

— Qu'y a-t-il de drôle ? demanda-t-il, les sourcils froncés.

— Rien. Simplement, je vous suis reconnaissante d'avoir trouvé le temps de passer me voir. En outre, je peux bien vous le dire à présent, les pique-niques des ouvriers m'avaient mis l'eau à la bouche et je commençais à regretter de n'avoir rien acheté à manger lorsque vous êtes apparu. Tout est délicieux, ajouta-t-elle en piquant sa fourchette dans sa tranche de melon.

Elle marqua un silence avant d'ajouter :

— Serez-vous présent au dîner ce soir ?

— Ma grand-mère m'a prié de venir en votre honneur et on ne refuse rien à *nonna*.

— Finalement, remarqua-t-elle avec un sourire malicieux, je n'aurais peut-être pas dû ramasser les pêches et le miel…

— Ce dîner sera pour vous une expérience inoubliable. Ma famille va se montrer charmante avec vous, bien plus que je ne l'ai été personnellement. Vous allez apprendre ce qu'est l'hospitalité sicilienne. A présent, je dois partir. Le raisin est mûr, il faut le ramasser.

Isabel, éberluée d'être restée aussi longtemps à deviser devant de bons mets, s'aperçut qu'elle avait oublié ses problèmes le temps du repas. Ils étaient pourtant de taille. Le premier s'appelait Dario Montessori et le second l'Azienda. De quoi vous couper le sommeil.

Mais Dario était si fascinant et elle avait l'impression d'apprendre tant de choses avec lui ! Des choses qui ne se trouvaient pas dans les guides.

— Vous n'avez toujours pas d'électricité ?

— Pas encore. J'ai commencé par m'occuper du gaz et du chauffage.

— Qui avez-vous chargé de ça ?

— Personne. Je me suis débrouillée toute seule, répondit-elle sans pouvoir retenir un sourire de pure fierté. Un ouvrier m'a porté la bonbonne dans la cuisine et je l'ai ensuite installée moi-même. L'électricité attendra. Je ne pouvais pas m'occuper de tout à la fois.

— Vous en avez déjà fait beaucoup, reconnut-il pensivement.

Isabel se félicita d'être restée assise. Ce nouveau compliment lui aurait coupé les jambes.

— Quoi qu'il en soit, il est indispensable que vous conserviez vos denrées au frais. Je vais vous faire livrer de la glace. La glacière n'a pas servi depuis des années, mais, puisqu'elle est restée à l'abri dans la cuisine, je ne vois pas pourquoi elle ne remplirait plus son office.

— Merci.

Pourquoi continuait-il à se montrer aussi gentil ? Parce que contre le fameux sens de l'hospitalité sicilien, même Dario Montessori ne pouvait lutter ?

En regagnant son véhicule, Dario bavarda un peu avec les ouvriers, pour s'assurer qu'ils ne se moquaient pas d'Isabel sous prétexte qu'elle ne parlait pas italien et manquait d'expérience. Il fut vite rassuré en constatant qu'ils respectaient, au contraire, ses efforts pour communiquer et mettre la main à la pâte.

Dario les comprenait d'autant mieux qu'il était lui-même impressionné. Aucune des femmes qu'il connaissait ne savait changer un pneu ou se débrouiller avec une bonbonne de gaz. Et pas une non plus ne faisait les vendanges. Or, en une seule matinée, Isabel avait déjà fait les trois ! L'idée qu'elle pût réussir là où son oncle avait échoué traversa l'esprit de Dario. C'était possible. Il suffisait de la regarder dans les yeux pour comprendre que ce n'était pas une femme ordinaire.

Fallait-il l'encourager au lieu de la pousser à partir ?

Il fronça les sourcils. Que se passait-il avec elle ? Pourquoi lui avait-il parlé de Magdalena alors que, depuis des mois, il s'interdisait de prononcer son nom ? C'était d'ailleurs parce qu'il se trouvait toujours quelqu'un, parmi les membres de sa famille, pour l'évoquer, qu'il fuyait leur compagnie. Pourtant, après ce qu'elle lui avait fait, il l'avait rayée de son esprit. Comment en persuader tout le monde autour de lui ? En se fiançant de nouveau ? C'était hors de question.

Le résultat de toute cette confusion était que, peu à peu, il avait pris ses distances avec sa famille.

Mais ce soir au moins, grâce à la présence d'Isabel, personne ne se risquerait à évoquer Magdalena. Dario était en outre content de tous les revoir, particulièrement ses nièces et ses neveux qui lui manquaient. Quant à l'Azienda, elle ne manquait en fait à personne et ni ses grands-parents, ni ses sœurs, ni son frère ne regrettaient vraiment de l'avoir vendue, considérant cette perte comme inhérente aux risques du métier.

Il se demanda soudain ce qui serait advenu s'il n'avait pas apporté de quoi manger à Isabel. Aurait-elle continué à travailler jusqu'à ne plus tenir debout ? Elle était si déterminée à prouver sa valeur et ses capacités !

A la fin de la journée, malgré sa longue pause déjeuner avec Dario, Isabel était percluse de courbatures. Elle ne sentait plus son dos ; ses bras et son cou étaient rougis par le soleil et elle avait à peine rempli un panier. Mais tant pis pour les coups d'œil affligés des ouvriers lorsqu'ils passaient près d'elle. Au moins, elle leur avait prouvé qu'elle n'était pas qu'une petite héritière gâtée. A 17 heures, ils vinrent lui réclamer leur paie et partirent.

Ce fut seulement alors qu'elle réalisa combien elle avait envie de prendre une douche fraîche et de se glisser dans des vêtements propres…

Lorsque, une demi-heure plus tard, on vint lui livrer de la glace, elle éprouva une véritable reconnaissance pour Dario. Puis elle se mit en route vers son hôtel en songeant à la soirée qui l'attendait.

Les membres de la famille Montessori seraient-ils nombreux ? Elle l'espérait. Se fondre parmi dix personnes serait plus facile que parmi trois.

Et Dario, quel jeu jouait-il exactement ?

Il était trop grand, trop fort, trop sûr de lui, trop… sicilien, et évidemment trop beau. Comment une femme pouvait-elle lui résister ? Avec Miss Sicile, ils avaient dû former un couple renversant. En tout cas plus que le couple qu'elle avait formé, elle, à une époque de sa vie…

Quoi qu'il en fût, Isabel tenait à faire bonne impression à ses hôtes ce soir. Pas parce qu'il s'agissait de la famille de Dario, mais parce qu'ils étaient de gros propriétaires terriens installés dans la région depuis des siècles et accessoirement ses voisins.

Elle ouvrit sa valise et en sortit la seule robe qu'elle avait emportée avec elle, en coton bleu-vert légèrement plissée et serrée à la taille par une ceinture. Etait-elle de circonstance ? Qu'en penserait Dario ? Et pourquoi s'obstinait-elle à songer à cet homme qu'elle aurait voulu éviter le plus possible et qui, de son côté, devait rêver de la même chose…

Il était 19 h 30 quand Dario gara sa voiture devant l'hôtel d'Isabel. Le soleil était à présent bas dans le ciel et la température s'était un peu rafraîchie. Il s'arrêta à la réception pour demander si la *signorina* était là et la fit prévenir qu'il l'attendait au bar. Pas question de la déranger une nouvelle fois. C'était assez de lui avoir apporté son déjeuner à midi. Du reste, pourquoi avait-il fait cela ? Simplement pour la remercier de son dîner de la veille ? Peu importait. Jamais les Siciliens n'avaient laissé leurs ennemis mourir de faim, fussent-ils Phéniciens, Normands, Vandales ou... héritière américaine.

Il leva les yeux au moment précis où Isabel pénétrait dans le bar. Elle était magnifique. A l'opposé de la veille lorsqu'il l'avait vue les cheveux et la peau humides de transpiration, les yeux cernés par la chaleur. Ce soir, avec sa robe turquoise qui relevait la couleur de ses beaux cheveux roux, elle était stupéfiante de fraîcheur et de beauté. Du reste, tous les regards convergèrent vers elle et il aurait fallu être aveugle pour ne pas la voir.

Or Dario n'était pas aveugle. En la voyant hésiter, un peu intimidée par l'intérêt qu'elle suscitait, il dut se retenir pour ne pas se précipiter vers elle. Quelle idée ! Pourquoi aurait-il fait cela ?

Cinq minutes plus tard, ils arrivaient devant sa voiture.

— Le propriétaire de l'hôtel est très sympathique, remarqua Isabel tandis qu'il démarrait. Il m'a expliqué à quel point la dégustation qui va bientôt se tenir dans la région compte pour tout le monde ici. Je suppose que vous y participez.

— Bien sûr. J'espère d'ailleurs remporter la médaille d'or.

— Moi aussi j'aimerais concourir. Peut-être l'année prochaine...

Elle eut un sourire rêveur.

— Il a aussi fait allusion à une sorte de bénédiction que mes vignes recevraient bientôt. Est-ce vrai ?

— Tout à fait.

Et il songea que, une fois la bénédiction accordée, il n'y aurait plus de possible retour en arrière. Isabel serait considérée et respectée comme faisant partie intégrante de la communauté. Quoi qu'il arrive, elle n'en serait plus exclue.

N'était-il pas temps pour lui de prendre le train en marche avant de réaliser qu'il restait tout seul sur le quai ?

Des effluves de jasmin lui parvinrent aux narines. Il eut envie d'arrêter sa voiture pour prendre Isabel dans ses bras. D'où venait ce parfum ? De ses épaules nues ? De la masse flamboyante de sa chevelure ?

Cela faisait si longtemps qu'il avait enfermé sa peine au fond de son cœur et décidé de vivre éternellement avec. Mais il ne le regrettait pas car cette souffrance lui servait de garde-fou. Depuis, aucune femme ne l'avait attiré. Pas une seule fois. Magdalena l'avait guéri de l'amour pour toujours.

Isabel, pour sa part, lui apportait un peu de distraction, rien de plus. En échange, il n'y avait pas de mal à lui apporter une aide mesurée. Sa famille avait raison. Il avait besoin de se divertir et de s'autoriser parfois à oublier son travail.

— Vous avez bien fait de discuter avec le patron du Cairoli, déclara-t-il le plus naturellement qu'il pût. Son bar est un véritable lieu de rencontre à Villarmosa. Je ne saurais donc trop vous recommander de demeurer à l'hôtel au lieu de vous installer à l'Azienda dont vous aurez, de plus, à braver les rigueurs.

— Il est vrai que j'apprends beaucoup de choses au Cairoli.

Dario se demanda lesquelles. Les cancans circulaient vite dans une petite ville et il était content d'avoir lui-même évoqué son histoire avec Magdalena. Ce n'était pourtant pas son habitude, mais hier soir il s'était senti différent, désireux de partager quelque chose d'intime, ce chapitre de sa vie qu'il aurait voulu que les gens oublient et qu'il lui avait pourtant fait du bien de livrer.

Isabel changea de position sur son siège. Sa jupe remonta légèrement, offrant à Dario le spectacle de ses longues jambes fuselées. Il détourna les yeux.

— Je n'ai rien contre l'hôtel, déclara-t-elle, mais vous savez bien que, pour réussir mon pari, je dois être vingt-quatre heures sur vingt-quatre à l'Azienda. Ce n'est pas de loin que j'apprendrai à faire le vin. Je profite de l'occasion pour vous remercier de m'avoir fait livrer la glace. Merci aussi de m'avoir apporté de quoi manger.

— Pique-niquer là-bas vous sera très agréable. Mais je ne vous conseille ni d'y dîner ni d'y dormir. Outre l'absence d'eau et d'électricité, il y aussi les attaques de sangliers.

Elle écarquilla les yeux avant de lui jeter un regard en biais.

— Sont-elles plus ou moins terribles que celles des serpents d'eau ?

— Bien pires, répondit-il sans s'excuser pour son petit mensonge. Les hordes de sangliers attaquent de nuit et saccagent tout sur leur passage.

— Justement, en étant sur place, je pourrai les faire fuir.

Il haussa un sourcil, pince-sans-rire.

— Bonne idée... Pourquoi n'y ai-je pas pensé ? Comment comptez-vous vous y prendre ?

— De la même façon que vous.

— J'utilise une arme à feu.

Elle sourit d'un air incrédule. Depuis le mensonge sur les serpents d'eau, elle prenait tout ce qu'il lui disait avec des pincettes.

— De toute façon, sans personne pour les arrêter, les ravages seront encore plus terribles.

— Vous pourriez engager un gardien pour la nuit.

— Je ne vois pas pourquoi je paierais quelqu'un pour faire ce que je peux faire moi-même. Remarquez... si vous n'avez jamais vu une femme changer une roue, je comprends que vous ne puissiez, même avec la meilleure volonté du monde, m'imaginer en train de chasser une horde de sangliers.

— Impossible, en effet.

— J'apprécie votre confiance en moi, repartit-elle, pleine de sarcasme, sans oser s'avouer qu'elle ne s'imaginait pas plus que lui dans une situation pareille.

Le tout était d'avoir mis le pied à l'étrier et c'était le cas. Depuis son arrivée, elle avait immensément progressé. En partie grâce à Dario, il fallait bien le reconnaître… Mais bientôt elle n'aurait plus besoin de lui et se débrouillerait seule comme elle l'avait toujours fait.

— Tous vos amis travaillent-ils dans le vin ?

— Plus ou moins. Et les vôtres ? Sont-ils tous graphistes ?

— Pas du tout. Du reste, je ne suis plus graphiste, mais viticultrice.

— Je croyais que vous aviez décidé de créer votre propre étiquette ?

— En effet. Comme je vous ai proposé de créer la vôtre si l'idée vous tentait.

— J'accepte votre proposition.

— Pas de problème. Cela vous dédommagera pour l'aide que vous m'avez apportée jusqu'ici.

Ils observèrent un long silence. Puis Isabel reprit.

— Vous savez, je suis sérieuse quant à mon désir de m'installer à l'Azienda. Aussi ai-je vraiment besoin de savoir si cette histoire de sangliers est vraie ou juste destinée à me faire peur.

— Elle est authentique. Ils ne débarquent pas toutes les nuits et pas à chaque saison, mais, quand ils le font, ils dévorent tout ce qu'ils trouvent avec une nette prédilection pour les racines des pieds de vigne. Et comme ils sont très impressionnants, ils n'ont pas de prédateurs.

— Et… les humains ?

— Ils les adorent et ont un faible pour les Américaines fraîchement arrivées au pays.

Elle haussa les épaules sans s'offenser. Il se moquait encore d'elle. C'était bon signe.

— Voilà pourquoi, poursuivit-il avec le même sérieux, si les sangliers vous piétinent parce que vous aurez voulu défendre vos vignes, personne ne le saura avant le lendemain et toute la ville me jettera l'anathème pour ne pas vous avoir suffisamment prévenue. Du reste, il n'y a pas que les sangliers, mais aussi le trou dans votre toit. S'il pleut et que vous attrapez une pneumonie, je serai également tenu pour responsable.

Isabel faillit éclater de rire, mais le visage de Dario était si sérieux qu'elle n'osa pas.

— Merci, mais je me suis très bien débrouillée sans vous jusqu'ici et je pense que cela peut continuer. Cela dit, j'ai tout de même l'impression persistante, depuis que j'ai posé le pied sur le tarmac de l'aéroport, que vous me poursuivez avec un contrat et un stylo à la main, pour m'acheter l'Azienda.

Il rit pour la seconde fois de la soirée. Ce n'était pas possible, elle devait rêver. Peut-être était-il humain après tout…

— Vous n'allez pas me croire, déclara-t-il, mais je commence à me demander si vous ne seriez pas capable de gérer l'Azienda malgré les sangliers, les chauves-souris et le trou dans le toit.

Elle ouvrit des yeux immenses tandis qu'une délicieuse chaleur enveloppait ses épaules et descendait le long de sa colonne vertébrale.

— Ne vous méprenez pas, précisa-t-il aussitôt. J'ambitionne toujours de rendre la propriété à ma famille, mais avec des vignes en bon état. Voilà pourquoi vous pouvez m'appeler au moindre problème. Ne pensez pas pour autant que je sois omniscient. La preuve, je me suis trompé à propos des serpents d'eau. N'hésitez pas à vous baigner dans l'étang si vous en avez envie.

— C'est bien mon intention.

Elle le regarda, consciente d'avoir, petit à petit, gagné son estime.

— Et vous ? demanda-t-il soudain, ne commettez-vous jamais d'erreurs ?

Elle secoua la tête, encline à une soudaine confiance qui l'étonna.

— J'ai eu un jour confiance en quelqu'un et je me le suis ensuite amèrement reproché. Oui, malgré les innombrables trahisons et les espoirs déçus de mon enfance, je me suis laissé prendre au piège de l'amour et j'ai sincèrement cru que quelqu'un pouvait m'aimer.

Elle s'arrêta en constatant que sa voix tremblait et reprit plus calmement :

— Aujourd'hui, cela n'a plus d'importance.

Mensonge. La souffrance était toujours vive.

— En tout cas, cela ne se reproduira plus. J'ai pris une bonne leçon. Heureusement que l'héritage de mon oncle est arrivé à ce moment-là comme un cadeau tombé du ciel.

Il bifurqua sans répondre vers un chemin bordé de cyprès au bout duquel s'élevait une magnifique demeure blanche.

Jamais Isabel n'avait rien vu d'aussi beau. L'odeur des orangers et des citronniers lui chatouilla délicieusement les narines.

— C'est votre maison ?

Evidemment. Quelle question idiote…

— C'est notre maison de famille. Très ancienne et très hospitalière.

Elle lui jeta soudain un regard inquiet.

— Ils ignorent qui je suis, n'est-ce pas ?

— Pas tous. Je l'ai dit à ma grand-mère. Elle sait…

6

Bien plus qu'une maison, Isabel découvrit un véritable domaine, avec ses jardins, ses patios, ses dépendances, quelques maisons plus modestes et sa magnifique bâtisse principale.

Un domaine qui n'aurait pas déparé dans la revue qu'elle avait feuilletée avant de quitter la Californie, *Les plus belles maisons de Sicile.*

Entourée d'oliviers, c'était l'archétype de la villa italienne dans toute sa splendeur. En un instant, les enfants déboulèrent de partout, escortés par un beau chien noir. Ils poussèrent de tels hurlements de joie à la vue de leur oncle qu'Isabel eut l'impression qu'ils ne l'avaient pas vu depuis des années.

Dario attrapa la plus jeune de ses nièces par la taille et la hissa sur ses épaules tandis que le reste des enfants s'agrippaient à ses jambes et à ses bras.

Stupéfaite, Isabel contemplait le spectacle de cet homme, dont elle aurait juré qu'il détestait les enfants et les animaux, en train de rire et de s'amuser avec eux. Apparemment, il les aimait autant qu'ils l'aimaient. Finalement, peut-être n'avait-il pas menti en affirmant que le travail n'était pas toute sa vie. Son rire chaleureux se propagea dans l'air tandis qu'il se penchait pour embrasser les joues qui se tendaient. Même le chien eut droit à sa caresse.

Isabel suivit la scène, bouche bée, jusqu'au moment où

une jolie femme, vêtue d'une simple robe de coton vert et chaussée de sandales en cuir, rejoignit la petite troupe.

— Dario, dit-elle en l'embrassant, tu es venu…

— Bien sûr. Tu sais bien que les désirs de *nonna* sont des ordres.

Il eut un geste de la main vers Isabel.

— Je te présente Isabel Morrison. Isabel, voici ma sœur Lucia.

— Bienvenue en Sicile, déclara Lucia en tendant la main à l'invitée de son frère.

Les enfants, qui entouraient leur oncle, faisaient à présent tant de bruit que celui-ci dut les entraîner à l'écart.

— Je suis très contente que vous ayez pu venir ce soir, confia alors Lucia à Isabel. Quant à Dario, j'ai peine à croire qu'il soit enfin parmi nous.

Isabel la fixa.

— J'aurai pensé au contraire que…

— … que nous nous réunissions chaque soir comme toute bonne famille italienne qui se respecte ? Certains d'entre nous le font, mais pas Dario. Il ne se montre plus aux réunions de famille depuis… longtemps. Voilà pourquoi je vous remercie au nom de toute la famille de nous l'avoir ramené ce soir.

— C'est moi qui vous remercie tous de m'avoir conviée, Lucia. De plus, votre maison est splendide.

— Elle est très ancienne et nous appartient depuis des générations. Venez, je vais vous faire visiter. Et surtout n'en veuillez pas à Dario de nous avoir faussé compagnie. Les enfants sont si heureux de le voir ! Comme je vous l'ai expliqué, ses visites se font rares.

— J'ai cru comprendre qu'il avait beaucoup de travail en ce moment.

Lucia haussa un sourcil.

— Nous en sommes tous là, mais nous préservons néanmoins du temps pour la famille. Tous sauf Dario…

Isabel chercha une réponse appropriée, mais Lucia enchaînait déjà :

— Ce sont aux enfants qu'il manque le plus. Il a toujours été leur oncle favori et ils ne comprennent pas pourquoi ils ne le voient pas plus souvent. Avez-vous des enfants ?

— Non. Je ne suis pas mariée.

Lucia ne fit pas de commentaires.

— Dario est leur héros. Un mélange de Babbo Natale, notre Père Noël, et de Paolo Maldini, notre plus célèbre footballeur. J'ai essayé de les prévenir qu'il ne pourrait sans doute pas rester tard ce soir, mais ils n'ont rien voulu entendre. Ils n'ont pas oublié l'époque où il venait uniquement pour les voir. Malheureusement, il a beaucoup changé depuis.

De minute en minute, devant les yeux ébahis d'Isabel, Dario passait de l'homme d'affaires sans états d'âme dont elle avait fait connaissance au tonton gâteau.

Lucia la mena jusqu'à la cuisine sans lui laisser le loisir de revenir de sa surprise. A peine eut-elle franchi la porte qu'elle reconnut, penchée au-dessus des plaques de cuisson, la vieille dame dont elle avait ramassé les pêches et le pot de miel en sortant de l'épicerie.

Levant les yeux vers elle, celle-ci lui dédia son plus gentil sourire.

— *Ciao ! Benvenuta alla nostra casa.*

— *Grazie per ivitarlo*, répondit Isabel.

La dame déversa alors un flot de paroles à l'adresse de Lucia tandis qu'Isabel admirait les tomettes rouge foncé du sol et les plantes grimpantes partant à l'assaut du plafond.

— Elle espère que vous aimez la cuisine sicilienne, lui traduisit Lucia.

— Je vais, à n'en pas douter, l'adorer. C'est toujours elle qui cuisine ?

— Oh non, nous avons une cuisinière depuis des années. Mais *nonna* supervise tout, de la farce des saucisses à la façon dont les pâtes sont roulées, en passant par la fabrication des fromages issus des chèvres de mon grand-père. Et, quand nous avons des invités, elle est partout à la fois. Nous les aimons tant, elle et *nonno*, que nous venons dîner ici au moins une fois par semaine.

Elle ajouta avec un soupir :

— Dario était des nôtres avant de devenir un bourreau de travail.

— C'est une jolie tradition, répondit Isabel en oubliant volontairement la remarque sur Dario.

Si elle avait eu une grand-mère et une famille pareille, elle aussi serait venue les voir au moins une fois par semaine. Mais elle ne voulait pas juger Dario. Il avait sûrement ses raisons pour se tenir à l'écart.

En tout cas, dans quelques années, elle aussi posséderait une grande maison, des amis, des voisins, un jardin et peut-être même deux ou trois chèvres. En attendant, elle avait déjà ses vignes et un étang rien que pour elle. N'était-ce pas un bon début ?

— Venez voir le jardin, l'engagea Lucia. Le potager est l'œuvre de *nonna* et les fleurs sont celle de *nonno.* Avant son attaque, il passait un temps fou à s'occuper de ses roses. Dommage que vous ne puissiez le rencontrer, mais il est trop fatigué pour participer au dîner et prendra son repas dans sa chambre. Les fleurs tiennent une place presque aussi importante dans sa vie que les vignes.

— Ce qui n'est probablement pas peu dire.

— En effet.

— Votre cabernet Montessori et tous vos merlot sont des crus fameux. Quant à Dario, il est spécialement fier du… comment s'appelle ce vin déjà ? Un benolvio que nous avons bu ensemble au restaurant…

Lucia lui jeta un regard franchement surpris.

— Au restaurant ?

— J'ai oublié son nom, mais il s'agit d'un ancien palais.

— Alors ce doit être le Palazzo, un endroit magnifique. Il a bien fait de vous y emmener. Cela dit…

— Oui ?

— Je suis un peu surprise. Lui qui répète sans arrêt qu'il n'a de temps pour rien…

— Il s'agissait en fait d'un repas d'affaires, précisa alors Isabel en espérant ne pas avoir commis d'impair. J'avais besoin de conseils sur les vignes et la production vinicole.

Elle ne précisa pas que Dario avait surtout l'intention de lui acheter l'Azienda et que c'était l'unique raison pour laquelle il l'avait invitée dans un restaurant aussi prestigieux.

Lucia lui jeta un regard curieux et, ralentissant le pas à l'entrée du jardin, cueillit en passant une rose Reine Isabella. Comme elle en ôtait deux pétales fanés, le parfum de la fleur satura l'air alentour. Isabel prit une longue inspiration, comprenant qu'il était temps pour elle de jouer franc jeu avec Lucia.

— A l'instar de votre famille, je m'occupe aussi de vignes…

Elle marqua une courte pause avant de reprendre :

— En mourant, mon oncle m'a légué l'Azienda Spendora…

— C'est donc vous…

— Oui.

Lucia lui décocha un long regard à l'issue duquel elle déclara avec un petit hochement de tête :

— *Benvenuto in Sicilia.*

— *Grazie*, répondit Isabel, stupéfaite par sa gentillesse.

— Comment avez-vous rencontré mon frère ?

— En cherchant ma route. Non seulement il m'a prodigué quelques conseils, mais il a aussi été assez gentil pour me conduire lui-même à l'Azienda.

Comment Isabel parvint-elle à ne pas rougir de son mensonge ? Ce jour-là, elle avait trouvé Dario tout sauf *gentil*…

A cet instant, une femme portant un tablier blanc sortit de

la maison et actionna le cordon de la cloche qui se trouvait au-dessus de la porte d'entrée.

— Ah, dit Lucia en tournant la tête, le dîner est prêt.

Les enfants apparurent comme par enchantement de tous les côtés à la fois, suivis par les adultes dont Dario qui rejoignit sa grand-mère sortie pour accueillir son petit monde.

En les apercevant ensemble, Isabel ne put s'empêcher de sourire. Ils formaient une jolie paire tous les deux. Elle, petite et âgée, lui, grand et dans la force de l'âge, mais tous deux dégageant la même extraordinaire vitalité. En même temps, elle remarqua que *nonna* parlait à Dario sur un ton ferme et autoritaire que peu de gens se permettaient sans doute d'adopter avec lui. Que pouvait-elle bien lui dire ? Isabel aurait donné cher pour le savoir.

Avant de prendre place autour de l'immense table à rallonges dressée à l'extérieur, Dario salua ses sœurs et son frère. Tous s'embrassèrent et les questions fusèrent, mais il y coupa court en présentant Isabel comme la nouvelle propriétaire de l'Azienda. Les têtes se tournèrent vers elle, mais il n'y eut pas un seul regard désobligeant, et Isabel s'assit, rassérénée, à l'endroit que *nonna* lui indiquait. Dario se plaça face à elle et, lorsque tout le monde fut installé, Isabel dénombra une vingtaine de personnes. Impossible, dans ces conditions, de se rappeler qui était qui.

La cuisinière distribua un potage légèrement crémeux dans de très jolies assiettes creuses tandis que les conversations démarraient. Une seule cuillerée et Isabel eut l'impression de toucher le paradis.

— Vous aimez cela ? lui demanda Dario en se penchant vers elle à travers la table.

— J'adore. Qu'est-ce que c'est ?

Du *maccu*, une spécialité sicilienne à base de pois qui ont poussé ici. Grand-mère voulait concocter quelque chose de spécial à votre intention.

— Remerciez-la de ma part. C'est un honneur pour moi d'être conviée à ce dîner familial si différent des repas d'hôtel…

— Encore que la nourriture au Cairoli ne soit pas mauvaise, repartit Dario. Leur veau Madeira est même très honorable. De plus, ils assurent le service dans la chambre.

Le regard de velours dont il accompagna sa remarque prouva à Isabel qu'il n'avait pas oublié leur dîner… et qu'elle n'avait peut-être pas rêvé se demandant s'il allait l'embrasser sur le seuil.

Elle rosit. Les Montessori allaient-ils imaginer qu'elle l'avait convié à un repas intime alors qu'il s'était présenté dans sa chambre à l'improviste ? Pourquoi badinait-il ainsi avec elle devant tout le monde ? Agissait-il de même avec toutes ses connaissances féminines ?

— *Nonna* nous a raconté que vous l'aviez aidée hier chez l'épicier. Vous devez trouver nos magasins bien rudimentaires.

— Pas du tout. J'ai acheté de la viande et un fromage succulents. Quant aux fruits et aux crudités que nous avons mangés ce midi…

Elle regarda Dario.

— … ils étaient délicieux, n'est-ce pas ?

Comme Lucia, son frère et ses sœurs échangeaient des regards par-dessus la table, elle eut envie de préciser qu'il ne s'agissait que d'un repas d'affaires.

Mais elle ne le fit pas. Après tout, s'agissait-il vraiment de cela ?

— Je veux dire que Dario m'a apporté quelques provisions car je ne suis pas encore bien organisée à l'Azienda.

A peine eut-elle terminé sa phrase qu'elle se sentit rougir jusqu'aux oreilles. Pourquoi éprouvait-elle sans cesse le besoin de se justifier ?

— Aimez-vous l'Azienda ? demanda Catarina.

— Enormément. Il y a beaucoup à faire, mais je m'y sens chez moi.

Nouveaux échanges de regards. Isabel se demanda alors comment Dario l'avait dépeinte à sa famille. Comme une Américaine gâtée qui se découragerait sitôt arrivée ?

Mais il était désormais habitué à son attitude volontariste et ne releva pas. Il se servit sans mot dire une portion de *caponata*, savoureux mélange d'aubergines, de câpres et d'olives.

Nonna jeta un coup d'œil inquiet à sa famille devenue soudain étrangement silencieuse.

— *Que es male ? No le gradite ?*

— C'est délicieux, *nonna,* la rassura Dario.

Il se leva, attrapa la grande carafe de vin et passa derrière chacun pour remplir les verres.

— Isabel est une passionnée d'histoire. Sachant que la Sicile a été colonisée pendant six mille ans par la plupart des pays méditerranéens, c'est le pays idéal pour remonter le temps. Je lui ai d'ailleurs montré les ruines de Casale.

Cosmo, son frère, hocha la tête d'un air dubitatif.

— Toi qui te prétends trop occupé pour faire la moindre balade… Enfin, nous comprenons mieux à présent pourquoi tu as miraculeusement trouvé du temps pour venir dîner ici.

Et il jeta un regard éloquent en direction d'Isabel.

Dario réintégra sa place sans répondre.

— Comment trouvez-vous notre vin ? demanda alors Cosmo à Isabel. Je devrais d'ailleurs plutôt dire *votre* vin.

Elle se rappela alors qu'il s'agissait du frère qui s'était présenté à l'Azienda le jour de son arrivée.

— Fameux. Non que je m'y connaisse beaucoup en la matière, mais je sais ce que j'aime. Les vins de votre famille sont délicieux. Vous pouvez en être fiers.

— Nous les produisons depuis si longtemps, déclara Lucia, assise entre son mari et sa fille, que nous serions parfois tentés de nous endormir sur nos lauriers. C'est là que le *consorco* prend toute son importance.

Isabel hocha la tête.

— La dégustation. On m'en a parlé. Mais vous êtes assurés de la remporter.

— Isabel est une artiste, annonça alors Dario. Elle se propose de créer une nouvelle étiquette pour les vins Montessori.

— Une artiste ? répéta Catarina Dans ce cas, vous êtes tombée dans la bonne famille. Dario, il faudra que tu lui montres les tableaux de *nonno.* Je suis sûr qu'ils lui plairont.

— Cela me ferait très plaisir, repartit Isabel en s'adressant aux visages souriants tournés vers elle.

Jamais elle n'avait été aussi gentiment reçue. Quand elle était petite, son arrivée dans une famille d'accueil provoquait plutôt la méfiance des autres enfants effrayés à l'idée que sa présence puisse les priver d'un peu de nourriture ou d'affection.

La viande grillée arriva, accompagnée d'asperges fraîches et de roulades de *prosciutto*, tandis que les conversations se poursuivaient. Isabel bénit le ciel que tous parlent anglais car, l'émotion aidant, elle ne comprenait pas un traître mot de ce qui se disait autour d'elle lorsqu'ils parlaient italien.

Le repas n'était pas terminé que les enfants arrachèrent Dario à leur siège.

— Ils veulent m'emmener faire une partie de tennis, expliqua-t-il à Isabel. Nous avons fait installer un nouveau court, il y a même des éclairages pour pouvoir l'utiliser après la tombée de la nuit. Savez-vous jouer ?

— Pas très bien.

— Dans ce cas, nous vous donnerons une leçon. Venez, je vous emmène.

Loin de les retenir, Isabel eut l'impression que le reste de la famille les encourageait à partir. Ils quittèrent la table, traversèrent le jardin, dépassèrent les oliviers, la piscine éclairée par le fond, et arrivèrent au court de tennis illuminé.

Un enfant tendit une raquette à Isabel, lui conseilla d'un geste d'ôter ses chaussures et lui demanda quelque chose en italien. Elle se tourna vers Dario.

— Il veut jouer avec vous, lui expliqua-t-il. Ils en ont tous envie d'ailleurs.

— Alors, dites-leur que je joue très mal.

— Ils s'en moquent. Mon neveu Rico vous trouve très jolie. J'imagine que cela ne vous surprend pas. On doit fréquemment vous le dire.

— On me dit bien plus souvent que je suis têtue, répondit-elle en rosissant.

— Est-ce pour cela que vous n'êtes pas mariée ?

Elle fit rebondir contre sa raquette la balle qu'il lui lançait.

— Je crois que nous avons déjà eu cette discussion et que je vous ai expliqué que je préférais rester seule, comme vous. Sachez en outre pour votre information que j'ai été fiancée, mais que cela n'a pas marché. Pourquoi ma vie privée vous intéresse-t-elle autant ?

— Parce que, à votre âge, la plupart des Siciliennes sont déjà mariées.

— Aux Etats-Unis, les femmes se marient tard ou pas du tout. Elles sont libres de faire comme bon leur semble. Du reste, le mariage n'est pas essentiel au bonheur.

Si je le pensais vraiment, je n'aurais pas été aussi pressée de me fiancer…

— Mais peut-être avez-vous une vision plus traditionnelle du mariage et de la famille.

— Non. De toute façon, la carte mariage ne se trouve pas dans mon jeu. Ce soir vous avez vu ma famille sous son meilleur jour. Pas un mot plus haut que l'autre, pas la moindre empoignade. Comme nous sommes de bons hôtes et vous une bonne invitée, nous avons essayé de vous plaire et de vous prouver que la vie de famille en Sicile était le paradis.

« Sachez que pour autant, depuis que nous avons quitté la table, mes chers frère et sœurs discutent boulot, vendanges, mise en bouteille, campagnes de publicité, autant de sujets qui deviennent vite très fastidieux. Et, quand les conversations prennent un tour personnel, c'est pire encore. *Tiens bon, Dario*, répètent-ils, *il y a la fille Benvolio qui cherche un mari. Et pourquoi pas Maria del Popolo ? Ou Angelina Spano ou...* Ce que je veux dire, Isabel, est que nous vivons dans un petit monde où chacun est impliqué — de près ou de loin — dans l'existence des autres, que cela lui plaise ou non.

— Pour quelqu'un comme moi qui n'a pas de famille, ce n'est pas dérangeant.

Elle faillit même ajouter que si le prix à payer pour s'intégrer était une légère intrusion dans sa vie privée, elle était totalement prête à l'accepter.

Rappelés à l'ordre par les enfants qui s'impatientaient, Isabel et Dario engagèrent une partie. Isabel se débrouilla beaucoup mieux qu'elle l'avait imaginé et trouva Dario aussi charmant avec les enfants que sympathique avec elle. La transformation était à peine croyable. Etait-ce la présence de ses neveux qui le galvanisait ? Quant à eux, ils étaient adorables. Chaque fois qu'elle retournait une bonne balle, ils applaudissaient à tout rompre.

Ils prirent le chemin du retour une demi-heure plus tard, précédés par les petits qui couraient devant.

— Vous ne vous débrouillez pas mal du tout, Isabel. Où avez-vous appris à jouer ?

— Au lycée. La prof me disait que j'avais une bonne frappe.

— Je confirme.

— Elle voulait me faire entrer dans l'équipe de l'école,

mais j'ai dû déménager et je n'ai pas trouvé de tennis dans ma nouvelle pension.

Elle rit.

— Ma carrière a donc été stoppée net.

— Déménagiez-vous souvent ?

— Tout le temps. Dès qu'une famille d'accueil se déclarait prête à me prendre chez elle.

— Cela a dû être dur pour vous.

— Pas trop. Découvrir de nouvelles familles, de nouvelles écoles, rencontrer de nouveaux amis, tout cela était assez excitant.

Isabel mentait. Elle avait toujours échoué à s'intégrer dans une classe en cours d'année. C'était même si dur et si frustrant que dès qu'elle l'avait pu elle avait pris des cours par correspondance dans l'espoir de décrocher une bourse qui lui permettrait d'accéder à l'université.

— Et vous ? demanda-t-elle très vite. Je suppose que vous avez vécu dans ce magnifique domaine toute votre vie.

— J'ai passé quelques vacances à l'étranger. J'ai même fréquenté une école de tennis pendant tout un été, ce que, il faut bien le reconnaître, mon jeu de tout à l'heure ne laisse pas deviner. Puis je suis parti pour l'université de Milan étudier la finance, mais j'ai su tout de suite que je n'y resterais pas. Mon vrai chez-moi, c'est ici, en Sicile.

— Votre sœur dit qu'elle ne vous voit plus guère.

— J'ai été occupé, mais cela ne signifie pas que ma famille ne compte pas pour moi.

— Aux Etats-Unis, elle tient aussi une place très importante. Pour ma part, c'est juste que je n'en ai pas. D'un autre côté, cela m'a rendu les choses plus faciles lorsque j'ai décidé de traverser l'océan pour venir m'installer ici.

Lorsqu'ils arrivèrent devant la maison, toutes les pièces étaient allumées. Aux fenêtres se découpaient les silhouettes de la famille de Dario. Le cœur d'Isabel se serra tant qu'elle dut refouler une larme. On l'avait trop souvent traitée de bébé incapable de maîtriser ses émotions et elle avait juré de ne plus pleurer devant personne.

— J'ai promis aux enfants d'aller leur dire bonsoir au lit. Vous pouvez m'accompagner, si vous voulez. Ensuite, je rentrerai chez moi.

La proposition toucha beaucoup Isabel. A l'évidence, elle avait jugé Dario trop vite. Cet homme, qu'elle avait cru sec et dur, semblait, lorsqu'il jouait avec ses neveux et nièces, à peine plus âgé qu'eux. Quelle autre surprise lui réservait-il ?

Les petits étaient rassemblés dans la plus grande chambre du second étage, cousins et cousines, frères et sœurs mélangés, les uns perchés sur les lits superposés, les autres enroulés dans un duvet sur le tapis où ils avaient réservé une place pour Dario. Isabel les contemplait, fascinée, se demandant s'ils réalisaient la chance qu'ils avaient d'appartenir à une grande famille. Probablement pas. Comme tous les enfants heureux, ils tenaient l'amour qu'on leur prodiguait pour acquis et le trouvaient normal.

Après s'être installé en leur centre, Dario se lança dans une longue histoire, traduisant pour Isabel les passages importants.

— L'histoire de notre île remonte au XIIIe siècle avant Jésus-Christ. A cette époque, elle était habitée par un groupe de puissants géants descendant de Zeus, le dieu grec de l'Olympe. Comme les géants se proclamaient plus intelligents et plus puissants que les dieux, ceux-ci décidèrent de les bannir en les envoyant au fin fond de la terre où ils fabriqueraient des armes pour eux, comme la foudre et les éclairs.

Il marqua une pause et regarda les enfants.

— Est-ce que ces géants s'y trouvent encore ?

— Oui ! répondirent-ils en chœur.

— Comment le savez-vous ?

— Parce qu'on les entend quand le volcan gronde ! cria une petite fille.

— Ce sont eux qui essaient de le soulever pour regagner la surface, s'écria l'autre, mais les montagnes sont trop lourdes.

Catarina pénétra à cet instant dans la pièce.

— C'est l'heure de vous coucher, les enfants !

— Oh non ! protesta la petite Francesca. Oncle Dario n'est pas encore arrivé au moment où on apprend comment la Sicile a trouvé son nom !

— Une autre fois, répondit-il gentiment en se levant.

Les gosses grognèrent et protestèrent, mais Dario, intraitable, commença à éteindre les lumières. Ce fut alors que l'adorable Ana-Maria, une petite brune aux boucles d'ange, tendit les bras vers Isabel pour l'embrasser.

Celle-ci la prit tendrement contre elle en retenant ses larmes. Jamais elle n'avait assisté à une scène aussi idyllique et elle savait déjà que jamais elle ne l'oublierait.

Dario envisageait-il d'avoir des enfants un jour ? Sans doute y avait-il renoncé comme elle-même l'avait fait.

Elle alla ensuite prendre congé de *nonna* qu'elle remercia dans son italien appliqué et maladroit. La vieille dame, qui était en train de discuter avec la cuisinière, l'embrassa en lui disant une phrase qui pouvait signifier : *Revenez nous voir bientôt* ou *J'espère que mon petit-fils s'est montré gentil avec vous* ou quelque chose de radicalement différent. Mais son sourire était indéniablement chaleureux et amical.

Isabel alla enfin remercier les sœurs et le frère de Dario rassemblés dans le salon.

— J'ai passé une soirée merveilleuse en votre compagnie et j'espère pouvoir vous inviter bientôt à l'Azienda.

— Vous voulez dire que vous allez y habiter ?

— Bien sûr.

— Seule ? demanda Caterina.

Isabel hocha la tête, espérant ne pas avoir droit une nouvelle fois à l'énumération des dangers qu'elle encourait.

— Je vis seule depuis que j'ai dix-huit ans. Cela ne me changera donc pas beaucoup. Ce qui est nouveau, en revanche, est que j'ai à présent ma maison à moi. Je sais qu'elle n'est pas en très bon état, mais j'ai bien l'intention de l'arranger. Après, bien sûr, m'être occupée du raisin.

— Bravo ! s'écria alors Lucia. Et bienvenue dans l'honorable société des viticulteurs !

Les sourires s'épanouirent sur les lèvres, et les verres se levèrent dans sa direction tandis qu'une fois encore elle retenait ses larmes. Ils la connaissaient à peine et se montraient cependant si bienveillants avec elle !

— J'ignorais quel accueil vous me réserveriez, déclara-t-elle franchement. Je suis étrangère ici et mon oncle n'a visiblement pas laissé une trace impérissable de son passage. Vous aviez donc toutes les raisons de me considérer comme une intruse…

— *Une intruse* ? répéta Lucia, les mains sur les hanches, en arquant la ligne délicate de ses beaux sourcils noirs. Est-ce Dario qui vous a mis cela dans la tête ?

— C'est-à-dire que… Pas directement…

— Nous avons vendu l'Azienda à votre oncle. Aujourd'hui, c'est à vous qu'elle appartient et vous avez tous les droits sur elle même si cela ne plaît pas à mon cher frère.

— Il est comme ça à cause de cette horrible femme, déclara alors Maria. Il lui avait donné son cœur, mais elle l'a…

— Elle ne mérite même pas d'être mentionnée ici, coupa Catarina, la bouche plissée par le mépris. Elle est morte pour nous. Quant à Dario, il y a perdu à la fois ses illusions et une terre qui appartenait à la famille. Et alors ? Ce qui est passé est passé et personne ne lui en veut. Comme tous les Siciliens, c'est un émotif qui écoute parler son cœur et donne tout lorsqu'il tombe amoureux. Il se débarrassera un jour de ce mauvais souvenir. Peut-être pas aujourd'hui, peut-être pas demain, mais un jour.

Lucia se tourna alors vers ses sœurs et son frère.

— Saviez-vous qu'il a emmené Isabel déjeuner au Palazzo ? Quand on sait que c'est là qu'il emmenait Magdalena et que nous pensions tous qu'il n'y remettrait jamais les pieds, c'est plutôt bon signe, non ?

Tout le monde acquiesça vigoureusement de la tête, puis Lucia posa sur Isabel un regard soucieux.

— Vous n'avez pas un fiancé qui vous attend aux Etats-Unis au moins ? Ou qui va vous rejoindre ici ?

— Je... non, j'ai été fiancée, mais c'était il y a longtemps et... ça n'a pas marché.

Cela ne marche jamais, d'ailleurs, quand le « fiancé » est un homme marié...

— Je traversais donc une période plutôt creuse et ressentais un besoin de renouveau quand j'ai reçu le courrier du notaire m'apprenant que je venais d'hériter d'un vignoble en Sicile.

Lucia claqua dans ses mains.

— Génial ! Surtout que Dario peut vous apporter une aide précieuse en matière de viticulture.

— Il peut aussi vous donner des leçons d'italien, renchérit Cosmo.

— Il m'a déjà aidée au-delà de mes attentes. Surtout si l'on considère ses sentiments vis-à-vis de la perte de l'Azienda.

— Ce n'est pas cela dont il souffre vraiment, poursuivit le jeune frère de Dario, mais de ce que Magdalena lui a fait. Il s'estime responsable de tout sous prétexte que, en tant que frère aîné, il aurait dû veiller sur le reste de la famille. Depuis, il n'est plus le même. Peut-être pourrez-vous l'aider à oublier.

Il adressa à Isabel un sourire si empli d'espoir qu'elle n'osa pas lui répondre qu'elle n'était pas en état d'aider qui que ce fût, et surtout pas Dario. Elle était déracinée, seule au monde et souffrant elle-même de la blessure encore fraîche d'une trahison amoureuse. Oui, elle était bien la dernière personne susceptible d'aider Dario à se remettre.

Elle allait souhaiter bonne nuit à ses hôtes et se retirer lorsque quelqu'un mentionna la *Bénédiction du raisin*.

— Vos premières vendanges à l'Azienda. Vous devez sacrifier au rituel.

— Nous en parlerons au père Giuseppi. Il aspergera vos raisins d'eau bénite.

— D'eau bénite ?

Isabel était surprise. Elle avait cru à une cérémonie folklorique locale mais, apparemment, il s'agissait d'une bénédiction tout à fait sérieuse.

— Vous devrez choisir une date. La plus rapprochée possible pour que votre récolte soit bonne.

Isabel promit et prit congé. Ne lui restait plus qu'à dire au revoir à Dario et à ses beaux-frères qui conversaient sur la terrasse. Ils s'interrompirent dès qu'elle apparut et vinrent gentiment l'embrasser sur la joue pour lui souhaiter bonne nuit, tandis que Dario attrapait les clés de sa voiture.

— N'oublie pas de lui montrer les tableaux de *nonno* qui sont chez toi ! lui rappela Lucia.

Dario fit signe qu'il enregistrait la consigne et se dirigea vers sa voiture en ne quittant pas les étoiles des yeux, comme s'il les voyait pour la première fois.

— Alors, que pensez-vous d'eux ? demanda-t-il lorsqu'ils furent montés en voiture.

— Ils sont très gentils. Merveilleux même. Ils n'auraient pu se montrer plus chaleureux ni plus amicaux.

— Ils vous ont tout de suite beaucoup appréciée. Vos efforts pour parler italien les enchantent, votre gentillesse les séduit et bien sûr ils adorent vos cheveux couleur de soleil couchant.

Isabel sentit ses joues s'enflammer.

— C'est gentiment dit…

Une réflexion lui traversa l'esprit. Autant s'en débarrasser tout de suite. Quitte à casser un peu l'ambiance…

— Je me demande si leur élan de sympathie ne vient pas du fait que je ne ressemble pas à Magdalena.

Dario venait de freiner devant chez lui. La voiture eut un hoquet. Isabel commençait à regretter sa question quand il répondit :

— Il est vrai qu'ils ne l'aiment pas.

— Parce qu'ils pensent qu'elle vous a blessé.

— C'est faux. Elle m'a déçu, mais pas blessé. Du reste, tout ce qui s'est passé est ma faute. J'aurais dû comprendre dès le départ qu'elle n'était pas faite pour moi. Tous les gens de mon entourage l'avaient réalisé. Moi seul ne me rendais compte de rien et m'obstinais malgré les évidences qui se multipliaient. Tout cela parce que je ne voulais pas d'une fille ordinaire et qu'elle était loin de l'être. Mais elle était trop préoccupée par sa personne et réclamait beaucoup plus que je ne pouvais lui donner.

Il soupira.

— Vous ne pouvez pas comprendre. Vous appartenez à un autre monde.

— Je comprends parfaitement, au contraire, car je me suis, pour ma part, conduite de manière encore plus stupide que vous. Figurez-vous que je n'ai rien trouvé de mieux que de tomber amoureuse de mon patron… Evidemment, il était marié et n'avait pas la moindre intention de divorcer. Je n'étais d'ailleurs pas sa première aventure extra conjugale. Comme vous, tout le monde savait à quoi s'en tenir sur sa véritable personnalité. Sauf moi.

— Pourquoi ne vous a-t-on rien dit ?

— Parce que personne ne savait que nous sortions ensemble. Il y avait une règle d'or au bureau : pas d'idylles entre nous. John et moi étions donc très prudents et nous ne nous montrions jamais en public. Au début, c'était excitant et même assez flatteur pour moi car je n'étais qu'une petite graphiste de l'entreprise alors qu'il en était l'un des pontes, riche et puissant. Je pensais…

Elle haussa les épaules.

— Je ne sais pas ce que je pensais…

— Vous pensiez qu'il vous aimait…

— C'est en tout cas ce qu'il affirmait et je l'ai cru. Quelle sotte ! Qu'est-ce qui n'allait pas chez moi pour que je me sois montrée aussi naïve ?

— Rien, Isabel.

Dario glissa sa main vers la sienne et la saisit doucement. Elle avait les doigts raides et froids. S'il avait eu ce type en face de lui, il lui aurait cassé la figure sans sommation.

— Cela n'a rien à voir avec vous. Vous lui avez fait confiance et il vous a trahie. Mais aujourd'hui, au moins, vous êtes armée contre ce genre de désillusion.

— C'est vrai. Je ne tomberai jamais plus dans le panneau.

— Moi non plus. J'ai été trop déçu.

Comme elle retirait sa main, il descendit de voiture et la contourna.

— Assez évoqué le passé, maintenant, déclara-t-il en lui ouvrant sa portière. Venez, je vais vous montrer les toiles de mon grand-père.

Tout en menant Isabel vers sa maison, il repensa à ce qu'elle avait dit. Etait-il vrai que sa famille l'appréciait parce qu'elle ne ressemblait pas à Magdalena ? Pas sûr. Ses sœurs et son frère l'aimaient surtout pour ce qu'elle était, il l'avait vu tout de suite.

Pour le moment, en tout cas, il désirait seulement savoir ce qu'elle allait penser de sa maison. Il la fit entrer.

Elle regarda autour d'elle sans un mot, des parquets de bois sombre aux moulures des plafonds, puis s'exclama :

— Que c'est joli !…

— Ça l'est davantage dans la journée. La vue sur les champs est magnifique.

Elle secoua la tête en souriant.

— La nuit réussit très bien à votre maison, croyez-moi, et rend hommage à sa beauté.

Elle tourna la tête vers la cheminée en pierre. Dario avait-il passé de longues soirées avec Magdalena à regarder danser les flammes dans l'âtre ?

— Je ne l'ai pas suffisamment aménagée depuis que je m'y suis installé il y a deux ans.

La pièce, songea Isabel, reflétait pourtant sa personnalité, avec ses meubles élégants et sombres, ses miroirs, ses cadres argentés. Sur un guéridon, la photo d'un groupe de gens rassemblés dans une vigne avec, en leur milieu, un prêtre en train d'officier.

— Etait-ce la bénédiction de votre vigne ? demanda-t-elle.

— En effet. Elle remonte à bien des années déjà.

— En quoi cela consiste-t-il, exactement ?

— C'est très simple : vous accueillez les gens du village chez vous et leur offrez un buffet. Lorsque tout le monde est arrivé, le prêtre bénit votre raisin, vos invités portent un toast à votre récolte et la fête commence.

Elle plissa les lèvres.

— Entre les vendanges et la préparation de la maison, je me demande si j'arriverai à préparer cela à l'Azienda.

— Je vous aiderai.

— C'est vrai ? Vous feriez cela pour moi ?

Elle le considéra longuement en silence, puis tourna les yeux vers les tableaux. Après tout, c'était pour eux qu'elle était venue.

— Ils sont très beaux, dit-elle en se penchant sur une toile représentant le volcan. Votre grand-père peint-il toujours ?

— Non et c'est dommage. Depuis son attaque, il n'est plus le même. Peut-être reprendra-t-il lorsqu'il ira mieux.

— Ce doit être un homme étonnant entre ses vignes, ses roses et ses tableaux. Quel éclectisme ! J'espère avoir la chance de le rencontrer un jour.

— Il aimerait vous rencontrer aussi, j'en suis sûr, mais sachez qu'il ne mâche pas ses mots et dit ce qu'il pense. Il peut également avoir beaucoup de charme quand il veut et a un faible pour les jolies femmes. C'est de famille. Pas le charme. La faiblesse.

Il fit un pas vers elle et lui adressa un long regard, le même que celui qui lui avait fait penser, la nuit précédente, qu'il allait l'embrasser.

— Je ne me prononcerai pas sur la faiblesse car je n'y connais pas grand-chose, répondit-elle en soutenant son regard, mais je pense que vous avez hérité d'une partie du charme de votre grand-père.

Aurait-elle osé parler ainsi si elle n'avait pas déjà rencontré sa famille et entendu ce qu'il avait à dire sur son ex-fiancée ?

Un large sourire s'épanouit sur ses lèvres, jusqu'à éclairer tout son visage. Elle se sentit frémir. S'il la touchait, elle allait prendre feu.

Un aria de Puccini monta dans l'air. Quelqu'un, tout près, écoutait un opéra. Sans en comprendre les paroles, Isabel ressentit immédiatement la passion et le puissant désir qui montaient de ce chant, un désir correspondant à celui qui sourdait au plus profond de son corps : enlacer et être enlacée, embrasser et être embrassée.

Et, cette fois, il allait l'embrasser. Elle le savait.

7

Quand les lèvres de Dario cherchèrent les siennes, Isabel se sentait prête. Et sans doute l'était-elle depuis le jour de son arrivée, lorsqu'elle l'avait rencontré sur la route poussiéreuse menant à l'Azienda et pris pour un ouvrier viticole.

Il l'enlaça par la taille et la serra contre lui. Elle sentit ses cuisses musclées se caler contre les siennes et poussa une plainte fiévreuse. Le cœur au galop, elle referma les bras autour de son cou.

Cette étreinte passionnée procura un tel plaisir à Dario qu'il eut envie de l'entraîner à terre avec lui. Mais il se retint et l'écarta doucement de lui pour la dévorer du regard comme s'il la voyait pour la première fois. Il ne prononça pas un mot, mais la question que contenait son regard brûlant était claire : « Désires-tu autant que moi ce qui va se passer ? »

Oui, elle le désirait. Même si cela ne devait durer qu'une nuit. Pour l'en assurer, elle le saisit par le cou et l'embrassa passionnément.

Il fit glisser la bretelle de sa robe sur son épaule nue. Elle frémit, réalisant soudain qu'il pourrait lui faire l'amour sur le sol de sa maison sans que personne n'y trouve rien à redire. Peut-être même sa famille n'attendait-elle que cela, pensant que ce serait bon pour lui. Et peut-être aussi… pour elle.

Oui, ce serait très bon. Elle se sentait si vivante, si féminine, si désirable et désirée. C'était une sensation vertigineuse, unique. Comme l'était Dario, ce Sicilien passionné et impulsif, aussi enivrant que le vin de ses vignes et aussi solide que la terre dont il était issu. Le genre d'homme sur lequel on avait envie de compter. Sauf que rien ne les rapprochait. Excepté le désir qu'ils avaient l'un de l'autre. Et pourquoi pas s'ils savaient s'en contenter et ne rien exiger de plus ?

Elle parvenait maintenant à peine à respirer et son cœur caracolait dans sa poitrine comme un pauvre oiseau mis en cage. Elle renversa la tête en souhaitant que Dario ne s'arrête jamais. En même temps, elle savait au fond d'elle qu'il fallait arrêter cette folie tout de suite.

Elle remonta la bretelle de sa robe d'un doigt tremblant.

— Je... je crois que je ferais mieux de rentrer chez moi. J'ai un peu perdu la tête.

Quelle piètre excuse... Mais c'était la seule qui lui était venue à l'esprit.

— Vous êtes très attirante, Isabel, et j'ai eu beaucoup de mal à vous résister jusqu'ici. Blâmez la nuit de velours qui nous entoure, blâmez le vin, blâmez la robe que vous portez ou blâmez-moi, mais ce soir je capitule.

Sa voix était si basse et profonde qu'elle ressemblait à un murmure.

Isabel secoua la tête.

— Je suis la seule à blâmer. A présent, autant que je rentre.

— Pas avant de m'avoir écouté une minute.

Elle se laissa tomber sans force dans un fauteuil devant l'âtre tandis que Dario posait un coude sur le manteau de la cheminée et la considérait gravement. A quoi songeait-il ?

Un long silence passa avant qu'il prenne la parole.

— Je dois vous présenter mes excuses.

— Il n'y a aucune raison. C'est moi qui ai voulu que vous m'embrassiez.

Son sourire en coin la fit fondre davantage.

— Mes excuses ne portent pas sur notre baiser, mais sur

le fait d'avoir voulu de toutes mes forces vous faire vendre l'Azienda alors qu'elle vous appartient de plein droit. Vous y ferez le meilleur vin, j'en suis sûr, et vous remporterez la médaille d'or. Et, si vous avez besoin de moi, n'hésitez pas à m'appeler. Lorsque je vous ai vue pour la première fois sur la route, j'ai été odieux avec vous, je le reconnais. La trahison de Magdalena m'avait rendu hargneux et agressif. J'en voulais à tous ceux qui m'avaient mis en garde contre elle et que je n'avais pas écoutés, mais surtout à moi-même. Résultat, j'étais insupportable avec tout le monde. Je me suis terré pendant des mois, ne fréquentant quasiment personne. Et puis vous êtes arrivée sans rien savoir de ce qui s'était passé et avez peu à peu forcé mon admiration alors que je vous prenais pour une opportuniste venue en Sicile pour spolier ma famille.

— Alors, vous m'avez parlé des serpents d'eau.

— Des serpents, des rats, des chauves-souris, des sangliers, toute vérité, même un peu exagérée, était bonne pour vous éloigner. Mais c'était sans compter avec votre opiniâtreté naturelle.

— On a souvent essayé de me décourager au cours de mon existence. Comme si quelqu'un qui n'a pas de parents, pas de famille et pas d'argent ne pouvait jamais arriver à rien dans la vie. Pourtant, j'ai reçu une éducation, j'ai suivi des études, gagné ma vie, et aujourd'hui je possède un vignoble. A part cet héritage tombé du ciel, j'ai tout acquis sans l'aide de personne.

Dario se dirigea vers un carafon empli d'un liquide ambré, en remplit deux minuscules verres et lui en tendit un.

— A votre oncle. Pour vous avoir légué l'Azienda.

Elle leva son verre.

— A vous. Pour la nourriture que vous m'avez apportée, la glace que vous m'avez fait livrer, les ouvriers que vous m'avez trouvés et votre bienveillance grandissante à mon égard.

Et pour vos baisers.

Elle avala une petite gorgée du vieux bourbon et frissonna.

— Qu'aurais-je fait sans vous ?

— Vous vous seriez débrouillée. Vous n'avez pas besoin de moi. Vous êtes la personne la plus déterminée que je connaisse et, probablement, la plus courageuse.

Sa phrase la réchauffa autant que le bourbon. Pourtant, elle avait besoin de lui. Terriblement besoin.

— Vous jugerez de ma détermination lorsque j'aurai passé quelques nuits à l'Azienda et été confrontée à une horde de sangliers. J'espère alors que je ne vous ferai pas mentir.

Il haussa les épaules.

— Soit, nous verrons bien.

Elle se leva bien que tout la poussât à rester. Mais elle s'était déjà brûlé une fois les ailes à l'amour et n'avait pas l'intention de recommencer. Tomber amoureuse de Dario Montessori aurait été la pire des erreurs. Et, pour une fois, elle qui s'enorgueillissait de son indépendance, se sentait terriblement vulnérable. Demain, elle aurait recouvré ses forces. Il ne fallait pas s'inquiéter.

Dario ne tenta pas de la retenir. Il attrapa les clés de sa voiture et ils quittèrent ensemble la maison. Au dernier moment pourtant, elle se retourna sur le pas de porte. Reviendrait-elle un jour ici ? Que signifiait cette soirée pour Dario ? Une simple transition entre son histoire avec Magdalena et son retour à un rapport plus normal avec les femmes ? N'était-elle que le premier jalon sur le chemin de la lente reconstruction qu'il était en train d'entreprendre, rien de plus ?

— Quoi qu'il en soit, déclara-t-elle pour mettre définitivement les choses au point, et vous devez vous en douter un peu, les passades ne m'intéressent pas.

— Je l'ai compris, en effet. De mon côté, je vous ai embrassée par envie, par élan. Un élan qui s'est renforcé au fil des jours jusqu'à devenir irrésistible.

— Comment cela ?

— En se nourrissant de détails. La façon dont vous jouez au tennis par exemple, la manière dont vous m'avez regardé changer le pneu de votre voiture, celle dont vous mangez le melon ou dégustez le vin blanc. Sans parler de cette habitude que vous avez de relever le menton lorsque vous êtes fâchée ou en colère. Oui, tout cela m'a mené à cette envie de vous embrasser.

Il observa un silence avant de reprendre :

— Voilà... je n'ai pas d'autres excuses. Quoi qu'il en soit, cela ne se reproduira plus. A moins que vous le désiriez...

Répondre par l'affirmative ? C'eût été la seule façon de ne pas mentir car elle le désirait de toutes les fibres de son corps.

8

Après avoir raccompagné Isabel à son hôtel, Dario reprit le chemin de chez lui en essayant de ne pas penser à elle.

Sans grand succès.

Impossible d'effacer le goût de ses lèvres, l'odeur de son corps, la douceur soyeuse de sa peau…

Malgré ses affirmations, il n'aspirait qu'à la prendre de nouveau dans ses bras, sentir son corps trembler sous ses mains, le parfum de ses cheveux lui monter aux narines et entendre ses soupirs mourir au fond de sa gorge.

Depuis un an, c'était la première fois qu'il se sentait aussi vivant. Oui, Isabel l'excitait, le provoquait, le tentait. Et c'était bien dommage que les passades ne l'intéressent pas car, de son côté, il commençait à envisager sérieusement une liaison qui durerait ce qu'elle durerait.

Et pourquoi pas, après tout ? Isabel avait autant besoin d'oublier son ex-amoureux marié que lui Magdalena. Ils pourraient s'aider mutuellement à tirer un trait sur le passé tout en partageant leur passion pour l'Azienda et ses vignes. Envisager une aventure sans lendemain avec elle n'était donc pas tout à fait déraisonnable.

Avant de rentrer chez lui, il s'arrêta à la maison familiale pour savoir ce que sa grand-mère et ses frère et sœurs pensaient d'Isabel… mais aussi pour leur faire comprendre que, même s'ils l'avaient trouvée merveilleuse, il n'avait aucune intention de lui réserver une place dans sa vie.

Ils se trouvaient tous dans le salon, sauf *nonna* qui était partie se coucher. A peine eut-il passé la porte que les commentaires fusèrent.

— Dis-moi, Dario…

Son frère avait pris ses sœurs de vitesse.

— … cette Isabel est à la fois très sympathique et très belle. De plus — bien que je me demande vraiment pourquoi —, elle t'apprécie beaucoup… Bref, qu'est-ce que tu attends ?

— C'est vrai, renchérit Lucia, nous l'apprécions tous beaucoup et les enfants aussi.

L'allusion était limpide. Les cadets n'avaient pas aimé Magdalena. Pas plus qu'elle ne les avait aimés.

— Commençons par aider Isabel à s'intégrer dans notre communauté ! s'écria alors Maria, notamment en lui prêtant main-forte pour organiser la bénédiction de son vignoble. Je vais en parler au prêtre. Ce sera déjà un début !

Dario acquiesça de la tête en signe d'assentiment. Si sa famille s'arrêtait là et que, de son côté, Isabel se contentait d'une brève aventure avec lui, il était partant. Mais pas question pour lui d'aller plus loin.

Comme ses sœurs et son frère continuaient à chanter ses louanges, il préféra s'éclipser rapidement.

Arrivé chez lui, le salon lui parut étrangement vide. Il regarda autour de lui, captant çà et là des images d'Isabel devant la cheminée ou penchée sur les tableaux. Puis il revit son beau visage lorsqu'il avait fait glisser la bretelle de sa robe. Que se serait-il passé si elle ne l'avait pas arrêté ? Sans doute se trouverait-elle encore ici maintenant.

Ce soir-là, il s'endormit très vite et sombra pour la première fois depuis des mois dans un sommeil tranquille.

Le lendemain, Isabel ne vit pas Dario et elle se demanda comment elle devrait se comporter lorsqu'elle se trouverait de nouveau en sa présence. Qu'avait représenté cette soirée pour lui ? Le début d'une relation plus prometteuse ou simplement la fin des hostilités ?

Elle ne le vit pas non plus le surlendemain et en fut soulagée. Même s'il lui manquait beaucoup, elle voulait pouvoir se débrouiller seule. C'était assez de penser à lui sans arrêt. Du reste, pourquoi l'avait-il embrassée ? Avec sa beauté et sa fortune, il aurait pu séduire n'importe quelle femme. Elle réfléchit et dut se rendre à l'évidence. Aussi bizarre que cela pût paraître, elle attirait Dario. Et puisque Dario l'attirait, ne valait-il mieux pas pour elle accepter un flirt passager plutôt que regretter de ne pas avoir avec lui une relation sérieuse à laquelle elle ne croyait de toute façon plus ?…

Elle passa toute la journée dans sa vigne à superviser le travail des ouvriers et à cueillir le raisin avec eux, mais, à l'heure du déjeuner, elle tendit l'oreille, s'attendant presque à voir surgir Dario avec de la nourriture, du vin, des idées, des conseils… et des baisers plus brûlants que le soleil de Sicile.

En fin d'après-midi, sa décision était prise : ce soir, elle dormirait à l'Azienda même si l'idée d'un bain chaud et d'un lit confortable la tentaient plus que jamais.

Elle alla dîner de très bonne heure à l'hôtel sans pouvoir s'empêcher de jeter quelques coups d'œil vers la porte. Mais cette fois non plus Dario ne se manifesta pas.

Puis elle monta rassembler ses affaires, régla sa note et partit sans un regard en arrière pour le charmant hôtel Cairoli.

Le soleil se couchait, faisant rougeoyer les champs.

La famille Montessori devait être de nouveau rassemblée dans le jardin, autour de la grande table, discutant et s'interpellant joyeusement au milieu des rires des enfants. Dario se trouvait-il parmi eux ou dînait-il en solitaire comme elle l'avait fait ?

Entretenait-elle un rêve irréalisable en songeant qu'elle se sentirait un jour chez elle dans ce merveilleux coin de Sicile ? Quoi qu'il en fût, elle ne vendrait pas l'Azienda. Ni aux Montessori ni à personne. Du reste, contrairement aux dires de Dario, aucun membre de sa famille n'en avait exprimé le désir.

La nuit tombait lorsqu'elle arriva à l'Azienda. Elle alluma l'une des petites lampes à gaz qu'elle avait achetées et grimpa l'escalier, fatiguée, le cœur serré. La solitude lui pesait.

Dans sa chambre, elle tendit le lit de draps qu'elle avait achetés en ville, s'étendit dessus et regarda le ciel étoilé par le trou du toit. Ce n'était pas aussi romantique qu'elle l'espérait. En fait, c'était même un peu effrayant de se retrouver dans cet endroit désert, l'oreille tendue vers les bruits inconnus qui peuplaient la nuit et la menace sourde des sangliers. Où se trouvait Dario ? Chez sa grand-mère ? Elle ne le pensait pas. En train de boire un verre au Cairoli avec des amis ? Possible… Chez lui devant son ordinateur ? Savait-il qu'elle avait rendu sa chambre d'hôtel ? Pensait-il à elle ?

En tout cas, elle pensait à lui… Du reste, comment faire autrement ?

Elle ne trouva le sommeil qu'une heure plus tard, un sommeil vite peuplé de hordes de sangliers.

Chaque matin, Isabel se répétait que son travail et sa vie allaient devenir plus faciles et s'efforçait de ne pas songer à Dario. Quelques jours plus tard, pourtant, comme il ne s'était toujours pas manifesté, elle commença à se demander si elle le reverrait un jour. Ce genre de pensée la saisissait généralement après le dîner au moment de regagner sa drôle de chambre lorsqu'elle mesurait, un peu effrayée, l'ampleur de la tâche qu'elle s'était assignée.

Un soir, tard, alors qu'elle était déjà couchée et cherchait le sommeil, une cacophonie de grognements et de grondements lui parvint soudain aux oreilles. Quand elle constata que les bruits se rapprochaient et ne put plus accuser le vent dans les arbres, elle sauta au bas de son lit étroit et marcha jusqu'à la fenêtre qui donnait sur la vigne.

Le museau en avant, une dizaine de sangliers fonçait vers sa vigne de toute la vitesse de leurs courtes pattes.

La première réaction d'Isabel fut de fermer la fenêtre et de les laisser saccager ses vignes. Car comment défendre, seule et sans arme, son vignoble ? En essayant d'effrayer ces animaux sauvages par de grands gestes ? Et si cela avait pour effet de les rendre encore plus agressifs ? Elle n'avait pas envie de se retrouver blessée, à moitié inconsciente dans la poussière, juste pour avoir voulu défendre son bien.

— Allez-vous-en ! hurla-t-elle. Fichez le camp ! Laissez mes vignes tranquilles !

Ses injonctions se perdirent bien sûr dans la nuit.

Mais soudain, par-delà les piétinements de la horde qui se rapprochait, elle crut entendre un bruit de voiture. Une minute plus tard, le faisceau d'une torche balayait la nuit puis s'arrêtait sur elle. Posant la main en visière sur son front, elle reconnut Dario et ressentit le même soulagement indicible que la vigie qui voit enfin la terre ferme.

— Que faites-vous là ? demanda-t-elle bien inutilement.

— La rumeur court que les sangliers sont de sortie, répondit-il, pince-sans-rire. Alors j'ai décidé de venir leur dire bonsoir.

— J'arrive.

Elle ferma la fenêtre, dégringola l'escalier quatre à quatre et, en retrouvant Dario dehors, dut se retenir pour ne pas se jeter à son cou.

— Vous saviez que j'étais là ?

— Je savais surtout que vous n'étiez plus à l'hôtel. Le propriétaire m'a appris que vous aviez rendu votre chambre il y a quelques jours. Pourquoi ne m'avez-vous rien dit ?

— Je… euh… j'étais occupée.

Jamais, pour tout l'or du monde, elle n'aurait avoué à Dario combien elle avait désiré, au contraire, le voir apparaître, ni demandé pourquoi il n'était pas passé prendre de ses nouvelles…

— Allons-y, dit-il simplement en lui prenant le bras. Ils n'attaquent jamais les humains, mais restez tout de même près de moi.

Elle le suivit sans bien savoir ce qui allait se passer. La poussière volait, sa bouche était sèche. La situation, à la fois dangereuse et excitante, lui échappait complètement. De son côté, Dario lâchait ses plombs sur les sangliers qui, de mauvaise grâce, commençaient à s'éparpiller avant de revenir à la charge puis fuir de nouveau.

Il lui fallut une heure pour venir complètement à bout de la horde et la disperser. Isabel avait les mains et les jambes qui tremblaient de fatigue, de peur et d'émotion.

— J'espère que cela n'arrive pas toutes les nuits, déclara-t-elle d'une voix cassée.

— Non, ne vous inquiétez pas, mais il était temps que nous intervenions.

Nous… ? Elle qui n'avait fait que regarder…

— En tout cas, merci ! A partir de maintenant, je vais m'équiper d'un fusil. Il faudra aussi que j'apprenne à tirer.

— Sûrement, répondit-il avec un coup d'œil à sa robe de chambre entrouverte sur sa chemise de nuit à présent couverte de poussière, mais une autre fois…

Fût-ce à cause de ce regard qu'elle se sentit soudain très vulnérable et très fatiguée ? Toujours est-il qu'elle leva le visage vers lui et s'approcha du sien pour le parsemer de petits baisers de gratitude et de… quelque chose qu'elle préférait ne pas nommer.

Refermant les bras sur elle, il la serra contre lui. Elle se sentit fondre. Non, il ne fallait pas. Tomber amoureuse de

Dario Montessori serait vraiment la chose la plus stupide du monde ! Leur relation ne devait pas dépasser le simple flirt.

Il s'écarta d'elle, mais Isabel vit qu'une flamme se consumait au fond de son regard.

— Je ferais mieux de vous laisser retourner dormir, à présent.

Dormir ? ! C'était bien la dernière chose dont elle avait envie.

Elle regarda autour d'elle.

— Le jour va se lever. Un café vous ferait-il plaisir ?

Et elle ajouta sans attendre la réponse :

— Venez, rentrons.

L'air était humide et la rosée recouvrait déjà les raisins. Une fois dans la maison, Isabel emmena directement Dario dans la cuisine et alla faire chauffer de l'eau dans le coin qu'elle avait elle-même aménagé.

— Beau travail ! déclara-t-il sincèrement en remarquant les améliorations qu'elle avait apportées.

Elle rosit de plaisir. Rien n'aurait pu lui faire davantage plaisir que l'admiration contenue dans sa voix.

Lorsque le café fut prêt, elle le servit dans deux tasses dépareillées et les apporta dans le jardin derrière la maison où elle les posa sur la table de pique-nique, plus fière que si elles avaient été en porcelaine de Chine et contenu le plus précieux des nectars. La première fois qu'elle recevait quelqu'un chez elle… Son premier invité…

— C'est juste du café, remarqua-t-elle modestement. La prochaine fois, je vous ferai du pain. Maintenant que le four marche…

Il porta sa tasse à ses lèvres.

— Pas mauvais.

Et il accompagna son verdict d'un petit sourire en coin qui la fit fondre.

Ils devisèrent ensuite longuement, Dario rapportant à

Isabel des souvenirs et des anecdotes de chasse aux sangliers tandis qu'Isabel posait des questions.

Lorsqu'il se leva enfin pour partir, ils échangèrent un nouveau baiser si délicieusement doux qu'Isabel, une fois seule, se demanda à quoi rimaient ces moments de tendresse intense dans leur relation qui n'avait pourtant rien d'intime.

Du reste, en se quittant, aucun d'eux n'avait demandé à l'autre quand ils se reverraient.

Dario rentra chez lui à vitesse très réduite. En chassant les sangliers de la vigne d'Isabel, il venait de faire ce que n'importe quel voisin aurait fait à sa place. Sauf que, en fait de voisine, elle lui faisait plutôt l'effet d'un aimant. Pas seulement à cause de sa si particulière beauté ni parce qu'elle avait appris à changer un pneu. Pas parce qu'elle était restée postée non loin de lui pendant qu'il chassait les sangliers au lieu de s'enfermer chez elle en suivant la scène de sa fenêtre comme l'aurait fait une autre. Pas pour son regard étincelant de fierté lorsqu'elle avait déposé les tasses de café sur la table du jardin, mais pour la combinaison de tout cela. Et pour une petite raison supplémentaire qu'il préférait ne pas analyser.

Le soir même il était de retour à l'Azienda, persuadé que les sangliers allaient attaquer de nouveau. Seule face à des bêtes aussi déterminées elle n'aurait rien pu faire. Du reste, les propriétaires des vignobles alentour étaient de nouveau en alerte et prêts à parer à une nouvelle offensive. Pour sa part, Dario s'était même si bien préparé que ce fut avec des steaks, des pommes de terre et une bouteille de chianti qu'il se présenta lors de cette seconde visite.

— Je vous dois un dîner, déclara-t-il tout de suite, puisque vous avez partagé le vôtre avec moi à l'hôtel.

Ils firent la cuisine dehors sur un feu de bois et mangèrent sur la table de pique-nique dans le jardin.

Ils parlèrent des vendanges, puis Dario interrogea Isabel sur sa vie en Californie. A l'entendre, San Francisco regorgeait de jeunes gens minces et bronzés, passant leur temps à discuter aux terrasses et à manger du poisson frais.

— Vous parlez de cette ville comme d'un paradis. Qu'est-ce qui a bien pu vous décider à la quitter ? Ah oui, c'est vrai, l'héritage, tombé du ciel, d'un oncle parfaitement inconnu. Mais votre véritable motivation était autre, n'est-ce pas ? Elle était liée à cet amant, votre patron, qui vous avait menti.

Isabel fit tourner son verre entre ses doigts.

— C'est vrai. J'avais été licenciée pour non-respect du règlement puisqu'il interdisait les liaisons à l'intérieur de l'entreprise, et j'ai voulu tout recommencer de zéro.

— Vous avez été renvoyée ! Je croyais que personne n'était au courant de votre aventure ?

— Je le croyais aussi.

— Et à votre patron, qu'est-il arrivé ?

— Rien, bien sûr. Il est toujours en place.

— Pourtant, lui non plus n'a pas respecté les codes de conduite en vigueur dans sa société.

— Vous pensez que tout cela est injuste et vous avez raison. Mais ne savez-vous pas depuis longtemps que la vie est ainsi ? Est-il juste que mes deux parents soient morts alors que j'étais bébé ? Est-il juste qu'aucune de mes familles d'accueil n'ait voulu me garder ? Mais la roue a tourné le jour où j'ai hérité de l'Azienda. Après tout, mon oncle aurait très bien pu vous la vendre…

Son regard se perdit dans le lointain tandis qu'elle serrait ses bras croisés contre elle comme pour se protéger.

— J'ai cru que je ne me relèverais jamais de cette double épreuve : avoir été trahie par l'homme que j'aimais et avoir en même temps perdu mon travail à cause de lui.

— Vous y êtes néanmoins parvenue. Je vous ai vue à l'œuvre. Vous êtes d'une volonté exemplaire.

Vous êtes aussi intelligente, belle et courageuse.

Comment un homme avait-il pu lui faire du mal ?

— En tout cas, grâce à mon oncle, je me suis fixé un but dans l'existence et j'ai toutes les raisons d'espérer l'atteindre car je dispose d'un nouvel endroit pour prendre un nouveau départ. Je me souviens…

Elle sourit.

— Le jour où j'ai reçu le courrier du notaire, j'ai cru que c'était une erreur. Quand j'ai été sûre du contraire, j'ai compris que j'allais enfin pouvoir exister par moi-même sans dépendre de personne !

Elle s'interrompit et lui jeta un regard vibrant.

— Cela dit, j'ignore comment je me serais débrouillée sans votre aide. Surtout hier soir.

Il eut envie de la prendre contre lui pour la rassurer, lui promettre d'être toujours là pour elle et de…

— J'en aurais fait autant pour n'importe qui, répondit-il sans préciser qu'il ne serait pas pour autant revenu le lendemain avec des victuailles, car elle seule avait réussi à le faire sortir de la carapace dans laquelle il vivait enfermé depuis des mois.

— A présent, reprit-il, votre prochain défi sera d'apprendre l'italien.

— C'est prévu. Je réalise chaque jour davantage combien il est difficile de s'intégrer dans un pays dont on ne connaît pas la langue. Je n'arrive même pas à lire le journal.

Il sourit.

— Ce n'est pas l'exercice le plus facile car, quelle que soit la langue, le style journalistique est très différent du langage parlé. Voyons un peu cela.

Il sortit un journal de sa poche et le lui soumit. Elle déchiffra les titres à haute voix tandis qu'il ne pouvait s'empêcher de sourire en entendant son accent. Sans se vexer, elle rit en même temps que lui tout en poursuivant ses efforts. Quelle femme simple et surprenante !

— En attendant de savoir parler italien, déclara-t-elle après plusieurs minutes d'efforts, je dois mettre la pompe à eau en marche. J'ai acheté ce qu'il fallait : du gasoil, de l'huile de moteur et du diesel, mais…

— Regardons cela tout de suite.

Ils se retrouvèrent derrière la cave où se trouvait la pompe.

— Je ne suis pas du tout certain que cette relique marche encore, remarqua Dario en s'agenouillant près de la machine.

Il attrapa la clé à molette qu'Isabel s'était préparée et se pencha sur le réservoir de fuel pour l'ouvrir, mais ses tentatives restèrent infructueuses.

— Tant pis, déclara-t-elle, je prendrai un bain d'eau minérale.

Dario eut un sourire amusé. Au lieu de prendre son extravagance au sérieux, il eut assez de fantaisie pour s'en divertir. Le cœur d'Isabel partit au triple galop.

— Puis-je vous aider ?

— Venez près de moi. Je vais essayer de tourner la clé à molette tandis que vous donnerez de petits coups sur le bouchon avec le tournevis pour essayer de le décoincer.

Unissant leurs efforts, ils s'arc-boutèrent en même temps au-dessus du réservoir. En vain. Ils recommencèrent une fois, deux fois, trois fois, quatre… Isabel avait le souffle court et le front couvert de sueur. Ils devaient y arriver ! Sans eau courante, elle ne pourrait pas habiter ici.

Elle serra les mâchoires tandis qu'ils recommençaient. Et soudain ce qu'elle n'espérait plus arriva : le bouchon céda. Déséquilibré, Dario tomba presque sur elle.

— Pardonnez-moi. Vous ai-je fait mal ?

— Non, non.

Se relevant prestement, il lui tendit une main secourable.

— Beau travail, *signorina.* Vous feriez un excellent plombier.

Elle hocha la tête, trop étourdie pour répondre et presque déçue qu'il ne l'ait pas embrassée.

Puis ils versèrent le fuel du bidon qu'avait rapporté Isabel.

— A présent, dit-il en se redressant, c'est le moment

de vérité. Cette créature inerte va-t-elle enfin sortir de sa léthargie ?

Il tira sur le starter. Aucune réaction.

— A mon tour d'essayer, dit-elle.

Il posa la main sur la sienne pour lui indiquer la marche à suivre. Le moteur toussa.

— Vous avez entendu ? s'écria-t-elle, les yeux brillants.

— Oui, apparemment, il reste un fond de vie dans ce vieux machin. Reculez-vous.

Il activa de nouveau le starter d'un coup sec. La pompe se mit à ronronner. Isabel dressa les deux pouces en signe de victoire. Jamais elle n'avait été aussi fière de sa vie.

Trouvant son chemin dans les tuyaux, l'eau commença à gargouiller. Isabel et Dario grimpèrent sur la haute échelle en bois jusqu'au toit d'où elle regarda, émerveillée, son réservoir d'eau se remplir.

— Je crois que vous allez pouvoir prendre une douche ce soir, nota Dario. Moi, je vais rester encore un peu. Je crains le retour des sangliers.

Et avant qu'elle ait pu répondre qu'il était temps pour lui de rentrer prendre un repos bien mérité, il avait ouvert la porte d'une petite pièce qu'elle avait nettoyée la veille.

— Je vais m'allonger un peu, déclara-t-il en pointant le doigt vers le lit.

Comment refuser quoi que ce fût à l'homme qui lui avait fourni de la nourriture, de l'eau et de l'aide alors qu'il rêvait depuis le début de lui mettre des bâtons dans les roues ?

Elle lui apporta des draps, des couvertures, un oreiller et descendit prendre sa douche, rassurée de le savoir chez elle.

Rassurée et heureuse.

— C'est votre tour ! s'écria-t-elle, vingt minutes plus tard après s'être drapée dans une grande serviette.

Il leva la tête vers elle. La lampe à gaz éclairait à peine son visage et en accusait les contours. Il y eut un long silence durant lequel ils ne purent se quitter des yeux. Isabel s'intimait intérieurement l'ordre de regagner sa chambre mais ses jambes refusaient de lui obéir.

A quoi pensait Dario ? Au nombre de pas qui les séparaient ? Au nombre de secondes qu'il leur faudrait pour se retrouver dans les bras l'un de l'autre ?

Il passa devant elle sans un mot et pénétra dans la pièce aménagée en salle de bains. Pendant qu'il se douchait, elle rejoignit son incroyable chambre avec son toit ouvert sur le ciel et leva le nez vers les étoiles, mais des images de Dario, son corps nu ruisselant d'eau, l'assaillirent.

Plus tard, lorsqu'ils se furent souhaité bonne nuit et qu'il eut regagné sa chambre sous l'escalier, ce fut à son tour de penser à Isabel. Avait-elle autant de mal que lui à trouver le sommeil ?

A bout de nerfs, il finit par se lever. Après avoir passé son jean, il se rendit dans la cuisine et se servit un grand verre d'eau. A peine eut-il reposé la bouteille qu'il entendit des pas dans l'escalier. Isabel l'avait-elle entendu descendre ?

En la voyant apparaître pour la seconde fois dans sa chemise de nuit presque transparente qui laissait entrevoir les lignes délicates de son corps élancé, il dut se retenir au dossier d'une chaise pour ne pas perdre l'équilibre. Comment résister à une tentation pareille ? Elle s'arrêta dans le chambranle de la porte, cligna les yeux de surprise tandis qu'il s'efforçait à rester de marbre alors que toutes les fibres de son corps la réclamaient.

— Vous ne pouviez pas non plus dormir ?

— J'avais juste soif, répondit-elle dans ce qui ressembla à un souffle ou à un soupir.

Il lui tendit la bouteille d'eau.

— Et vous ? s'enquit-elle. Vous vous êtes relevé parce que le lit était trop dur ?

Il la regarda bien en face.

— Non, ce n'est pas à cause du lit, c'est à cause de vous.

Je pensais à vous, au miracle que vous avez accompli en m'extirpant de ma bulle. Comment avez-vous fait ?

— Qu'est-ce que Magdalena vous a fait ?

Elle avait parlé d'une voix pareille à un murmure.

Sans un mot, il attrapa deux chaises. Ils s'assirent face à face. Isabel sentait le savon et Dario avait l'impression qu'elle sortait de son rêve.

— Je vous ai raconté que, après son accession au titre de Miss Sicile, j'avais négligé nos vignes. A l'époque, je justifiais ma paresse par le fait que, une fois mariés et établis au village, nous n'aurions plus l'occasion de nous distraire de la sorte. J'ignorais que Magdalena avait décidé de quitter la Sicile. Elle avait gardé sa décision secrète par peur de perdre son titre car son contrat stipulait qu'elle devait passer toute l'année dans l'île. En même temps, elle a fait croire à ses fiançailles avec un natif du pays, moi en l'occurrence, mais, le jour où son contrat a pris fin, elle est partie au bras de mon cousin Giorgio, un homme d'affaires milanais que j'avais invité à mes fiançailles et qui avait immédiatement entrepris de la séduire sans que j'en sache évidemment rien. Avec lui, elle savait qu'elle pourrait quitter la Sicile, aussi n'a-t-elle pas hésité. Je suis tombé des nues. Je n'avais rien vu venir.

Il enfouit la tête dans ses mains.

— Je suis désolée, déclara-t-elle d'une voix douce. Je crois savoir ce que vous avez ressenti.

Il releva la tête.

— C'était comme si le volcan était entré en irruption et m'avait recouvert de cendres, comme si le monde avait soudain perdu ses couleurs. Tout était gris et terne autour de moi. J'avais l'esprit vide, le cœur saigné à blanc. Le travail était devenu ma seule raison de vivre. Je ne sentais plus la chaleur, ni le froid, ni la pluie. On aurait pu m'opérer sans avoir besoin de m'anesthésier.

— Oh, Dario…, murmura-t-elle en tendant la main vers lui.

Si son regard était empli de compréhension, il ne recelait pas la moindre trace de pitié, et Dario lui en sut gré.

— Petit à petit, le monde a retrouvé ses couleurs, le froid a cessé de ressembler à la chaleur et la chaleur à la pluie. Quatre saisons ont passé, j'ai mûri, je me suis assagi.

Ils se considérèrent longuement sans parler, sans se quitter des yeux, le souffle court, mus par le même désir, puis se levèrent doucement et, main dans la main, se dirigèrent vers l'escalier, pénétrèrent dans la chambre d'Isabel avec son lit étroit, ses draps blancs, et tombèrent enlacés comme s'ils savaient que cet instant devait arriver de toute éternité.

« Mon Dieu, pria-t-elle tandis que Dario enfouissait la tête dans son cou, faites que je ne tombe pas amoureuse de lui. »

Mais il était trop tard.

9

Le lendemain étant un samedi, Isabel n'attendait pas ses ouvriers. Au matin pourtant, elle entendit un camion sur le chemin et tourna un visage interloqué vers Dario qui, le regard ensommeillé et les cheveux en désordre, se souleva sur un coude pour l'embrasser.

— Quelqu'un arrive, dit-elle d'une voix un peu essoufflée en lui rendant son baiser.

Elle enfila à toute vitesse un short et un T-shirt.

— Je vais voir qui c'est.

Lorsqu'elle ouvrit la porte, Lucia, l'une des sœurs de Dario, se tenait dans l'embrasure, un panier à la main.

— J'ai appris que vous aviez quitté votre hôtel et je craignais que vous n'ayez pas de quoi manger.

Isabel se sentit paniquer. Lucia allait-elle découvrir que son frère était là ? Déjà, celle-ci tournait la tête vers le chemin derrière la maison.

— Mais… on dirait la voiture de Dario.

— Euh, oui… Il craignait que les sangliers saccagent mes vignes, alors… il a préféré passer… euh…

— Vous n'avez pas à vous justifier, répondit Lucia tandis qu'un imperceptible sourire de connivence lui étirait les lèvres. Je vais d'ailleurs vous laisser, mais pas sans vous avoir dit que j'ai parlé au prêtre. Il est prêt à venir bénir vos vignes un samedi de votre choix. Il peut aussi donner un autre genre de bénédiction… celle du mariage par exemple.

Isabel espéra que Dario n'ait pas entendu la dernière remarque de sa sœur car, pas plus qu'elle, il n'avait envie de… Et pourtant… L'espace d'un éclair, elle se vit devant la maison dans une longue robe blanche.

— Merci, répondit-elle en se ressaisissant. Je vais réfléchir à une date.

Comme Lucia la considérait sans un mot, elle précisa en rosissant :

— Pour la bénédiction des vignes bien entendu.

La jeune femme hocha la tête, mais son regard se posa soudain sur un point derrière l'épaule d'Isabel.

— Lucia ?…

La voix de Dario.

— … Mais qu'est-ce que tu fais là ?

Il ne semblait ni fâché ni agacé par la présence de sa sœur, simplement surpris. Isabel se retourna et se mordit la lèvre en le voyant. Ses cheveux en bataille, son regard engourdi et son torse nu laissaient clairement entendre qu'il n'avait pas passé la nuit à jouer aux cartes avec elle…

— Lucia nous a apporté de quoi manger, déclara-t-elle vivement.

— C'est gentil, merci.

— Voulez-vous entrer boire un café, Lucia ?

Celle-ci déclina poliment l'invitation et regagna sa voiture. Avant de monter, elle s'arrêta pour considérer le couple et agita la main.

— Je me demande ce qu'elle est en train de penser, dit Isabel en lui répondant.

— Que nous avons une liaison.

Elle tourna la tête vers lui.

— Est-ce le cas ?

— Ne l'est-ce pas ?

Prise au dépourvu, Isabel ne sut que répondre. Quelle différence avec Neil, son patron et occasionnel amant, qui ne cessait de vérifier que personne ne pouvait les surprendre !

Pour autant, lorsqu'on les avait surpris, c'est elle qui en avait assumé seule toutes les conséquences.

Dario l'attira vers elle.

— Pourquoi n'en aurions-nous pas une ? Si j'en crois la nuit que nous avons passée, nous nous entendons bien.

Elle rougit. Ils s'entendaient bien, en effet, et même très bien.

— De plus, poursuivit-il, nous sommes tous deux libres comme l'air.

— … Et comptons bien le rester, renchérit-elle.

Approuvant d'un hochement de tête, il la prit par la taille et ils rentrèrent ensemble.

Isabel sourit en refermant la porte derrière eux. Une aventure entre elle et Dario était parfaitement concevable. Il ne s'agirait ni plus ni moins que d'un échange de bons procédés puisqu'elle avait besoin de son appui et qu'il avait, de son côté, envie de l'aider. En concluant une alliance, ils servaient donc leurs intérêts. C'était aussi simple que cela.

Après avoir mangé quelques *cornetti*, les pâtisseries locales que Lucia avait apportées, et but tranquillement son café, Dario fila vers la vigne.

Le soleil brillait sur les raisins et le monde lui parut soudain délicieusement beau. Isabel était merveilleuse. Belle, généreuse et gentille. Jamais il n'aurait imaginé que… Ses pensées s'interrompirent lorsqu'il remarqua que l'eau sourdait du sol à l'endroit où était enterré le vieux tuyau d'arrivée.

Il alla la fermer au compteur et revint, regardant pensivement la terre mouillée. Impossible de déceler d'où venait la fuite.

— Le tuyau d'eau est crevé, Isabel ! Viens voir !

Elle sortit en courant de la maison.

— Que s'est-il passé ?

— Rien. Il est vieux, tout simplement, comme tout dans cette maison d'ailleurs. L'ennui, c'est que les vignes ne sont plus irriguées. Il va falloir que nous le remplacions le plus vite possible.

Il baissa la tête en dissimulant un petit sourire. Il avait dit *nous* et non *tu*. C'était pourtant les vignes d'Isabel…

— Reste ici pendant que je vais rouvrir l'eau et essaie de localiser le point de fuite.

Elle hocha la tête. Quelques minutes plus tard, il rouvrait le robinet d'arrêt et entendait Isabel pousser un cri strident. Il revint sur ses pas en toute hâte. Elle était trempée. A côté d'elle, un véritable geyser jaillissait de terre.

— C'est bien, tu as trouvé…, observa-t-il, pince-sans-rire, tout en essayant d'ignorer ses seins moulés par son T-shirt mouillé.

Elle resta si interloquée que, en dépit ou peut-être à cause de cela, il éclata de rire. Elle fut plus surprise encore par sa réaction puis, gagnée par la gaieté de Dario, partit à son tour d'un grand rire clair. L'instant d'après, ils tombaient dans les bras l'un de l'autre. Mais le contact de leurs corps eut immédiatement raison de leurs rires. Dario serra Isabel contre lui, lui caressant fébrilement la poitrine et les hanches. Fou de désir, il eut envie de faire l'amour sur place, en pleine nature, mais une sonnette d'alarme retentit dans sa tête. Il ne devait pas se laisser aller à la passion et recommencer la même erreur qu'avec Magdalena.

— Je crois que je ferais mieux de réparer le branchement d'eau tout de suite, murmura-t-il en se dégageant.

Ils passèrent la journée à s'occuper de la maison et, le soir venu, prirent une longue douche fraîche ensemble avant d'aller fouiller dans le panier apparemment inépuisable de Lucia. Ils y trouvèrent tout ce dont ils avaient besoin : du parmesan, de la *pasta* maison, des tomates fraîches, de la saucisse faite par *nonno* et une bouteille d'un succulent vin rouge.

Dario ne se lassait pas d'observer Isabel. Avec sa peau hâlée par le soleil et ses cheveux couleur de flamme, elle était d'une beauté sidérante. Lui, qui aurait pu compter sur les doigts de la main le nombre de fois où il avait souri depuis un an, ne cessait plus de le faire. Chaque fois qu'Isabel disait ou faisait quelque chose, il éprouvait un tel ravissement que ses lèvres s'étiraient toutes seules. C'était à peine s'il se reconnaissait. Il adorait lorsqu'elle grimpait à la grande échelle d'un air concentré ou se penchait sur le raisin avec une application d'écolière.

Combien de temps cela allait-il durer ?

Les journées passèrent, longues et ensoleillées suivies de nuits de velours au creux du petit lit d'Isabel. Elle avait repeint la cuisine et fixé des étagères tandis qu'il s'occupait des vignes. Chaque jour, ils se retrouvaient à l'heure de midi pour un long déjeuner.

— Il faut respecter la tradition sicilienne ! répondait-il lorsqu'elle s'étonnait du temps imparti à ce repas.

Apparemment, il était aussi dans la tradition sicilienne de faire l'amour l'après-midi avant de retourner au travail.

Le soir, Isabel et Dario faisaient la cuisine ensemble, mangeaient ensemble, discutaient ensemble, riaient ensemble puis, tombant de fatigue, allaient retrouver le petit lit où ils faisaient longuement l'amour. Leur relation était idyllique parce qu'ils en respectaient les règles.

Et qu'elle ne devait pas durer.

Dario était heureux et avait l'impression de marcher sur un nuage. Combien de temps cela durerait-il ? Il n'en avait aucune idée et ne voulait pas le savoir.

Une semaine passa, puis une seconde et il marchait toujours sur son nuage bien qu'une voix intérieure lui commandât sans relâche de se méfier, lui rappelant le fiasco de son histoire avec Magdalena.

Bien sûr, Isabel était très différente et lui-même était devenu un autre homme, érigeant un rempart autour de son cœur… Mais lui en restait-il un, au moins ? Ces derniers mois, il en avait souvent douté.

Cela avait néanmoins changé depuis qu'il s'éveillait chaque matin près d'Isabel et la surprenait, ses magnifiques cheveux roux emmêlés et son regard caramel encore alangui du sommeil de la nuit. Sans parler des soirs où elle se glissait contre lui dans leur étroit petit lit et l'enlaçait fiévreusement.

Quant à la famille Montessori, elle approuvait tant et si bien sa liaison qu'il en arrivait à oublier à quel point il avait souffert de ses réflexions sur Magdalena.

Pour autant, il n'ignorait pas que, après la bénédiction du vignoble, il devrait prendre une décision. Soit retourner chez lui à plein temps, soit… D'ici là, Isabel aurait fait installer l'électricité et le téléphone, et pourrait voler de ses propres ailes. Elle n'aurait plus besoin de lui tout le temps. Peut-être même voudrait-elle le voir moins souvent.

Cette idée lui fit un drôle d'effet…

— Demain soir, lui annonça-t-il alors qu'ils prenaient leur petit déjeuner, je t'invite à dîner au Cairoli. Tu travailles dur depuis quinze jours. Il faut que tu te distraies un peu.

Elle leva les yeux vers lui. Ses yeux brillaient et ce n'était pas à cause de l'éclat de la lampe à gaz suspendue au-dessus d'eux.

— Tu n'es pas obligé, tu sais.

— Bien sûr que je le sais. Tu mettras ta jolie robe rouge, celle qui est si bien assortie à tes cheveux. De mon côté, j'aurai une chemise blanche et un pantalon de lin. Je veux que tout le monde nous voie et nous envie !

10

Le lendemain soir, Isabel n'avait pas fini de réfléchir à l'attitude de Dario. Cette fois, ce n'était pas à un repas d'affaires qu'il l'avait conviée, mais bien à un rendez-vous sentimental.

Oui, contrairement à Neil, il voulait qu'on les voie ensemble. C'était si nouveau pour elle ! Et tant pis s'il ne l'aimait pas. L'amour était de toute façon un sentiment très surestimé…

Il tourna la tête vers elle en l'entendant descendre l'escalier et resta bouche bée, comme s'il ne l'avait encore jamais vue alors que cela faisait quinze jours qu'ils ne se quittaient pas.

— Qu'est-ce qui ne va pas ? demanda-t-elle en baissant la tête vers son unique robe habillée.

— Tu es très belle.

Elle rosit de plaisir et vola dans ses bras.

En arrivant à l'hôtel, ils commandèrent un apéritif tandis que Dario la présentait à ses amis présents. Puis ils se rendirent dans la salle à manger.

— Il s'est passé tant de choses depuis que j'ai quitté cet hôtel, murmura Isabel en retrouvant avec émotion les nappes blanches rayées de rouge et les solifleurs sur les tables, que j'ai l'impression de ne plus être la même. Merci encore de m'avoir aidée à me faire une place.

— Le mérite t'en revient entièrement. Devant l'ampleur de la tâche, n'importe qui aurait renoncé, pas toi.

Il leva son verre et le fit tinter contre le sien.

— Avant de trinquer à l'avenir, nous devons définitivement enterrer le passé. Je t'ai raconté mon histoire avec Magdalena, mais tu ne m'as pas expliqué comment s'était finie la tienne.

— Parce que je préfère oublier.

— Pour cela, il faut d'abord crever l'abcès.

Il avait raison, mais l'arrivée des *calamare fritti* arrosés d'une sauce délicieusement odorante incita Isabel à changer de sujet.

— La dernière fois que j'ai pris un repas ici, c'était juste avant de partir m'installer à l'Azienda. La salle était presque vide.

Quelle différence avec ce soir où elle dînait avec l'homme le plus séduisant de Sicile ! L'endroit résonnait de rires et de conversations. Jusqu'où tout cela allait-il la mener ?

Lorsqu'ils regagnèrent la voiture après le café, Isabel n'avait toujours pas répondu à la question de Dario et ne savait comment revenir sur le sujet.

Ils prirent place, main dans la main, sur le confortable canapé qu'il lui avait offert et installé sous la véranda.

— Tu m'as interrogé sur la fin de ma liaison avec Neil, déclara-t-elle comme on se jette à l'eau, eh bien, la voilà. Je ne sais pas comment, mais sa femme a fini par savoir ce qui se passait. Elle a débarqué un jour comme une furie dans le bureau de Neil alors que je m'y trouvais. Nous étions simplement en train de parler, mais elle a commencé à me traiter de tous les noms. Moi, j'étais éberluée car il s'était prétendu célibataire. Le lendemain, la direction m'a donné quinze minutes pour débarrasser mon bureau et décamper. Je me sentais d'autant plus écœurée que j'avais appris quelques minutes plus tôt que, loin d'être renvoyé, Neil avait été promu.

Le souvenir de son humiliation lui fit monter le rouge au front.

— La semaine suivante, j'ai mis mon tailleur le plus strict et suis venue le voir pour lui demander une lettre de recommandation. J'allais en avoir besoin pour trouver un nouveau travail et c'était le moins qu'il pouvait faire.

— Et alors ?

— Il a répondu qu'il ne pouvait rien pour moi, affirmant que c'était *moi* qui l'avais séduit et que tout était ma faute. J'étais si dégoûtée que je me suis presque enfuie. Deux mois plus tard, alors que je sombrais de plus en plus dans la dépression, sans travail et presque recluse, le courrier du notaire est arrivé. Non seulement quelqu'un avait pensé à moi, mais on m'avait légué un héritage ! J'avais un but à poursuivre, un endroit où aller ! J'ai pris quelques leçons d'italien et me suis documentée sur la viticulture. Je me sentais renaître !

Il la prit par les épaules. Elle se laissa aller contre lui avec l'envie d'y rester toujours.

— Tu dois te demander comment un homme pareil a bien pu se faire aimer de moi. C'est tout simple : en me flattant, en me racontant que j'étais une brillante graphiste, une belle femme et qu'il m'aimait.

Elle laissa sa tête aller en arrière en soupirant.

— Personne ne m'avait encore traitée avec autant d'égards. Lorsque le château de cartes s'est effondré, j'ai compris que, une fois de plus, j'allais devoir être forte. Et je l'ai été.

— Mais tu as toujours mal…

Ce n'était pas une question.

Elle releva la tête. Les yeux de Dario semblaient deux puits de tendresse.

— Oui… Non… Plus vraiment…

Plus depuis que tu es entré dans ma vie.

— … J'ai d'autres choses en tête, à présent. Ma vigne, ma maison…

Et toi.

Son émotion était telle que soudain, brisant son sacro-saint principe de ne jamais pleurer devant personne, elle fondit en larmes. Une vie de sanglots retenus se déversa sans qu'elle puisse les endiguer.

— *Tesoro, don'grido di t…*

Bien qu'elle ne comprît pas ce que disait Dario, ses mots l'apaisèrent et, lentement, ses pleurs se tarirent.

« Par pitié, répéta-t-elle silencieusement comme une prière muette, faites que je ne tombe pas amoureuse de lui. »

Le matin de la bénédiction des vignes fut aussi lumineux et ensoleillé que les autres. Isabel regardait les ouvriers installer les barbecues à l'orée des vignes quand Dario s'approcha d'elle.

— Nerveuse ?

— Inquiète plutôt. Et si le prêtre oubliait de venir ? Et si le vin n'était pas assez bon ? Et si je n'avais pas commandé assez de nourriture ?

« Et si j'étais tombée amoureuse de toi sans que tu m'aimes en retour ? »

Après la bénédiction des vignes, Dario s'en retournerait-il comme il était venu ou lui murmurerait-il les mots qu'elle rêvait d'entendre : « Je t'aime, Isabel, je veux passer ma vie avec toi. »

Il la fit tourner au creux de ses bras et lui effleura les lèvres du bout du doigt.

— La journée va être radieuse, Isabel. Aujourd'hui n'est pas une fin, mais un commencement. Tu vas voir…

Elle hocha la tête. Si seulement les mots de Dario avaient pu avoir le sens auquel elle pensait… Pourquoi était-elle tombée amoureuse de lui alors qu'elle avait à présent tout pour être heureuse ? Que lui fallait-il de plus ? Un nouveau chagrin d'amour ?

Les invités, sur leur trente et un, commencèrent à arriver, y compris le grand-père de Dario dans son fauteuil roulant, et se rassemblèrent sur la pelouse. Lorsque tout le monde fut arrivé, le prêtre fit face à l'assistance et bénit les vignes tout en récitant un psaume. Jamais Isabel n'avait été aussi émue. A présent, elle faisait vraiment partie de la communauté et se trouvait sous la protection de Dario. Et peut-être davantage…

A l'issue de cette brève cérémonie, alors qu'Isabel s'affairait autour des barbecues d'où montait une délicieuse odeur de viande grillée, elle vit Cosmo, les sourcils froncés, s'approcher de son frère. Un mauvais pressentiment la saisit. Quelque chose était arrivé. Pressée de sollicitations diverses par ses invités, elle ne put les quitter et dut maîtriser son inquiétude.

Dario la rejoignit quelques minutes plus tard et l'entraîna à l'écart.

— Je dois partir. Les dockers sont en grève à Palerme et notre vin est bloqué sur les docks depuis quinze jours. C'est ma faute. Ma famille n'a pas voulu m'ennuyer avec cela pendant que je me trouvais avec toi à l'Azienda. Résultat…

Il ne termina pas sa phrase. Un frisson glacé parcourut Isabel malgré la chaleur. Ce n'était pas possible… La même histoire ne pouvait se répéter ! Et pourtant si. Une fois encore, Dario avait négligé son devoir à cause d'une femme.

— Je dois partir pour Palerme tout de suite, reprit-il en regardant sans les voir ses amis et connaissances qui dansaient au son de la musique.

— Tu vas me manquer, répondit-elle sur un ton doux teinté d'angoisse.

— Si tout va bien, je serai de retour dans une semaine

ou deux. Mais tu n'as plus besoin de moi à présent. Tu es forte et amplement capable de t'en tirer toute seule. Tu vas faire une récolte exceptionnelle

Elle le regarda, éperdue, la gorge trop serrée pour répondre. Les mots de Dario sonnaient comme un adieu. Il partit sans l'embrasser, l'esprit ailleurs. Ce ne fut qu'en le regardant s'éloigner qu'elle mesura enfin l'étendue de son erreur. Quelle idée de tomber amoureuse de l'homme avec qui elle s'était accordé une aventure sans lendemain et de lui avoir prêté, pendant quinze jours, des sentiments qu'il n'éprouvait pas...

Lorsque tout le monde fut parti et que le soleil entama sa descente derrière les collines, elle se laissa tomber sur un siège, terriblement lasse.

C'était la première fois depuis deux semaines qu'elle se trouvait seule. Dario l'avait trop gâtée en l'habituant à sa présence. Aujourd'hui, elle se sentait abandonnée dans l'Azienda déserte.

Les jours suivants, elle continua ses travaux d'aménagement tout en surveillant son raisin, mais perdit peu à peu l'appétit et le sommeil. Comment avait-elle pu se montrer aussi stupide ? Sans Dario, l'existence était devenue terne et morose. Même l'Azienda ne l'intéressait plus.

Une autre semaine passa durant laquelle elle ne parla à personne qu'aux ouvriers. Et encore... Son mauvais italien limitait les échanges au strict minimum. Appeler Dario à Palerme sur son portable ? Elle ne songeait qu'à cela, mais son orgueil lui interdisait de passer à l'acte.

Du reste, s'il avait voulu la joindre, il connaissait son numéro...

Un après-midi qu'elle faisait les courses en ville, elle se cogna presque à Lucia. Celle-ci la salua chaleureusement.

— Comment va Dario ? demanda aussitôt Isabel sans se soucier de ce qu'allait penser la jeune femme.

— Il se trouve toujours à Palerme. Les problèmes sont plus sérieux que prévu et il travaille sans relâche. Pendant ce temps, Cosmo assure l'intérim ici. C'est d'ailleurs presque une chance pour lui. Il a toujours vécu dans l'ombre de son grand frère, jusqu'à aujourd'hui il n'avait jamais eu l'occasion de montrer ses qualités.

Isabel sentit son cœur se serrer. Bien qu'en contact régulier avec sa famille, Dario n'avait donc pas songé une seule fois à l'appeler…

— Et vous, comment allez-vous ? s'enquit Lucia. Vous êtes un peu pâle.

Isabel réussit à faire un vague sourire.

— Ça va…

— J'espérais que vous et Dario…

— Nous étions amis, rien de plus.

Lucia ne parut pas entendre.

— Quel dommage ! Vous lui conveniez si bien. Je ne comprends pas ce qui s'est passé…

Isabel, en revanche, avait trop bien compris.

Il avait commis avec elle la même erreur qu'avec Magdalena, négliger son travail pour une femme, et ne se le pardonnait pas. Comme elle ne se pardonnait pas son imprudence. Tomber amoureuse de lui ! Décidément, cela ne pouvait plus durer. Où qu'elle tournât les yeux, elle voyait sa silhouette. Chaque moteur de voiture lui faisait tendre l'oreille. Il fallait en finir. Dario était parti sans un regard en arrière. A quoi bon songer à lui nuit et jour ?

Dario était épuisé. Depuis son arrivée à Palerme, il n'avait pas eu une minute de repos. Malgré cela, c'était à l'Azienda qu'il ne cessait de retourner en pensée. Pour y retrouver Isabel…

Le matin, à peine avait-il ouvert les yeux qu'il cherchait son corps près de lui, croyait entendre sa voix et respirer son odeur. Au cours de la journée, c'était son beau visage altéré par le chagrin lorsqu'il était parti, le jour de la bénédiction des vignes, qui lui revenait en mémoire.

Sans lui, avait-il toujours cru, tout irait à vau-l'eau. Or son départ à Palerme lui avait prouvé le contraire. Non seulement Cosmo s'était montré très efficace, mais Lucia lui avait prêté main-forte avec l'intelligence qui la caractérisait.

Ces journées passées loin de sa ville lui avaient aussi appris que l'Azienda était devenue son vrai foyer parce que c'était celui d'Isabel, l'endroit où il pouvait la retrouver et l'aimer et que, sans elle, il ne pourrait jamais être heureux.

Après des journées entières passées à retourner les mêmes questions dans sa tête, Isabel trouva brusquement la réponse.

Il fallait partir.

Quitter cette Azienda qu'elle adorait, la seule maison où elle se soit jamais sentie chez elle, mais où trop de choses, à présent, la rendaient malheureuse.

Elle rédigea une courte lettre pour Dario et fila chez lui. La gorge serrée, elle reconnut par la fenêtre la grande cheminée, les fauteuils en cuir et les piles de dossiers sur son bureau. Sans s'attarder, elle glissa l'enveloppe sous la porte et laissa aller sa tête contre le panneau de bois.

Qu'est-ce que je viens de faire ? Non, je ne peux pas partir.

Il fallait récupérer la lettre. Mais comment ? En en écrivant une autre ? Ne tiens pas compte de ce que tu viens de lire. Je ne pars pas. Tout cela n'a rien à voir avec toi.

Impossible. Ce serait un mensonge éhonté. Son départ

était directement lié à Dario. A Dario qui ne l'avait pas appelée une seule fois et à qui elle ne manquait pas.

Pour autant devait-elle quitter le pays sans lui avoir parlé ? Elle regagna son véhicule à pas lents, déchirée entre l'envie de partir et celle de rester.

Dario quitta Palerme le soir même. Il fallait qu'il voie Isabel le plus vite possible. Oui, lui qui avait cru ne pas avoir besoin d'elle comprenait enfin qu'elle était bien plus importante que sa terre, ses vignes et toutes ses propriétés réunies.

Il se rendit directement à l'Azienda. La porte était ouverte et la maison vide. Inquiet, il rejoignit son domicile et découvrit la lettre en ouvrant sa porte.

L'ouvrant d'une main fébrile, il vit des bribes de phrases défiler sous ses yeux.

«… pas rester ici plus longtemps… trop difficile… je comprends… l'Azienda est à toi… »

Il froissa la feuille en boule dans son poing et la lança au loin. Les explications contenues dans cette lettre n'avaient aucun sens. Pourquoi Isabel était-elle partie ? Parce qu'il l'avait quittée alors qu'elle avait besoin de lui ? Dans ce cas, pourquoi ne lui avait-elle pas téléphoné ?

Il resta longtemps hébété puis sortit en levant les yeux vers le ciel. Isabel se trouvait-elle déjà dans l'un de ces avions qui zébraient le firmament ? Comment imaginer la vie sans elle ? Ne plus plonger dans son regard, ne plus l'entendre rire, ne plus la sentir trembler sous ses doigts…

Mais peut-être venait-elle seulement de partir ? Peut-être n'allait-elle pas trouver de billet à l'aéroport ? Saisi par un espoir insensé, il courut comme un fou vers sa voiture, démarra en trombe et lança son véhicule vers l'autoroute menant à l'aéroport.

Derrière le comptoir, l'employé cherchait depuis une heure une place disponible dans un avion en partance pour les Etats-Unis. Sans succès.

— Peut-être *domani*…

Demain ? Isabel recula, effondrée. Elle ne pouvait attendre jusque-là. C'était au-dessus de ses forces. Que faire en attendant ? Retourner à l'Azienda ? Prendre une chambre d'hôtel ? Acheter un billet pour une autre destination ? Non, non et non.

Elle se dirigea vers le bar pour commander un *capuccino* en songeant vaguement que, si Dario avait été là, il l'aurait incitée à prendre aussi une *gelato.* Chaque fois qu'ils étaient ensemble, il cherchait à lui faire découvrir une spécialité du pays.

Sauf qu'il n'était pas là, qu'il était en train de travailler à Palerme, que son séjour à l'Azienda n'avait été qu'une parenthèse dans son existence.

— *Ciao, signorina*, dit soudain une voix sur sa gauche lorsqu'elle entra dans le bar.

Elle pivota vivement sur elle-même et ouvrit des yeux démesurés.

Il était là, à quelques dizaines de centimètres, confortablement installé sur une chaise, comme s'il avait rendez-vous avec elle à cet endroit précis.

Comme elle le considérait, bouche bée, il commanda tranquillement un café à la serveuse qui passait. Si tranquillement qu'Isabel fut aussitôt convaincue que, après avoir lu dans son mot qu'elle partait définitivement, il avait juste décidé de venir lui dire au revoir.

A moins que… Dario à l'aéroport… Pourquoi ?

— Que fais-tu là ?

Posant les coudes sur la table, il se pencha vers elle, si près qu'elle distingua les ridules autour de sa bouche et les cernes sous ses yeux. Il semblait ne pas avoir dormi depuis des jours. Pour autant, il restait merveilleusement séduisant avec son jean et son T-shirt blanc. Elle se sentit fondre.

— Je pourrais te retourner la question.

— Je veux rentrer aux Etats-Unis, mais les vols sont complets.

— Pourquoi ?

— Probablement parce que nous sommes à la veille du week-end.

— Non, pourquoi pars-tu ?

— N'as-tu pas trouvé mon mot ?

— Si, mais je voudrais te l'entendre dire. Je croyais que tu te plaisais ici.

— Moi aussi, mais je ne peux pas rester…

Elle serra les poings et poursuivit en s'efforçant d'avoir l'air convaincante :

— J'ai cru que j'arriverais à gérer l'Azienda toute seule, mais, après ton départ, j'ai réalisé que je me trompais. C'est trop dur.

— Ce genre de phrase ne te ressemble guère.

— Ça n'a pas été une décision facile.

— Tu aurais pu attendre mon retour pour me le dire en face. Je pensais que je comptais plus que cela pour toi. Et surtout, tu aurais pu m'appeler.

— Toi aussi. Si je n'étais pas tombée par hasard sur ta sœur en ville, je ne saurais même pas que tu es toujours vivant.

— Pardonne-moi. J'ai été submergé de travail, mais ce n'est pas une excuse, c'est vrai. Quoi qu'il en soit, j'ai pensé à toi sans arrêt et tu m'as beaucoup manqué.

Il plongea le regard si profondément dans le sien qu'elle craignit qu'il y découvre la véritable raison de son départ. Ce qu'il venait de dire lui remuait l'âme.

— Tu m'as manqué aussi.

— J'aurais dû envoyer quelqu'un à Palerme au lieu de partir moi-même. Aujourd'hui, je m'aperçois que Guillermo ou Cosmo se seraient parfaitement débrouillés et que je ne suis pas irremplaçable, loin s'en faut. Du reste, lorsque mon beau-frère est venu prendre ma relève, j'ai réalisé qu'il était bien plus qualifié que moi pour résoudre le problème.

Il baissa la voix.

— Comme toi, ils n'ont pas besoin de moi…

— Ce n'est pas vrai !

Cette fois, il fallait dire la vérité.

— C'est parce que j'ai justement *trop* besoin de toi que je m'en vais. Je… pensais impossible de tomber de nouveau amoureuse or c'est ce qui m'est arrivé. Mais, de ton côté, ta terrible déconvenue avec Mag…

Il lui saisit la main à travers la table.

— Il est vrai que j'avais décidé de rester un éternel célibataire entouré de ses neveux et nièces, mais tu es apparue et tout a basculé. J'ai longtemps attendu que tu te décourages devant l'énorme travail à accomplir à l'Azienda et puis, peu à peu, j'ai changé d'avis au point de te prêter main-forte. Je n'étais pas sûr que tu y parviendrais, or tu le peux. Mais, si tu le désires…

Il lui pressa doucement la main.

— … je serai toujours là pour t'aider. Je t'aime, Isabel. Je veux t'épouser et avoir des enfants de toi qui grandiront à l'Azienda.

Lorsque Isabel retrouva enfin la force de parler, ce fut d'une voix tremblante.

— Dario, depuis que je t'ai rencontré je ne suis plus la même ! Tu m'as ouvert la voie, donné le courage d'aller jusqu'au bout du défi que je m'étais fixé alors que, dans le même temps, tu rêvais de récupérer ta vigne ! Jamais je n'oublierai ta générosité ! Je t'aime !

Comme elle fondait en larmes, Dario la serra dans ses bras.

— Ne pleure pas, Isabel, je t'en prie. Je ne peux te

promettre une existence facile, mais je peux en revanche te jurer qu'elle ne sera jamais ennuyeuse.

Il se leva et lui tendit la main.

— Viens, rentrons chez nous. Nous avons du raisin à finir de cueillir et un mariage à préparer.

Elle referma les bras autour de lui au moment où, dans l'aéroport, s'élevait une voix annonçant l'embarquement immédiat pour le vol à destination des Etats-Unis.

Un vol qu'elle ne prendrait pas.

Pas aujourd'hui.

Pas sans Dario.

Épilogue

Par une belle journée d'octobre, la petite église en pierre de Villarmosa était emplie d'amis et d'invités venus assister au mariage de Dario Montessori et d'Isabel Morrison, sa fiancée américaine.

Même ceux qui les voyaient pour la première fois ne pouvaient douter qu'ils étaient faits l'un pour l'autre tant ils irradiaient de bonheur.

Profitant d'une escapade à Agrigente quelques jours plus tôt, Dario avait acheté à Isabel un rubis mis en valeur par sa chevelure flamboyante, et l'avait emmenée voir *Le Mariage de Figaro* où elle avait été séduite par la musique autant que par le spectacle.

Puis le grand jour était enfin arrivé et ils avaient prononcé leurs vœux en anglais et en italien sous le regard attendri de la foule amassée dans la petite église.

Après la cérémonie, la jeune épouse avait fait profiter *nonno* des cours d'italien prodigués par son mari.

— *Sono cosi felice di fare parte della vostra famiglia.*

Le visage du vieil homme s'était épanoui de félicité.

Tout le monde s'était ensuite mis en route vers une Azienda rutilante avec ses tables tendues de nappes blanches et décorées de fleurs multicolores, et son quartet à cordes qui accueillit les mariés avec les airs les plus romantiques de la musique sicilienne. On porta des toasts dans les deux langues et les danseurs s'élancèrent sur un parquet de bois installé pour l'occasion.

Un peu plus tard, alors que les discussions allaient bon train, Dario entraîna sa femme à l'écart.

— *Signora* Montessori, je ne vous ai pas encore offert votre cadeau de mariage.

Il sortit de sa poche une petite boîte plate et rectangulaire qu'elle ouvrit. A l'intérieur se trouvait la photo d'un sexagénaire aux cheveux roux dans un cadre d'argent.

— Ton oncle. J'ai trouvé cette photo dans les archives du journal local. S'il te voyait, je suis sûr qu'il serait fier de toi. Personne mieux que toi ne méritait l'héritage qu'il t'a légué. De plus, c'est la personne à qui je suis le plus redevable au monde puisque c'est grâce à lui que je t'ai rencontrée.

Il leva sa flûte de champagne et ils trinquèrent.

— A oncle Antonio, murmura-t-elle, la seule famille que j'aie jamais eue.

— Aujourd'hui, tu en as une vaste qui t'aime tendrement ! Cela dit, je crois que nous allons tout de même lui fausser compagnie et nous sauver vers notre lune de miel.

Isabel sourit, émerveillée. Son rêve était devenu réalité. Pendant leur absence, l'Azienda finirait d'être rénovée et c'est dans une belle maison toute neuve qu'elle pourrait fonder sa famille.

— J'ai aussi un petit présent pour toi.

Elle sortit une minuscule clé d'or de la doublure de sa manche en dentelle.

— La clé de mon cœur.

Dario s'en saisit, la porta à ses lèvres et l'embrassa avant de la glisser dans sa poche en remerciant le destin d'avoir mis sur son chemin Isabel — sa vie et son amour.

REBECCA WINTERS

Un été à Belles Fleurs

Traduction française de
PHILIPPE WANTIEZ

HARLEQUIN

Titre original :
CINDERELLA ON HIS DOORSTEP

Ce roman a déjà été publié en 2012.

1

Sanur, île de Bali, 2 juin.

— Martan ?

Alex Martin se retourna. Il pleuvait, mais ce n'était pas l'une de ces pluies tropicales qui forment un véritable écran et vous empêchent de voir à plus d'un mètre devant vous. Il s'agissait d'une légère averse, et Alex n'eut pas de mal à reconnaître celui qui venait de l'appeler.

Il s'agissait du garçon de ménage, dont la mère avait été engagée par le projet Forsten de longues années auparavant pour nettoyer les logements des employés. Désormais orphelin, le garçon s'était attaché à Alex et l'appelait toujours par son nom de famille – mais sans le prononcer correctement.

— Bonjour, Sapto. Je ne pensais pas te revoir avant mon départ.

Alex attendait le taxi qui devait le conduire à l'aéroport de Bali.

Autrefois, il se serait empressé de s'écrier :

— Notre nom est Martin ! Mar-TIN !

Mais cela, c'était avant l'accident qui avait coûté la vie à son père, William Martin, né en Australie.

Et Sapto avait continué à écorcher son nom.

Quelques mois plus tôt, le garçon avait perdu sa mère dans une inondation. Il n'ignorait pas qu'Alex avait lui aussi perdu la sienne, qui était d'origine française et avait succombé à une maladie infectieuse quelques années auparavant. Cela, estimait Sapto, leur donnait quelque chose en commun. Alex avait été plutôt touché que Sapto voie la situation ainsi, et il n'avait pas essayé de le faire changer d'avis.

— Prenez-moi avec vous ! Je n'ai jamais vu la France.

Se doutait-il qu'Alex était dans le même cas ? Même s'il avait la double nationalité ?

Enfin, lui, au moins, avait voyagé. Cela devait impressionner Sapto, qui ne s'était jamais aventuré à plus de vingt ou trente kilomètres de son village.

La famille d'Alex avait vécu partout où le métier de son père, ingénieur, l'avait entraînée. En Australie, en Afrique, puis, finalement, en Indonésie. Après avoir perdu ses parents, Alex ne se sentait plus d'attache avec aucun lieu. Il était allé en Australie pour enterrer son père à côté de sa mère. Depuis, il y avait en lui un vide. Il n'était plus nulle part chez lui.

— Je voudrais bien, Sapto, mais je ne sais vraiment pas de quoi mon avenir sera fait.

— Mais vous avez dit que votre grand-père français vous avait légué une maison ! Je pourrais y habiter et la nettoyer pour vous !

— Ce n'est pas à moi qu'il l'a léguée, Sapto, répondit Alex avec une grimace.

La lettre destinée à sa mère était arrivée avec deux années de retard. Elle était parvenue à Alex par l'intermédiaire de la société Forsten, pour laquelle il travaillait.

Le notaire qui l'avait écrite avait précisé qu'il recevrait les héritiers le 5 juin à Angers. Si Geneviève Fleury, seul membre de la famille Fleury encore en vie, ne se présentait pas, la propriété reviendrait au gouvernement français.

Alex avait téléphoné au notaire qui, jusque-là, ignorait son existence. Il avait appris que la propriété était à l'abandon depuis plus de quarante ans et que les arriérés d'impôts fonciers constituaient une somme colossale.

Alex avait eu l'impression que le notaire minimisait la valeur de cet héritage. Il avait paru étrangement choqué d'apprendre que Geneviève Fleury avait un fils.

Il y avait là un mystère, qu'Alex entendait bien percer. De plus, il ressentait le besoin de connaître le pays d'où venait sa mère avant de poursuivre sa vie. Comme il n'avait plus aucune famille, il était libre de choisir dans quelle partie du monde il s'établirait, et c'était aux Etats-Unis qu'il souhaitait fonder sa propre société.

Le taxi arriva. Sapto chargea les bagages dans le coffre.

— Vous allez m'écrire ? demanda-t-il, les yeux embués de larmes.

— Je promets de t'envoyer des cartes postales.

Il glissa un billet dans la main de l'adolescent.

— Merci de ton aide, Sapto. Je ne t'oublierai pas, promis !

— Au revoir…

Le taxi démarra et Sapto se mit à courir derrière lui jusqu'à ce qu'il ait tourné au coin de la rue.

Hollywood, Californie, 2 août.

— C'est la pause déjeuner. Tout le monde revient à une heure ! Et personne n'est en retard !

A ces mots, acteurs et cameramen quittèrent le plateau de tournage.

Lorsque Jan Lofgren fronçait les sourcils, Dana, sa fille, savait qu'il n'était pas de bonne humeur. Ce réalisateur d'origine suédoise était un génie, mais les films sur lesquels il travaillait accaparaient sans cesse son esprit, au point de le faire vivre sur une autre planète et de lui faire perdre toute patience.

De la patience, il n'en avait jamais eu beaucoup avec

Dana, sa fille unique. Il aurait souhaité un fils brillant et n'avait eu qu'une fille bien ordinaire, qui n'aurait jamais la beauté ou le génie nécessaires pour faire fortune.

Quand elle était petite, sa mère l'avait prévenue :

— Ton papa t'aime beaucoup, ma chérie, mais il ne faut jamais t'attendre à ce qu'il soit un homme comme les autres. Il n'est pas facile à aimer. Il faut le prendre tel qu'il est.

A présent, sa mère n'était plus là pour lui donner des conseils. Elle était morte quatre ans plus tôt et Dana avait appris à ne pas exprimer son chagrin. C'était devenu encore plus nécessaire depuis quelque temps, car son père avait des difficultés avec sa petite amie du moment, Saskia Brusse, top model néerlandaise qui voulait devenir actrice et jouait un rôle dans le film en cours. Elle n'était guère plus âgée que Dana – qui avait vingt-six ans – et représentait l'antithèse de sa mère.

Dana désapprouvait la vie privée tumultueuse de son père, mais il ne fallait surtout pas dire cela en public. En revanche, Jan ne s'était pas gêné pour donner son avis sur la relation désastreuse qu'elle avait eue avec Neal Robeson, un jeune acteur qui s'était servi d'elle pour approcher le grand réalisateur qu'il était.

Pour elle, cela s'était soldé par une humiliation qu'elle n'était pas près d'oublier. Pourquoi son père, après avoir fait semblant de ne rien remarquer, avait-il explosé ainsi en public ?

Il lui fallait toutefois oublier son ressentiment. Pour retrouver une relation un peu plus normale avec son père, elle devait impérativement faire le premier pas.

— Je t'ai apporté du café et des sandwichs, papa.

Perdu dans ses pensées, Jan prit la bouteille Thermos et commença à boire.

— J'ai décidé de tourner le reste du film en décors naturels, déclara-t-il. Au moins, cela donnera quelque chose de valable. Tout est déjà prêt, sauf pour la partie la plus importante, en France. Je ne suis pas satisfait des endroits où nous sommes déjà allés, il me faut quelque chose de différent.

Depuis la mort de sa mère, Dana avait été nommée responsable de la recherche des lieux de tournage, en plus d'être cuisinière en chef et souffre-douleur de son père. Certes, il la payait bien, mais il lui infligeait aussi des blessures profondes.

Lorsqu'il ne mettait pas en scène l'un de ses films tant appréciés par la critique, il se plongeait dans des ouvrages historiques. Elle aussi aimait lire ; elle avait d'ailleurs hérité le goût de son père pour les récits de la Seconde Guerre mondiale en Europe. Au fil des ans, ils avaient visité ensemble toute la côte sud de l'Angleterre et divers endroits du continent, retrouvant les lieux historiques où ils venaient ensuite filmer ses créations.

— J'ai trouvé sur internet quelque chose qui semble prometteur. Donne-moi deux ou trois jours.

— C'est trop long.

— Il me faut déjà le temps d'arriver à Paris. Je te téléphonerai demain soir.

— Tu vas où, exactement ?

— Je préfère ne pas te le dire.

Si elle trouvait ce qu'il voulait, cela ferait-il retomber la tension entre eux ? Non, sans doute. Seule sa mère connaissait le secret pour apaiser cet homme, et elle n'était plus là. Depuis sa disparition, personne ne paraissait plus exister pour lui, et surtout pas sa fille unique.

Le panneau indiquait Rablay-sur-Layon. Toute cette région de l'Anjou était si verte que Dana avait l'impression de se trouver précipitée à l'intérieur d'un tableau de Monet peint à Giverny.

Comme les Français avaient dû être choqués de voir les chars de l'armée allemande déferler dans ce paisible paysage !

Elle sentit la faim la tenailler. Il se faisait tard. Elle aurait dû dîner dans le dernier village qu'elle avait traversé, mais elle avait hérité certains traits de son père : lorsqu'elle avait un but à atteindre, elle ne s'arrêtait pas en chemin.

Elle voulait voir comment les ombres se dessinaient sur le château de Belles Fleurs avant le coucher du soleil, afin de décider si l'endroit dégageait bien l'atmosphère que recherchait son père.

Suivant la carte trouvée sur internet, elle tourna à droite au second carrefour après le pont et atteignit la bifurcation, où elle prit encore à droite. Le château surgit soudain devant elle.

Il était tellement recouvert de végétation qu'elle n'avait pas pu le distinguer de loin. Et même de près il fallait vraiment savoir qu'un château se trouvait là, tant la verdure le camouflait.

Elle avança. Un bastion, avec son cône pointu, semblait jouer à cache-cache dans le feuillage. Des rosiers sauvages, que l'on n'avait pas taillés depuis belle lurette, poussaient partout.

Elle descendit de voiture. Ce massif de verdure donnait vraiment envie de partir en exploration !

Elle ne put cependant aller très loin, car les arbres formaient un sous-bois difficilement pénétrable.

Personne n'avait dû habiter là depuis des années. Ce lieu devait en recéler, des secrets…

Son père adorerait cela. Elle n'aurait pu trouver mieux dans toute la vallée de la Loire.

— Puis-je vous aider, madame ? demanda une voix derrière elle.

Surprise, elle se retourna. Un homme d'une trentaine d'années se tenait là.

— Oh ! Je ne savais pas qu'il y avait quelqu'un, répondit-elle dans un français hésitant.

— Moi non plus, affirma-t-il dans un anglais parfait.

Il portait un blue-jean et un T-shirt et devait mesurer un bon mètre quatre-vingt-dix. Il était puissant, musclé, et son teint indiquait qu'il passait sa vie au soleil.

— L'endroit semble désert. Vous êtes le gardien ?

— En un certain sens. Vous vous êtes perdue ?

— Non. Je pensais venir ici demain matin, mais la curiosité l'a emporté et je n'ai pas pu attendre.

Il la dévisagea. Pour une fois, elle regretta de ne pas être une brune élancée, et non une blonde aux yeux bleus, trahissant les origines scandinaves de son père.

— Si vous êtes agent immobilier pour des clients américains, je regrette, mais ce domaine n'est pas à vendre.

— Non, non, pas du tout. Je suis ici pour une autre raison. C'est bien le château de Belles Fleurs, n'est-ce pas ?

Il hocha la tête.

— En fait, j'aimerais rencontrer le propriétaire, M. Alexandre Fleury Martin.

— Vous l'avez devant vous.

— Ah bon ? Excusez moi, je suis désolée, je… je ne m'étais pas rendu compte.

— Comment connaissez-vous mon nom ?

— J'ai vu votre annonce sur internet.

Son interlocuteur parut se crisper.

— Il y a trop de touristes qui l'ont vue, et qui décident de s'arrêter ici durant leur séjour en France.

— Vous devriez acheter un chien de garde et mettre un panneau « défense d'entrer ».

— Croyez-moi, j'y songe sérieusement.

— Excusez-moi, je ne me suis pas présentée. Je m'appelle Dana Lofgren. Si vous aimez le cinéma, vous avez peut-être vu *The Belgian Connection*, le dernier film réalisé par mon père.

— Je ne savais pas que Jan Lofgren avait une fille.

Evidemment, peu de gens étaient au courant, en dehors des collaborateurs de son père. Bien sûr, si elle avait eu un visage digne de figurer en couverture des magazines…

— Cela n'intéresse personne, affirma-t-elle. En fait, j'aide mon père en coulisses. Quand j'ai vu votre page internet, je suis venue tout de suite de Los Angeles. Mon père travaille sur un film pour lequel il a besoin de décors naturels en France. C'est assez urgent, et il n'a pas encore trouvé ce qu'il voulait.

— Vous auriez dû m'envoyer un e-mail. Je serais venu vous chercher à Angers. Il est trop tard pour voir grand-chose ce soir.

— Je ne pensais pas vous rencontrer avant demain. Pardonnez-moi d'avoir commencé mon exploration sans votre permission, mais je voulais me faire une idée personnelle.

— Et vous y êtes parvenue ?

— Oui.

— Si nous en parlions autour d'un repas ? Je n'ai pas encore dîné. Et vous ?

L'invitation la surprit. Après le faux pas dont elle s'était rendue coupable, elle ne s'attendait pas à une telle amabilité.

— J'ai une réservation à l'Hermitage, à Chanzeaux.

— Ce n'est pas loin d'ici. Je vais me changer et prendre ma voiture. Suivez-moi dans la vôtre et fermez bien vos portières à clé.

Dana le regarda s'éloigner. Pourquoi était-elle si troublée ? Elle avait pourtant appris à se méfier des hommes. La leçon avait été assez durement acquise pour s'imprimer dans son esprit…

Alex fit signe au serveur.

— Apportez-nous un bon vin de dessert, s'il vous plaît.

— Oui, monsieur.

Lorsqu'il avait mis sur internet une annonce pour louer le château à des maisons de production, dans l'espoir de gagner de grosses sommes d'argent en peu de temps, il ne s'attendait pas à ce qu'un réalisateur légendaire comme Jan Lofgren s'y intéresse !

Depuis six semaines qu'il était là, il avait entrepris des travaux pour rendre l'endroit habitable : on avait installé de nouvelles salles de bains, avec douches et toilettes, et remis toute la plomberie à neuf.

Pendant ce temps, trois studios parisiens avaient tourné des plans sur la rivière, utilisant le château comme arrière-fond, mais ils fonctionnaient tous avec de petits budgets. A ce train-là, il aurait fallu plusieurs années à Alex pour rassembler l'argent nécessaire au paiement des impôts accumulés. Le fisc lui avait certes accordé un délai, mais pas aussi long. Il fallait trouver mieux, et assez vite, faute de quoi il perdrait la propriété.

Il avait reçu bon nombre de propositions d'achat ; il ne manquait pas d'investisseurs désireux de transformer la bâtisse en hôtel. Toutefois, Alex entendait bien garder l'héritage de sa mère, s'il le pouvait.

Cette jolie blonde qui lui faisait face lui apportait peut-être la solution. Il était permis d'espérer. Elle n'avait pas été rebutée par ce qu'elle avait vu. Les films de son père rapportaient gros aux producteurs d'Hollywood. S'ils venaient tourner ici, le budget serait important.

Alex allait donc faire de son mieux pour la satisfaire.

Dana Lofgren paraissait avoir vingt-deux ou vingt-trois ans, pas plus – mais bien sûr, les apparences peuvent être trompeuses. Si jeune qu'elle soit, elle connaissait son père mieux que personne, et le fait qu'il l'ait envoyée là signifiait qu'il lui faisait confiance. Si elle estimait que la propriété présenterait un intérêt pour lui, son opinion aurait du poids.

— Comment avez-vous trouvé votre plat ?

— Ce chateaubriand était délicieux.

— Je suis content que vous l'ayez apprécié. Je connais la maison et je vous garantis qu'elle est capable de contenter une équipe de tournage.

— Je le crois volontiers. On pourrait vite prendre du poids ici. Heureusement que je ne suis pas une vedette de cinéma !

— Vous n'avez pas d'ambition de ce côté-là ?

— Non.

— Que faites-vous donc, quand vous n'aidez pas votre père ?

— C'est une bonne question, répondit-elle d'un ton amusé.

— Permettez-moi de la reformuler. Que faites-vous pendant votre temps libre ?

— Rien de bien extraordinaire. Je lis, je cuisine. Je veille à ce que mon père n'oublie pas de manger !

— Vous vivez avec lui ?

Plutôt que de répondre, elle goûta le vin. Il était vraiment très bon… Puis elle entama la crème brûlée que le serveur venait d'apporter.

— C'est vraiment délicieux, ici. On pourrait y prendre goût, au point de ne plus pouvoir s'en passer !

— Je suis désolé de vous avoir posé une question aussi personnelle… En fait, je pensais à mon grand-père. C'est à lui que ce château appartenait. Je ne l'ai jamais connu, parce qu'il a jeté ma mère dehors quand elle avait à peu près votre âge. Depuis, ils sont morts l'un et l'autre sans jamais s'être revus.

Dana eut un sourire amer.

— C'est vrai que mon père et moi nous n'arrêtons pas de nous disputer, surtout depuis la mort de ma mère, il y a cinq ans, mais nous n'en sommes pas encore arrivés à ce point ! De toute façon, mon père a besoin de quelqu'un pour veiller sur lui.

— Il a de la chance de vous avoir…

— L'histoire de votre mère est tragique. Si vous pardonnez ma curiosité, qu'est-ce qui a pu causer une telle rupture ?

— Gaston Fleury, mon grand-père, a perdu le seul fils qu'il avait à la guerre. Sa femme et lui se sont alors murés dans leur chagrin. Après la mort de ma grand-mère, il a tout bonnement renoncé à la vie. Pourtant, sa fille faisait tout pour lui. Plus elle lui montrait qu'elle l'aimait, plus il était froid. A l'évidence, il souffrait de sérieux problèmes psychologiques. En fin de compte, il en est venu à oublier l'existence même de sa fille. Il s'est coupé de tout le monde, renvoyant ses domestiques l'un après l'autre. Comme sa fille essayait sans cesse de lui faire comprendre qu'il ne pouvait pas vivre ainsi en reclus, il a fini par la mettre dehors elle aussi. Il n'avait besoin de personne, disait-il. Ma mère a subi là un choc terrible. C'est après cela qu'elle a décidé d'épouser mon père. Elle l'avait rencontré alors qu'il passait ses vacances en France. Ils sont partis ensemble en Australie et se sont installés dans le Queensland, où il était né.

— Votre père y habite toujours ?

— Non. Il est décédé dans un accident de voiture, il y a sept mois.

— Oh ! je suis désolée…

— Non, il ne faut pas, vous ne pouviez pas savoir… Et puis, c'est la vie, on n'y peut rien, comme vous avez pu vous en rendre compte vous-même.

— C'est vrai.

— Toute sa vie, mon père en a voulu à mon grand-père. Mais ce n'est qu'à la mort de ma mère, il y a deux ans, qu'il m'a raconté cette histoire. Gaston n'a jamais écrit à sa fille. Et elle n'est jamais retournée le voir. Cela aurait été trop pénible. Mais elle en est restée triste toute sa vie.

— Vous avez dû vous poser des questions en grandissant, non ?

— Bien sûr, mais ce serait une trop longue histoire. Je vais donc l'abréger. En mai dernier, une lettre destinée à ma mère m'est parvenue. Le notaire chargé de la succession de mon grand-père cherchait à la retrouver, mais nous avions déménagé plusieurs fois et la lettre a mis du temps à arriver. Dès que je l'ai reçue, j'ai pris contact avec le notaire, qui m'a expliqué que, vers la fin, mon grand-père avait été placé en hôpital psychiatrique. C'est là qu'il est mort.

— C'est terrible !

— Oui, c'est terrible… Le notaire m'a dit que, si ma mère ne venait pas réclamer son héritage, le gouvernement français en prendrait possession. Il y avait des années d'impôts fonciers en retard. Alors je suis venu et j'ai découvert ce château abandonné, enfoui sous la végétation comme un temple maya.

— La comparaison est bien trouvée.

— Une voix intérieure m'a dit que je ne pouvais pas l'abandonner comme cela. Je me suis alors demandé comment trouver de l'argent, et vite. C'est là que j'ai songé qu'il pouvait peut-être intéresser des studios de cinéma.

— C'était une bonne idée, mon père vous en féliciterait. J'espère que vous réussirez à garder la propriété.

Durant tout le temps de la conversation, Alex avait observé son interlocutrice sans en avoir l'air et il la trouvait bien différente des femmes qu'il fréquentait d'ordinaire. Dana Lofgren demeurait sur sa réserve, et ils avaient partagé tout un repas sans qu'elle confie grand-chose d'elle-même. Malgré le nom prestigieux qu'elle portait, elle n'était pas femme à se mettre en avant, et cela représentait une surprise plutôt agréable.

Il termina son verre de vin et posa plusieurs billets sur la table.

— Après votre long voyage en avion et le trajet depuis Paris, vous devez être épuisée. A quelle heure voulez-vous venir au château demain ?

— Pas trop tard, si cela ne vous dérange pas. 8 heures, ça vous va ?

C'était une lève-tôt. Comme lui.

— Parfait ! Je vous attendrai devant l'entrée. Bonne nuit, mademoiselle.

Il y avait, chez cet homme, quelque chose qui intriguait Dana. La tragédie qu'il lui avait racontée la faisait frémir. En dépit des apparences, il avait beaucoup de points communs avec elle, en fait, mais il valait mieux chasser de telles pensées.

Elle vida son verre de vin. Pourquoi avait-elle laissé ce M. Martin lui arracher des détails personnels ? C'était ainsi que les malheurs avaient commencé avec Neal. Ce dernier lui avait fait croire qu'elle l'intéressait, qu'ils allaient bâtir quelque chose de permanent, et elle avait mis du temps à comprendre qu'en réalité il avait les yeux fixés sur son père. Il n'était pas mû par l'amour, mais par l'ambition.

Bien sûr, il existait une différence importante : Neal s'était servi d'elle pour décrocher un rôle dans l'un des films de son père. Là, c'était elle qui avait contacté M. Martin, elle qui était en demande. Les deux situations n'étaient donc pas comparables.

Ni les deux hommes… Alex avait l'air d'un individu très sérieux et il émanait de lui une aura, une autorité qui devait intimider pas mal de gens.

Bon, il était temps de quitter le restaurant. Elle allait pouvoir téléphoner à son père pour lui apprendre la bonne nouvelle. Il devait être réveillé, en train d'attendre son appel, à moins qu'il ait passé la nuit avec Saskia, auquel cas, il dormait encore.

Tout bien considéré, elle décida d'attendre le lendemain matin pour l'appeler.

Elle mit son réveil à 7 heures, songeant qu'avec la fatigue elle risquait de faire la grasse matinée, mais à sa grande surprise elle se réveilla plus tôt. L'excitation, sans doute, à la perspective de la visite qui l'attendait.

Elle prit une douche, se coiffa et enfila son chemisier italien favori, en coton bleu foncé, à la fois décontracté et assez habillé pour un rendez-vous professionnel.

Elle l'assortit d'un pantalon beige et de chaussures de la même couleur. Cela la grandirait un peu, elle qui dépassait à peine le mètre soixante. Son père aurait tout de même pu lui donner un peu de sa haute taille ! Surtout pour faire face à M. Martin…

Elle saisit son sac, descendit prendre un rapide petit déjeuner, puis se dirigea vers la réception.

— Bonjour, madame.

— Bonjour, madame. En quoi puis-je vous aider ?

— Je quitte l'hôtel.

Elle tendit sa carte de crédit et ajouta :

— Hier soir, j'ai bu un excellent vin blanc, et j'aimerais en acheter une bouteille pour l'emporter avec moi. Pourriez-vous m'en dire le nom ?

— Bien sûr. Le blanc que nous servons habituellement est un Domaine Coteaux du Layon-Percher. C'est un vin d'Anjou.

— C'est l'un des meilleurs que j'aie jamais goûté.

— Le Percher est le plus réputé de la région. Autrefois, il y avait le Domaine Belles Fleurs, mais la production a cessé il y a quatre-vingts ans.

— Savez-vous pourquoi ?

— Une querelle familiale, m'a-t-on dit. Ce n'est pas très beau, quand des membres d'une même famille s'affrontent pour savoir qui détient tel ou tel droit.

— C'est vrai.

— Le propriétaire actuel n'est là que depuis un mois. Le château est resté désert durant de nombreuses années.

— C'est triste.

— C'est la vie, madame ! Voulez-vous acheter une bouteille de Percher ?

— Euh… Non, finalement. J'ai changé d'avis.

— Désirez-vous autre chose ?

— Non, merci.

Dana sortit de l'hôtel et monta dans sa voiture de location. Ce fut avec l'esprit troublé qu'elle parcourut les quelques kilomètres qui la séparaient du château.

Elle vit M. Martin qui, comme prévu, l'attendait. Sentant son cœur s'accélérer, elle gara sa voiture.

Il vint vers elle, vêtu d'un pantalon blanc et d'un pull bordeaux.

Décidément, songea-t-elle, cet homme était fascinant. Il devait faire rêver beaucoup de femmes.

Elle-même avait rêvé de lui la nuit même, et l'influence de l'alcool y était peut-être pour quelque chose. Il fallait qu'elle se ressaisisse. Certes, on n'avait aucun pouvoir sur les rêves, mais elle ne devait pas se laisser aller à fantasmer sur ce M. Martin. Ce qui s'était passé avec Neal ne lui avait-il pas servi de leçon ? Elle était là pour affaires et cette relation-ci resterait strictement professionnelle.

— Bonjour, monsieur Martin.

— Je m'appelle Alex. J'ai l'habitude qu'on m'appelle par mon prénom. Cela ne vous dérange pas si, de mon côté, je vous appelle Dana ?

— Non, bien sûr.

— Parfait ! Vous allez me suivre en voiture : nous prendrons la route de droite, elle mène à l'entrée du château.

Elle acquiesça et remonta dans sa voiture. De part et d'autre de la route qu'ils empruntèrent s'élevaient une rangée d'arbres, dont les feuillages se rejoignaient pour former une sorte d'arcade gothique. Bientôt, Dana déboucha sur une clairière, d'où elle découvrit le petit château du XVIIIe siècle, ainsi qu'un deuxième bâtiment du même style classique, mais plus modeste, qui s'élevait non loin et devait servir de dépendance.

Très certainement, c'était là que l'on fabriquait le vin à la grande époque du domaine.

Elle coupa le moteur et descendit. M. Martin, qu'elle devrait désormais appeler Alex, la rejoignit.

Le bâtiment montrait partout son âge et la négligence dont il avait fait l'objet. Des fenêtres aux vitres cassées étaient obturées par de simples planches, plusieurs marches du perron étaient fissurées, le toit avait bien besoin de réparations et la végétation envahissait tout.

Pour ce que son père avait en tête, l'endroit convenait à merveille. On eût dit qu'il avait été conçu sur mesure.

— C'est comme lorsqu'on revoit au matin une femme qu'on a connue la veille au soir, et qui a tout à coup perdu tous ses charmes, fit la voix d'Alex derrière elle. Finalement, ce n'est pas ce que vous espériez, n'est-ce pas ?

Elle se tourna vers lui en s'efforçant de masquer son trouble.

— Au contraire, affirma-t-elle, je ne pouvais pas imaginer mieux. Connaissant mon père, je pense qu'il aura besoin de trois semaines ici. Dans combien de temps ce château peut-il être disponible pour cette durée ?

2

Alex n'était pas homme à se laisser surprendre, mais Dana venait de le faire à deux reprises, coup sur coup.

— Je n'ai encore pris aucun engagement définitif. La saison a-t-elle de l'importance pour votre père ?

— Il faut que ce soit la fin de l'été. En ce moment, ce serait parfait. Mais peut-être suis-je trop exigeante ?

— Ne vous inquiétez pas. C'est possible. Ma prochaine réservation – et elle n'est que provisoire – est demandée par un studio parisien qui ne viendra filmer qu'à la mi-septembre.

— Bien, murmura-t-elle.

— Désirez-vous voir l'intérieur ?

— Je vous remercie, mais je laisse cela à mon père. J'ai vu ce qui est important pour lui. Le domaine possède cette atmosphère très particulière qu'il recherche. Au fil des années, j'ai appris qu'il n'aime pas qu'on lui donne des informations trop précises. Cela vient entraver sa créativité. En tout cas, c'est ce qu'il dit toujours, conclut Dana avec un sourire.

Alex ne put s'empêcher de sourire à son tour.

— Pour qu'il vous fasse ainsi confiance, vous devez être très proches l'un de l'autre.

— Je crois que cela vient du fait que nous sommes tous les deux passionnés d'histoire. Je vais l'appeler pour lui dire que j'ai trouvé ce qu'il cherchait. Attendez-vous à recevoir deux coups de téléphone avant la fin de la journée.

Avec quelle assurance elle avait pris sa décision ! Alex n'avait jamais vu cela. Agissait-elle toujours par impulsion, ou seulement lorsqu'il s'agissait des affaires de son père ?

— Je me tiendrai prêt à y répondre.

— Sol Arnewitz s'occupe de la gestion financière, Paul Soleri dirige toute l'équipe quand nous filmons en extérieurs. Paul se chargera de la logistique, il est capable de résoudre n'importe quel problème. Vous verrez, c'est quelqu'un que vous apprécierez.

— Contrairement à…

Il hésita. Il avait voulu parler de son père.

— A qui ?

— Non, non, à personne…

Dana ne parut pas se formaliser. A l'évidence, elle n'était pas imbue de sa personne et c'était encore une chose qu'il appréciait. Cela commençait à en faire beaucoup. Il fallait chasser tout cela de son esprit. Ce n'était pas le moment de laisser vagabonder son imagination. Il fallait garder l'esprit clair pour réfléchir à la meilleure façon d'exploiter la situation.

— Que puis-je faire de plus pour vous, ce matin ? demanda-t-il.

— Rien, je vous remercie.

Les yeux bleus de la jeune femme brillaient pourtant de questions non formulées, qu'il aurait bien aimé pouvoir deviner.

— Merci pour le repas d'hier soir et pour cette visite, Alex. Sol va vous contacter très bientôt. Voici sa carte de visite. Il réglera tous les détails avec vous.

A son grand étonnement, elle monta dans sa voiture sans rien ajouter.

— Pourquoi êtes-vous si pressée ?

— Mon travail n'est jamais terminé, vous savez. Je dois être à Paris cet après-midi, je reprends l'avion pour Los

Angeles. Profitez bien de votre solitude avant que nous venions y mettre fin !

Et elle s'en alla, lui laissant la vague impression d'être abandonné.

A l'évidence, elle était totalement dévouée à son père. Certes ce dernier était un personnage de légende, mais toutes les filles d'hommes célèbres n'étaient pas ainsi. Certaines revendiquaient au contraire leur indépendance, voulaient se faire un prénom. Dana, elle, ne suivait pas ce chemin.

Il devait vraiment exister quelque chose de très fort entre le père et la fille. Et il y avait fort à parier que, dans vingt ou trente ans, Jan Lofgren aurait toujours la même emprise sur elle.

Alex laissa errer son regard sur le château.

Un père très fortement présent dans la vie de Dana… Un autre complètement absent dans celle de sa mère à lui… Et pourtant, l'un comme l'autre avaient eu une influence considérable.

Pourquoi cette constatation le troublait-elle à ce point ?

Une heure plus tard, il était en train de tailler des broussailles quand son téléphone portable sonna. L'écran afficha un numéro américain.

— Monsieur Martin ? Je représente les studios Pyramid Pictures à Hollywood. Si cela vous convient, M. Sol Arnevitz voudrait tenir une téléconférence avec M. Paul Solcri et vous-même avant d'aller se coucher, ce soir à 11 heures. Chez nous, il est actuellement 7 heures du soir. M. Lofgren ne veut pas perdre de temps.

Alex ne le souhaitait pas davantage, mais pour d'autres raisons.

— Disons à 8 heures chez vous ? Ce serait parfait pour moi.

— Très bien. Ils vous rappelleront à ce moment-là.

Après avoir passé vingt minutes à charger son camion, Alex rentra au château. Il alla se laver les mains dans la cuisine, puis se prépara du café et emporta sa tasse dans le salon, qui lui servait de bureau et de chambre à coucher. Il aimait vivre ici, au milieu de quelques meubles qu'il tenait de ses parents et qu'il avait fait acheminer par bateau.

Le vieux mobilier qu'il avait découvert en arrivant se trouvait rassemblé à l'étage supérieur. Lorsqu'il aurait dégagé les abords du château, il se concentrerait sur l'intérieur, s'il avait assez d'argent pour cela. Pour le moment, il n'avait fait installer que le strict nécessaire : l'électricité, l'internet, l'eau courante, un chauffe-eau, une cuisinière, un réfrigérateur, un lave-linge, un grand lit et, bien sûr, son bureau.

Il alla s'asseoir à celui-ci. A peine avait-il allumé son ordinateur que l'appel arriva. Après les présentations, les négociations ne prirent pas longtemps. La société serait sur les lieux du 8 au 31 août. Sol fit une offre, en précisant bien qu'elle serait à fixer définitivement par la suite, car d'autres dépenses viendraient sans doute s'ajouter.

Dana avait-elle eu son mot à dire dans cette proposition ? Alex ne s'attendait pas à une somme aussi élevée. Sol lui envoya un fax qui rendait le contrat effectif, puisqu'aux Etats-Unis une télécopie avait valeur légale.

Toutefois, la discussion ne s'arrêta pas là. Elle prit encore vingt bonnes minutes, car ils abordèrent les questions logistiques. Alex envoya un e-mail avec une liste d'hôtels, d'agences de location de voitures et de tout ce qui pouvait être utile à l'équipe de tournage dans la région d'Angers, et en particulier à Chanzeaux.

— Chanzeaux ? C'est là que Dana a séjourné, n'est-ce pas ? Dans un hôtel qui s'appelle l'Hermitage, je crois. Selon elle, ce serait l'endroit idéal pour son père.

— L'établissement est très confortable et la table y est excellente. M. Lofgren devrait y être très bien, en effet.

— Tant mieux, car nous sommes très en retard dans notre tournage, répondit son interlocuteur, d'un ton qui en disait long sur ce qu'il pensait du caractère de Jan Lofgren.

L'équipe arrivera après-demain. Et tout le reste le lendemain. J'aurai plaisir à vous rencontrer.

— Moi de même.

Alex raccrocha et sortit prendre l'air.

Dana allait revenir dans quelques jours, avec son père, cette fois !

Pourquoi était-il si excité à cette perspective ? se demanda-t-il, agacé par sa propre réaction. Les femmes n'avaient jamais manqué dans sa vie. Depuis quand se laissait-il aller ainsi ?

Dans le taxi qui la ramenait chez elle, Dana appela Sol de son iPhone. La secrétaire lui apprit que le contrat avec M. Martin avait déjà été signé. Soulagée, elle contacta alors Paul, avec qui elle voulait s'entretenir avant de voir son père.

— Bonjour, Dana. Alors, déjà de retour ?

— Oui, mais juste le temps de refaire mes bagages. La secrétaire de Sol m'a dit que tout était prêt.

— Oui. Il n'y avait plus de place à l'Hermitage, mais en y mettant le prix j'ai quand même réussi obtenir deux chambres contiguës pour ton père et toi pendant tout le mois.

— Que ferions-nous sans toi, Paul !

— C'est à ton père qu'il faut le dire.

— Oh ! ce n'est pas nécessaire.

En fait, personne ne disait jamais rien à Jan Lofgren. Paul avait sans doute réservé pour Saskia une chambre dans un autre hôtel, en ignorant qu'elle irait de toute évidence partager le lit du réalisateur.

— Bon, je suis presque arrivée, Paul. Il faut que je te quitte.

— Au revoir.

Elle éteignit son iPhone et réfléchit. Pourquoi ne pas loger dans le château lui-même, loin de tout le monde ? Il suffirait pour cela d'acheter un sac de couchage. Jamais, sans doute, une occasion comme celle-là ne se représenterait.

Une fois installé à l'Hermitage, son père n'aurait plus besoin d'elle. Elle se contenterait de lui apporter chaque jour son repas de midi. Lorsqu'il était plongé dans le travail, il détestait manger avec le reste de l'équipe. Cela lui permettait de rester plongé dans ses pensées pendant toute une heure.

Elle profiterait donc de son séjour pour explorer la région, et ne reviendrait au château que pour dormir. Elle songea à Alex. Où habitait-il ? Avec tous ses impôts en retard, il avait dû élire domicile dans un hôtel modeste, afin de limiter ses dépenses. C'était une bonne chose que la société Pyramid l'aide sur ce plan.

— Mademoiselle ?

— Oui ? Oh ! excusez-moi !

C'était le chauffeur, qui lui signalait qu'ils étaient arrivés. La voiture s'était en effet immobilisée devant la maison familiale, une bâtisse de style ranch qui s'élevait sur une colline d'Hollywood. Dana paya le chauffeur et descendit.

Elle sonna plusieurs fois, pour le cas où Saskia aurait été là, puis, s'étant assurée que ce n'était pas le cas, elle entra.

L'horloge de l'entrée lui rappela le décalage de neuf heures qui existait avec la France.

Alex ne devait pas encore être couché.

Passait-il la soirée avec une jolie femme ?

Elle se morigéna : quelle importance ? Cet homme, qu'elle venait à peine de rencontrer, pouvait bien mener sa vie comme il l'entendait. Il n'avait pas à occuper ainsi son esprit ! Même s'il était indéniablement différent de tous les hommes qu'elle connaissait…

Elle mangea un sandwich au beurre de cacahuète, puis saisit le livre de recettes favori de sa mère. En fait, ce n'était pas vraiment un livre de cuisine, mais plutôt l'histoire d'une famille américaine vivant en France en 1937 et qui avait engagé, comme cuisinière, une Française rencontrée par hasard.

On y trouvait tout ce que l'on désirait savoir sur la France, y compris un guide de conversation. Il y avait aussi une multitude de recettes, de croquis… Bref, c'était bien mieux qu'un guide Michelin et Dana décida de l'emporter.

Le livre à la main, elle monta dans sa chambre, s'allongea sur son lit et commença à le feuilleter. Chanzeaux ressemblait à tous ces villages qui y étaient décrits, avec leurs marchés vendant les extraordinaires produits du terroir.

Elle songea à Alex. Lui qui avait vécu à l'autre bout du monde, prenait-il du plaisir à être en France ?

Il y avait de nombreuses questions qu'elle désirait lui poser, mais elle s'était déjà montrée bien assez curieuse, estima-t-elle. Pour en savoir plus sur lui, il faudrait que, de son côté, elle se confie davantage. Or elle était loin d'en avoir envie, d'autant que cet homme avait des côtés intimidants.

Mieux vaudrait sans doute le laisser tranquille.

Tout comme son père.

Sauf que ce dernier avait tout de même besoin d'elle pour lui apporter ses repas.

Oui… et pour lui rappeler de faire vérifier sa tension. Personne n'imaginait à quel point il était nécessaire que l'on veille sur lui. Ce serait à elle, par exemple, de s'assurer qu'il ne manquerait pas de médicaments contre la tension pendant les deux mois à venir. Après le tournage en France, ils iraient terminer le film en Allemagne. Dana avait déjà effectué les repérages et les réservations nécessaires.

Elle se dirigea vers son bureau et alluma l'ordinateur en pensant à la famille Fleury, qui avait possédé le domaine où l'on fabriquait autrefois le meilleur vin de la région. Cela avait de quoi exciter sa curiosité.

Sur le moteur de recherche, elle entra « vins d'Anjou » et des dizaines de sites apparurent. Elle cliqua sur le premier.

L'Anjou est l'une des régions de la vallée de la Loire, connue pour une variété de vins de dessert, secs et doux. Les deux principales zones viticoles sont la Touraine et les coteaux du Layon, où les sols sont très calcaires. La dégustation de ce vin laisse un goût fruité sur le palais. Les marchands hollandais en faisaient commerce dès le XVIIe siècle.

Il y a si longtemps ?

Les coteaux du Layon sont protégés par les collines. Ils sont surtout connus pour leurs vins doux, dont certaines recettes remontent à quinze siècles. A partir de la fin du XVIIIe, la production a été dominée par le Domaine du Rochefort, le Domaine du Château Belles Fleurs et le Domaine Percher.

On entrait là dans l'histoire de la famille d'Alex. Jan trouverait sûrement cela fascinant, mais elle allait le garder pour elle. Après tout, c'était au propriétaire d'en parler s'il le souhaitait.

Elle entreprit de refaire ses bagages et cela ne lui prit guère de temps : elle avait l'habitude. Alors qu'elle s'apprêtait à sortir faire quelques courses, son père passa la tête dans l'embrasure de la porte.

— Ah ça y est, tu es là !

— Bonjour !

— Tu viens de rentrer et tu te prépares déjà à repartir ?

— J'accompagne l'équipe de tournage dans l'avion vers Paris.

— Pourquoi ?

— Saskia sera bien plus heureuse si elle fait le trajet en tête à tête avec toi.

— Ce n'est pas à Saskia de diriger ma vie.

— Certes, mais autant lui faire plaisir, non ?

Il secoua la tête sans répondre et changea de sujet :

— Tu es sûre d'avoir trouvé le bon endroit ? interrogea-t-il d'un ton agressif.

Le film occupait son esprit, et rien d'autre. Tant qu'il n'aurait pas vu le domaine, il serait d'une humeur impossible. Dana souhaitait bien du courage à Saskia.

— Je pense, oui, mais si cela ne te convient pas, Paul aura vite fait de nous transporter vers l'autre lieu que j'ai repéré. As-tu mangé ?

— Je ne m'en souviens pas.

— Je vais te préparer des œufs et du pain grillé.

— Merci.

Il ne dirait rien de plus, même si elle, de son côté, espérerait toujours en entendre davantage.

Elle repensa à la mère d'Alex, chassée par son père. Les relations qu'elle entretenait avec Jan n'en étaient pas arrivées là, Dieu merci. Du moins, pas encore…

Alex entendit le téléphone sonner et il se leva, excédé. Il venait déjà de répondre à un agent immobilier qui ne parvenait pas à comprendre que le domaine n'était pas à vendre. On ne le laisserait donc jamais tranquille !

Il souleva néanmoins le combiné avec l'espoir inavoué que ce serait Dana.

— Allô ?

— Bonjour, Alex, c'est Dana Lofgren.

— Oh ! bonjour, Dana ! Comment ça va, à Hollywood ?

— Je n'ai guère eu le temps de m'en rendre compte, vous savez. Et dans votre brousse ?

— On a toujours autant de mal à s'y retrouver ! répliqua-t-il avec ironie.

— J'en suis désolée, affirma-t-elle sur le même ton.

— Où êtes-vous exactement ?

— Devant le château.

Alex tressaillit et sentit en lui une poussée d'adrénaline.

— J'espérais que vous me feriez entrer, reprit-elle. J'attends que vous émergiez avec votre machette.

— Le chemin est plus court que vous ne croyez. Ne partez pas, j'arrive !

Un instant plus tard, il ouvrait la porte du château et voyait la jeune femme descendre de sa voiture.

Elle portait un chemisier bleu pâle sur un débardeur blanc, et un blue-jean qui mettait en valeur les formes de son corps.

Elle semblait très calme, tandis que lui entendait distinctement les battements de son cœur qui cognait dans sa poitrine…

— Quand êtes-vous arrivée à Paris ?

— A 6 h 30 ce matin, avec les cameramen. Ils sont allés directement à l'hôtel et ils dormiront sans doute jusqu'à demain, mais ils seront là dès 8 heures du matin pour la reconnaissance des lieux.

— Et votre père ?

— Tout le monde doit arriver demain, mais à des heures différentes.

— Je vois. Il ne fait pas d'objection à ce que vous arriviez avant lui ?

— Nous avons des vies assez indépendantes.

Alex songea qu'il avait posé suffisamment de questions.

— Entrez, suggéra-t-il. Si vous voulez vous rafraîchir, il y a une salle de bains au premier étage.

— C'est gentil, mais ça va, merci.

Elle le suivit jusqu'au grand salon.

Vide de tout mobilier, sans tapisseries ni tapis, le château n'était vraiment qu'un squelette.

Il y eut un silence.

— Le château a été vidé il y a des années, jugea bon d'expliquer Alex. Tout est conservé au deuxième étage, là où logeaient les domestiques autrefois. Il y a là-haut un lustre magnifique, dont la place est normalement au-dessus de l'escalier. Sans lui, le château est très sombre, la nuit. J'ai dit à Paul que s'il voulait faire des plans intérieurs il faudrait prévoir l'éclairage. Votre père…

— Mon père est très superstitieux, sachez-le. Cela lui vient de ses ancêtres suédois. Lorsqu'il sera là où je suis à présent, sa première réaction sera d'être effrayé.

— Effrayé ?

— Oui. Il est toujours effrayant de voir une partie de votre imagination prendre vie, vous ne croyez pas ? Au début, il ne saura pas si c'est un bon ou un mauvais présage.

— Je ne comprends pas bien…

— Mon père a donné des idées à l'auteur du scénario et ils ont collaboré pour écrire ce film, qui se passe pendant la guerre. Votre château et le domaine qui l'entourent semblent avoir été faits sur mesure pour cela. Depuis quelque temps, j'ai l'impression que ce projet est le plus important que mon père ait jamais entrepris.

— Pouvez-vous m'en dire plus, ou est-ce un secret ?

— Un secret ? Non. Mon père s'attaque à ce film avec toute la rage qui le caractérise. Comprenez-vous mieux, à présent ?

— Oui, en ce qui concerne le choix de mon château, mais je serais curieux de lire le scénario.

— Cela, c'est mon père qui en décidera. Je ne suis pas sûre qu'il l'ait entièrement mis au point. En ce moment, il éprouve un blocage, et cela le rend encore plus irritable que d'habitude. Il faudra qu'il s'installe un certain temps ici pour que sa créativité jaillisse de nouveau. Cela dit, ses films laissent toujours de nombreuses questions dans l'esprit des spectateurs.

Elle disait sans doute vrai, mais il était évident qu'elle ne voulait pas trop s'étendre sur le sujet. Elle devait avoir ses raisons. Alex n'en était que plus intrigué.

— Comment votre père a-t-il conçu ce scénario ?

— Comment est-ce qu'un auteur a une idée ? Il entend quelque chose, il voit quelque chose, ça l'intéresse, ça fait naître quelque chose dans son esprit…

Elle inclina un peu la tête.

— Pendant la Seconde Guerre mondiale, une partie importante de l'opinion publique suédoise a longtemps été favorable à l'Allemagne. Rappelez-vous que le monde n'a découvert les camps de concentration qu'au moment où les Alliés sont entrés en Allemagne, en 1945. De nos jours, cette sympathie des Suédois pour l'Allemagne est une partie de l'histoire que l'on préfère oublier, mais certains Suédois en ont honte, et ils ont besoin de parler du passé pour l'exorciser. Mon père est de ceux-là. Ou peut-être y a-t-il une autre raison. Peut-être veut-il célébrer un héroïsme bien masculin, pour oublier qu'il aurait voulu un fils, et non pas moi.

Elle avait prononcé ces derniers mots avec un sourire, mais son malaise était perceptible.

— Néanmoins, poursuivit-elle, je lui suis utile. J'ai trouvé cet endroit pour lui. C'est un don du ciel.

— Pour moi aussi.

— Je suis contente que cela puisse vous rendre service. Je suis sûre que votre mère s'en réjouit aussi.

— Vous êtes croyante, Dana ?

— Oui. Pas vous ?

— Vous m'en donnez envie.

Elle rougit.

— Je crains d'avoir parlé trop longtemps, alors que vous avez du travail. Je vais vous laisser vaquer à vos occupations. Si cela ne vous dérange pas, je vais juste explorer un peu les environs, puis je viendrai faire une petite sieste. J'ai acheté un sac de couchage et je l'ai ici avec moi.

— Si vous êtes épuisée, je vais appeler l'Hermitage et leur dire de vous préparer votre chambre.

— Ils s'empresseraient sans aucun doute de le faire, mais j'ai décidé de loger ici. Ce ne sera donc pas nécessaire.

— Ah bon ? Mais Paul m'a dit qu'il avait réservé des chambres pour votre père et vous.

— Peut-être, mais moi, je préfère loger dans le château. Je rêve d'avoir cet endroit pour moi toute seule à la fin de chaque journée de tournage.

— Je crains que ce ne soit pas possible.

Elle répondit par un sourire.

— Ne vous inquiétez pas pour moi. Je ne suis pas peureuse et j'adore la solitude.

Elle avait l'air tellement innocente qu'il aurait pu s'y laisser prendre.

— Je crains que vous ne compreniez pas. Dans la publicité que j'ai mise sur internet, j'ai indiqué que le château pouvait être utilisé pour le tournage de films, mais pas pour autre chose.

Dana fronça les sourcils.

— La société de production Pyramid a loué ce domaine pour toute la durée du tournage. Je ne vois pas en quoi il serait gênant que je me trouve un petit coin pour dormir dans le château. Je suis désolée, j'aurais dû vous en parler avant, mais…

Elle s'interrompit. Déjà elle s'était levée et se dirigeait vers la porte.

— Dana ?

— Oui ?

— Où allez-vous ?

— Chercher un endroit pour m'installer.

— Ne seriez-vous pas mieux avec votre père ?

— Décidément, vous n'en démordez pas ! Pour commencer, je serais d'accord avec vous si j'avais dix-sept ans, mais j'en aurai vingt-sept la semaine prochaine. Je suis assez vieille pour décider de ce que je veux, il me semble. Contrairement à ce que vous semblez croire, je ne suis pas une enfant gâtée. Je n'ai pas besoin de vivre dans le luxe…

Il voulut la détromper, lui dire qu'il n'avait aucune idée préconçue sur elle, mais elle enchaîna sans lui en laisser le temps.

— Ensuite, mon père n'est pas encore gâteux. Il s'intéresse à une actrice et va sans doute passer ses nuits avec elle. Si nous sommes trois, il y aura donc une personne de trop. Quand vous verrez Saskia, vous comprendrez pas mal de choses. Et enfin, pendant que je suis en France, j'aimerais avoir mon indépendance. Cela me changera un peu.

Anticipant le moment où elle sortirait, il avança juste à temps pour se poster devant elle. Leurs hanches se frôlèrent alors et cette proximité le troubla.

La jeune femme dut percevoir une tension, car elle recula. La dernière chose qu'il souhaitait était se faire une ennemie de Dana, mais c'était à cela qu'il était parvenu. A présent, il suffisait qu'elle glisse un mot à son père et il pourrait dire adieu à son contrat, alors qu'il avait vraiment besoin de cet argent ! Il avait déjà investi dans ce château une bonne partie de son héritage et des économies de toute une vie.

— Dana, je… je suis désolé. Je n'ai pas pensé une seconde que vous voudriez dormir dans le château.

Elle détourna le regard.

— Vous n'êtes manifestement pas un rêveur.

— Cela va peut-être vous surprendre, mais la question n'est pas là. En fait, j'habite ici.

Cette fois, elle le dévisagea, bouche bée.

— Ah bon… J'avais cru comprendre que vous logiez dans les environs… La réceptionniste de l'Hermitage avait l'air de dire que…

— Dans la région, on fait beaucoup de suppositions sur mon compte depuis que je suis arrivé de Bali.

— De Bali ? Que faisiez-vous là-bas ?

— Mon travail. Je suis ingénieur agronome.

— Ah… Et vous avez pris un congé de votre société ?

— Non. J'ai démissionné, pour m'occuper de l'héritage de ma mère, avant d'aller m'installer aux Etats-Unis.

— Alors vous n'êtes en France que temporairement.

— Très temporairement, même si je réussis à faire ce que je veux ici.

— Quel est votre projet exactement ?

— Restaurer le château de manière à ce qu'il puisse devenir un pôle d'attraction touristique. Des millions de touristes visitent la France chaque année. Avec deux ou trois employés à plein temps, cela pourrait représenter un bon investissement, qui me laissera libre de poursuivre ma carrière professionnelle à l'étranger.

— C'est un projet ambitieux, mais je ne doute pas que vous travaillez assez dur pour y parvenir. Bon, il faut que je parte. Je vous laisse.

— Pas si vite ! Ecoutez, il paraît bien inconsidéré de ne pas vous accorder l'hospitalité, alors que ce château est conçu pour abriter des dizaines de gens. J'insiste pour que vous restiez, mais cela signifie que nous devrons partager les lieux.

3

« J'insiste ? » Pourquoi un ton aussi catégorique et tranchant ? Dana en frémit.

Alex Martin venait de changer diamétralement d'avis. Il était maintenant prêt à la laisser rester. Non, pas prêt : déterminé.

Pourquoi un tel revirement ?

Avait-il envie d'être engagé comme acteur, comme Neal ? Estimait-il pouvoir gagner beaucoup plus d'argent s'il jouait dans le film ?

Certes, il avait un physique à faire du cinéma. Mais l'idée que, comme Neal, il puisse se servir d'elle suffisait à lui donner la nausée.

Peut-être se trompait-elle sur ses motivations ? Dans ce cas, quelles étaient ces dernières ? La séduire ? Allons, cet homme pouvait avoir toutes les femmes qu'il voulait !

Alex fronça les sourcils.

— Vous n'êtes plus aussi décidée, tout à coup ?

Que répondre à cela ?

Si elle s'était laissée aller à la spontanéité, elle lui aurait avoué qu'elle frissonnait de plaisir à l'idée de passer trois semaines sous le même toit que lui.

Cependant, la spontanéité ne faisait pas partie de ses traits de caractère. Elle observait toujours une certaine réserve, afin de ne pas donner une fausse image d'elle-même. Et puis, elle devait aussi se tenir sur ses gardes, surtout face à un homme qui pouvait se montrer autoritaire et d'humeur changeante, comme son père.

Ce à quoi s'ajoutaient d'autres raisons. Jan s'apprêtait à réaliser le film le plus important de sa carrière et il lui avait fait confiance pour le choix du lieu de tournage. Si elle commettait un impair avec Alex et que celui-ci décide de revenir sur le contrat, comment l'expliquerait-elle à son père ? Et au reste de la société Pyramid ?

Non, c'était impossible : de l'argent avait déjà été versé. Et les enjeux étaient trop gros.

Elle avait affirmé vouloir être une femme indépendante. Eh bien, Alex venait de la prendre au mot. Sans doute s'amusait-il de sa naïveté en cet instant, et s'attendait-il à ce qu'elle revienne sur sa décision de rester au château…

Il ne fallait pas que la situation se transforme en affrontement – pas avec de tels enjeux. Une petite voix intérieure lui murmura d'accepter. Après tout, elle n'aurait sans doute jamais d'autre opportunité de vivre cela. Il était humain de vouloir profiter d'une telle occasion.

— Merci, Alex. Je ferai de mon mieux pour ne pas vous déranger.

Elle pourrait demeurer dans l'ombre, comme Diane de Poitiers, la maîtresse d'Henri II à Chenonceau, qui adorait le château et dirigeait l'aménagement des parterres de fleurs et des jardins.

Elle apprendrait tout ce qu'elle pourrait sur l'histoire du Domaine de Belles Fleurs, tout en gardant ses distances avec Alex. Ce château ne possédait peut-être pas quatre cent quarante chambres, comme Chambord, mais il disposait quand même d'assez de place pour lui permettre de ne pas croiser sans cesse le maître des lieux.

Une étrange lueur dans les yeux de son interlocuteur fut le seul signe de la surprise qu'il éprouvait sans doute.

— Très bien, déclara-t-il. Puisque nous avons réglé ce

point, voulez-vous venir choisir votre chambre au premier étage ?

Elle acquiesça et lui emboîta le pas dans le grand escalier.

— Combien y en a-t-il ?

— Six.

Et lui, où dormait-il ?

Il répondit à cette question non formulée comme s'il avait lu dans ses pensées.

— Pour le moment, je me suis installé dans une petite pièce du rez-de-chaussée, à côté du salon. Elle me sert à la fois de chambre et de bureau.

Ils n'habiteraient donc pas au même étage. Tant mieux ! Bien sûr, chaque fois qu'elle voudrait sortir par la porte principale du château, il ne manquerait pas de s'en rendre compte s'il était là. Mais au bout de quelques jours elle saurait à quelle heure aller et venir sans qu'il remarque ses déplacements.

Lorsqu'ils parvinrent sur le palier du premier étage, elle s'immobilisa, stupéfaite.

— On dirait les arcades de Chenonceau ! s'exclama-t-elle.

— En moins grand, bien sûr. Voyons d'abord la chambre dans la tourelle.

Elle le suivit le long d'un couloir et poussa une exclamation ravie en découvrant la pièce qu'il venait d'évoquer.

— Oh ! C'est vraiment celle-là qu'il me faut ! affirma-t-elle.

— Vous en êtes sûre ? Vous n'avez pas encore vu les autres. Celle de la deuxième tourelle a une cheminée.

— Non, non, c'est inutile, je suis certaine de mon choix ! Regardez donc cela !

Des fleurs de lys étaient incrustées dans le parquet. Elle se baissa pour mieux les examiner.

— Si l'ébéniste qui a créé cela pouvait vous voir ainsi à genoux, il serait ravi ! fit remarquer Alex, un sourire aux lèvres.

Elle redressa la tête.

— C'est ça, moquez-vous de moi !

Le plafond attira alors son regard. Il était décoré de petits ovales d'émail blanc bordés d'or qui représentaient des fleurs et divers animaux de la forêt.

— Comment ont-ils pu faire cela ?

Elle se dirigea ensuite vers la fenêtre. Celle-ci avait bien besoin d'être nettoyée, mais au moins elle n'était pas cassée. La pièce offrait une vue magnifique sur la campagne et dégageait une atmosphère enchanteresse, même si elle nécessitait un bon lessivage.

Dana se tourna vers son hôte.

— Pensez-vous que cela ait pu être la chambre de votre mère ?

Il la dévisagea sans répondre et Dana regretta aussitôt sa question. Visiblement, elle l'avait blessé.

— Ma mère a vécu ici jusqu'à l'âge adulte, mais je n'ai aucune idée de la chambre qu'elle occupait. C'était peut-être celle-ci, en effet. La vue sur le Layon est superbe.

— Oui, je trouve aussi. En tout cas, je… je suis heureuse qu'elle ait rencontré votre père… Cela a mis fin à sa solitude.

— *Solitude,* le mot est bien choisi.

— Elle a dû se sentir très seule dès l'instant où elle a compris qu'aux yeux de son père elle comptait bien moins que son frère.

— Oui, vous avez raison. Ma mère avait toujours l'air triste et seule, même quand il y avait beaucoup de monde autour d'elle.

Elle l'observa tandis qu'il parlait ainsi et lut la douleur sur ses traits.

— Excusez-moi de vous rappeler toute cette tragédie, Alex. J'aurais mieux fait de me taire, cela ne me regarde pas. Ce doit être l'atmosphère particulière de cette pièce qui me tourne la tête.

— Vous n'avez pas à vous excuser, c'est compréhensible, je suppose. Après tout, vous êtes la fille de votre père, non ?

Il y avait à présent de l'amusement dans la voix masculine. Dana se demanda s'il fallait se vexer, et décida de ne pas relever l'allusion.

— Si vous pouvez me dire où trouver de quoi faire un peu de ménage, je vais m'installer ici et y monter mon sac de couchage.

Il secoua la tête.

— J'ai une meilleure idée. Allons à Angers avec mon camion. J'ai des courses à faire là-bas, et nous pourrons y déjeuner. Nous en profiterons pour acheter un sommier et un matelas.

— C'est inutile, je peux dormir par terre, vous savez.

— C'est hors de question. Vous êtes mon invitée, je ne vais pas vous laisser coucher à même le sol ! En revenant, nous ferons le nettoyage ensemble et je vous descendrai quelques meubles du deuxième étage. Au coucher du soleil, Raiponce sera bien installée dans sa tour.

Elle se mit à rire pour cacher l'excitation qu'elle éprouvait à l'idée de passer la journée avec lui, sans parler du reste du mois.

— Vous vous trompez de conte de féess. Je n'ai pas les cheveux longs.

— Vous n'avez pas lu la version complète. Son père a fait couper ses longues tresses blondes pour qu'aucun prince ne puisse monter jusqu'à elle.

— Alors comment le prince de l'histoire y est-il parvenu ?

— Vous allez devoir lire le conte pour le savoir. En attendant, je vais aller chercher le camion et le garer devant l'entrée. Lorsque vous vous serez rafraîchie, rejoignez-moi en bas. Je fermerai la porte derrière vous.

Elle sortit du château quelques minutes plus tard. Alex était adossé à une camionnette à fond plat chargée de branchages et de mauvaises herbes. Comment avait-il pu accomplir seul ce travail énorme, qui aurait nécessité plusieurs jardiniers professionnels ? Car vu sa situation elle était certaine qu'il ne s'était pas fait aider, avec toutes les dettes d'impôts qu'il avait.

En s'approchant, elle sentit les yeux bruns la parcourir et elle frémit. Son cœur s'accéléra.

— Me voilà ! lança-t-elle pour dissiper son trouble.

Lorsqu'il l'aida à monter à bord, leurs corps se frôlèrent. Elle retint son souffle, troublée, avant de se demander s'il avait remarqué sa réaction.

De toute façon, il était trop tard. S'efforçant de se ressaisir, elle s'assit et fixa un point droit devant elle. Il démarra, pour s'arrêter quelques minutes plus tard.

— Excusez-moi, je n'en ai pas pour longtemps, déclara-t-il en ouvrant la portière.

Ils se trouvaient devant une décharge. Heureusement, il y avait là un employé, qui donna un coup de main à Alex pour transporter les branchages, de sorte que, comme promis, ils purent repartir assez vite.

Bientôt, Dana vit une ville se découper à l'horizon. Ils avaient atteint Angers. Le château massif qui la surplombait apparut.

— L'avez-vous déjà visité ? s'enquit Alex en le désignant.

— Non, mais j'en ai bien l'intention. Et vous ?

— Cela me saperait le moral, répondit-il en riant, parce que ça me rappellerait tout ce qu'il reste encore à faire avant que mon domaine puisse attirer les touristes !

Une fois en ville, il se gara près d'une terrasse de café bondée. Elle descendit sans lui laisser le temps de faire le tour du véhicule pour venir lui ouvrir la portière.

Ils aperçurent une table vide à l'ombre et Alex l'y entraîna. Il faisait très chaud à cette heure de la journée. Au serveur qui vint prendre la commande, ils demandèrent des croque-monsieur.

— Je boirais bien un café, dit Alex à Dana, mais vous, vous préférerez peut-être quelque chose de frais.

— Non, non, un café me conviendra très bien.

Le serveur hocha la tête et disparut.

— J'aurais cru qu'avec vos origines australiennes vous aimiez le thé, déclara la jeune femme.

— Non, j'ai grandi dans une famille où l'on buvait du café.

— Pas moi. Mais cela vous donne l'air encore plus français !

— Vous avez de la chance que mon père ne soit pas là pour vous entendre ! s'exclama Alex en riant.

Il y eut un silence. Dana préféra changer de sujet.

— Quand vous avez envie de rentrer chez vous, le voyage en avion doit être très long !

— Chez moi ? En fait, je ne suis nulle part chez moi. Mon père nous a emmenés dans de nombreux pays. Nous avons plus ou moins parcouru le globe. Ma mère est morte en Côte-d'Ivoire, et mon père à Bali, où lui et moi étions employés par la même société. Ils sont enterrés tous deux à Brisbane.

— Au moins, avec le château, vous avez maintenant un endroit où vous êtes chez vous.

— Je verrais plutôt cela comme un fardeau. Et je ne suis même pas certain que cet héritage vaille la peine qu'on s'en occupe.

Dana l'observa à la dérobée. Il semblait découragé. Elle tenta de détendre l'atmosphère.

— C'est vrai, j'oubliais que vous aviez d'autres projets. Dans quelle région des Etats-Unis envisagez-vous de vous installer ?

— En Louisiane. C'est l'Etat où mes compétences trouveront le mieux à s'employer.

— Vous êtes pressé d'y aller ?

Le serveur arriva en cet instant, interrompant la conversation. Alex attendit qu'il soit reparti pour répondre.

— Je ne me suis pas posé la question… mais oui, le plus tôt sera le mieux.

Il attaqua son croque-monsieur et elle but une gorgée de café.

— On dirait que vous souhaitez mener le même genre de vie que votre père.

— En parlant de père, le vôtre semble avoir, lui aussi, déteint sur vous.

— Déteint sur moi ?

Elle reposa sa tasse. Bien sûr, elle comprenait ce qu'il voulait dire. Passer des années à parcourir l'Europe pour trouver des lieux de tournage ne lui avait pas permis de s'ancrer quelque part. Cela ne signifiait pas qu'elle ne voudrait pas le faire, le jour où les circonstances seraient propices.

— Il y a des gens qui ne quittent jamais l'endroit où ils sont nés, murmura-t-il. Je me demande si ce n'est pas eux qui ont compris le secret de la vie.

— Vous voulez dire que les nomades comme nous sont perpétuellement à la recherche d'une chose qu'ils ne peuvent pas trouver ?

— Quelque chose comme cela.

— Eh bien, si j'avais le choix, je préférerais la vie que je mène. Après tout, elle me permet aujourd'hui de réaliser un rêve d'enfance : être une princesse dans un château, en un pays lointain. Même si cela doit s'achever dans un mois, je compte bien profiter de chaque minute, grâce à votre générosité.

Il était temps de commencer à manger, ce qu'elle fit.

— Vous savez, les garçons aussi ont leurs rêves, déclara Alex.

— Oui, mais ma mère m'a toujours dit qu'il valait mieux que les filles les ignorent.

Il sourit à ses mots et voir son visage s'éclairer ainsi fit fondre la jeune femme. Elle baissa la tête et se concentra sur son croque-monsieur.

— Quel âge pensiez-vous que j'avais, lorsque nous nous

sommes rencontrés ? demanda-t-elle pour ne pas laisser s'installer le silence.

— Pas vingt-sept ans, en tout cas ! Je vous croyais plus jeune.

Ils continuèrent à manger en parlant de tout et de rien, en une conversation assez décousue. Lorsqu'ils eurent terminé, il posa quelques billets sur la table et se leva.

— Nous avons des courses à faire.

Ils se rendirent dans une boutique d'outillage, puis au troisième étage d'un grand magasin, où l'on vendait des matelas. Alex s'entretint en français avec le vendeur et Dana ne comprit pas un mot de la conversation. Le vendeur esquissa un large sourire.

— Je ne suis pas sûre de souhaiter une traduction, soupira Dana.

— Vous n'avez pas à vous inquiéter. Lorsqu'il m'a demandé quelle sorte de matelas vous vouliez, je lui ai parlé de l'histoire de la princesse au petit pois. Il m'a dit qu'il avait un modèle qui vous conviendrait parfaitement.

— Je vois.

— Mademoiselle veut-elle l'essayer ?

— Oui, répondit Alex à la place de la jeune femme.

Ils suivirent donc le vendeur.

— Voilà, déclara celui-ci en s'arrêtant devant un lit. C'est notre meilleur modèle. Je vous en prie, essayez-le.

— Il veut que vous vous allongiez, traduisit Alex. Allons, ne soyez pas timide.

Elle s'exécuta, vaguement gênée.

— Eh bien, mademoiselle ?

— Il est parfait, s'empressa-t-elle de répondre en se relevant. Je vous laisse, je vais au rayon linge de maison, ajouta-t-elle à l'intention d'Alex. Je vous retrouve au camion.

Sans le regarder, elle se dirigea aussitôt vers les escaliers roulants.

Lorsque la vendeuse lui demanda quel genre de draps elle recherchait, Dana décrivit le plafond de sa chambre.

— J'ai ce qu'il vous faut, affirma la femme en l'entraînant vers un rayon.

Quelques minutes plus tard, Dana ressortait avec un oreiller, des draps rose pâle et une couette rose assortie, ainsi que des serviettes de bain brodées de petites fleurs de lys dorées.

Alex l'attendait devant la camionnette, sur laquelle le sommier et le matelas étaient déjà chargés. Lorsque Dana arriva, il saisit tous les paquets qu'elle portait et les déposa à côté.

Il la conduisit ensuite dans une boulangerie, où elle eut l'eau à la bouche devant les quiches et les croissants au jambon. Alex en acheta plusieurs, ainsi que trois baguettes, du gruyère et du camembert.

— Me voilà devant des tentations auxquelles je ne pourrai pas résister ! s'exclama la jeune femme.

— Alors, il va falloir faire bien attention, mademoiselle Lofgren !

Tous deux se mirent à rire. La journée n'était pas encore terminée, et jamais Dana ne s'était sentie aussi détendue !

— Alex ! Il est presque 10 heures ! Vous en avez fait assez ! Il ne m'en faut pas plus !

Mais comment s'arrêter là, songea celui-ci, en voyant le visage de Dana rayonner ainsi ?

Le parquet qu'ils avaient frotté ensemble brillait comme un sou neuf à présent. Alex alla chercher le candélabre de bronze et le plaça près du lit. Il était presque aussi grand que Dana.

Tous deux étaient munis d'une torche électrique. A la lumière de la sienne, Alex alluma douze bougies et la pièce s'emplit peu à peu d'une lumière tremblotante.

— Oh ! c'est magnifique ! s'écria la jeune femme.

Il fallait reconnaître qu'elle disait vrai. Les bougies n'éclairaient pas seulement les incrustations de l'armoire et de la coiffeuse, mais aussi la merveilleuse jeune femme qui avait travaillé avec lui tout l'après-midi et une bonne partie de la soirée. Son teint de pêche était accentué par la faible lumière et ses yeux bleus ressortaient, éblouissants.

— Elles vont bien durer une heure. Le temps de lire un peu en attendant de vous endormir.

Elle éteignit sa torche électrique.

— J'ai l'impression d'avoir remonté le temps.

— Je ressens cela, moi aussi, chaque fois que j'entre dans ce château, affirma-t-il. Bon, eh bien, je vous laisse… Demain, j'espère que vous me parlerez un peu de votre père, histoire que je sache comment l'accueillir… d'accord ?

— Si vous voulez.

— Parfait ! Alors bonne nuit, princesse, faites de beaux rêves !

Le lendemain matin, après une grasse matinée, Dana prit le temps de profiter de la salle de bains qui, contrairement au reste du château, avait été refaite à neuf. Alex avait remarquablement combiné ancien et contemporain.

Le carrelage en damier vert et blanc était superbe. Des carreaux verts entouraient par ailleurs la fenêtre et la porte.

Elle aurait bien aimé flâner des heures dans son bain, à admirer chaque détail de la décoration, mais elle n'en avait pas le loisir. Elle devait se préparer pour aller accueillir son père, qui arriverait bientôt.

Munie d'une serviette, elle se posta devant un grand miroir en pied au style rococo.

Elle resta bouche bée en se découvrant. Son visage resplendissait, ses joues avaient rosi et ses yeux brillaient. Comme elle pouvait se voir tout entière, elle constata en revanche qu'elle n'avait pas minci, loin de là. Avec toute cette bonne nourriture, elle allait devoir faire attention, sinon elle aurait vite fait de prendre des kilos !

« Du calme, Dana. Garde la tête froide ! »

Elle se répéta ces mots en regagnant sa chambre. Il ne fallait jamais perdre la tête, ni devant un bon plat ni pour n'importe quoi d'autre.

« Même face à un homme à nul autre pareil… »

Soudain, le téléphone sonna.

Etait-ce Alex, qui se demandait si elle était toujours là ? Elle décrocha.

— Allô ?

— C'est toi, Dana ?

La voix de son père ! Ainsi, il était déjà là ?

— Ah, bonjour, papa ! Comment s'est passé ton voyage ?

— Ennuyeux à mourir !

Saskia n'avait donc pas réussi à le dérider.

— Et Saskia ?

— Elle loge au Métropole, à Angers.

— Tu m'as l'air fatigué. Où es-tu exactement ?

— Dans ma chambre, à l'Hermitage. Et toi, où es-tu ? Le concierge m'a dit que tu n'étais pas rentrée hier soir.

— J'ai décidé de dormir au château. Cela m'évitera pas mal d'allées et venues.

— Je croyais qu'il était à l'abandon.

— Pas tout à fait. En fait, le propriétaire y habite. Il m'a permis de m'y installer. Repose-toi quelques heures avant de venir au château.

— Non, non, j'arrive maintenant.

Comme on pouvait s'y attendre, il était pressé de voir par lui-même ce que sa fille lui avait trouvé.

— Si tu veux.

Après avoir éteint son iPhone, elle s'habilla en hâte. Une fois vêtue d'un blue-jean et d'un T-shirt à manches longues, elle acheva de se coiffer et mit du rouge à lèvres. Puis elle glissa les pieds dans ses sandales de cuir favorites, prit son iPhone et quitta la pièce. Une fois que son père aurait découvert le domaine, elle lui préparerait un déjeuner dans la cuisine avant qu'il regagne son hôtel.

La veille, elle n'avait fait qu'entrevoir le salon. Aujourd'hui, la porte en était fermée. Alex devait être devant son ordinateur ou, plus probablement, en train de débroussailler les alentours du château.

Au moins, si elle ne le voyait pas, elle ne penserait pas à lui ! En tout cas, elle l'espérait !

En sortant, elle constata qu'il faisait plus chaud que la veille, mais elle ne s'en était pas aperçue, parce que l'intérieur du château était frais.

Marcher sous la voûte de feuillages lui donna l'impression de se trouver dans une cathédrale.

Elle découvrit Alex à l'entrée du domaine. Il portait un blue-jean et un T-shirt blanc, tenue qui mettait en évidence son corps harmonieusement musclé, qu'il devait sans doute à ses origines australiennes. Le cœur de Dana s'enflamma.

— Voici notre Belle au Bois Dormant, enfin ! lança-t-il avec un sourire.

— Vous mélangez les princesses !

— C'est vrai, mais vous avez tellement de facettes que je ne sais jamais laquelle va apparaître.

Elle sourit.

— Le compliment est exagéré, mais ce n'est pas grave. Il me fait plaisir, comme tout ce qui m'arrive ici. Lorsque je partirai, j'emporterai avec moi quantité de souvenirs merveilleux.

— Où irez-vous ensuite ?

— Passer un mois dans une petite ville au bord du Rhin, où nous devrons filmer les scènes restantes.

Il recula et sortit une télécommande de sa poche.

— Voyons si j'ai fait les choses comme il faut.

Le portail métallique se mit à bouger, lentement… et se ferma.

— Bravo. Vous auriez dû mettre cela en place plus tôt. Cela m'aurait empêchée d'entrer, et j'aurais été obligée de vous téléphoner pour prendre rendez-vous.

— Comme vous avez dû le deviner, je n'ai pas trouvé cette surprise désagréable, sinon vous ne seriez pas ici. Mais maintenant j'ai décidé qu'il ne fallait plus laisser n'importe qui entrer, surtout pendant le tournage.

Il lui tendit la télécommande.

— C'est pour vous. J'en ai d'autres dans mon bureau, je les remettrai à Paul, pour tous les gens qui en auront besoin.

— Merci.

— Vous me cherchiez ?

— Non. Mon père va arriver d'une minute à l'autre. Je l'attends.

Une voiture de location rouge apparut à cet instant. Dana appuya sur la télécommande et le portail s'ouvrit.

— Bonjour, papa, lança-t-elle.

Celui-ci entra, arrêta sa voiture et en descendit. Il portait un pantalon gris et une chemise assortie. Ses yeux bleus, plus sombres que ceux de Dana, avaient une expression intimidante, mais elle y était habituée.

— Papa, je te présente M. Martin, le propriétaire du domaine.

Les deux hommes se serrèrent la main.

— Appelez-moi Alex. J'ai vu plusieurs de vos films, que je trouve remarquables. C'est un privilège de vous rencontrer.

— Merci. Votre anglais est excellent.

— Il est en partie australien, papa !

— Ah ! Cela explique cette nuance que je ne reconnaissais pas.

— Contrairement à ton accent, qui est typiquement suédois ! rétorqua Dana.

— Certes. D'après ma fille, reprit-il à l'intention d'Alex, cet endroit ne me décevra pas.

— Voulez-vous que je vous laisse le découvrir seul ? En prenant à droite, vous arriverez devant le château. La porte n'est pas fermée. Prenez tout votre temps. Je crois savoir que vous aimez vous forger vos impressions par vous-même.

Le père de Dana eut l'air surpris. Alex avait bien retenu sa leçon.

— Donne-moi les clés de la voiture, papa. Je la garerai et je te rejoindrai dans quelques minutes.

Jan Lofgren hocha la tête, tendit les clés et s'éloigna.

— Vous avez bien su vous y prendre avec mon père, Alex. Félicitations ! Vous n'êtes pas beaucoup dans ce cas.

Elle démarra le moteur. La dernière chose qu'elle vit fut une expression énigmatique sur le visage masculin.

Elle alla garer la voiture et guetta son père.

Il apparut quelques minutes plus tard. Contrairement à ce qu'elle attendait, sa réaction était loin d'être positive.

— Suis-moi à l'Hermitage, dit-il sans préambule. Il faut que nous discutions.

4

Alex était perché dans l'un des arbres, en train de couper des branches hautes, lorsqu'il vit les deux voitures quitter le domaine. Jan Lofgren n'avait pas dû rester là plus de dix minutes. C'était plutôt rapide, mais fallait-il s'en étonner ? Dana avait mis moins longtemps pour décider de louer le domaine pour le compte des studios Pyramid.

Il ne s'était pas trompé en ce qui concernait son père. Cet homme était très imbu de sa personne. Par chance, Dana n'avait pas hérité de ce défaut.

Deux heures plus tard, alors qu'il revenait d'un autre trajet jusqu'à la décharge, son téléphone portable sonna. Paul Soleri l'appelait pour s'assurer que toute l'équipe pouvait venir immédiatement. Ils étaient en route pour le domaine.

Le moment n'aurait pu être meilleur. Alex allait pouvoir les recevoir et répondre à toutes les questions, puis se remettre au travail. Il ne cessait de penser à Dana, qui reviendrait à la fin de la journée.

Peu après, un bus et deux minibus s'immobilisaient devant la façade du château. Alex sortit pour accueillir Paul et les techniciens. Tous semblaient enchantés de ce qu'ils voyaient, et leur enthousiasme augmenta lorsqu'ils pénétrèrent dans le château.

Après leur avoir expliqué où se trouvaient les toilettes, Alex les laissa libres d'explorer les lieux à leur guise. En dehors du petit salon au rez-de-chaussée et de la chambre en tourelle au premier étage, tout le château leur était ouvert.

Alex leur expliqua qu'ils pourraient aussi tourner dans la dépendance et dans les caves du château, si cela les intéressait. Visiblement, ce qu'ils voyaient leur donnait déjà des idées.

Paul, qui devait avoir quarante-cinq ans, le prit à part pour lui parler.

— Jan est-il déjà venu ?

— Oui. Il y a quelques heures. Il n'est pas resté longtemps et il est reparti avec sa fille.

— Cela m'étonne qu'il ne m'ait pas encore contacté.

— Peut-être était-il fatigué par son long voyage en avion ?

— Cela ne lui ressemble pas. Je m'attendais à le trouver là.

— J'admets que la rapidité avec laquelle il est parti m'a semblé un peu étrange.

— Bon, ce n'est pas grave, dit Paul avec un sourire. Nous allons nous débrouiller sans lui.

— Faites comme chez vous. Comme je l'ai dit, tout le mobilier est conservé au deuxième étage. Rien n'est fermé à clé. Utilisez ce dont vous avez besoin.

— Lorsque David sera là, il n'en reviendra pas !

— David ?

— Le scénariste. Il va arriver d'un instant à l'autre, avec le décorateur et toute l'équipe des costumes et du maquillage. Ils vont s'évanouir lorsqu'ils verront cela !

— C'est bon signe ?

— Vous n'imaginez pas à quel point ! Jan voulait quelque chose d'absolument unique pour cette partie du film, et nous nous demandions s'il le trouverait jamais. Il n'y avait que Dana pour dénicher ça. Elle a toujours eu un flair remarquable pour fournir à son père les lieux de tournage dont il avait besoin, mais cette fois elle s'est surpassée ! Ne répétez pas ce que je vais vous dire là, mais à mon avis elle sera plus brillante que son père, comme réalisatrice !

Alex fronça les sourcils.

— Parce qu'elle veut exercer ce métier ?

— Oui, mais Jan est bien le dernier à s'en douter, et cela vaut mieux.

Alex songea à ce qu'elle avait dit faire pendant son temps libre. « Rien de bien extraordinaire. Je lis, je fais la cuisine. Sinon mon père va oublier de manger. »

— Excusez-moi, Paul, je dois retourner à mon travail dehors. Téléphonez-moi si vous avez besoin de quelque chose.

— Pas de problème.

Pourquoi était-il si troublé par ce qu'il venait d'entendre ? Dana avait affirmé avec force ne pas vouloir être actrice. Paul venait de lui en donner une raison.

On hérite parfois du talent de ses parents, mais Dana aurait besoin de beaucoup de courage et de détermination pour parvenir à se faire un prénom.

Dana trouva une place de parking près de l'Hermitage et suivit son père à l'intérieur. Pendant le court trajet, elle s'était préparée à entendre qu'il n'était pas satisfait du lieu de tournage qu'elle avait choisi.

Pourtant, l'endroit correspondait parfaitement au scénario ! Si son père avait une objection, elle ne pouvait vraiment pas en déterminer la raison. Mais une chose était sûre : il était d'une humeur exécrable et toute l'équipe de tournage, qui était déjà à pied d'œuvre, allait en faire les frais.

Il ne serait pas facile pour elle de faire ses bagages et de repartir, mais en dehors de cela elle songeait à Alex. Le contrat qui lui avait été envoyé était le contrat standard. Il incluait donc une clause prévoyant que, si la société décidait, pour quelque raison que ce soit, de ne pas tourner là, il recevrait seulement un pourcentage de la somme promise. Ce serait bien moins que la somme dont il avait besoin.

En entrant dans la chambre, elle était prête à livrer

bataille à son père. Si celui-ci prenait l'une de ces décisions dictées par son humeur fantasque et refusait donc de filmer au château de Belles Fleurs, elle était bien déterminée à obtenir qu'Alex touche la somme promise.

Comme toujours, la chambre de Jan était déjà en désordre, mais, contrairement à son habitude, Dana ne se mit pas à ranger ses affaires. Elle s'adossa à la porte et attendit.

Jan alluma une cigarette. Quand l'avait-elle vu fumer pour la dernière fois ? Sa femme l'avait supplié d'arrêter et il lui avait fait cette concession, au prix d'un gros effort. Toutefois, Saskia était une fumeuse et elle avait dû l'entraîner dans ce vice. Il ne fallait sans doute pas en demander trop.

— Parle-moi de ce M. Martin.

Un signal d'alarme retentit dans la tête de la jeune femme.

Quelques mois plus tôt, son père avait commencé une autre conversation de la même manière. Le sujet en avait été Neal Robeson.

C'était donc d'Alex qu'il s'agissait, pas du château. Elle fut envahie par le soulagement.

Quand Alex lui avait proposé d'explorer seul le domaine, Jan avait dû deviner qu'il suivait une suggestion de sa fille, et il ne l'avait pas apprécié. Jan Lofgren aimait rester un mystère pour les autres. L'idée qu'Alex sache exactement comment s'y prendre avec lui en raison d'une indiscrétion de sa fille lui déplaisait, mais cette irritation passerait.

— Martin est le nom de son père, qui était australien.

— Il doit vraiment être décidé à devenir acteur à tout prix, pour me donner ainsi la libre disposition de tout son domaine.

— Pas du tout. As-tu oublié que c'est moi qui ai pris contact avec lui, et pas le contraire ? Il a besoin d'argent pour restaurer son château et en faire un lieu touristique, avant de reprendre sa carrière d'ingénieur agronome.

— C'est ce qu'il t'a raconté.

— Tu n'as pas affaire à un nouveau Neal, rassure-toi.

— Je sais. M. Martin est plus âgé et il a davantage l'expérience du monde. Dans ce château désert, où tout est à l'abandon, ta chambre a été aménagée avec un tel goût que, même moi, j'en ai été sidéré.

— Arrête, papa ! Nous ne sommes pas dans *la Belle et la Bête* ! Quand je lui ai dit que j'envisageais de dormir dans le château avec mon sac de couchage, il a voulu que j'aie une chambre correcte c'est tout.

— Je te l'interdis, Dana.

— Tu m'interdis quoi ? Tu oublies que j'ai eu dix-huit ans il y a longtemps.

Elle se tourna pour quitter la pièce, mais on frappa à la porte au même instant.

— Jan ? C'est moi, Saskia. Laisse-moi entrer, *lieveling.*

Le moment était vraiment bien choisi ! Son père paraissait prêt à lancer quelque chose, mais Dana s'empressa d'ouvrir la porte.

— Bonjour, Saskia. As-tu fait bon voyage ?

— Oh ! pas trop mauvais.

Elles s'embrassèrent sur la joue. Juste pour les apparences.

— Bon, je vous laisse. Au revoir, papa.

Sans hésitation, Dana sortit de l'hôtel et reprit le chemin du château.

Lorsqu'elle se gara à côté de l'autobus et des minibus, elle avait à peu près recouvré son calme. Il ne fallait pas que son père revienne sur le contrat. Alex ne méritait pas cela, et toute l'équipe de tournage non plus.

Elle dirait donc à Alex que, tout compte fait, elle ne dormirait pas au château. Il croirait que sa première impression avait été la bonne – qu'elle obéissait à son père en toutes choses. Cela serait humiliant, mais le plus important était qu'Alex soit payé comme convenu.

— Dana ?

David venait à sa rencontre. Il avait à peu près l'âge

de Jan, était un excellent père de famille et un talentueux auteur de scénarios.

Il la serra bien fort contre lui.

— C'est vraiment une trouvaille fantastique, Dana ! Je n'ai pas de mots pour dire à quel point cet endroit est parfait !

— Je sais.

Elle aussi avait éprouvé cette impression en voyant le château pour la première fois.

Si David avait une telle réaction, cela réglait la question. Ce film avait une importance vitale pour lui aussi ; Dana n'avait donc pas d'autre choix que de faire ses bagages pour aller s'installer à l'Hermitage. Elle jeta un coup d'œil à sa montre. Il était 17 h 50. Bientôt, la journée de travail serait terminée et chacun regagnerait sa chambre. Elle pourrait rentrer à l'hôtel sans trop attirer l'attention.

Il lui fallait cependant trouver Alex. Après ce qu'il avait fait pour elle, elle lui devait une explication. Elle devait lui donner une raison pour ne pas rester. Il ne saurait jamais que, grâce à lui, elle avait vécu l'une des journées les plus passionnantes de sa vie. Elle ne méritait pas quelqu'un d'aussi bien que lui, mais, au moins, elle voulait se séparer de lui en bons termes.

Elle dit à David qu'elle le reverrait plus tard et suivit le chemin qui contournait le château. Elle arriva de l'autre côté, où elle n'était encore jamais allée.

A sa grande surprise, un sentier divisait en deux une impressionnante masse de végétation et descendait en pente douce vers la rivière.

Elle fit quelques pas, émerveillée. Alex avait méticuleusement nettoyé l'un des deux côtés, mettant à jour des arbres fruitiers. Qui aurait pu deviner qu'ils étaient cachés là ?

Autrefois, cet endroit avait dû être un verger, et un lieu d'agrément…

L'autre partie, en revanche, avait encore bien besoin

d'être débroussaillée. Plusieurs outils étaient sur le sol, dont une tronçonneuse.

— Bonsoir, la belle.

Son cœur bondit dans sa poitrine.

— Alex ?

Elle le chercha des yeux, mais ne le vit nulle part.

— Je suis là, dans l'arbre !

Une échelle était posée contre le tronc. Levant la tête, elle ne vit qu'en partie le corps musclé d'Alex à travers le feuillage. Elle tressaillit.

— Ce sont des pommiers ?

— Ils produisent des pommes blanc d'hiver, celles qui font les meilleures tartes aux pommes. A la fin du mois d'octobre, je devrais pouvoir en récolter un peu. Les arbres derrière vous donnent des poires d'Anjou.

— Il n'cst pas étonnant que cet endroit soit appelé Belles Fleurs. Le nom doit venir des fleurs de ces arbres fruitiers. Le spectacle de la floraison doit être magnifique à contempler, depuis les fenêtres du château.

— Oui, à condition que je vive assez vieux pour avoir débroussaillé toute cette jungle !

— Quel âge avez-vous donc ?

Il y avait longtemps qu'elle mourait d'envie de le savoir.

— Trente-trois ans.

— Alors, vous avez encore bien des années devant vous !

— Des années de quoi ?

— Oh ! je ne sais pas…

Mieux valait sans doute ne pas se poser la question. Des années passées avec d'autres femmes ? Lesquelles ? Il faudrait certainement quelqu'un de très spécial pour pouvoir capturer ce cœur-là…

— Dites-moi donc quelque chose, reprit-elle.

— Vous me laissez un choix particulièrement vaste !

— Pouvez-vous voir les vignes, depuis cette hauteur ?

— Vous avez donc remarqué que la dépendance abritait autrefois un pressoir !

— Oui, et je sais aussi qu'autrefois ces vignes produisaient le vin du Domaine de Belles Fleurs !

Elle entendit un bruit dans le feuillage. En quelques secondes, Alex était descendu avec agilité.

— Quelqu'un s'est encore permis de vous raconter des choses qui ne le regardaient pas.

Il rassembla les branches et les jeta dans la camionnette.

— Laissez-moi deviner... Mme Fournier, à l'Hermitage. Depuis mon arrivée, on n'arrête pas de jaser sur le retour aux coteaux du Layon d'un membre insoupçonné de la famille Fleury.

Dana venait de nouveau de l'irriter. C'était portant bien la dernière chose qu'elle souhaitait faire.

— J'ai simplement voulu acheter une bouteille du vin que nous avons bu au dessert, l'autre jour. Elle m'a dit qu'il venait du domaine Percher, mais qu'autrefois le meilleur vin d'Anjou était produit par le domaine de Belles Fleurs.

— On n'y a plus produit une seule bouteille de vin depuis 1930 !

— C'est ce qu'elle m'a dit. Bien sûr, cela a excité ma curiosité.

— Oui, évidemment.

— Une fois rentrée en Californie, j'ai fait des recherches sur internet.

— Et qu'avez-vous trouvé ?

— Entre autres choses, que les marchands hollandais faisaient le commerce de ce vin au XVIIe siècle.

— Connaissant Dana Lofgren, vous n'avez pas dû vous arrêter là.

Elle rougit.

— Je ne m'y connais pas en vins, mais, si le Belles Fleurs était aussi bon que celui que nous avons bu à l'Hermitage, le monde a perdu quelque chose.

Il y eut un silence.

— Mes parents, dit lentement Alex, ne m'ont jamais parlé du vignoble.

— Vous plaisantez !

— Mon père tenait tellement à ce que ma mère surmonte sa douleur que nous n'avons jamais parlé du passé. Lorsque le notaire nous a contactés pour nous informer de l'héritage, il n'a fait aucune mention du vignoble. En fait, sa lettre donnait à penser que le domaine n'avait plus aucune valeur.

— Voulait-il que vous y renonciez, afin qu'il puisse le racheter pour presque rien ?

— J'ai eu l'impression, dès le départ, qu'il me cachait quelque chose. Je n'ai compris qu'en voyant le pressoir, dans la dépendance, et en découvrant ce qui restait du vignoble. Sans aucun doute, il avait quantité d'acheteurs potentiels dans la région, même s'ils ne peuvent pas se payer le château lui-même.

— Alors il a voulu l'acheter pour le revendre avec un bon bénéfice.

— Les histoires d'argent sont toujours simples.

— Est-ce que c'est un secret ?

— Pas du tout.

— Mais vous ne voulez pas que je mette mon nez dans une affaire qui ne me regarde pas.

— Vous ne me comprenez pas bien. Il y a autre chose que vous ne savez pas. Venez avec moi pendant mon prochain voyage jusqu'à la décharge et je vous expliquerai. Si, bien sûr, votre père n'a pas besoin de vous tout de suite.

Entre Alex et son père, elle avait vraiment l'impression d'être un ballon de football renvoyé d'une équipe à l'autre. Plus exactement, ils la traitaient tous deux comme une enfant incapable de prendre ses propres décisions. Elle avait cru, jusqu'à présent, qu'Alex voyait en elle une adulte. Eh bien, elle s'était trompée !

La colère la fit frémir, mais elle se contint. Elle murmura simplement :

— Si c'était le cas, je ne serais pas ici, vous ne croyez pas ?

Elle se tourna pour revenir sur ses pas, mais Alex fut plus rapide. Il la saisit par les bras et l'attira contre lui.

— Pourquoi êtes-vous venue ?

Elle fut submergée, en un instant, par un déluge de sensations. Les battements de son cœur s'accélérèrent, la force déserta ses jambes, tandis que les doigts d'Alex décrivaient des parcours brûlants sur sa peau.

— Je… je voulais vous remercier.

— De quoi ? Vous parlez comme si vous alliez partir en voyage ! C'est le cas ? Voudriez-vous me dire où vous allez ?

Il n'y eut pas de réponse.

Leurs bouches étaient trop proches, et le désir trop puissant. Elle devait faire quelque chose, avant d'oublier pourquoi elle était venue.

— J'aurais dû suivre vos conseils et ne pas vous laisser vous donner tant de mal pour moi. Ma seule consolation est que vous aurez une pièce de moins à nettoyer et à meubler dans le château.

— Votre père ne veut pas que vous logiez là, c'est ça ? Mais vous saviez qu'il ne serait pas d'accord, vous me l'avez dit vous-même. Qu'est-ce qui a changé depuis ?

— On dit parfois qu'il faut choisir ses batailles, et éviter celles où l'on gaspillerait des forces pour trop peu de choses. Cette bataille-là n'a aucune importance.

Alex ne souriait pas. Selon toute apparence, il se livrait à une lutte intérieure. Il la lâcha et laissa retomber ses mains.

C'était le moment de s'en aller.

— Au revoir, Alex.

Il ne la retint pas. Elle revint au château faire ses bagages. Seuls Paul et David étaient encore là, en grande conversation dans le hall. Elle se dépêcha de sortir.

A l'Hermitage, elle trouva la réceptionniste qu'elle connaissait déjà.

— Bonsoir, mademoiselle Lofgren.

— Bonsoir, madame. Il me faudrait la clé de la chambre onze, s'il vous plaît.

— La onze ? Mais elle est occupée.

— Je sais. Mon père et moi avons des chambres voisines.

— Non, il ne s'agit pas de vous. Une Mlle Brusse s'y est installée aujourd'hui. Je lui ai déjà donné la clé.

Il se passait quelque chose d'étrange !

— Ah bon ? Très bien… Merci de votre aide, madame.

— Je vous en prie.

Dana saisit sa valise, monta au premier étage et frappa à la porte de son père.

Pas de réponse. Il devait être avec Saskia, mais Dana ne pouvait attendre.

Elle prit son iPhone.

— Dana ?

— Bonjour, papa. Qu'est-ce qui se passe ? J'ai essayé de revenir dans ma chambre, mais la réceptionniste m'a dit que Saskia avait pris la clé.

— Où es-tu ?

— Devant ta porte.

— Je sors.

Il apparut quelques secondes plus tard, prenant bien soin de refermer la porte derrière lui.

— Saskia et moi avons des problèmes depuis quelque temps, mais je ne peux pas me permettre de mettre fin à notre liaison avant que le film soit achevé, murmura-t-il. Saskia ne sait rien de mes intentions, bien sûr. Elle m'a supplié de la loger dans la chambre voisine, le temps que nous puissions arranger ce qui ne va pas.

Pauvre Saskia !

— Cela semble raisonnable.

— La chambre de Saskia est libre, dans son hôtel d'Angers. Je vais téléphoner pour qu'on te la garde.

— Merci, mais j'ai d'autres arrangements.

Il y eut un long silence, puis Jan reprit la parole.

— Si tu retournes au château, déclara-t-il, tu le fais à tes risques et périls.

— Et à ceux de M. Martin ?

— Comment cet homme a-t-il pu poser aussi vite ses tentacules sur toi ?

— Et pourquoi ne réponds-tu pas à la question que je te pose ?

Jan Lofgren resta silencieux un moment.

— Je te l'interdis toujours, mais, comme tu me l'as rappelé, tu n'as plus dix-sept ans.

Il rentra dans sa chambre et referma la porte derrière lui.

Un profond soulagement envahit Dana. Elle connaissait suffisamment son père. S'il avait répondu comme cela, il n'exercerait pas de représailles contre Alex. Oh ! pas en raison d'une grande bonté d'âme ! Mais parce qu'il avait trouvé l'endroit parfait pour son film.

Elle repartit donc au château. Le portail était fermé et elle dut l'ouvrir avec sa télécommande.

Cependant, lorsqu'elle parvint à la porte d'entrée du château, elle constata qu'elle était fermée à clé, elle aussi.

Et elle ne voyait Alex nulle part.

Où était-il donc parti ? Il n'avait tout de même pas prévu d'aller passer la soirée à Angers, avec une autre femme ?

Elle sortit son iPhone… pour le remettre aussitôt dans sa poche. Il n'apprécierait pas qu'on l'appelle s'il était avec quelqu'un.

— Bonsoir, monsieur Martin.

— Bonsoir, madame Fournier. Mlle Lofgren est-elle rentrée ? Je n'ai pas vu sa voiture dehors.

— Non, monsieur. Elle n'a pas de réservation ici.

— Alors son père ne séjourne pas ici ?

— Bien sûr que si ! La chambre voisine est occupée par Mlle Brusse. C'est une actrice qui joue dans le film de M. Lofgren.

Alex serra les poings. Si Dana n'était pas venue ici, elle était probablement dans un hôtel d'Angers.

— Merci, madame.

Il sortit pour appeler Dana depuis sa camionnette. Il y eut sept sonneries. Il allait couper la communication lorsqu'elle la prit enfin.

— Alex ? dit-elle d'une voix essoufflée.

— Qu'est-ce qui se passe ?

— J'ai un pneu crevé. J'essaie de faire marcher le cric, mais je n'y arrive pas.

— Où êtes-vous exactement ?

— Sur la route, entre Rablay et Beaulieu.

— J'arrive. Restez dans votre voiture et verrouillez les portières.

— Ne vous inquiétez pas pour moi.

— Pourquoi êtes-vous partie dans cette direction ?

— Comme vous n'étiez pas au château, j'ai voulu aller dîner au village le plus proche, mais je n'y suis pas arrivée.

— Vous êtes venue au château ?

— Oui. Mon père s'est disputé avec Saskia. Ce n'est pas la première fois, mais elle veut loger dans la chambre voisine de la sienne pour tenter de se réconcilier avec lui.

— Pourquoi êtes-vous revenue ?

— Finalement, j'aimerais bien séjourner dans ma chambre au château, si vous êtes d'accord.

— Et votre père, que dit-il ?

— Il n'est toujours pas d'accord, mais… cela change-t-il quelque chose pour vous ?

— Vous savez bien qu'il est inutile de me poser cette question.

Donc, elle allait venir, que son père le veuille ou pas.

— Cela a l'air de vous perturber. Si j'ai gâché votre programme pour la soirée, je vous prie de m'en excuser. Si je n'arrive pas à changer la roue, je rentrerai à pied au château et j'attendrai votre retour.

— Non. Vous ne seriez pas en sécurité, seule sur le bord de la route.

— Je sais que vous me trouvez bien jeune, mais je peux quand même me débrouiller seule.

— Ce n'est pas une question d'âge. Je suis prudent, c'est tout.

— D'accord.

— Où voulez-vous dîner ce soir ?

— Vous voulez dire que vous n'avez pas dîné, vous non plus ?

— Je suis venu à l'Hermitage dans l'espoir de vous trouver, mais Mme Fournier m'a informé qu'une certaine actrice avait pris possession de votre chambre.

— Je ne veux pas en parler. J'ai trop faim. J'ai encore l'eau à la bouche en repensant à ces quiches et à ce fromage que nous avons achetés à Angers. En reste-t-il ?

— De quoi faire plusieurs repas.

Ils raccrochèrent. Quelques minutes plus tard, le téléphone de Dana sonnait de nouveau. Elle s'empressa de répondre et reconnut une fois de plus la voix d'Alex.

— Me voilà ! Je vois votre voiture, dans le faisceau de mes phares.

— J'avoue que je suis bien contente que vous arriviez, soupira-t-elle, soulagée.

Alex gara sa voiture et descendit. Dana l'imita. Déjà, il était penché sur la roue.

— Qu'en pensez-vous ? demanda-t-elle.

— Je n'en aurai pas pour longtemps. Si vous pouviez m'éclairer avec votre torche électrique, ce serait parfait…

Elle s'exécuta et, en un tournemain, il avait changé la roue.

— J'ai peine à croire que vous ayez fait cela si rapidement ! s'exclama-t-elle.

— Question d'habitude. J'ai dépanné plus d'un camion dans des endroits où il faut savoir le faire tout seul, si l'on n'a pas envie de parcourir quatre-vingts kilomètres à pied.

— Merci en tout cas d'être venu à mon secours.

— Tout le plaisir est pour moi.

Cette fois, il ne put résister plus longtemps. Il la prit dans ses bras et déposa un baiser sur ces lèvres qui le tentaient si fortement.

Qu'elles furent douces sous les siennes ! Dana semblait s'abandonner complètement !

Il mit toutefois fin à leur étreinte, conscient qu'ils se trouvaient sur une route où passaient des voitures. Ils n'allaient pas se donner en spectacle.

— Rentrons au château, dit-il. Je vous suis.

Il l'aida à monter dans sa voiture et ils partirent. Ils firent demi-tour et ne tardèrent pas à arriver au portail du domaine.

Alex l'ouvrit avec sa télécommande, puis le referma derrière eux. Il fit un lourd bruit métallique : il n'avait jamais rien entendu de plus beau.

Ce son signifiait qu'ils étaient à l'abri du reste du monde. Seuls pour la nuit.

5

Le baiser d'Alex, totalement inattendu, avait eu sur Dana un effet extraordinaire. Au fond d'elle-même, elle l'avait souhaité, mais il le lui avait donné par surprise, sur une route où tout le monde pouvait les voir. Et, ce qui était encore plus frustrant, il y avait mis fin très vite, avant qu'elle n'ait pu y répondre comme elle brûlait de le faire.

Dana avait cru que son cœur allait se rompre dans sa poitrine en le voyant descendre de la camionnette. C'était le plus bel homme qu'elle ait jamais vu.

Lorsqu'ils se garèrent devant le château, elle luttait encore pour reprendre le contrôle de ses émotions. Il fallait qu'elle y parvienne, sinon il aurait l'impression d'avoir affaire à une adolescente, et non pas à une femme adulte.

Tandis qu'elle refermait la portière, il ouvrit celle de derrière et s'empara de sa valise.

Quand on était habituée à être seule et indépendante, il fallait bien convenir qu'il était agréable d'avoir quelqu'un pour prendre soin de vous…

Alex ouvrit la porte d'entrée. Une fois à l'intérieur, il posa la valise et alluma la lumière.

— Avant toute autre chose, je crois qu'il faut dîner.

— Je suis bien d'accord !

Elle le suivit jusqu'à l'aile ouest du château, où elle n'était encore jamais venue. Ils franchirent une double porte.

— Puis-je jeter un coup d'œil ?

— Bien sûr. C'est un salon qui s'ouvre sur la grande salle à manger. Comme vous pouvez le voir, on a fermé les fenêtres avec des planches. Quand elles seront réparées, elles donneront sur la cour avant.

— C'est magnifique, je n'ai jamais rien vu d'aussi beau ! s'extasia Dana. Ces murs si superbement ornés, ces plafonds… On se croirait dans un palais. En voyant cela, on se demande comment votre mère a pu s'habituer à vivre dans une maison ordinaire.

— Cette question a dû inquiéter mon père, mais leur mariage a très bien marché. Aucun des deux n'a eu de regrets. Cela a dû compenser beaucoup de choses.

— Je sais que cela paraît difficile à croire, mais mes parents, eux aussi, ont formé un couple solide, même s'il était plutôt inhabituel. C'est ma mère qui a fait toutes les concessions, mais elle a dû les faire de son plein gré. Sinon elle aurait quitté mon père, vu son caractère impossible.

Dana avança jusque dans la cuisine.

— C'est incroyable !

La pièce était immense, avec un plafond voûté et une cheminée qui occupait tout le mur opposé. De l'électroménager moderne avait été habilement mélangé à des meubles anciens. Une longue table de bois massif, avec des bancs, occupait le centre de la pièce.

— Cette porte, là-bas à droite, mène à la cave, expliqua Alex. Celle au bout de la cuisine conduit au garde-manger. Il y en une autre qui donne sur la salle de bains.

— Vous venez de me rappeler poliment que je dois me laver les mains après avoir manipulé ce cric. Excusez-moi un instant.

Elle traversa le garde-manger rempli de provisions. Un lave-vaisselle y avait été installé. Le garde-manger, par lui-même, avait la taille d'une vraie pièce. Après avoir franchi une nouvelle porte, Dana pénétra dans la salle de bains, qu'Alex avait réaménagée. Elle n'était pas aussi grande que celle du premier étage, mais elle disposait de tout le confort moderne.

Les carreaux de céramique qui couvraient les murs et le plafond étaient les mêmes que ceux qu'elle avait vus dans la cuisine. Tous avaient été peints à la main, et l'on y voyait, sur un fond crème, des grappes de raisin, des pommes, des poires – sans doute tous les fruits cultivés autrefois sur le domaine.

Dana resta sous le charme. Ce fut dans cet état d'esprit qu'elle revint dans la cuisine. Alex avait déjà disposé leur repas sur la table. Il avait une bouteille de vin à la main.

— Excusez-moi d'être restée si longtemps, mais les carreaux de céramique étaient si adorables que j'ai pris le temps de les admirer un par un !

— Je dois dire que cela ne m'étonne plus, maintenant que je commence à mieux vous connaître. Asseyez-vous, je vais vous servir.

Tandis qu'elle prenait place, il déboucha la bouteille et versa un peu du pâle liquide doré dans les verres.

— Ce vin a quelque chose de particulier ?

— A présent, oui. A nous ! Souhaitons que le mois à venir nous réserve d'autres surprises aussi agréables.

Il venait de préciser bien clairement les règles du jeu. Il ne fallait pas se méprendre sur leur baiser. A la fin de ce mois, la période enchantée se terminerait, elle aussi.

Malgré la tristesse qui l'envahit à cette pensée, elle se força à sourire.

— A vous, monsieur Martin ! Puisse votre générosité ne laisser subsister en vous aucun regret.

Elle était en proie à des émotions si fortes qu'elle en oublia qu'elle buvait du vin, et non de l'eau. Elle s'étrangla.

Quelle gamine elle faisait ! Il était trop tard à présent pour qu'il ne s'aperçoive de rien.

Alex sourit et entama un croissant.

— Quand vous pourrez parler de nouveau, dites-moi donc comment vous trouvez ce vin.

Embarrassée, Dana s'éclaircit la gorge.

— Il est aussi doux que celui que nous avons bu l'autre jour, mais il me semble qu'il vient d'un autre domaine. Cette fois, il a le goût du miel.

— Vous faites preuve d'un palais très sensible. Celui que nous avons bu à l'Hermitage vous a plu, mais j'ai acheté cette autre bouteille pour vous la faire goûter. C'est un autre layon, qui s'appelle chaume, du Domaine des Forges. On m'a dit que c'est le plus doux de tous.

Dana était bien d'accord.

Mais il y avait plus important. Il fallait surtout veiller à ne pas paraître troublée par sa présence. Ce n'étaient pas seulement les paroles d'Alex qui produisaient cet effet, mais aussi la manière dont il les prononçait. Le fait d'être seule avec lui appelait à son esprit beaucoup de pensées interdites…

— C'est très attentionné de votre part. Maintenant que j'ai goûté aux deux, je me demande à quoi pouvait bien ressembler le vin du Domaine de Belles Fleurs.

Nous ne le saurons jamais… Toutes les bouteilles ont disparu. Il y a certainement des connaisseurs qui sont passés par là. Sans compter que, comme la production s'est arrêtée en 1930, il y a eu la Seconde Guerre mondiale peu après, avec son cortège de pillages. Vous qui aimez l'histoire, vous savez peut-être qu'Hermann Goering, par exemple, s'était constitué une cave fabuleuse. Les Américains n'en sont pas revenus quand ils l'ont découverte en Allemagne, en 1945. J'ignore si elle contenait des bouteilles du Domaine de Belles Fleurs, mais ce n'est pas impossible. Goering ne se privait de rien. En tout cas, il reste peut-être, quelque part dans le monde, des bouteilles qui n'ont pas été bues. Les vins de dessert se conservent des dizaines d'années.

— Il est triste que votre domaine n'en produise plus.

Il la considéra avec une expression pensive.

— Faire redémarrer la production ne serait pas une mince affaire. Cela coûterait surtout beaucoup d'argent. Il faudrait de véritables spécialistes des vins. J'ai beau être ingénieur agronome, je n'en suis pas un. Engager le personnel compétent pour recommencer à produire des vins coûterait une fortune, surtout si le but est de retrouver la qualité des vins d'autrefois.

— Il doit bien rester des documents, des archives laissées par les derniers producteurs ?

— Ça, je n'en ai aucune idée. Peut-être cela se trouve-t-il dans les tonnes de caisses où l'on a rangé le contenu de l'ancienne bibliothèque. C'est une pièce que vous n'avez pas encore vue. Elle est dans l'aile droite, après le salon de musique.

Elle finit sa quiche et demanda :

— Il n'y a pas de livres sur l'histoire du château ?

— Si, au deuxième étage, dans l'une des chambres aménagées dans les tourelles.

Elle éplucha une orange et en mangea plusieurs quartiers, le temps de bien comprendre ce qu'il venait de lui dire.

— Alex, vous n'avez pas envie de les lire ? Vous n'êtes pas curieux de connaître l'histoire de cet endroit ?

— Pas particulièrement.

— Pourquoi ?

Il ne répondit pas et elle en éprouva un profond malaise. Clairement, il ne voulait pas parler du passé de sa famille.

— Je suis désolée. Je ne voulais pas être indiscrète. Cela ne me regarde pas.

Elle ne pouvait rester là plus longtemps. Elle se leva et commença à débarrasser la table.

— Laissez, Dana.

Ignorant ces mots, elle mit tout dans l'évier.

— Je veux me rendre utile avant de monter dans ma chambre.

— Vous êtes fatiguée ?

— Oui. Vous devez l'être vous aussi, vu l'heure à laquelle vous vous levez, et le travail épuisant que vous faites chaque jour.

Elle trouva du liquide vaisselle pour nettoyer les couverts et les assiettes.

Son cœur bondit lorsqu'il la rejoignit, un torchon à la main.

Bientôt, la table fut débarrassée et la cuisine en ordre.

— Comme votre travail est de fournir à votre père son déjeuner quotidien, n'hésitez pas à le préparer ici.

— Je vous remercie, mais je n'aurai pas besoin d'abuser ainsi de votre hospitalité. J'ai déjà pris des arrangements avec l'Hermitage pour qu'on lui prépare des repas. Quand tout le monde va déjeuner, il aime rester seul. Je lui fais toujours apporter des repas de l'hôtel lorsque nous travaillons à l'extérieur.

— Cela fait beaucoup d'allées et venues inutiles, alors que j'ai une cuisine bien équipée.

Elle s'efforça de ne pas le regarder. Il exerçait sur elle un tel attrait que Dana se demanda si elle pourrait y résister longtemps.

— Non, je ne veux pas.

— Même si je vous demande de me préparer un déjeuner à moi aussi, par la même occasion ?

Elle sentit son cœur bondir dans sa poitrine.

— Vous voulez dire… vous l'amener sur votre lieu de travail ?

— Cela me ferait gagner beaucoup de temps.

Certes. Il était évident qu'il lui serait plus facile de se concentrer sur son travail si quelqu'un faisait la cuisine pour lui. Sur ce plan, il n'était guère différent de Jan.

— Je dois admettre qu'en vous aidant ainsi je me sentirais plus à l'aise de loger chez vous.

— Bien. Je tiens à avoir fini de déblayer le verger le plus vite possible.

— Oui, c'est vrai, vous êtes pressé de partir pour la Louisiane.

La perspective de le voir quitter le domaine lui parut soudain insupportable. Elle se frotta les mains, gênée. Pourvu qu'il ne devine pas ce qu'elle pensait !

— Que… que voudriez-vous pour déjeuner ?

— Je suis sûr que tout ce que vous préparerez sera délicieux.

— Demain matin, je ferai quelques courses quand j'irai à Angers faire réparer mon pneu.

— Pourriez-vous en profiter pour acheter assez de nourriture pour que nous ayons de quoi déjeuner et dîner pendant une semaine ? Cela nous fera gagner du temps, pour des tâches plus importantes.

— Vous me faites confiance ?

— Disons que je prends le risque, répondit-il en riant.

— C'est courageux de votre part ! le prévint-elle, riant elle aussi.

— Tant que vous ne faites pas bouillir des cornichons dans une sauce au vin en essayant de me faire croire que c'est du poulet, tout se passera bien.

Elle éclata de rire. C'était un moment qu'elle aurait bien voulu faire durer à jamais. Passer du temps avec un homme aussi merveilleux, être l'objet de toute son attention et profiter de sa compagnie… Elle n'avait jamais connu une telle source de joie.

Le lendemain, elle ferait l'inventaire de ce qu'il y avait déjà dans la cuisine. Tandis qu'elle dressait ses plans, Alex sortit son portefeuille et posa plusieurs billets sur la table. Dana était trop émerveillée sur la tournure des événements pour discuter de qui devait payer.

— Merci, monsieur, dit-elle en les glissant dans son sac à main.

— De rien, mademoiselle. Je vais prendre des bougies et vous accompagner à l'étage. Vous avez l'air fatigué.

Tandis qu'il s'éloignait, elle songea à ce qu'il venait de dire. La dernière phrase faisait penser à un père s'adressant à sa petite fille.

Depuis qu'elle l'avait rencontré, il avait eu à son égard une attitude protectrice. Cela n'impliquait pas un amour fou de sa part. Certes, il l'avait embrassé, mais ce baiser n'avait nullement dénoté une passion brûlante.

Peut-être était-elle en train de se trahir ? Elle sortit de la cuisine et gagna le salon pour prendre sa valise, puis elle monta l'escalier. Il la rejoignit à l'étage, qui baignait dans l'obscurité, et la guida jusqu'à sa chambre.

Ce n'était pas vraiment *sa* chambre, mais elle la considérait désormais comme telle. Et, lorsque la torche électrique en illumina l'intérieur, elle se sentit vraiment chez elle.

Evitant de croiser le regard de son compagnon, elle posa sa valise.

Il disposa des bougies sur le candélabre.

— Merci, mais ce n'était pas nécessaire. Ma torche électrique est juste à côté du lit.

— C'est avec grand plaisir que je le fais. La lumière des bougies fait ressortir les nuances rose et porcelaine de votre peau. Je n'ai jamais rencontré une femme qui ait un si beau teint.

Que répondre à cela ?

— Bien des gens m'ont déjà comparée à un ange, et ont exprimé l'envie de déposer une auréole sur ma tête.

— Aucun homme n'oserait dire autre chose, de peur d'être foudroyé sur-le-champ. Bonne nuit.

Il s'en alla, la laissant toute tremblante.

Le lendemain, à son retour d'Angers, Dana se gara devant le château et emporta ses courses dans la cuisine, en passant par la porte de service. Elle ne l'avait pas fermée à clé avant de partir.

Son père aimait manger à 12 h 30 exactement. Elle vérifia sa montre. Il était presque l'heure. Elle rangea rapidement ses courses, puis prépara les deux déjeuners et les mit dans deux paniers, avec deux Thermos de café.

Elle trouva son père en grande conversation avec ses assistants, dans le salon du château. Celui-ci bourdonnait comme une ruche. En un rien de temps, les meubles avaient été descendus et le décor avait pris forme, sous la supervision attentive de Paul.

Elle savait qu'il ne fallait pas déranger son père en un tel moment, aussi posa-t-elle l'un des paniers près de la porte et se dirigea-t-elle vers la cuisine. A présent, elle pouvait apporter l'autre panier à l'homme inoubliable qui avait provoqué son insomnie, la nuit précédente.

En parvenant dans le verger, elle entendit le bruit de la tronçonneuse.

Fallait-il vraiment qu'il descende chercher son repas ? Ne pouvait-elle pas le lui apporter ?

A cette idée, elle sentit en elle une poussée d'adrénaline.

Pourquoi pas ? Avec toutes ces branches, elle pourrait bien trouver un endroit où poser le panier.

Sans hésiter, elle commença à escalader les barreaux de l'échelle.

Lorsqu'elle fut presque en haut, elle l'appela :

— Alex ?

— Dana ?

Il se retourna, surpris. A l'évidence, il ne l'avait pas vue arriver.

Elle monta encore deux barreaux et passa la tête entre les feuilles.

— Je suis là. Si tu ne vas pas à Lagardère…, plaisanta-t-elle.

Mais elle n'obtint pas la réaction escomptée. Les yeux d'Alex brillaient de colère.

— Qu'est-ce qui vous a pris, de grimper jusqu'ici ? Si

vous tombiez de cette hauteur, imaginez dans quel état vous vous retrouveriez !

Elle ne s'attendait absolument pas à une telle colère.

— Vous avez raison. J'ai été idiote. Je n'ai pas songé que vous vous sentiriez coupable s'il m'arrivait quelque chose et que vous seriez obligé d'en informer vous-même mon père. J'ai fait une erreur. Voici votre repas.

Elle forma un nid avec des feuilles et y déposa le panier.

— Bon appétit.

— Dana…

Elle l'ignora et redescendit l'échelle en un temps record.

Il l'appela de nouveau, d'un ton qui exprimait une intense frustration.

— Cessez de vous en faire, Alex. Vous avez tout à fait le droit d'être en colère !

Elle revint au château. Comme elle était libre pour le reste de la journée, pourquoi ne pas aller découvrir les environs ?

Elle prit son sac à main, s'assura que la porte était bien fermée et monta dans sa voiture.

Elle ne parvint pas à se calmer avant d'avoir parcouru une bonne cinquantaine de kilomètres avec son pneu réparé. En traversant un village, elle s'arrêta devant un parc. Au loin, on voyait des cygnes sur un lac. Le calme de la scène contrastait avec son tourment intérieur.

Après ce qu'elle avait vécu avec Neal, elle s'était juré de ne plus jamais laisser un homme découvrir ses sentiments les plus profonds. Elle venait de trahir ce serment.

Elle descendit de voiture et fit plusieurs fois le tour du lac, échafaudant des plans qui n'avaient rien à voir avec Alex. En revenant au château, elle s'arrêta pour manger quelque chose et ne regagna pas Rablay avant 5 h 30.

Le travail n'était pas terminé et tout le monde était encore là. Tant mieux. Elle ne risquait pas de rencontrer Alex et pouvait gagner discrètement sa chambre. Elle avait bien l'intention d'y rester jusqu'au lendemain. Ensuite, elle aviserait.

A peine avait-elle commencé à monter l'escalier qu'elle vit Saskia sortir de sa chambre. Elle s'immobilisa, interloquée. Pour qui se prenait-elle donc, celle-là ? Elle pouvait peut-être mener n'importe quel homme par le bout du nez, mais Dana détestait que l'on envahisse sa vie privée, quelles que soient les circonstances. Si c'était sur les ordres de son père qu'elle venait fouiner là, Dana était prête à déclarer la guerre.

— Bonjour !

Saskia était vraiment imperturbable ! Il ne fallait pas s'attendre à ce qu'elle rougisse ou à ce qu'elle se sente embarrassée.

— Qu'as-tu donc fait, pour que le maître de ces lieux t'accorde un tel privilège ? interrogea l'actrice.

— Va le lui demander toi-même !

— Je ne l'ai pas encore rencontré, mais les maquilleuses m'ont dit qu'il est très bel homme.

Oui, on pouvait le décrire ainsi. Saskia resterait bouche bée lorsqu'elle verrait Alex pour la première fois.

— Paul ne t'a pas dit que le petit salon et cette chambre sont des lieux privés, où l'équipe de tournage n'a pas le droit d'entrer ?

— Je ne pensais pas que c'était valable pour moi.

— Ah bon ? Et pourquoi donc ?

— En fait, je te cherchais, en espérant que nous pourrions parler un peu.

— De quoi ?

— Tu fais exprès de ne pas comprendre ! Tu sais très bien que ça ne va pas très bien, entre ton père et moi, depuis quelque temps. J'espérais que tu puisses me dire quelle erreur j'ai commise.

— Je n'en vois pas, Saskia. Je ne sais pas ce que l'on peut te reprocher.

— Cela ne m'aide pas.

Dana respira profondément.

— C'est parce qu'il n'y a pas de réponse, Saskia. Tu n'es pas ma mère, mais cela tu le sais depuis longtemps. Si cela peut te consoler, moi aussi, je commets des erreurs avec mon père.

— Peut-être que si j'habitais au château Jan se préoccuperait de moi, par moments ? Peut-être qu'il me verrait sous un jour différent ?

« Tu veux dire, comme la dame de ces lieux, liée à un gentilhomme français ? »

Cela commençait à devenir plus clair. C'était Alex qu'elle cherchait…

— Je ne sais pas.

— Crois-tu que le propriétaire de ce château me laisserait y séjourner ?

— Je n'en ai aucune idée.

— Je suppose que tu as pu obtenir cela parce que tu es la fille de Jan Lofgren. Crois-tu que, si je dis que je suis sa petite amie, j'ai mes chances, moi aussi ?

— Tu peux toujours essayer !

— Très bien. Merci de tes conseils.

Dana regarda s'éloigner la silhouette élancée de l'actrice. Pour ce qui était de son père, Saskia menait une bataille perdue d'avance.

Dana, de son côté, avait sa propre bataille à mener, et la victoire ne se dessinait pas à l'horizon. Alex risquait de partir bientôt pour les Etats-Unis. Quelle ironie de penser que Dana, en voyant la publicité qu'il avait mise sur internet, lui avait facilité la réalisation de ses projets !

Quant à Saskia, pour en revenir à elle… Oh ! elle pouvait bien rêver ce qu'elle voulait. Un rude choc l'attendait.

Alex travailla dans le verger jusqu'à la tombée de la nuit. Encore un voyage à la décharge, et sa journée serait terminée. Le délicieux repas que Dana lui avait apporté, sans se soucier de sa sécurité personnelle, lui avait donné des forces pour tout l'après-midi.

Il aurait bien voulu courir après elle, la rattraper… Mais pas pour s'expliquer avec elle devant son père. Tout, sauf cela !

Heureusement, personne n'avait été témoin de l'incident. Il vaudrait donc mieux qu'il s'excuse discrètement lorsqu'ils seraient seuls.

En revenant de son dernier trajet, il ferma le portail et alla garer son véhicule devant la façade du château. La voiture de location utilisée par Dana était là : la jeune femme était donc de retour. Son pouls s'accéléra à cette pensée et il entra.

Mais il ne trouva que des meubles dans le grand salon. Plus un panier vide, semblable à celui qu'elle lui avait apporté. Il le saisit et alla le ranger dans la cuisine, avec le sien.

Quelques minutes plus tard, après avoir pris une douche et s'être changé, il mit de la nourriture à cuire pour le dîner, puis téléphona à Dana. Peut-être descendrait-elle pour se joindre à lui ?

Elle répondit à la quatrième sonnerie.

— Alex ? Quelque chose ne va pas ?

— Non, tout va bien.

A ce stade de leur relation, il valait mieux être sincère.

— Vous avez perdu votre télécommande, et vous ne pouvez pas rentrer ?

— Je crains que mon problème ne puisse pas être résolu aussi facilement.

Il la sentit hésiter.

— Est-ce que le studio parisien a annulé sa réservation pour la mi-septembre ? demanda-t-elle.

— J'apprécie que vous vous fassiez du souci pour moi,

mais en fait ce n'est pas pour ça que j'appelle : je me suis montré bien peu aimable avec vous aujourd'hui. Je ne suis pas du genre émotif, mais, quand je vous ai vue apparaître entre les branches comme une nymphe, et que je me suis rendu compte de la hauteur à laquelle vous étiez, j'ai perdu le contrôle de moi-même.

— Passer d'un ange à une nymphe est une amélioration subtile, qui me plaît beaucoup.

Dana...

— Pour ce qui est du reste, j'ai eu toute la journée pour réfléchir à ma cascade. On peut l'attribuer à l'enchantement que l'on éprouve dans cet endroit.

Il fallait qu'il se force à ne pas laisser transparaître ses émotions.

— Je peux dire pour ma part que c'est le meilleur repas que j'aie jamais mangé dans un arbre.

— C'est un autre compliment que je n'oublierai pas, mais, afin de ménager votre état de nerfs, je laisserai désormais votre panier-repas à côté du tronc de l'arbre.

— Pourquoi ne descendez-vous pas, pour en parler autour d'un bon vin ?

— C'est très tentant, mais je dois avouer que je suis déjà à moitié endormie. Puis-je vous confier quelque chose ?

— Je vous en prie.

— Vous allez me trouver plus superstitieuse que mon père.

Il n'aurait vraiment pas songé à cet adjectif pour la décrire. Et l'entendre parler de son père n'était guère fait pour améliorer son humeur.

— Ne me faites pas languir.

— Hier soir, j'ai eu l'impression de commettre un sacrilège en buvant un vin venant d'ailleurs, alors que je me trouvais sur le domaine de Belles Fleurs. Est-ce que vous me comprenez ?

Il ferma les yeux. La veille, il avait éprouvé exactement

la même chose. La même pensée avait surgi, venue d'on ne savait où, lui rappelant que les racines de sa mère étaient ici.

— Plus que vous ne l'imaginez.

Pour la première fois, il comprit que quelque chose qui n'était pas purement physique le reliait à Dana.

— Alex ? Vous êtes encore là ?

— Oui, dit-il en serrant le téléphone. Vous souvenez-vous de m'avoir demandé si je pouvais voir le célèbre vignoble de Belles Fleurs, du haut de l'arbre ?

— Vous parlez de cette question à laquelle vous n'avez pas voulu répondre ?

— Retrouvez-moi derrière le château, demain matin à 8 heures. Il y a quelque chose que je voudrais vous montrer.

— Il me semblait que vous m'aviez interdit de monter aux arbres.

— Il ne s'agit pas tout à fait de cela. Il y aura de la marche à faire. Mettez des bottes, si vous en avez. Ou en tout cas quelque chose qui protège les pieds mieux que des sandales.

— Vous n'allez pas m'emmener dans un endroit infesté de serpents ? J'en ai une peur irrationnelle.

— En France, il y a peu de serpents venimeux. Et même ceux qui le sont ne sont pas très dangereux. Leur morsure n'est pas plus grave qu'une piqûre d'abeille. Ce ne sont pas des crotales.

— Ce que vous dites n'est pas fait pour me rassurer.

— J'ai vécu en Afrique et en Indonésie, où l'on a beaucoup plus de raisons d'avoir peur des serpents. Et je suis toujours vivant.

— Mais vous…

— Oui ?

Il venait de l'interrompre au milieu de sa phrase. Pour l'aiguillonner, pour la pousser à en dire plus. Comme il l'avait fait depuis leur première rencontre.

Elle finit par expliquer :

— J'allais juste dire que vous êtes invincible.

— Pas tout à fait.

Voilà qu'elle commençait à deviner ce qu'il pensait, à le percer à jour. Aucune femme n'en avait jamais fait autant.

— Je promets, en tout cas, de faire de mon mieux pour vous protéger.

— Merci.

A présent, il avait très envie d'être à côté d'elle.

— Etes-vous sûre que vous êtes trop fatiguée pour jouer au Scrabble ? J'ai apporté le mien de Bali. Mon père et moi faisions souvent des parties.

— En combien de langues ?

Il se mit à rire.

— Pourquoi ne venez-vous pas le découvrir vous-même ?

— Peut-être un autre soir, quand je ne serai pas aussi épuisée.

— Vous m'avez dit que c'est bientôt votre anniversaire. Vous êtes née le combien ?

Elle allait avoir vingt-sept ans. Si elle lui confiait sa date de naissance, il ne l'oublierait jamais.

— Le 16 août.

— Lundi prochain donc. Ne prévoyez rien pour ce jour-là. Nous fêterons cela ensemble, et je vous laisserai me battre.

— Mais j'y compte bien !

Il eut un sourire.

— Où êtes-vous allée aujourd'hui ?

— Je ne sais pas. J'ai conduit jusqu'à ce que je voie un parc et un lac. Il y avait une maman cygne, et trois petits qui la suivaient en imitant exactement ses mouvements. J'ai fait le tour du lac en les observant. Je suis sûre que vous-même n'avez jamais rien vu d'aussi fascinant.

Oh ! si… Il l'avait vue, elle, et l'image qu'elle lui avait laissée était devenue presque douloureuse.

— Pas étonnant que vous soyez fatiguée. Si vous préférez me retrouver à 9 heures…

— Je serai probablement sortie à 7 h 30, avant que l'équipe de tournage n'arrive. Personne n'a besoin de savoir ce que je fais.

Pensait-elle aussi à son père en disant cela ?

Elle n'avait sans doute guère communiqué avec lui depuis qu'elle était venue s'installer au château, contre son gré.

— Je vous comprends parfaitement.

— Pour être franche, j'ai du mal à comprendre comment vous pouvez supporter de voir votre univers envahi ainsi par une foule d'étrangers qui chamboulent tout.

— J'ai besoin d'argent.

— Je sais. J'espère que le bouche-à-oreille va bien fonctionner dans l'industrie cinématographique, et que vous aurez bientôt un déluge de demandes de réservation. Rien ne me rendrait plus heureuse. A présent, si vous me permettez… Bonne nuit.

Et elle raccrocha.

Il alla fermer toutes les portes à clé et éteindre les lumières, songeant que Dana était un cadeau qui vous était donné une fois par millénaire, si vous aviez de la chance. Son père devait s'en rendre compte. Peut-être était-ce pour cela qu'il veillait si jalousement sur elle.

En très peu de temps, Dana avait donné à Alex le besoin de se montrer protecteur, et celui d'être possessif. A l'évidence, ces sentiments étaient restés en sommeil en lui pendant de nombreuses années, attendant que la bonne personne vienne les éveiller.

Le reste de la nuit, il repensa à une certaine nymphe aux yeux bleus, qui lui souriait à travers les feuillages. Si la tronçonneuse et le panier ne s'étaient pas trouvés entre eux, ils seraient peut-être encore dans un lit de feuilles, où il aurait pu lui faire l'amour sans jamais s'arrêter.

6

— Bonjour, la belle !

Dana répondit à ce salut de loin, d'un signe de main. Alex était à côté de sa camionnette, vêtu comme à son habitude d'un blue-jean serré et d'un T-shirt blanc qu'il portait très bien. Le soleil brillait dans ses cheveux bruns, coiffés d'une manière qui lui allait à la perfection. Il la suivait des yeux et elle se sentit frissonner.

— Il fait très beau ce matin, et je ne vous demande pas si vous allez bien, car cela saute aux yeux.

Il était rasé de frais, et l'odeur de l'après-rasage envahissait l'air autour de lui.

— Vous avez tout à fait raison, murmura-t-il.

Il saisit une paire de cisailles à longs manches.

— Nous y allons ?

Elle arrêta un instant les yeux sur les lèvres d'Alex. Elle y avait goûté brièvement, et cela avait suscité en elle une faim que seule une répétition de ce contact, bien plus longue, pourrait assouvir.

Dana hocha la tête avant de le suivre sur le chemin qui menait au verger. Se faisait-elle des idées, ou se passait-il vraiment quelque chose entre eux, quelque chose qui planait dans l'atmosphère, tel un courant électrique ou une attirance magnétique ?

Il l'entraîna jusqu'à l'orée du verger. Là, une forêt de ronces s'élevait plus haut que leurs têtes et s'étendait jusqu'à la rivière, sur toute la pente du coteau. Dana, qui n'avait jamais rien vu de tel, en resta bouche bée.

— La seule comparaison qui me vient à l'esprit, ce sont les ronces qui entouraient le château de la Belle au Bois Dormant. Mais c'est un conte de féess.

Il tourna vers elle un regard énigmatique.

— Si vous vous souvenez bien, c'est un conte de féess *français*. A présent, sachez que vous admirez le vignoble du Domaine de Belles Fleurs.

Elle fronça les sourcils, incrédule.

— Ce n'est pas possible… C'est incroyable !

Elle tourna la tête pour dissimuler son émoi. A présent, elle comprenait la réticence d'Alex à l'évoquer.

— Voici ce qui arrive après quatre-vingts ans d'abandon, déclara-t-il gravement.

Elle secoua la tête.

— Moi qui suis venue de Paris en voiture, et qui ai vu tous ces vignobles magnifiques… En trouver un dans cet état…

Il lui était impossible d'exprimer la peine qu'elle ressentait.

— Oh ! Alex… Dire que votre famille a laissé mourir tout cela… Cela me dépasse complètement ! Comment a-t-on pu laisser s'accomplir une telle profanation ?

Il posa ses cisailles et lui prit le visage entre ses mains.

— Ne soyez pas si triste. Que vous puissiez le croire ou non, ce vignoble est vivant.

— Qu'est-ce que vous dites ? Ce n'est pas possible…

— Vous savez, la vigne est une plante inhabituelle. Elle veut grimper, et elle le fait jusqu'à ce que les oiseaux mangent ses fruits. Ce que vous voyez là est un enchevêtrement, au-dessous duquel il y a probablement le sol le mieux préparé du Layon. Rester quatre-vingts ans en jachère l'a rendu riche. Le vignoble a simplement besoin d'être débroussaillé.

— Simplement ? Le mot est faible !

— Certes. Il faudrait bien cinq ans pour que la production de vin puisse repartir. La première année se passerait à utiliser les cisailles, comme ceci.

Elle le regarda avec fascination dégager un plan de vigne des ronces qui l'entouraient, comme Michel-Ange faisant apparaître une statue à partir du marbre brut.

— Et ensuite, qu'est-ce qui se passe ?

— L'année suivante, de nouveaux ceps de vigne apparaissent. C'est un travail éreintant. Il faut les soigner comme des nouveau-nés.

Elle lui adressa un sourire, qu'il lui rendit. Son cœur s'emballa alors.

— Vous avez dit cinq ans…

— La troisième année, on commence à voir des bourgeons. La quatrième, les premières grappes de raisins se développent. A la cinquième, elles seront devenues assez bonnes pour faire un vin de qualité.

— Cinq ans…

Il ne serait plus là, dans cinq ans. Et elle non plus. Cette pensée la rendait malade.

— Lorsque je vous ai demandé pourquoi vous n'étiez pas préoccupé par votre vignoble, je ne pouvais pas imaginer… Je comprends maintenant.

— Cultiver un vignoble est une entreprise familiale, que l'on se transmet de génération en génération. Si l'on ne se donne pas le temps nécessaire, il est inutile d'essayer de produire un bon vin.

— Oui, je comprends… Cela signifie-t-il que vous envisagez de louer le vignoble, ou même de le vendre ?

— Je ne sais pas encore.

Il n'avait visiblement pas envie d'en dire plus. Il était temps de changer de sujet.

— Alex ? Vous savez à quel point j'aime lire. Accepteriez-vous que je fouille dans ces caisses où l'on a rangé la bibliothèque du château, juste pour voir ce qu'elle contenait ?

Je ne parle pas très bien le français, mais je peux quand même comprendre les titres.

— Si vous voulez.

Elle sentit l'excitation la gagner. Peut-être trouverait-elle des albums de famille. Cela l'intéresserait énormément.

— Vous parlez sérieusement ?

— Bien sûr, pourquoi pas ?

— Merci !

Sans prendre le temps de réfléchir, elle posa les mains sur ses bras et se pencha pour lui déposer un baiser sur la joue. Ce qui suivit se passa si vite qu'elle ne le vit pas arriver. Alex se pencha à son tour et la serra contre lui. Un instant plus tard, il prenait possession de sa bouche.

Lequel des deux éprouvait le désir le plus fort ? Peu importait. Ce qui comptait, c'était qu'il l'embrassait au point de la submerger de plaisir, des pieds à la tête. Jamais elle n'avait été ainsi transportée.

Lorsqu'elle laissa échapper un gémissement, il murmura :

— C'est aussi ce que je pense. Ta bouche est plus douce que tous les vins d'Anjou.

— Alex…

Tout son corps frémissait. Garder le contrôle d'elle-même se révélait de plus en plus difficile.

Elle lui passa les bras autour du cou pour se blottir contre lui, et lui déposa de petits baisers sur le menton. Les mains à plat sur son dos, il l'attira alors contre lui, au point qu'elle sentit les battements de son cœur.

— Tu es si belle, Dana. Aide-moi à m'arrêter avant qu'il ne soit trop tard.

— Je n'ai pas envie que tu t'arrêtes, répondit-elle dans un souffle.

— Moi non plus, mais il y a quelqu'un qui vient.

Qui donc pouvait venir gâcher un tel moment ? Frustrée, Dana dut faire un gros effort pour s'écarter d'Alex.

Elle se tourna alors et aperçut Saskia qui arrivait au loin. Evidemment, ça ne pouvait être qu'elle.

— Bonjour, lança Saskia lorsqu'elle parvint à leur hauteur.

Elle s'arrêta un instant pour contempler Alex, apparemment impressionnée.

A trente ans, Saskia était une femme extrêmement séduisante, et elle le savait.

Elle se tourna vers Dana.

— Pourrais-tu faire les présentations ?

— Saskia Brusse, je te présente M. Alexandre Martin, propriétaire du domaine. Alex, Saskia est la compagne de mon père. Elle joue également un rôle dans son film.

— Mais je n'y apparais que dans les scènes que nous allons tourner en Allemagne, précisa l'actrice.

— Dans quel rôle, exactement ?

Saskia ouvrit de grands yeux.

— Tu veux dire que tu ne lui as pas parlé du film ? demanda-t-elle à Dana.

Celle-ci n'avait toutefois pas l'intention de se laisser impressionner.

— Non, rétorqua-t-elle d'un ton sec.

Elle fut reconnaissante à Alex d'intervenir pour détendre l'atmosphère. Il serra la main de Saskia.

— Je suis très heureux de faire votre connaissance, mademoiselle Brusse.

— Merci. Vous savez, j'espérais vous voir ce matin. C'est pour cela que je suis venue si tôt avec Jan.

— Dans quel but vouliez-vous me rencontrer ?

— Dana ne vous a rien dit de cela non plus ?

— Je crains que nous n'ayons eu d'autres sujets à aborder. Mettez-moi donc au courant.

Saskia rougit. Visiblement, elle n'appréciait guère le tour que prenait la conversation.

— Jan m'a dit que Dana habitait au château. Je me demandais si je ne pourrais pas y occuper une chambre moi aussi jusqu'à la fin du mois. Pendant notre séjour en France, je vais avoir beaucoup de temps libre, et ce château est tellement beau !

— Je suis très heureux qu'il vous plaise. Mais je ne permets à personne d'y vivre, à part mon personnel. Dana a accepté de m'aider à remettre de l'ordre dans la bibliothèque de Belles Fleurs. C'est une tâche gigantesque. Comme vous la connaissez, vous savez qu'elle est passionnée d'histoire, tout comme son père. L'un comme l'autre sont très brillants. A présent, si vous voulez bien m'excuser, j'ai du travail. Cela m'a fait plaisir de vous rencontrer, mademoiselle Brusse. Je suis impatient de voir le film lorsqu'il sera achevé.

Quel sens de la repartie ! Dana en était époustouflée. D'autant que la pauvre Saskia ne s'attendait pas à une telle réponse !

Jamais non plus un homme ne l'avait complimentée ainsi devant Saskia.

Un autre que lui aurait pu la laisser dormir au château, mais dans son sac de couchage. Celui-là l'avait traitée comme une invitée de marque. Et, lorsqu'il avait appris qu'elle avait une panne de voiture, il s'était précipité à son secours. Il s'était fait du souci pour sa sécurité.

Décidément, Alex était l'antithèse de son père !

Du coin de l'œil, elle vit que Saskia observait Alex avec deux sentiments antagonistes : la colère, d'abord, de ne pas avoir obtenu ce qu'elle voulait, et un désir sexuel qu'elle ne cherchait nullement à dissimiler.

Elle se tourna soudain vers Dana.

— Je vous ai vus tout à l'heure en arrivant. Mélanger travail et plaisir est un jeu dangereux, tu sais.

— J'imagine que tu as appris cette leçon avec mon père ? rétorqua Dana. Il n'y a rien de tel que l'expérience pour progresser dans la vie. A plus tard, Saskia !

Peu désireuse de prolonger la conversation, elle tourna les talons et prit la direction du château.

Elle monta dans sa chambre et, se penchant à la fenêtre, vit qu'Alex avait déjà grimpé dans un arbre.

Il était temps de passer à autre chose. Elle avait désormais la permission de fouiller la bibliothèque du château et elle allait en profiter ! Elle était déterminée à découvrir quelque chose d'intéressant sur l'histoire de Belles Fleurs, ne serait-ce que pour Alex. Il viendrait certainement un jour où il voudrait en savoir plus sur son domaine.

Cependant, elle devait avant tout s'occuper du dîner. Son intention était de préparer un repas typiquement français. La veille, elle avait acheté tous les ingrédients nécessaires. Elle prit le livre de cuisine de sa mère et l'ouvrit à la page qui l'intéressait.

Faire tremper une queue de bœuf, coupée en morceaux, dans de l'eau froide, pendant plusieurs heures.

— Cela, c'est déjà fait.

Essuyer avec un torchon propre, et faire cuire à feu doux avec quatre oignons et trois carottes coupés en morceaux. Lorsque la viande commence à brunir, ajouter deux gousses d'ail finement hachées. Recouvrir pendant deux minutes, puis ajouter cinq cuillerées à café de cognac. Faire de nouveau cuire à l'air libre en ajoutant une demi-bouteille de vin blanc, et assez de bouillon pour que la viande baigne dans le liquide. Ajouter du poivre, du sel, un bouquet garni, couvrir le tout et faire cuire à feu doux pendant trois heures.

En un rien de temps, la viande et tous les ingrédients se retrouvèrent dans la cocotte.

Faire sauter dans du beurre une demi-livre de champignons, une bonne poignée de morceaux de bacon et une douzaine de petits oignons.

Elle ferait cela une fois qu'elle aurait préparé et apporté les déjeuners.

Trois heures plus tard, elle lut la suite de la recette.

Ajouter la viande et verser le liquide après en avoir filtré la graisse. Couvrir et faire cuire au four, à faible température, pendant une heure. La viande doit être tendre, et la sauce onctueuse, sans qu'il soit nécessaire de l'épaissir avec de la farine.

Pendant cette heure de cuisson, elle monta l'escalier. Quelques membres de l'équipe la saluèrent d'un geste, mais personne n'avait envie de parler. Son père n'était pas loin, mais ils ne se rencontraient guère. Dana ne s'en plaignait aucunement. Saskia avait dû faire son rapport à Jan, et Dana n'avait aucune envie d'en discuter avec lui. D'autant plus que Saskia avait dû présenter les choses à sa façon.

Dana alla donc jusqu'au deuxième étage, puis suivit un long couloir pour arriver à la chambre de la tourelle. Elle ouvrit la porte pour y trouver un véritable océan de caisses. Il y en avait des dizaines, mais aucune d'entre elles n'était marquée. Manifestement, on avait tout entassé sans se préoccuper du jour où quelqu'un viendrait déballer tout cela.

Elle essaya d'en ouvrir une, puis une autre. A la main, ce n'était pas possible. Il lui faudrait des ciseaux, ou un couteau. Et un marqueur pour écrire ensuite ce que contenait chaque caisse.

En plus, il faudrait aussi une chaise. Et des chiffons pour nettoyer toute cette poussière.

Bon. Au moins, le lendemain, elle reviendrait avec tout l'équipement nécessaire.

Une fois rentrée dans sa chambre, elle mit des vêtements de rechange et une chemise de nuit dans un grand sac qu'elle avait acheté la veille. Il pouvait contenir beaucoup de choses et était plus facile à transporter qu'une valise.

Elle prit de quoi faire sa toilette, vérifia son sac à main et fut prête à partir.

En haut de l'escalier, elle attendit qu'il n'y ait plus personne dans le salon, puis elle descendit rapidement et gagna la cuisine. Il y régnait une odeur agréable. Celle d'une vraie cuisine française.

Satisfaite de voir que tout se passait bien, elle éteignit le four, sortit le faitout et le posa sur la cuisinière. Comme tout était en ordre, elle alla à la table et prit son bloc-notes.

« Alex, ton dîner est sur la cuisinière. Il suffit de le faire réchauffer quelques minutes. Je vais passer la nuit à Angers, mais je te promets d'être de retour demain matin.

D. »

Elle plaça le mot à côté de l'évier, où il commençait toujours par se laver les mains. Il ne manquerait pas de le voir. Elle gagna ensuite la porte de service et fit le tour du château jusqu'à sa voiture.

Une partie de l'équipe s'apprêtait déjà à repartir et plusieurs personnes lui dirent au revoir au moment où elle montait dans sa voiture. Si Alex pouvait la voir depuis l'arbre où il était, tant mieux.

Après ce qui s'était passé dans le verger, elle préférait ne pas songer à ce qu'il devait penser ! Elle en rougit.

La veille au soir, elle s'était forcée à garder le contrôle d'elle-même et elle avait réussi à ne pas descendre le rejoindre lorsqu'il le lui avait demandé par téléphone.

A présent, mieux valait qu'elle prenne un peu ses distances. Un seul regard d'Alex suffirait à la faire céder. Elle devait prendre le temps de réfléchir. Depuis qu'elle avait rencontré Alex, elle ne savait plus très bien où elle en était.

Dana avait dû lui apporter son déjeuner pendant qu'il maniait la tronçonneuse et il ne l'avait ni vue ni entendue.

En descendant de l'échelle, il trouva le panier sur sa camionnette. Malgré la déception, il eut l'eau à la bouche en songeant à son repas.

Ce soir, il l'emmènerait dîner quelque part, puis ils danseraient, pourquoi pas ? Elle ne pouvait quand même pas prétexter la fatigue deux soirs de suite ! Il avait besoin de la tenir dans ses bras… et rien ne l'en empêcherait.

Il fit son dernier aller-retour jusqu'à la décharge à 6 heures, puis rentra au château par la porte latérale. Une odeur très alléchante l'attendait dans la cuisine et il remarqua un faitout sur la cuisinière.

Il posa le panier sur le comptoir et prit une fourchette dans le tiroir. Dana avait préparé un plat qui avait l'air très bon. Il souleva le couvercle et ne put résister à l'envie de goûter un morceau de viande. Comme celle-ci était plongée dans la sauce, il se retourna pour prendre une cuiller.

C'est alors qu'il aperçut le petit mot… et laissa échapper un juron.

« Dana Lofgren, à quel jeu joues-tu donc ? » pesta-t-il en son for intérieur.

Il fallait néanmoins garder son calme. Si la jeune femme pensait pouvoir se cacher ce soir, elle en serait pour ses frais. Il la trouverait à n'en pas douter dans l'un des hôtels où logeait l'équipe de tournage. Après sa mésaventure sur la route, l'autre soir, elle n'oserait pas aller ailleurs.

Il regarda le faitout. Non, il n'était pas question qu'il déguste ce plat délicieux sans elle ! D'un geste résolu, il le rangea dans le réfrigérateur et gagna le salon où il avait établi ses pénates.

Une fois douché et changé, il sortit du château désert et ferma la porte à clé. Puis il prit la route d'Angers au volant de sa camionnette, violant au passage les limitations de vitesse. Cette fois, il ne la préviendrait pas par téléphone. Sûrement pas.

Il s'arrêta d'abord à l'Hôtel Central, mais Dana ne figurait pas sur la liste des clients. Au Châtelet, on ne put rien lui dire non plus, et il sentit la frustration monter. En arrivant au Métropole, il se demanda si elle n'avait pas choisi un hôtel où elle ne verrait aucune de ses connaissances.

— Bonsoir, monsieur. Je m'appelle Alexandre Martin, du domaine de Belles Fleurs, à Rablay.

— C'est un plaisir de vous rencontrer, monsieur. Je crois savoir que les studios Pyramid tournent un film dans votre château.

— En effet. Il est très important que je parle à Mlle Brusse. Je crois qu'elle est dans la chambre 122.

— Non, non. Cette superbe actrice était dans la chambre 140, mais elle n'est plus avec nous. C'est Mlle Lofgren, la fille du metteur en scène, qui occupe cette chambre à présent.

— Vous ne savez pas où Mlle Brusse est allée ?

Le réceptionniste se pencha afin de confier à voix basse :

— Elle a rejoint le metteur en scène.

Cet homme semblait avoir beaucoup en commun avec Mme Fournier, de l'Hermitage.

— Je vous remercie.

— Il n'y a pas de quoi.

Bien. Alex savait donc où Dana comptait passer la nuit. Il sortit de l'hôtel pour faire quelques achats.

La chaleur de l'été était encore pesante. C'était une soirée idéale pour les amoureux, mais jamais Alex n'avait connu ce qu'il éprouvait à présent. De multiples désirs bouillonnaient en lui. Se sentir ainsi vide et frustré après une dure journée de travail était nouveau pour lui.

Il serra les dents.

En découvrant le départ de Dana, il avait songé qu'il devrait passer la nuit seul au château et cette perspective lui avait paru intolérable. Comment cette jeune femme, qu'il ne connaissait pas deux semaines auparavant, avait-elle pu devenir si importante pour lui ?

D'autant que, d'ici peu, elle partirait en Allemagne. Et

ensuite ? D'après Paul, elle voulait se lancer dans la même profession que son père.

Il allait la trouver. Aucune cachette ne serait assez bonne pour l'en empêcher.

Il était 17 heures. Il lui donnait jusqu'à 22 heures.

Il rangea ses achats dans sa camionnette et revint à l'hôtel. La chambre de Mlle Brusse était au troisième étage. Tout cela faisait penser au jeu des chaises musicales. Il y avait joué, il y avait bien longtemps, à l'école. Mais ce soir, c'était plutôt de chambres musicales qu'il fallait parler. Sans la musique.

Il frappa à la porte.

— Dana ? C'est Alex. Je sais que tu es dans cette chambre, il est inutile de faire semblant de ne pas être là.

— Et pourquoi donc ferais-je cela ? lança une voix familière derrière lui.

Il se retourna. Dana était là, habillée comme le matin. Elle avait les joues un peu rouges, et ses cheveux blonds brillaient encore plus que d'habitude. Elle le regarda dans les yeux sans ciller.

— Si tu voulais me parler, pourquoi ne pas m'avoir téléphoné ?

— Et tu m'aurais répondu ?

— Bien sûr !

Comme il n'avait pas essayé, il ne pouvait pas l'accuser de mentir !

— Pourquoi m'avoir caché que tu voulais quitter le domaine ce soir ?

— Tu n'as donc pas vu mon papier ?

— Si, je l'ai vu. Mais pourquoi ne pas me l'avoir dit lorsque tu en as pris la décision, ce matin ?

Il lui sembla qu'elle tressaillait.

— Si tu te souviens bien, nous avons été… interrompus.

— Bien sûr que je m'en souviens. Mais tu aurais pu m'en

parler quand tu m'as apporté mon déjeuner. Tu es repartie si vite que je n'ai pas remarqué ton passage.

Elle détourna les yeux.

— Je n'avais pas encore pris ma décision à ce moment-là.

— Dis-moi, qu'as-tu donc, dans ce carton ? Tu le tiens comme s'il s'agissait d'un nouveau-né.

Elle rougit.

— En fait, c'est quelque chose qui est très vieux, et qui n'a pas de prix.

— Dans ce cas, ramenons-le au château et nous pourrons ensuite déguster ce délicieux dîner que tu as préparé. L'odeur m'en a mis l'eau à la bouche.

Elle eut l'air étonnée.

— Alors tu ne l'as pas encore mangé ?

Elle était manifestement déçue.

— J'ai voulu y goûter, mais lorsque je me suis aperçu que tu étais partie j'ai mis la marmite au réfrigérateur. Après tout le mal que tu t'étais donné, je n'allais tout de même pas le manger seul !

Elle ne répondit rien. Elle ne semblait pas vouloir rentrer avec lui. Que c'était frustrant !

Il essaya une autre tactique.

— Je peux te tenir ce carton pendant que tu rassembles tes affaires. Demain je te ramènerai ici pour que tu reprennes ta voiture, j'ai moi-même des choses à faire en ville.

Elle se mordit la lèvre. Etait-ce le signe que sa résolution faiblissait ?

— Très bien, soupira-t-elle enfin. Mais, s'il te plaît, ne le fais pas tomber. Ce ne serait pas facile à remplacer.

Cette fois, Alex sentit la curiosité le gagner. De quoi s'agissait-il donc ?

— Je te promets de veiller sur ce carton comme sur ma propre vie.

« C'est peut-être de ta vie qu'il s'agit, Alex. »

Le cœur battant, Dana lui tendit le carton.

Quelques minutes plus tard, lorsqu'elle eut regroupé toutes ses affaires dans son sac, ils quittèrent l'hôtel.

A vrai dire, l'idée de rester seule dans cette chambre triste n'avait guère enthousiasmé la jeune femme. Qu'elle avait été heureuse en trouvant Alex sur le pas de sa porte !

Quand ils arrivèrent à la camionnette, elle posa son sac, puis reprit le carton pendant qu'il ouvrait les portières.

— Vas-y, installe-toi, je le tiens, fit-il ensuite en lui reprenant le carton des mains.

Il pouvait vraiment se montrer adorable ! Lorsqu'elle fut installée, il lui rendit le carton et ferma la portière.

Ils partirent. Une fois sortis d'Angers, il lui jeta un regard interrogateur.

— As-tu commencé à ouvrir les caisses de la bibliothèque aujourd'hui ?

— C'était impossible sans outils, et en plus il n'y avait aucune inscription qui puisse me renseigner sur leur contenu. Mais j'aurai encore tout le temps demain. Comment s'est passée ta journée au verger ?

— Grâce à tes repas, j'ai fait deux heures de travail de plus cette semaine. A ce train-là, j'aurai fini à la fin de la semaine prochaine.

C'était trop court ! Dana commença à paniquer.

— Et ensuite ?

— Ensuite, je devrai débroussailler entre le château et la dépendance, là où il y avait le pressoir.

Il ne faudrait pas longtemps pour que tout l'extérieur soit terminé. L'intérieur suivrait rapidement. Alex était si dur à la peine... Le château serait vite prêt à recevoir les touristes.

— A quoi penses-tu donc ? demanda-t-il, visiblement intrigué.

— A tout le travail que tu as pu faire sans aide.

— C'est un travail que j'aime.

Dana n'avait pas de mots assez forts pour exprimer son admiration.

— Visiblement, tu apprécies les activités en plein air.

— C'est ce qui me donne ma sensation de liberté. J'en ai toujours eu besoin.

Cela, elle aurait dû s'en douter. Alex avait clairement défini les limites de leur relation, dès le début de son séjour. Et puis, quelle autre raison aurait-il pu avoir d'éviter le mariage pendant toutes ces années ?

Ce fut seulement en entendant le claquement métallique du portail qu'elle réalisa qu'ils étaient arrivés au domaine. Il se gara devant la porte de service et coupa le moteur.

Puis il descendit, fit le tour de la voiture et vint lui ouvrir la portière avec un sourire mystérieux.

— Je rêve depuis longtemps d'un dîner aux chandelles avec toi. Je crois que ce sera pour ce soir.

C'était un rêve qu'elle partageait.

— Tu n'es pas fatigué après une telle journée ?

— Au contraire, elle m'a rempli d'énergie.

Il la fit entrer dans le château et la suivit avec son sac et les achats qu'il avait faits lui-même.

— Je vais ranger tout ça.

Il jeta un coup d'œil au carton.

— Il n'y a pas de lumière, en haut. Tu risques de tomber et de casser ce que tu protèges si précieusement.

Evidemment, cela ne devait pas se produire.

— Tu as raison, acquiesça-t-elle en posant le carton sur le comptoir.

— Assieds-toi donc sur le banc pendant que je te sers. Tu t'es donné du mal pour préparer notre dîner, tu as bien mérité un peu de repos.

— Je préférerais t'aider, mais il faut d'abord que je me lave les mains.

Elle se dirigea vers l'évier et vit le mot qu'elle avait

laissé. Au moment où elle l'avait écrit, elle n'imaginait pas qu'Alex se précipiterait pour venir la chercher.

Il devait y avoir une raison à cela, mais il ne fallait pas se bercer d'illusions. Dana était là pour un agréable séjour de quelques semaines, rien de plus. Elle avait succombé à cet homme ce matin, cela pouvait bien se produire de nouveau, et cela l'effrayait.

C'était elle qui avait demandé à loger dans le château. Pas un instant, Alex n'avait essayé de profiter d'elle. Elle devait accepter ce qui s'était passé, et le laisser derrière elle.

L'odeur de la viande était délicieuse. Elle se retourna et remarqua qu'Alex avait déjà mis la table. A côté du pain et de la bouteille du vin qu'elle avait tant apprécié, il avait disposé un vieux candélabre en argent, avec de nouvelles bougies.

Alex les alluma et éteignit la lampe au plafond. La pièce se retrouva alors plongée dans une ambiance irréelle, et incroyablement intime. Du regard, il l'invita à s'asseoir. Elle frissonna.

Elle prit place en face de lui tandis qu'il la servait.

— Bon appétit !

Dana mangea une première bouchée.

Le goût la surprit. Il fallait accompagner cela de quelque chose. De la baguette, peut-être ?

Alex, de son côté, avait attaqué le plat avec entrain.

— Mes compliments au chef cuisinier !

— Non, je ne les mérite pas !

— Pourquoi dis-tu cela ?

— Parce que c'est infect ! Je voulais te faire quelque chose de vraiment spécial. Je n'ai pas réussi.

— Qu'est-ce que c'est donc ?

— Tu vois ! Toi-même, tu n'arrives pas à le reconnaître !

— Ce n'est pas du bœuf ?

— C'est-à-dire…

— Si tu as fait des pieds de cochon, coupa-t-il, je suis surpris que ce soit aussi délicieux.

— Tu te trompes d'animal.

— Du cheval ?

— Non.

— De la cuisse de grenouille ?

— Non.

— Alors je donne ma langue au chat.

— Tu ne devineras jamais. J'ai trouvé la recette dans un livre qui vient de ma mère. Le boucher m'a dit qu'il s'agissait d'un mets de choix. C'est de la queue de bœuf ! Comment les Français peuvent-ils manger cela ? C'est dégoûtant !

7

Alex éclata d'un rire si fort que Dana eut l'impression que les murs de la pièce le renvoyaient en écho. Un rire contagieux, qui empêcha Dana de pleurer.

Il posa sa main sur la sienne.

— Je suis touché que tu te sois donné autant de mal pour moi.

— J'aurais dû te faire un plat que j'aime ! Comme tu es gentil, tu ne diras jamais rien qui puisse me vexer ! Mais ce plat n'est pas bon du tout ! C'est trop mou, trop gras ! Ce n'est pas un plat à servir à un homme fatigué !

— Alors buvons un peu de vin pour le faire passer !

— Non ! Attends !

— Qu'y a-t-il donc ? Qu'est-ce qui ne va pas ?

— Oh ! rien, rassure-toi. J'ai juste acheté une surprise pendant que j'étais en ville. Je ne pensais pas te revoir avant demain soir, mais je crois qu'il vaut mieux ne pas attendre jusque-là.

— Est-ce que je peux l'ouvrir ?

— Oui, mais avec précaution.

Il saisit le carton et, quelques secondes plus tard, en sortit une vieille bouteille verte emballée dans de la paille. Il la leva pour examiner l'étiquette.

Son visage pâlit.

— Domaine Belles Fleurs, coteaux-du-layon, cuvée d'excellence, 1892, Anjou, France.

Il avait parlé du ton d'un homme qui vient de subir un choc.

— Où as-tu trouvé cela ?

— Mme Fournier m'a conseillé d'aller voir M. Honoré Dumarré, un riche homme d'affaires d'Angers. Sa cave personnelle est réputée. Lorsque je lui ai expliqué que je cherchais une bouteille particulière, il a gracieusement accepté de me la vendre.

— Mais… une bouteille comme celle-là doit coûter dans les cinq mille dollars, ou plus ! Et encore, à supposer que son propriétaire soit d'accord pour s'en séparer !

Dana sourit.

— Parfois, être la fille de Jan Lofgren est utile. Le fait qu'il tourne un film sur le domaine de Belles Fleurs a été un argument de poids. Pour faire bonne mesure, j'ai ajouté que le nouveau propriétaire du domaine vient de l'autre bout du monde, et qu'il n'a jamais goûté ce vin !

— Je dois avouer que je suis stupéfait… mais il faut rapporter cette bouteille et récupérer ton argent !

— Je savais que tu me dirais cela, mais ça me fait plaisir de te faire ce cadeau. Et puis, ce monsieur voudrait beaucoup te rencontrer, et il va téléphoner pour arranger cela.

Le visage d'Alex s'assombrit.

— Il faut rapporter cette bouteille, Dana, insista-t-il. Si ce n'est pas toi qui le fais, ce sera moi.

— Non. C'est *mon* cadeau. Je l'ai payé avec mes économies, pas avec l'argent des studios Pyramid, si tu tiens à le savoir.

— Si ton père l'apprenait…

— Tu veux le lui dire ? Vas-y ! Mais ton chantage ne me fera pas changer d'avis.

— Mais, Dana… On n'offre pas comme cela un tel cadeau !

— Désolée, mais je viens justement de le faire ! Dans le milieu professionnel où évolue mon père, on offre parfois des bijoux, des voitures… J'ai tout vu. Il m'a plu de te donner un souvenir du domaine où ta mère a grandi. Il n'y a donc pas de romantisme en toi ?

— Si, mais c'est de l'argent que tu as durement gagné.

Dana haussa les épaules.

— Il y a argent et argent. Je n'ai jamais eu envie de m'offrir quoi que ce soit de précieux. Mais c'est vrai, j'aurais dû me souvenir que tu es dans une situation financière difficile. Alors voilà ce que tu vas faire : va voir M. Dumarré. Lorsqu'il te rendra le prix de la bouteille, utilise-le pour rembourser une mensualité à la banque et pour t'en sortir plus vite.

Sur ces mots, elle prit son sac et se précipita dans le salon, puis monta l'escalier. Elle n'avait pas besoin de lumière. Elle connaissait les lieux désormais et pouvait s'y retrouver dans le noir. Une fois dans sa chambre, elle se jeta sur son lit.

— Dana ?

Elle aurait dû deviner qu'il la suivrait. Elle ne pouvait même pas pleurer sur l'oreiller !

— Reviens en bas, que nous puissions parler.

— Je ne préfère pas.

— Alors c'est moi qui viens. Rappelle-toi que je t'ai laissé le choix.

Lorsqu'elle entendit la porte s'ouvrir, elle s'assit sur le lit. Alex prit place dans le fauteuil, en face de la table qu'il avait disposée là.

— Devant un tel cadeau, je n'ai pas su quoi répondre. Dana… je n'ai jamais connu une générosité comme la tienne, et je ne sais pas comment exprimer ma gratitude.

— Je voulais tellement savoir quel goût ce vin avait… et franchement, Alex, la somme n'était pas si énorme.

— Combien ? interrogea-t-il doucement.

— Il m'a fait une réduction, pour te souhaiter la bienvenue en Anjou. La bouteille ne m'a coûté que trois mille dollars. Tu vois ? Ce n'est même pas ce que je gagne en un mois. Ne peux-tu pas comprendre à quel point cela me rend heureuse, de pouvoir t'offrir une bouteille qui vient de *ton* vignoble ? Etant donné l'état où il est maintenant, c'est comme si j'avais découvert un trésor !

Pourquoi donc semblait-il si tourmenté ?

— Je ne l'accepterai qu'à une condition.

Dana se leva du lit.

— Il est hors de question que tu me la rembourses. Donc, il ne me restera plus qu'à la garder en souvenir de mon séjour en France. Un jour, je l'ouvrirai pour un événement important, et je me rappellerai tout cela. A présent, oublions cette histoire.

Elle gagna la porte.

— Où vas-tu ?

— Jeter le reste de cet horrible repas.

Il fallait qu'elle s'éloigne avant d'en venir à avouer ce qu'elle pensait vraiment : qu'elle était amoureuse de lui !

— Le dîner attendra.

Alex la rattrapa en haut de l'escalier et la souleva dans ses bras, comme une plume pour la ramener dans la chambre.

— Non, Alex ! Maintenant, tu me traites comme une petite fille qui a besoin qu'on lui donne une tape sur la joue et une sucette.

Il la déposa sur le lit et se pencha sur elle, l'encadrant de ses bras puissants.

— Tu ne comprends pas ce que je ressens. Si tu étais une petite fille, je pourrais te renvoyer à ton père. Mais tu ne l'es pas.

Il lui couvrit le visage de baisers, allumant au passage des incendies sur sa peau.

— Tu es une demoiselle que j'aimerais enfermer dans cette tour, pour mon plaisir. Comprends-tu ce que je veux dire ?

— Alors arrête de me tourmenter et embrasse-moi vraiment. Je souffre depuis que Saskia nous a interrompus.

— Et moi, je souffre depuis beaucoup plus longtemps.

Leurs bouches se fermèrent l'une sur l'autre et Dana se

sentit entraînée dans un tourbillon de plaisir. Elle n'avait jamais rien connu de comparable. La sensation était divine.

Elle éprouva vite le besoin de s'approcher de lui, de passer les mains autour de son cou, de profiter pleinement de la liberté qu'elle avait de le toucher, de l'embrasser. Il gémit de plaisir.

— Tu n'as pas idée à quel point je te désire.

Le contact de leurs corps la remplissait de chaleur, de fièvre même. Elle commença à haleter.

— Alex !

— Qu'est-ce qui ne va pas ?

Quelque chose ne va pas ?

— Est-ce que je t'effraie ? poursuivit Alex. Tout cela est sans doute trop nouveau pour toi. Dis-moi la vérité.

Toute la magie du moment s'évanouit à ces mots. Alex ne comprenait donc pas que c'était l'euphorie qui l'avait poussée à crier son prénom ?

Aurait-il posé cette question s'il l'avait considérée comme son égale ?

Sans doute pas.

Il ne la voyait toujours pas comme une femme adulte, mais comme une petite fille désobéissant aux ordres de son père. Une petite fille assez impulsive pour coucher avec un étranger et, pire encore, pour dépenser trois mille dollars par caprice.

Mais cela, Dana le lui pardonnait. Peu d'hommes se seraient comportés aussi décemment avec elle. Néanmoins, savoir cela gâchait en partie le plaisir de cette soirée.

Peut-être qu'aucun homme ne la prendrait jamais au sérieux, si elle ne devenait pas plus indépendante de son père ?

Elle retira ses bras.

— Non, tu ne m'effraies pas, mais il y a de quoi avoir un peu peur, en voyant que les choses vont si vite.

Il se leva.

— J'ai promis de ne pas franchir les limites tant que tu

serais là. J'ai failli à ma promesse ce soir, mais je te garantis que je la respecterai dorénavant.

— Alex... nous sommes aussi coupables l'un que l'autre. Nous avons perdu la tête tous les deux. C'est humain. Je dois avouer que j'ai pris du plaisir dans ce qui est arrivé... mais j'aurais préféré que tu me parles.

Il resta silencieux.

— Veux-tu que je parte ? reprit-elle. On a déjà fait les arrangements nécessaires pour que je séjourne dans la chambre de Saskia, au Métropole.

— C'est à toi de décider. Retrouve-moi devant la camionnette, à 7 h 30 demain, et je te conduirai à Angers pour prendre ta voiture.

— D'accord. Bonne nuit.

Elle resta longuement assise sur son lit, à se demander ce qu'elle devait faire.

Alex avait fait croire à Saskia que Dana était l'une de ses employées. Eh bien, dorénavant, elle allait se comporter comme telle. Elle lui préparerait ses repas et, en dehors de cela, le laisserait tranquille. Alex n'avait pas besoin d'un drame passionnel. Il avait déjà suffisamment de choses pour occuper son esprit.

Le lendemain, à 6 h 30, Alex remplit la camionnette de tout ce qu'il avait taillé. Quitte à aller à Angers, autant passer par la décharge.

Lorsqu'il gara de nouveau le véhicule devant la façade, Dana l'attendait. Les battements de son cœur s'accélérèrent. Elle était magnifique, en pantalon blanc et top à motifs bleus et verts sur fond blanc. Il lui sembla qu'il n'avait jamais connu femme plus séduisante.

— Bonjour.

— Tu as l'air bien reposée.

— J'ai eu une bonne nuit de sommeil.

Les doigts d'Alex se crispèrent. Il pouvait encore sentir sa bouche, le goût de ses lèvres. Même s'il lui avait dit qu'elle pouvait choisir entre partir ou rester, il ne l'avait pas vraiment pensé. Le château ne serait plus le même sans elle.

— Je suis passée dans la cuisine tout à l'heure, mais je n'ai pas trouvé la bouteille.

— Je l'ai rangée à la cave, pour qu'elle se conserve bien.

— C'est l'endroit où elle aurait toujours dû se trouver.

Qu'avait-elle donc en tête ?

Il y eut un long silence.

Puis il démarra.

Ce fut seulement après être passé à la décharge qu'il demanda :

— Que dirais-tu d'aller visiter le château d'Angers ? Il est tôt, il n'y aura pas beaucoup de touristes.

A sa grande surprise, elle eut un rire caustique.

— Sais-tu que tu ressembles parfois à mon père ?

— Que vient-il faire dans la conversation ?

— Depuis quand en a-t-il été absent ? Hier tu m'as bouleversée. Aujourd'hui, tu essaies de m'apaiser. C'est comme cela qu'il agit, lui aussi, depuis mon enfance. On fait un petit cadeau à Dana et elle oublie.

Il arrêta la voiture au bord de la route, à l'ombre des arbres.

— Je n'ai pas oublié une seule seconde ce qui s'est passé hier soir, et toi non plus. Je le sais très bien. Seulement, je voulais que tu restes au château et j'espérais trouver le temps de te le dire. Mais je n'ai pas su. Je dois vraiment être quelqu'un d'ennuyeux !

— Je ne songeais pas à m'en aller. Et les hommes les plus ennuyeux sont souvent ceux qui réussissent, car ils ne perdent jamais leur objectif de vue. Mais je ne crois pas qu'aller visiter le château d'Angers, ce matin, soit une bonne idée. Si tu veux que ta propriété soit ouverte au public le plus vite possible, tu as beaucoup à faire.

A quel point avait-il envie de l'emmener de force dans

un coin retiré, pour l'embrasser jusqu'à ce qu'elle demande grâce ! Il semblait qu'une seule chose le retenait : savoir qu'elle n'allait pas encore le quitter.

Aucun des deux ne parla plus durant le reste du trajet.

— Voici ma voiture.

Il se gara à ces mots et, en un clin d'œil, fit le tour de la camionnette pour lui ouvrir la portière.

— Tu sais, ce n'était pas la peine de descendre.

— C'est à cause de moi que tu l'as laissée là. Je veux juste m'assurer qu'elle n'a rien.

Tandis que la jeune femme s'installait au volant, il inspecta les pneus, puis il lui demanda d'ouvrir le capot.

— Tout a l'air en ordre, conclut-il.

— Eh bien, merci de m'avoir ramenée. Au revoir !

Et elle partit.

Il alla au bureau de poste voisin, où son courrier était gardé. Il y avait quelques factures, des lettres de ses collègues de Bali et de ses contacts en Louisiane. Il les lirait une fois rentré sur le domaine.

Une carte postale glissa sur le sol. Il la ramassa. Elle représentait un paysage de Sanur.

> « Cher Martin, merci pour la carte que vous avez envoyée avec le grand château. Un jour, je veux venir voir la maison que votre grand-père vous a laissée. Je travaille dur et j'économise mon argent pour le billet d'avion. J'aimerais aussi, peut-être, travailler pour vous aux Etats-Unis. Les femmes françaises sont-elles comme vous disiez ? Combien en avez-vous eu ? Répondez-moi vite.
>
> Sapto. »

Alex sourit.

Il alla dans une boutique toute proche et acheta une

carte postale montrant le château de Chenonceau, celui que Dana préférait. Une fois revenu à la poste, il écrivit au dos :

« Bonjour, Sapto. J'ai bien aimé ta carte. Elle me rappelle beaucoup de souvenirs. Je suis content de savoir que tu travailles dur. Cela paie toujours. Peut-être qu'un jour nous nous reverrons. Les Françaises sont super, mais pas autant qu'une certaine Américaine qui séjourne dans mon château. J'ai des projets en ce qui la concerne. »

Alex écrivit le reste du message en indonésien et envoya la carte.

Puis il reprit sa voiture. A mi-chemin, il se rendit compte que, pour la première fois depuis qu'il était en France, il se sentait vraiment chez lui.

Il y avait vraiment un changement qui était en train de se produire en lui.

Plongé dans ses pensées, il ne remarqua qu'on l'appelait qu'à la troisième ou quatrième sonnerie de son téléphone portable.

— Monsieur Martin ?

— Oui ?

— Honoré Dumarré à l'appareil. Mlle Lofgren vous a-t-elle parlé de notre rencontre d'hier ?

— Elle m'a même donné une bouteille de Belles Fleurs 1892 qui vient de votre cave.

— En fait, cette bouteille ne faisait pas vraiment partie de ma cave. J'en étais juste le dépositaire. Et à présent je sais pourquoi je devais la garder si précieusement. C'est un grand honneur pour moi de savoir qu'elle est entre les mains de son propriétaire légitime. Soyez le bienvenu, monsieur. Je suis très heureux de savoir qu'un Fleury est de retour parmi nous, après toutes ces années.

Même au téléphone, on percevait la nature chaleureuse de Monsieur Dumarré.

— Merci, monsieur. Je suis touché de ce que vous me dites. Comme vous pouvez l'imaginer, c'est un cadeau inestimable pour moi, et je ne me suis pas encore remis de ma surprise. Je voulais vous téléphoner aujourd'hui pour vous remercier de vous en être séparé.

— Mlle Lofgren tenait tant à vous l'offrir ! Je ne pouvais faire moins. Parfois, la vie nous fait un cadeau sans prix. Je ne pense pas seulement à ce vin, mais aussi à cette jeune femme. Elle est vraiment très jolie, et elle a des yeux merveilleux.

— Oui.

Alex ne trouva pas d'autres mots. L'émotion était trop forte.

— Dire qu'elle est la fille de Jan Lofgren ! Cet homme-là fait des films tout simplement géniaux. Au fait, ajouta-t-il, vous a-t-elle dit que j'organisais une réception ? Les viticulteurs de la région aimeraient vous rencontrer. Je compte inviter également les Lofgren, et j'espère qu'ils pourront venir.

— Merci, monsieur Dumarré. Je suis sûr qu'ils seront touchés.

— Excellent. Appelez-moi Honoré. Mon épouse, Denise, et moi-même pensions faire cela samedi, le 28. Disons à 19 heures ? Cela vous conviendrait-il ?

— Parfaitement. Au fait, vous pouvez m'appeler Alex.

— Très bien, Alex. Ce sera une soirée très plaisante pour nous tous.

— Vous êtes très aimable.

— C'est bien naturel. A bientôt, Alex.

— Au revoir, Honoré.

Le lundi matin, Dana partit de bonne heure pour aller voir son père, après lui avoir téléphoné pour le prévenir de son arrivée. Lorsqu'elle frappa à sa chambre d'hôtel, il lui ouvrit, encore en robe de chambre, une tasse de café à la main.

— Bonjour, papa. Je vais t'emmener à Angers pour faire prendre ta tension. Je vais aussi donner ton linge à laver, en même temps que le mien.

— Je pensais que tu m'avais oublié.

— Est-ce qu'une telle chose s'est jamais produite ?

— Je ne te vois pas beaucoup, reconnais-le. Je crois savoir que tu es très occupée à remettre de l'ordre dans la bibliothèque d'Alex.

— Moi non plus, je ne te vois pas beaucoup. Tu es tellement accaparé par le film que la seule trace de ton passage est le panier vide que je trouve chaque après-midi dans le grand salon.

Il hésita un instant, avant de répondre :

— J'apprécie beaucoup les repas que tu me prépares, tu sais. Tu cuisines aussi bien que ta mère.

A ces mots, Dana faillit laisser tomber les vêtements qu'elle était en train de ranger dans un sac. Un compliment de son père était une chose rarissime.

— Oui, maman était quelqu'un d'extraordinaire.

— Elle me manque, tu sais... Veux-tu t'asseoir, Dana ? J'ai besoin de te parler.

— De quoi ?

Il allait lui faire la leçon. Il y avait bien longtemps qu'il ne lui avait pas parlé pour une autre raison.

— Parce que je voudrais donner un baiser à ma petite fille pour lui souhaiter un bon anniversaire. Comme tu es toujours ailleurs, je n'ai pas encore pu le faire.

Il la prit dans ses bras et la serra contre lui.

— Je croyais que tu avais oublié.

— Comment veux-tu que j'oublie ?

Il sortit de sa poche un bracelet d'or fin, très élégant, très chic, que Dana connaissait bien.

— J'en avais fait cadeau à ta mère pour son anniversaire,

quelques années avant sa mort. Maintenant, je souhaite qu'il soit à toi.

Jamais il n'avait offert une chose ayant appartenu à son épouse.

— Oh ! merci… Je sais que maman y tenait beaucoup. Je te promets d'en prendre le plus grand soin.

— Je n'en doute pas. Après l'hôpital, voudrais-tu passer le reste de la journée avec moi ? Nous irons où tu voudras et nous pourrons manger dans un bon restaurant.

— Et Saskia ?

— Elle n'est pas invitée.

— Tu peux te libérer du film aussi longtemps ?

— Tout ce petit monde peut bien se passer de moi une journée.

— Non, ils ne peuvent pas. Vous n'êtes déjà pas en avance par rapport aux délais prévus et, sans toi, tout va s'interrompre. Donne-moi la vraie raison, papa.

— Tu as besoin de conseils.

— En d'autres termes, tu veux passer ma journée d'anniversaire à me faire la leçon ?

— Est-il vrai que tu as acheté une bouteille de Belles Fleurs à M. Dumarré pour l'offrir à Alex, et que tu l'as payée trois mille dollars ?

Alex l'avait-il trahie ? Non, c'était impossible !

— Oui.

— M. Dumarré m'a appelé hier. Il m'a invité à une réception, donnée le 28 en l'honneur de M. Martin, et il m'a prié d'amener ma charmante fille. Il s'est empressé de me rappeler qu'une beauté et une générosité comme les tiennes sont rares dans le monde où nous vivons.

Dana se sentit soulagée. Au moins, ce n'était pas Alex qui avait mis son père au courant !

— Comment t'a-t-il contacté ?

— Apparemment, c'est Mme Fournier, la réceptionniste, qui t'a mise en relation avec lui. Lorsqu'il a téléphoné à mon hôtel en demandant à me parler, elle a transmis la communication dans ma chambre.

— Je vois.

— Dana, tu ne te rends pas compte qu'Alex Martin se sert de toi ?

Décidément, son père ne comprendrait jamais Alex. Ils étaient trop différents !

— Je suis désolée que tu le voies ainsi.

— Saskia vous a surpris ensemble l'autre jour. D'après ce qu'elle m'a raconté, j'ai toutes les raisons de me faire du souci.

Evidemment, Saskia était furieuse de ne pas être parvenue à ses fins, et elle cherchait à se venger ! Mais cela, son père ne le comprenait pas ! Depuis qu'il était veuf, il était vraiment perdu !

— Tu sais, papa, nous ne sommes plus faits pour travailler ensemble. J'ai beaucoup d'affection pour toi, mais quand nous aurons fini le tournage en France je rentrerai en Californie. Je prendrai un appartement et je chercherai un emploi à partir duquel je pourrai bâtir ma carrière.

Elle saisit le sac de linge. Son père demeurait silencieux.

— Je t'attends à la voiture ? s'enquit-elle comme si de rien n'était.

— Ce n'est pas la peine, répliqua-t-il d'un ton sec. J'irai tout seul à l'hôpital.

— Très bien. Je demanderai une clé à la réception pour pouvoir rapporter tes vêtements. Encore merci pour le cadeau. Il n'a pas de prix pour moi.

Deux heures plus tard, après avoir terminé ses courses, elle revint au château afin de préparer les déjeuners à temps.

Depuis plusieurs jours, elle avait parcouru autant de livres qu'elle avait pu, marquant les caisses pour pouvoir identifier facilement leur contenu. Toutefois, elle n'avait encore rien découvert sur l'histoire de la famille Fleury.

Lorsqu'elle quitterait la France, aurait-elle trouvé quelque chose qui ait de l'importance pour Alex ?

Ce dernier, de son côté, était très occupé, passant ses journées entières dans le verger. Il avait manifestement besoin de se couper du monde extérieur.

Elle avait mis au point un plan pour l'aider – qu'il le veuille ou non.

8

Dana monta dans sa chambre pour se changer. Un blue-jean et un T-shirt convenaient mieux à la suite de ses plans. Puis elle fila dans la cuisine. Dès que les paniers furent prêts, elle alla déposer celui de son père dans le grand salon et sortit avec celui d'Alex.

Lors de son déplacement à Angers, elle avait rendu sa voiture à l'agence de location pour l'échanger contre une camionnette. Celle-ci était moins grosse que celle d'Alex, mais on pouvait quand même y mettre beaucoup de choses.

Elle le vit charger dans son véhicule une montagne de branches et de débris – plus qu'il ne pouvait raisonnablement en contenir. Heureuse d'arriver à un moment si opportun, elle alla se garer à côté de lui.

Il eut l'air si stupéfait qu'elle regretta de ne pas avoir d'appareil photo.

— Puis-je te demander ce que tu fais ?

— J'ai échangé ma voiture de location contre ceci. C'est mon anniversaire, j'ai envie de me faire plaisir. Et si je peux t'aider, ce sera pour moi la plus heureuse des journées. Comme toutes les filles de Californie, j'aime le soleil.

— Il y a bien longtemps qu'on ne m'a pas fait une telle offre.

— Bien. Je pose ton panier sur le siège passager de ton camion. Tu pourras profiter de ton repas en allant à la décharge.

Sur ces mots, elle se mit à charger à son tour les branches sur la camionnette qu'elle avait louée, sentant sur elle le regard d'Alex. Il devait se demander combien de temps elle tiendrait. Eh bien, elle allait lui prouver qu'elle n'était pas une mauviette.

Certaines des branches étaient tout de même trop lourdes pour elle, mais elle put néanmoins en porter la plus grande partie.

Lorsque la pile eut à moitié disparue, elle eut l'impression d'avoir accompli le labeur d'une semaine.

— A ce train-là, tu vas t'épuiser.

— Je ferai une pause quand j'en aurai besoin.

Ils continuèrent ensemble jusqu'à ce qu'il ne reste rien.

— Allons jeter tout cela, déclara-t-elle alors. Je te suis.

Elle eut juste le temps de le voir sourire avant qu'il ne démarre.

A la fin de la journée, ils avaient fait six autres voyages. Lorsqu'elle se gara enfin, il vint lui ouvrir la portière et la prit dans ses bras.

— Tu es engagée ! lança-t-il.

— J'espère que tu dis cela sérieusement, car j'ai bien l'intention de t'aider jusqu'à la fin de mon séjour !

Il l'embrassa alors. Ce fut un baiser fusionnel, qui semblait ne pas devoir prendre fin. Dana n'avait jamais été aussi sale, mais il l'embrassait avec tant de force qu'elle se sentait belle. Comme jamais auparavant.

— Tu mérites bien un bon bain, mais ne t'y attarde pas trop. Retrouve-moi dans le salon dans une demi-heure. Nous devons jouer au Scrabble aujourd'hui, comme tu t'en souviens certainement.

— Je ne peux pas te promettre que je serai magnifique dans une demi-heure, mais au moins je serai propre.

— Alors cela ne te dérange pas si je ne me rase pas ?

— Au contraire.

Elle lui déposa un baiser sur la joue avant de courir vers sa chambre.

Trente minutes plus tard, elle redescendait l'escalier, vêtue d'une jupe kaki assortie à un chemisier ocre et blanc, les pieds dans des sandales. Elle s'était coiffée rapidement et ses cheveux étaient encore humides.

Son cœur battait la chamade. Jamais elle ne vivrait un autre anniversaire comme celui-là, avec un homme capable de lui faire perdre le sens des réalités !

Alex portait une chemise polo de couleur crème et un pantalon ocre. Elle le trouva superbe.

Il lui fit signe d'entrer dans sa pièce particulière, qu'elle ne connaissait pas encore. A son grand étonnement, celle-ci lui rappela l'intérieur de la maison de ses parents, à Hollywood.

— J'imagine que tu as fait venir tous ces meubles ?

— De Bali, oui. Il y en a que je tiens de mes parents, d'autres que j'ai achetés moi-même. Veux-tu te joindre à moi ?

Il tira une chaise devant une table d'ébène, sur laquelle se trouvait un jeu de Scrabble. A côté, elle vit une desserte avec des sandwichs, des fruits et des boissons. Elle remarqua aussi des biscuits au chocolat pour le dessert.

Les deux heures suivantes se déroulèrent en parties de Scrabble ponctuées de rires. Alex gagna chaque fois.

— Tu es vraiment trop fort.

— C'était nécessaire, vu que je devais être capable d'affronter mon père.

— Moi, je n'ai jamais joué à un jeu de société avec mon père. Il n'a pas la patience.

— Il y a des gens comme cela. Mais parlons d'autre chose. J'ai un cadeau pour toi.

Il lui tendit un paquet, qui semblait contenir un livre.

Elle l'ouvrit et y découvrit effectivement un volume dont la couverture rouge ne portait aucun titre.

L'intérieur contenait des pages écrites à la main.

Beaucoup d'entre elles étaient chiffrées. On aurait dit un livre de comptes.

— Qu'est-ce que c'est ?

— Tu étais très curieuse de trouver quelque chose sur la production de vin dans le domaine, alors j'ai fouillé dans quelques caisses et j'ai trouvé ceci.

— Alors tout n'a pas été jeté !

— Non. Tu pourras remarquer que celui-ci date de 1902. Et je suis sûr qu'il en reste d'autres.

— J'aimerais comprendre assez bien le français pour pouvoir le lire.

— Je vais t'en traduire quelques passages. « uin. Trop de pluies au moment critique de l'éclosion des bourgeons. Grappes de raisin mort-nées. Juin. Problèmes avec le mildiou. La pluie a provoqué une crue du Layon. Avons enlevé les feuilles en trop sur les parties ouest du feuillage pour que le soleil réchauffe les fruits. Avons éliminé certaines grappes dans l'espoir que celles qui restent puissent mûrir convenablement. Août. Le plus dur est fait ou presque. Espérons sauver une partie du vignoble. Si Dieu pouvait nous accorder quelques semaines sans pluie ! En septembre, nous aurons sans doute des fruits. Juin fait la quantité. Août fait la qualité. Nous verrons. »

— C'est incroyable. Il parle de *ton* vignoble ! C'est comme une voix venue du passé ! Cela me donne des frissons !

— A moi aussi. Mais lisons encore quelques pages. Installons-nous plus confortablement.

Ils prirent place sur le divan et il attira Dana contre lui, de manière que sa tête repose sur son épaule. Il continua ensuite sa lecture.

La tâche d'un vigneron était bien plus compliquée qu'elle ne l'avait imaginée, avec ses inquiétudes et ses joies…

Bientôt, ses paupières s'alourdirent, mais elle lutta pour rester éveillée.

— Tu es en train de t'endormir…, remarqua Alex.

— Non. Laisse-moi rester ainsi.

— Si tu veux, répondit-il d'une voix douce, avant de poser la bouche sur ses lèvres.

— J'aime quand tu m'embrasses ainsi.

— Moi aussi. Ta bouche est faite comme un bouton de rose. Sur mesure pour la mienne.

— Reste avec moi…

— C'est bien mon intention.

Lorsque Dana reprit conscience, on était au matin. Elle se trouvait dans son lit, avec ses vêtements de la veille, mis à part ses sandales. Elle ne se souvenait de rien depuis le moment où elle s'était blottie contre Alex.

En s'asseyant, elle vit son cadeau sur la table de chevet. Alex voulait donc qu'elle le garde, sinon il ne l'aurait pas déposé là.

C'était très attentionné de sa part. Toutefois, cela signifiait aussi que ce livre avait moins d'importance pour lui que pour elle.

Elle se leva et se changea, passant un autre blue-jean et un top couleur jade. En enfilant ses sandales, elle sentit les courbatures que lui avait laissées le travail de la veille. Et ce n'était pas fini, puisqu'elle recommencerait ce jour-là. Pourtant, elle avait hâte de s'y mettre, car cela lui permettrait d'être avec Alex.

Elle fit sa toilette et descendit dans la cuisine.

— Notre Belle au Bois Dormant est enfin réveillée !

— Excuse-moi d'avoir perdu conscience hier soir. Tu as dû me porter jusqu'à mon lit !

— Même le baiser le plus débordant n'a pas pu te réveiller, mais je ne me plains pas.

— Merci, en tout cas, pour cet anniversaire. Je ne l'oublierai pas.

— Moi non plus. Je n'ai jamais vu une femme travailler aussi dur.

— Ma mère disait que cela me vient de mes origines suédoises.

Ils ne purent en dire plus, car Paul arrivait dans la cuisine.

— Je suis content de vous voir, Alex. Je n'ai pas pu vous parler hier, vous étiez dehors. Dans les deux jours qui viennent, nous allons filmer ici, dans la cuisine. Les prises de vues se feront le soir. Le décorateur voudrait venir à 19 heures pour tout organiser. Cela ne vous dérange pas ?

— Non. Cela me donnera un peu de temps pour me détendre. Mlle Lofgren pense que je ne sais rien faire d'autre que travailler. Deux soirées devraient suffire pour la faire changer d'avis.

— Bien, rétorqua Paul, mais surtout n'en dites rien à son père.

— Qu'est-ce que je ne suis pas censé savoir ?

Dana se retourna. Son père venait d'entrer dans la pièce et il avait l'air furieux.

— C'est juste une plaisanterie entre ta fille et moi, Jan, expliqua Paul. Détends-toi ! Il n'est que8 h 30 et nous avons toute la journée devant nous.

Il sortit sur ces belles paroles.

— J'ai besoin de te parler en tête à tête, Dana, déclara alors Jan. C'est important.

Il jeta un bref coup d'œil à Alex.

— Si vous voulez bien nous excuser.

— Bien sûr.

Il sortit donc et elle lui emboîta le pas.

Un peu plus tard, après avoir appris ce que son père lui voulait, elle s'empressa de retrouver Paul.

— Peux-tu me rendre service ?

— Tout ce que tu veux, si cela peut améliorer l'humeur de ton père. D'habitude, il ne se dispute pas avec David.

— C'est mon père. Lorsqu'il décide qu'il veut quelque chose tout de suite, on ne peut pas avoir de conversation raisonnable avec lui. Je vais être partie quelques jours.

Pendant ce temps, peux-tu veiller à ce que l'on apporte leur repas de midi à mon père et à Alex ? Pour Alex, il faut mettre le panier sur sa camionnette, à un endroit où il peut le voir.

— Pas de problème.

— Merci. J'espère que je reviendrai avec de bonnes nouvelles.

Encore trois arbres, et le verger serait déblayé. Alex se mit au travail sur le premier, attendant l'arrivée de la camionnette de Dana.

Il était impatient de passer cette nouvelle journée avec elle, comme la veille.

Plusieurs heures s'écoulèrent. La jeune femme n'arrivait toujours pas.

Oh ! bien sûr, elle était d'abord employée par son père. C'était pour lui, en premier lieu, qu'elle devait être disponible.

Il s'arrêta quelques instants pour réfléchir.

Il avait été chagriné d'apprendre qu'elle allait suivre l'équipe de tournage en Allemagne. Mais bien sûr, si elle voulait devenir metteur en scène, il était logique qu'elle continue à étudier le métier avec son père…

— Bonjour, Alex !

Il descendit de l'échelle et se trouva nez à nez avec Saskia.

— Bonjour, mademoiselle Brusse.

— J'arrive à temps. Avez-vous remarqué que vous saignez ?

— Je me suis sans doute éraflé en descendant de l'arbre.

— J'ai des mouchoirs en papier, dit-elle en ouvrant son sac.

— Merci. C'est juste ce dont j'avais besoin.

Il en appliqua un sur la plaie, et cela suffit à bloquer le saignement. Il ne s'agissait que d'entailles superficielles.

— Paul m'a demandé de vous apporter votre repas. Il

vient de l'Hermitage. Puis-je vous tenir compagnie pendant que vous mangez ?

— Je suis désolé, mais je dois aller à la décharge, répondit Alex en montant dans son véhicule. Je mange toujours sur la route. Je vous remercie, Paul et vous, d'avoir pensé à moi. Si vous voulez bien m'excuser, le travail m'appelle.

— Mais vous n'avez pas fait de pause !

— Je n'en ai pas le temps. Je dois encore enlever toutes les broussailles autour du château.

Lorsqu'il rentra de son dernier voyage, il était 18 h 30 et Dana n'était toujours pas là.

Il aperçut soudain Paul qui sortait et il alla à sa rencontre.

— Merci pour le repas, Paul.

— Je vous en prie. Dana sera de retour dans quelques jours.

— De retour ? Où est-elle partie ?

— A Maillé.

— Le village où il y a eu un massacre en 1944 ?

— Oui, c'est à côté de Tours. A la dernière minute, Jan a décidé d'y tourner quelques séquences. Dana est partie pour organiser la venue de l'équipe.

— Très bien…

Alex s'en alla en dissimulant sa déception. Dana ne lui avait rien dit. C'était étonnant.

Il essaya de l'appeler, mais le répondeur se déclencha à chaque tentative. Elle avait éteint son téléphone !

Pourquoi avait-elle fait cela ? Etait-ce une manière d'éviter les adieux difficiles ? Avait-elle décidé de poursuivre sa carrière sans la complication que représenterait une relation avec lui ?

Pouvait-il aller la retrouver à Maillé ? Non. Cela impliquerait de laisser la direction du domaine à Paul, et celui-ci n'avait pas besoin de cette responsabilité supplémentaire. Il avait déjà fort à faire à supporter la mauvaise humeur de Jan Lofgren.

Le jeudi matin, Dana se leva de bonne heure, heureuse de rentrer à Rablay. Elle n'avait pas vu Alex depuis trois jours, qui lui semblaient avoir duré des mois. A 10 heures, elle se gara devant le château et l'aperçut aussitôt, occupé à débroussailler la végétation entre le château et la dépendance. Il avait donc terminé le verger !

Elle frémit en songeant qu'une fois tous ces travaux achevés il quitterait la France. Ensuite, elle ne le reverrait plus jamais !

Tremblante d'émotion, elle descendit de son véhicule et s'approcha de lui.

— Pardon, monsieur. Je cherche le prince charmant. Pouvez-vous me dire où il est ?

— Je crains qu'il n'habite plus ici.

Elle tressaillit.

— Pourquoi donc es-tu de si mauvaise humeur ? On dirait que mes repas de midi t'ont manqué.

— Saskia a fait de son mieux pour combler ce manque.

Saskia ? Et non plus Mlle Brusse ?

— Saskia aime s'occuper des gens qui apprécient sa présence, répliqua Dana. A présent, si tu veux bien, j'ai un cadeau à t'offrir. Il ne m'a pas coûté grand-chose, cette fois.

— Qu'est-ce que c'est ?

— Une surprise. Si tu veux bien attendre que je me sois changée, je vais revenir t'aider.

Elle venait d'atteindre la cuisine quand elle sentit la main d'Alex sur son bras. Elle se retourna.

— Pourquoi as-tu éteint ton téléphone ?

— Pour ne pas subir sans cesse les appels intempestifs de mon père pendant que j'étais à Maillé. Lorsqu'il m'envoie en urgence reconnaître un endroit, il oublie ce que « vie privée » veut dire.

— Tu ne m'as pas dit au revoir avant de partir. Ni même laissé un message !

Alors c'était cela...

— J'ai pensé à t'appeler, mais j'ai craint de te déranger.

— En ne voulant pas me déranger, tu m'as causé deux nuits blanches !

— Je suis désolée. Je…

— Pendant ton absence, j'ai presque perdu la tête !

— Tu sais, tu m'as manqué tout autant !

— Je préfère ne pas imaginer ce que ce sera quand tu seras partie pour de bon.

Que voulait-il donc dire ? Malgré l'attirance qu'il éprouvait pour elle, il s'attendait à la voir disparaître de sa vie ! Il n'avait jamais dû connaître de relation durable, c'était évident. Et pourtant, chaque femme qui l'avait aimé devait encore en porter les cicatrices dans son cœur.

Elle rassembla tout son courage.

— Mais maintenant, je suis là, impatiente de t'offrir ton cadeau.

— Où est-il ?

— Dans mon sac à main.

Il attira son visage contre le sien et l'embrassa.

— Puis-je regarder ?

— Bien sûr.

Il s'exécuta et saisit un sac en plastique.

— C'est ça ?

— Oui. Je n'ai pas eu le temps de faire faire un paquet cadeau.

Elle s'empara du sac et en sortit un béret.

— Je vais te le mettre.

— Tu m'as acheté… un béret ?

— Oui, mais pas n'importe quel béret. Celui-ci vient de Maillé. Il est vendu en souvenir des membres de la Résistance. Les bénéfices vont à un fonds d'aide aux familles des victimes.

Elle le lui plaça sur la tête.

— Tu es déjà très bel homme, tu sais, et ce béret ajoute un petit je ne sais quoi à ton allure.

Elle le contempla un instant en s'efforçant de ne pas se jeter dans ses bras.

— Tous les Français devraient être aussi beaux, se contenta-t-elle de déclarer.

— Tu penses vraiment cela ? interrogea-t-il avec un sourire désarmant.

— Vous devriez écouter Dana. Elle sait de quoi elle parle.

Tous deux se retournèrent : la célèbre actrice française qui tenait le rôle principal du film les observait depuis la porte. Depuis combien de temps était-elle là ?

— Simone ? lança Dana avec un sourire. Je te présente Alexandre Fleury Martin, le propriétaire du domaine, grâce à qui nous pouvons filmer ici. Alex ? Voici Simone Laval.

— Enchanté, mademoiselle. J'ai vu l'un de vos films quand je vivais en Côte-d'Ivoire avec ma famille. Vous êtes une actrice remarquable, et ma mère vous appréciait beaucoup. Si elle vivait encore, elle serait très heureuse de vous rencontrer.

— Tout le plaisir est pour moi. Appelez-moi Simone.

Celle-ci portait encore ses vêtements des années quarante.

Manifestement, Jan venait de libérer toute l'équipe pour une pause.

Alex et Simone engagèrent la conversation en français. Visiblement, cette jeune femme divorcée avait réussi, en un instant, à prendre Alex sous son charme.

Cette conversation dans une langue qu'elle maîtrisait mal allait trop vite pour que Dana puisse la suivre. Aucun des deux ne faisait plus attention à elle et elle en profita donc pour s'éclipser discrètement.

Elle décida de rejoindre son père, qui attendait qu'elle fasse son rapport sur son déplacement. Comme il avait donné une pause, le moment était bien choisi pour aller lui parler.

9

— Nous y allons ?

Alex prit le bras de Dana pour la ramener vers la camionnette. Après une dure journée employée à transporter des branchages, passer la soirée au restaurant, puis au cinéma, avait été tout simplement merveilleux.

— As-tu aimé le « Da Vinci Code » ? demanda-t-elle.

— Le mélange de réalité et de fiction m'a intrigué, mais je m'intéresse bien plus à ce que *toi*, tu en as pensé.

— Pourquoi ?

— Allons, Dana. Nous connaissons tous deux la réponse à cette question.

— Vraiment ? Alors il faut me rafraîchir la mémoire, parce que j'ai oublié.

— Paul m'avait confié que tu voulais devenir réalisatrice. Et aujourd'hui Simone me l'a confirmé.

Il était surprenant que Paul ait parlé de cela. Et encore plus que le sujet soit venu dans la conversation entre Simone et Alex. Dana se sentit gênée.

— Que t'a-t-elle dit, exactement ?

— Alors tu ne le nies pas.

Dana poussa un soupir.

— Alex, pourquoi une telle curiosité ?

Comment une soirée aussi parfaite avait-elle pu le remplir d'une telle tension ?

— Simone m'a raconté que tu avais donné des conseils

pour plusieurs scènes du film, et qu'ils étaient si judicieux que ton père ne t'a pas contredite. J'y ai réfléchi. S'il ne croyait pas à tes talents, il ne t'enverrait pas en reconnaissance, choisir pour lui les lieux de tournage.

— Avant la mort de ma mère, je le faisais avec elle.

— Mais c'est toi qui as le talent.

Dana baissa la tête.

— Pourquoi ai-je cette impression que tu m'accuses de quelque chose ?

— Parce que, lorsque nous nous sommes rencontrés, tu ne t'es pas montrée telle que tu es vraiment.

— Comment ça ?

— Tu m'as fait croire que tu obéissais les yeux fermés à tous les ordres de ton père. En réalité, il te prépare à ton avenir, parce qu'il voit en toi une future réalisatrice.

— Quoi ? Tu plaisantes ! s'écria-t-elle, stupéfaite.

— Pas du tout. Au début, j'ai cru qu'il était possessif parce qu'il tenait à te garder, parce qu'il s'accrochait à toi après la mort de ta mère. Cependant, ce que j'ai pu voir m'amène à repenser ce jugement.

— Et tu es arrivé à quelle conclusion, exactement ?

— Il me déteste depuis le début parce qu'il ne veut rien accepter qui puisse entraver ta brillante carrière. Ton père me perçoit comme une menace.

La douleur de Dana se fit plus vive.

— Mais comme nous savons tous les deux que ce n'est pas le cas, cette conversation n'a aucune utilité. Je ne comprends pas ce que tu as contre le métier de réalisatrice. Il faut de tout pour faire un monde !

Il murmura quelque chose en français.

— Puisque nous sommes à l'heure des questions, poursuivit Dana, pourquoi n'as-tu pas invité Simone à dîner, plutôt que moi ? Avant de quitter le château tout à l'heure, Paul m'a expliqué qu'elle s'intéressait à toi – et plus qu'un peu. J'aurais cru que tu aimerais passer la soirée avec une si ravissante compatriote.

Ils étaient presque arrivés devant la façade du château. Alex appuya brutalement sur la pédale du frein.

— Et ça te plairait, bien sûr ?

— Il ne m'appartient pas d'aimer ou de ne pas aimer ce que tu fais. Quand tu m'as dit que je pouvais demeurer au château, il semblait bien que nous étions tous deux libres de faire ce que nous voulions. Tu as été très clair sur ce point, lorsque tu as refusé la bouteille de vin que je t'offrais par amitié. Mais pourquoi tu t'en prends à moi d'un ton aussi inquisiteur, cela me dépasse. J'en ai assez ! Si cela ne te fait rien, j'aimerais aller me coucher.

— Mais cela me fait quelque chose ! riposta-t-il. Je veux la vérité. Est-ce que tu prévois de faire des films dans l'avenir ?

Dana en avait bien eu envie, effectivement, mais, après ce qui s'était passé avec Neal, elle ne voulait plus vivre dans le monde du cinéma. Celui-ci comptait trop de gens imbus d'eux-mêmes, de personnages ambitieux, de caractères difficiles avec lesquels il fallait sans cesse composer. Seulement, si elle confiait cela à Alex, il continuerait à croire ce qu'il voudrait. Alors, à quoi bon ?

— Oui. Cela viendra lorsque papa jugera que je suis prête.

Non seulement c'était la réponse qu'il paraissait déterminé à entendre, mais cela lui communiquerait un autre message : elle penserait à bien d'autres choses qu'à lui lorsqu'elle aurait quitté la France.

— Puis-je descendre de voiture, maintenant ? ajouta-t-elle.

— Pas encore. Il y a quelques semaines, je t'ai demandé quel était le scénario du film. Tu n'as pas voulu m'en parler. Simone m'a dit qu'en fait c'est toi qui as été la véritable inspiratrice du film. Que tu en connais chaque réplique. Tu as même aidé David à écrire une partie du scénario, paraît-il.

— Et si c'est bien le cas ?

— Pourquoi ne pas me l'avoir dit ?

Elle ne pouvait lui avouer la vérité : en fait, elle avait volontairement évité de trop se dévoiler, afin d'éveiller son intérêt et de passer pour une femme mystérieuse. S'il apprenait cela, il saurait qu'elle était follement amoureuse de lui.

Mais à vrai dire il devait déjà s'en être rendu compte. Et elle ne lui donnerait pas la satisfaction de l'entendre. Surtout dans la mesure où il était prêt à la voir partir… et définitivement.

— Beaucoup de gens n'ont pas vraiment envie d'entendre la réponse aux questions qu'ils posent, lâcha-t-elle, sibylline.

— Tu me mets dans cette catégorie ?

— Je ne te connais pas si bien que cela.

— Eh bien, moi, j'aimerais connaître l'intrigue de ce film.

— Tu ne préfères pas avoir la surprise quand il sortira ?

— Non. Je n'aime pas les surprises.

— Je l'avais remarqué.

— Je ne fais pas allusion au béret. Je l'aime bien, dit-il d'un ton adouci.

— Alors, rentrons.

Une fois dans la cuisine, elle prit une boisson dans le réfrigérateur, tandis qu'il se préparait du café instantané.

Puis il s'assit en face d'elle.

— J'attends toujours.

— Pourquoi es-tu si intéressé ?

— Comment ne le serais-je pas, alors que c'est dans mon château que se déroule le film ?

— Très bien. L'histoire commence avec un soldat allemand, joué par Rolf Müller. Celui-ci refuse de prendre part au massacre de Maillé, en Indre-et-Loire. Ce massacre a eu lieu le 25 août 1944, le jour même de la Libération de Paris. Ses supérieurs le font fusiller et le laissent pour mort. Plus tard, on le découvre, encore vivant, dans les jardins d'un château, dont les propriétaires ont vu passer deux guerres mondiales et dont la cave, qui regorgeait de grands crus, a été pillée par l'occupant. Tu comprends maintenant pourquoi ton château était exactement ce que nous cherchions ?

Alex hocha la tête.

— Il est trouvé par une jeune aristocrate française, interprétée par Simone, poursuivit Dana. Son second mari est militaire, fidèle à Vichy. Cette jeune femme n'a jamais pu avoir d'enfant. On l'a forcée à faire un mariage arrangé, sans amour. Ce jeune soldat allemand est très séduisant et, naturellement, lorsqu'il commence à guérir de ses blessures, elle tombe amoureuse de lui. Cela place le soldat allemand dans une situation difficile. Il a en Allemagne une femme qu'il aime. Mais il ne peut pas courir le risque de dire non à cette Française. Elle pourrait le dénoncer et le livrer aux autorités françaises. Il doit donc lui faire croire qu'il peut l'aimer, jusqu'à ce qu'il ait retrouvé assez de force pour s'évader du château et revenir clandestinement en Allemagne, à travers la France libérée.

» Pour gagner du temps, il se sert de sa psychologie. Le film explore leurs personnalités, et les relations difficiles qui se nouent entre eux. L'Allemand souffre de ce qu'il a vu, des massacres de civils, et c'est l'un des grands thèmes du film.

» Finalement, l'aristocrate accepte de le voir partir sans prévenir les autorités. Il parvient à regagner l'Allemagne et retrouve sa femme. Celle-ci est jouée par Saskia. Leurs retrouvailles sont tragiques, car entre-temps elle a eu un bébé qui n'est pas de lui. Elle est tourmentée par la culpabilité. Lui est brisé par la cruauté humaine, qu'il a pu observer à Maillé, par l'infidélité de sa femme, par le sentiment d'avoir eu sa vie gâchée par une guerre absurde. Vont-ils continuer à vivre ensemble, en portant chacun sa croix, ou se séparer ? C'est le spectateur qui doit en décider, à la fin.

— Cela va faire un film d'une grande puissance. D'où est venue l'idée ?

— Un jour, j'ai montré à mon père un article où l'on parlait du président de la République rrançaise qui était venu à Maillé pour une commémoration. Mon père et moi sommes tous deux passionnés par l'histoire de la Seconde Guerre mondiale, mais il ne connaissait pas cet épisode. Alors je le lui ai raconté. En un rien de temps, l'histoire, dans ses grandes lignes, a germé dans son cerveau.

— Ton nom sera-t-il au générique ?

— Non. Il faut que les choses soient claires. C'est le film de mon père. Il dirige Rolf Müller de manière remarquable. Pour le moment, c'est un acteur inconnu, mais, après la sortie du film, je suis sûre qu'il deviendra une vedette internationale. Quant à toi, tu posséderas un domaine dont la renommée sera immense. Il ne manquera jamais de touristes pour le visiter. Allez, bonne nuit, Alex. Merci pour le repas et pour le film.

Il n'essaya pas de la retenir.

Le lendemain, elle songea à retourner fouiller dans les caisses de livres, mais l'idée qu'Alex n'avait pas l'air de s'y intéresser l'en dissuada.

Elle prit donc une douche, mit un blue-jean et un T-shirt et sortit pour l'aider. Toutefois, la camionnette d'Alex avait disparu et il n'y avait aucune pile de branchages à charger.

A midi, elle déposa les paniers à leurs places habituelles, puis remonta dans la salle de bains pour y faire du ménage. Elle voulait partir en laissant derrière elle des lieux aussi propres qu'à son arrivée.

Ensuite… elle fit sa valise. Ce n'était pas de cette manière qu'elle avait prévu de quitter le château, mais cela valait mieux ainsi. Pas de longue et pénible scène d'adieux.

Il restait un jour de tournage, puis tout le monde partirait. Alex aurait de nouveau son château pour lui seul. Dana avait terminé son travail.

Elle s'en alla donc. La première étape fut de rendre la camionnette à l'agence de location. Sur la route, elle appela son père.

— Dana ?

— Bonjour, papa.

— Je suis content de pouvoir te parler. M. Dumarré vient de me rappeler. Il tient beaucoup à ce que tu viennes à la réception qu'il va donner pour Alex, demain soir.

— Papa, je crains que tu ne doives prendre Saskia avec toi à ma place.

— C'est fini, entre Saskia et moi. Je veux emmener ma fille.

En fait, c'était la mère de Dana qu'il aurait voulue, mais Dana était la meilleure remplaçante. Elle en eut les larmes aux yeux.

— Tu ne comprends pas, papa. Je retourne en Californie.

Il y eut un long silence.

— Que se passe-t-il ? demanda-t-il enfin.

— Je te l'ai dit l'autre jour. Il est temps que je construise ma propre vie. Mais je voudrais te demander un service. Va à cette soirée pour aider Alex. Vas-y avec Saskia. Alex est quelqu'un de bien. Fais tout ce que tu peux pour lui.

— Dana…

Elle éteignit son iPhone.

C'était la première fois qu'elle coupait ainsi une communication avec son père. Il allait y avoir beaucoup de premières fois dans sa vie.

Une vie qui n'inclurait pas Alexandre Fleury Martin. Bien que Dana soit follement amoureuse de lui.

Après une journée chargée, Alex revint au château à 19 h 30, impatient de parler à Dana. Mais il ne trouva que son repas de midi, là où elle l'avait posé.

Il n'avait pas faim. Il avait partagé un bon repas avec un des amis de Louisiane. C'était Dana qu'il voulait voir.

Ne la trouvant nulle part, il écouta son répondeur. M. Dumarré lui avait laissé un message pour lui rappeler la réception donnée en son honneur, le lendemain. Il avait ajouté que Jan Lofgren y viendrait avec sa fille.

Il s'assit dans un fauteuil pour réfléchir.

Peut-être que toute l'équipe était en train de célébrer la fin du tournage, avant de partir à Maillé ou en Allemagne ?

Oui, peut-être. Il songea à ses propres affaires. Une autre équipe de tournage allait arriver de Lyon dans quatre jours, suivie par celle de ce studio parisien, prévue à la mi-septembre. Chaque jour, il recevait de nouveaux messages exprimant de l'intérêt. Son plan commençait à marcher. Il en avait parlé aujourd'hui à son banquier, qui avait été ravi d'entendre ces nouvelles. Il allait pouvoir effectuer le premier paiement au fisc, fin novembre.

Lorsqu'il avait eu cette idée invraisemblable, il n'aurait jamais imaginé qu'elle puisse avoir un tel succès.

En fait, tout avait changé pour lui le jour où Dana avait pénétré pour la première fois dans son domaine.

Les deux heures suivantes lui parurent durer deux ans. Il appela le Métropole, demanda la chambre de Dana, mais n'eut pas de réponse. Pas plus que dans la chambre de son père, à l'Hermitage. Il dut se contenter de laisser un message à Paul.

Ce dernier lui téléphona peu après.

— Merci de me rappeler. Je cherche Dana.

— On m'a dit qu'elle était à Paris, en train d'y chercher des lieux de tournage pour le cas où son père déciderait d'ajouter une courte scène. Personne ne négocie aussi bien que Dana. Elle devrait être de retour demain.

— Merci du renseignement. Bonne nuit, Paul.

Le lendemain matin, Dana n'était pas revenue. Il essaya

de se mettre au travail. A midi, il décida d'abandonner. Il n'arrivait à se concentrer sur rien.

Alors qu'il descendait l'échelle, il entendit qu'on l'appelait par son prénom.

— Paul ?

— Bonjour, fit la voix de Saskia. Je vous ai apporté votre déjeuner.

— Où est Dana ?

— A Paris. Elle a dit à Jan qu'elle vous verrait ce soir à la réception.

Alex se força à ne pas montrer sa déception.

— Merci pour l'information, et pour le repas.

— Je vous en prie.

Ce soir-là, Alex se vit entouré par des viticulteurs de la région, qui étaient impatients de connaître ses projets. Etre au milieu de gens qui ont un tel intérêt pour vous fait toujours chaud au cœur.

Toutefois, les heures passèrent sans que Dana ne fasse son apparition.

A la fin, Alex ne put résister davantage. Il se dirigea vers le réalisateur, lui aussi très entouré.

— Jan ? Il faut que je vous parle. Seul à seul.

Jan Lofgren hocha la tête et s'excusa auprès de ses interlocuteurs du moment. Alex et lui se dirigèrent vers un endroit à l'écart.

— Où est Dana ? Je veux la vérité.

— En Californie.

— En déplacement pour *vous* ?

— Non. Elle a quitté son emploi hier matin. Elle veut en trouver un autre.

— Vous voulez dire, comme réalisatrice, volant de ses propres ailes ?

— Non. Elle en serait capable, mais il semble finalement que ce ne soit pas son destin.

— Que voulez-vous dire ?

— Elle ressemble beaucoup à sa mère… je ne peux pas vous donner de meilleure réponse.

Alex en demeura abasourdi. Déjà, Jan lui serrait la main en ajoutant :

— Pour le cas où je ne vous reverrais pas, je veux vous remercier maintenant. Non seulement pour avoir mis votre château à notre disposition, mais aussi pour la générosité de votre caractère. Croyez-moi, ma fille sait reconnaître quelqu'un de bien.

Il s'éloigna. Alex eut l'impression que le monde s'écroulait sous ses pieds.

Il revint au château peu après et, lorsqu'il se gara, il se demanda s'il n'était pas en train d'avoir des hallucinations.

La camionnette de location était là, devant lui.

Dana aperçut Alex qui, vêtu d'un smoking, descendait de son véhicule. Elle ne l'avait jamais vu aussi élégant.

Il avait l'air très en colère. En quelques secondes, il arriva à sa camionnette et en ouvrit brutalement la portière. Il avait posé son autre main sur la carrosserie, empêchant la jeune femme de sortir.

— Je croyais que tu étais en Californie !

Sa voix était rauque, comme provenant de l'intérieur d'une caverne.

Comme son père était le seul à connaître ses projets, Dana en conclut qu'Alex s'était entretenu avec lui à la réception de M. Dumarré.

Elle se mordit la lèvre.

— J'ai changé d'avis, mais je suis revenue trop tard de Paris pour pouvoir assister à la réception. Comment était-ce ?

— Tout le monde semblait passer un bon moment, à

quelques exceptions près. L'une d'entre elles était M. Dumarré. Il était visiblement déçu de ne pas te voir.

— J'arrangerai cela avec lui. Ce que je veux savoir, c'est si toi, tu as passé un bon moment.

— Très bonne question ! Est-ce que j'ai passé un bon moment ? Est-ce que j'ai été content de rencontrer tous les viticulteurs des environs et d'entendre parler de la grande époque de Belles Fleurs ? Pour cette partie des choses, tout s'est bien passé.

— Tu as emmené Simone avec toi ?

— La seule autre vedette présente était Saskia. Je ne savais pas qu'elle était aussi bonne actrice. Elle a vraiment fait croire à tout le monde que tu t'étais chargée d'une mission que personne d'autre ne pouvait remplir.

Son père avait sans aucun doute dirigé Saskia dans ce rôle. Il avait voulu aider Dana. Elle pouvait au moins le remercier pour cela. La colère d'Alex était un tout autre problème.

— Tu m'en veux ?

— Je ne sais pas. C'est toi qui m'as mis dans cette situation.

— Je suis désolée.

— Non, tu ne l'es pas.

— Tu as raison. Je ne regrette pas que M. Dumarré ait voulu donner une réception en ton honneur lorsqu'il a découvert que tu étais le dernier membre de la famille Fleury. Cela a été un grand honneur pour toi. J'aurais dû être là, je sais, mais je ne peux plus rien y faire, à présent. Je trouverai un moyen de m'excuser auprès de lui, quel qu'en soit le prix.

— Ton père m'a dit que tu avais démissionné.

S'il savait cela, il ne restait plus aucun secret à protéger. L'échange entre les deux hommes avait dû être peu amène.

— C'est vrai. Je n'ai plus d'emploi, et j'en cherche un.

— Avec tous les contacts que tu as en Californie, cela ne devrait pas être difficile à trouver !

— Peut-être… Mais vois-tu, pendant que j'attendais pour enregistrer ma valise à l'aéroport, je me suis demandé ce que je voulais faire de ma vie.

— Tout simplement !

— Oui.

— Evidemment, sachant qu'il t'a fallu environ dix secondes pour décider de louer le château pour ton père, cela ne devrait pas me surprendre !

— Quand quelque chose m'apparaît clairement, je sais qu'il ne faut pas hésiter.

— Par exemple, monter sur une échelle sans songer au danger ?

— Décidément, tu ne veux pas que je l'oublie cette histoire ! C'est un trait que je dois avoir hérité de ma mère.

— Tu n'as pas répondu à ma question.

— J'y viens. J'ai donc décidé de ne pas monter dans l'avion et j'ai reloué la camionnette. Quand je suis revenue à Angers, il était minuit. J'étais si fatiguée que je suis restée au Métropole, où j'ai dormi tard.

— Tu y es restée toute la journée ?

— Oui. J'avais des coups de téléphone à passer.

— Mais pas à moi.

Dana frissonna.

— Je ne pouvais pas t'appeler avant que tout ne soit en place. Et, lorsque cela a été le cas, il était trop tard pour venir à la réception. Pouvons-nous entrer, avant de parler de la suite ?

Il hocha la tête.

— Si tu étais venue, tu aurais pu goûter aux vins les plus savoureux de la région.

— Oui, mais celui qui m'intéressait n'aurait pas été disponible. A moins que, peut-être…

— Non. Notre hôte n'aurait pas consenti à se séparer

d'une autre bouteille de Belles Fleurs. Mais qui sait ce qu'il aurait accepté si tu avais été là…

Il l'aida à descendre. Ce fut en silence qu'il saisit ensuite sa valise et la suivit à l'intérieur du château.

10

Dana sentit son cœur bondir dans sa poitrine quand Alex ouvrit la porte du petit salon et alluma la lumière.

— Attends-moi ici. Je vais chercher des boissons.

Elle acquiesça. Evitant de regarder le lit à l'autre bout de la pièce, elle s'installa dans un fauteuil en rotin, face à l'ordinateur.

Alex ne tarda pas à revenir. Il déposa le Coca-Cola sur le bureau, devant elle, et, toujours sans rien dire, enleva sa veste de smoking. Puis vint le tour de la cravate, qu'il jeta sur un autre fauteuil, avant de déboutonner sa chemise. La blancheur de celle-ci faisait ressortir le hâle de sa peau. Sa beauté virile coupa le souffle à Dana.

— Ne veux-tu pas venir t'asseoir sur le divan ? Ce serait plus confortable…

— Cette chaise fera très bien l'affaire, pour ce que j'ai en tête.

Il enleva ses boutons de manchette et retroussa ses manches, révélant ses bras bronzés.

— Tu t'es coupé ! s'exclama Dana en apercevant une entaille. Quand cela est-il arrivé ?

— Hier.

— Avec la tronçonneuse ?

— Non, ce n'est rien. Ne changeons pas de sujet. Alors que voulais-tu me dire ? Que tu es revenue au château pour parler affaires ?

— Oui. J'ai eu le temps de réfléchir, et… Alex ! Tu ne voudrais pas t'asseoir ? Je n'arrive pas à me concentrer quand tu me domines ainsi.

— C'est ce que je suis en train de faire ?

— Oui.

Au grand soulagement de Dana, il s'exécuta.

— Cela va mieux comme ça ?

— Oui.

— Combien de temps vas-tu faire durer le suspense ?

— Je vais y mettre fin tout de suite, mais seulement si tu me promets de ne pas m'interrompre avant la fin.

— Très bien, j'attends.

— C'est sérieux.

— Je le vois bien.

— S'il te plaît, ne prends pas ce ton supérieur !

— Je m'excuse si c'est l'impression que j'ai donnée.

— Pardon, je suis très sensible à ce genre de choses. Bon, il faut d'abord que je t'en dise un peu plus sur ma vie.

— Tu veux dire qu'il reste des choses que je ne sais pas encore sur toi ?

— Oui. Alors, écoute-moi ! Quand j'étais petite, ma mère jardinait beaucoup. J'aimais l'aider, et j'étais fière des parterres de fleurs que je plantais. Si l'on me demandait quel a été le meilleur moment de ma vie, je répondrais que c'est cette époque, lorsque je regardais pousser les plantes de notre jardin. Il y avait de très belles fleurs dans le sud de la Californie. On aurait dit le jardin d'Eden. Seulement, il y avait aussi autre chose dans ma vie. Chaque jour, j'avais pour rôle d'apporter son repas à papa, au studio, et il me laissait rester et observer. Ce qu'il faisait paraissait très important, et je me suis mise à penser que je ferais la même chose quand je serais grande. Au fil des ans, j'ai étudié sa technique. Un jour, j'en ai parlé à Paul. Tu sais ce qu'il m'a répondu ? « Tu peux réussir, Dana, parce que tu es faite pour cela, mais il faut savoir que ce n'est pas une profession qui rend les gens heureux. » Je m'en doutais déjà. Mon père rencontrait des difficultés, mais au moins il pouvait exprimer son talent artistique et, à mes yeux, c'était cela qui comptait. Petit à petit, papa s'est mis à me confier des responsabilités. Nous avions souvent les mêmes idées. Après la mort de ma mère, il m'a donné davantage de missions à faire pour lui : repérer des lieux de tournage, relire des scénarios… J'étais persuadée que c'était vraiment là ma vocation, et pourtant la phrase de Paul me revenait sans cesse à l'esprit. Je n'ai cessé de me demander si la réalisation était vraiment ce que je *voulais* faire. J'ai eu la réponse la semaine dernière, quand nous avons travaillé ensemble dans le verger. Cela m'a ramenée à l'époque où j'aidais ma mère dans le jardin. Ces derniers jours, j'ai regardé les terrains horticoles qui sont à l'abandon, de l'autre côté du château. J'ai eu quantité d'idées sur ce qu'on pourrait y faire. Quand mon père m'a envoyée à Maillé, je n'ai pas voulu y aller. Voilà. Ce que j'essaie de te dire, en fait, c'est que je voudrais m'occuper de ton domaine.

— Ce sera beaucoup de travail, Dana.

— J'aime le travail. De plus, c'est l'une des plus belles régions de France. Et, comme je t'aime, tu peux me faire confiance pour que je m'en occupe mieux que personne.

Alex la dévisagea à ces mots comme s'il ne l'avait jamais vue.

Elle profita du silence pour continuer :

— En attendant que tout cela se mette en place, je t'aiderai partout où tu en auras besoin. Pour nettoyer chaque pièce, descendre le mobilier… Je planterai et je sèmerai. Je sais que j'ai encore beaucop de choses à apprendre, mais tu pourras me les enseigner.

Il prit un air songeur et cela ne parut pas de bon augure à la jeune femme.

— Ne réponds pas tout de suite, Alex, s'empressa-t-elle d'ajouter. Je sais ce que tu vas me dire : que tu n'as pas l'argent pour me payer. Sache que je ne demande pas de salaire. Nous pourrons en parler lorsque ce château sera ouvert au public. Ne comprends-tu pas que je ne désire rien d'autre que travailler et vivre ici ?

Il se leva et elle l'imita, découragée.

— Promets-moi simplement que tu vas y réfléchir jusqu'à demain matin, insista-t-elle néanmoins. Si c'est non, alors je m'inclinerai et je partirai.

Elle prit sa valise et monta celle-ci en haut de l'escalier pour la troisième fois en trois semaines.

Arrivée dans sa chambre, elle se posta à la fenêtre et regarda le paysage. La lumière de la lune transformait le Layon en un serpent argenté.

Elle resta là longtemps, repassant des souvenirs dans sa tête, les larmes aux yeux.

Lorsqu'elle finit par se retourner pour ouvrir sa valise, elle sursauta en découvrant Alex dans l'embrasure de la porte.

Il était si beau qu'elle crut défaillir et son cœur se mit à battre la chamade. Alex tenait deux verres de vin à la main.

— Je suis venu te donner ma réponse, déclara-t-il.

Il s'approcha d'elle et lui en tendit un.

Dana retint son souffle.

— On peut difficilement imaginer un entretien d'embauche plus convaincant. Je suis vraiment impressionné par le fait que tu renonces à un salaire de régisseur de cinéma pour devenir régisseur d'un domaine à l'abandon. Par conséquent, tu es engagée.

Elle le dévisagea sans trop oser y croire.

— Tu parles sérieusement ? articula-t-elle.

Il eut un sourire.

— Très ! Alors, buvons à ton succès.

Dana prit le verre en frémissant.

Elle en but une gorgée et, lorsque le liquide descendit dans sa gorge, elle comprit que ce n'était pas du Percher, ni du chaume, ni aucun autre vin qu'elle ait déjà goûté.

— Il vient de quel domaine ? Il est délicieux… si velouté… C'en est presque incroyable.

Alex hocha la tête.

— Quand j'étais à la réception de M. Dumarré, on m'a dit que le cru 1892 avait été excellent.

— Tu as ouvert la bouteille ?

— On avait dit qu'on la réserverait pour une occasion importante. Il me semble que le début d'une nouvelle carrière professionnelle en est une, tu ne crois pas ?

Incapable de dire un mot, Dana ne put que hocher la tête.

— Ce vin a l'air complètement irréel, comme s'il venait d'une autre planète. Il a une richesse que je n'aurais pas crue possible.

— Il a eu cent ans pour prendre de l'âge.

— Dire que tu bois un vin qui a été produit sur le domaine de Belles Fleurs pendant des siècles ! Tu n'as pas l'impression que cela crée un lien avec tes ancêtres ?

— Plus encore. J'ai oublié de te dire que j'ai rencontré un de mes collègues de Louisiane hier. Il tenait beaucoup à savoir quand j'allais le rejoindre là-bas.

Un froid brutal paralysa Dana.

— Tu lui as répondu que c'était pour bientôt ?

— Non. Je lui ai demandé de chercher quelqu'un d'autre. Je vais m'installer définitivement en France. Et me marier.

Dana fronça les soucils.

— Te marier ?

— Ma future épouse et moi-même avons une vie à organiser et un vignoble à faire redémarrer. Deux projets qui vont nécessiter que l'on s'y consacre à plein temps, et avec beaucoup d'amour.

— Alex !

— Je t'aime, Dana Lofgren. Je suis tombé amoureux dès notre première rencontre. Mais j'ai senti qu'il faudrait affronter ton père, alors j'ai attendu le bon moment.

Elle se jeta dans ses bras, tandis que des larmes de bonheur inondaient son visage.

— Oh ! mon chéri, je t'aime moi aussi, plus que tu ne peux l'imaginer !

— Je crois que tu m'en as convaincu quand nous étions en bas.

— Je n'aurais pas pu te quitter ! Tu ne peux pas imaginer ce que j'ai vécu, en faisant la queue à l'aéroport ! J'avais l'impression que ma vie était finie !

— Apprendre par ton père que tu étais repartie en Californie n'a pas été facile pour moi non plus.

— Je suis désolée. Je lui avais demandé d'être aimable avec toi, mais j'aurais dû savoir que je ne pouvais pas compter sur lui pour ce genre de chose.

— Tu ne comprends pas. Dans un sens, il nous a donné sa bénédiction.

— Que veux-tu dire ?

— Je m'étais préparé à une confrontation avec lui, mais ce qu'il m'a dit a tout changé. Il m'a expliqué que tu étais capable de faire une bonne réalisatrice, mais que ce n'était pas ton destin, parce que tu ressemblais trop à ta mère.

— Papa a reconnu cela ?

Alex hocha la tête.

Une joie immense envahit alors Dana.

— Quand j'ai entendu cela, j'ai quitté la réception. Si je n'avais pas vu ta voiture en revenant au château, j'aurais appelé Paul pour lui demander de veiller sur le domaine pendant mon absence.

— Et moi, j'étais terrifiée à l'idée que tu puisses être parti avec Simone.

— Simone qui ? Non. Depuis le soir où tu es entrée dans mon domaine, je n'ai plus été le même homme. Sapto te le confirmera.

— Qui est Sapto ?

— Le garçon qui faisait le ménage dans notre maison,

à Bali. Il te plaira. Il met de l'argent de côté pour aller à l'université. Je vais le faire venir ici et il travaillera sur le vignoble. Cela l'aidera à faire des économies plus vite. Dans la dernière carte postale que je lui ai envoyée, je lui ai dit de cesser de me poser des questions sur les femmes dans ma vie, parce que j'avais trouvé celle qu'il me fallait.

Dana l'embrassa, trop euphorique pour parler.

— Ce matin, reprit Alex, je me suis arrêté à la poste et j'ai trouvé une autre carte de lui. Il me disait que, d'après la description que je lui ai faite de toi, tu me donnerais beaucoup de beaux enfants. Mais cela, je l'ai su dès cette soirée à l'Hermitage, quand ta féminité m'a fait un effet extraordinaire. J'ai compris dès ce moment-là que tu étais celle avec qui je ferais l'amour pendant le reste de ma vie, celle avec qui j'aurais des enfants.

— Je… je l'ai su avant toi. Cela peut paraître stupide, mais j'ai eu l'impression de vivre un conte de fées. Comme la Belle au Bois Dormant, mais inversé. Comme si j'étais venue au château du Beau au Bois Dormant.

— Veux-tu aller au vignoble avec moi ? Nous avons des plans à établir. Et vite, parce que je ne te ferai pas l'amour tant que tu ne seras pas ma femme. Je l'ai promis à ton père.

— Quand ? Je n'ai rien entendu.

— Oh ! cela n'a pas été exprimé verbalement, mais cela a été bien clair, dès l'instant où tu as annoncé que tu voulais dormir au château.

— Tu as dû me prendre pour une folle.

— Très franchement, j'ai cru que je recevais un cadeau du ciel, mais qu'il m'avait été donné par erreur. Comme je n'avais pas l'intention de le rendre, il m'a fallu réfléchir, et vite.

— Alors tu crois à la providence divine ?

— Depuis qu'une merveilleuse femme blonde, dont la bouche est celle d'un ange, est montée dans mon arbre et m'a regardé à travers le feuillage… Tu es vraiment un don du ciel, mon amour.

Elle s'apprêtait à répondre, mais il lui ferma la bouche d'un baiser, en un avant-goût de l'avenir merveilleux qui les attendait.

AZUR

GLAMOUR. INTENSE. IRRÉSISTIBLE.

Poussez les portes d'un monde fait
de luxe, de glamour et de passions.
Ici, les hommes sont beaux, riches et
arrogants ; les femmes impétueuses,
fières et flamboyantes. Entre eux, le désir
est immédiat… et l'amour impossible.

11 romances à découvrir tous les mois.